Antonio Manzini, geboren 1964 in Rom, ist Schauspieler, Regisseur und Drehbuchautor. Seine im Aosta-Tal angesiedelten Kriminalromane um den charismatischen Ermittler Rocco Schiavone stehen in Italien regelmäßig an der Spitze der Bestsellerlisten und wurden unter dem Titel «Rocco Schiavone. Der Kommissar und die Alpen» erfolgreich verfilmt. Im Rowohlt Taschenbuch Verlag erschienen bisher «Der Gefrierpunkt des Blutes», «Die Kälte des Todes», «Alte Wunden», «Ein kalter Tag im Mai» sowie «Die schwarze Stunde».

Anja Rüdiger, geboren in Bonn, hat in Köln, Paris und Santander Übersetzen/Dolmetschen studiert. Fünfzehn Jahre lang hat sie in verschiedenen Verlagen als Lektorin und Programmleiterin gearbeitet. Seit 2011 ist sie als freie Übersetzerin, Lektorin und Literaturscout tätig.

«Manzini hat eine spektakuläre Figur geschaffen, die in der Welt der Krimiliteratur ihresgleichen sucht.» *Focus*

«Ein Kultermittler (...) ein Lesegenuss.» *Wiener Zeitung*

«Rocco Schiavone macht Montalbano Konkurrenz.» *GQ*

Antonio Manzini

IN EINEM DUNKLEN SOMMER

Kriminalroman

Aus dem Italienischen
von Anja Rüdiger

Rowohlt Taschenbuch Verlag

Die Originalausgabe erschien 2017 unter dem Titel
«Pulvis et umbra» bei Sellerio Editore, Palermo.

2. Auflage Dezember 2024
Veröffentlicht im Rowohlt Taschenbuch Verlag,
Rowohlt Verlag GmbH, Kirchenallee 19, 20099 Hamburg
Deutsche Erstausgabe
Zuerst veröffentlicht im Rowohlt Taschenbuch Verlag,
Hamburg, April 2023

Redaktion Petra Müller
Covergestaltung FAVORITBUERO, München
Coverabbildung Shutterstock
Satz aus der Greta bei CPI books GmbH, Leck
Printed in Germany
ISBN 978-3-499-00937-2

Kontaktadresse nach EU-Produktsicherheitsverordnung:
produktsicherheit@rowohlt.de

Wenn ein einziger Hund anfängt, einen Schatten anzubellen, machen zehntausend Hunde eine Realität daraus.

Chinesisches Sprichwort

I

Vor einer halben Stunde waren die abendlichen Lichter angegangen, und die Luft war kühl und angenehm. Ein paar Leute kehrten erst jetzt mit eiligen Schritten nach Hause zurück. Er dagegen stand da, bewegungslos, auf dem Gehsteig der Via Brean, und konnte sich nicht überwinden. Dabei brauchte er nur die Straße zu überqueren und an der Sprechanlage zu klingeln, der Rest würde sich von allein ergeben. Doch er konnte sich nicht zu den wenigen Schritten aufraffen. Die Hände in den Taschen, zerknautschte er weiter den Zettel mit der Adresse: Via Brean 12, Studio M.

Was hielt ihn zurück? Warum schienen seine Sohlen auf einmal auf dem Gehsteig festgewachsen?

«*Ciao, Amigo*, willst du?»

Die Stimme ließ ihn herumfahren. Ein Afrikaner, der jede Menge in Zellophan verpacktes Zeug dabeihatte, bot ihm ein Paar Baumwollsocken an. *Filo di Scozia.*

«Wie geht's? Zehn Euro, *Amigo* ...» Der Mann streckte ihm fragend die freie Hand entgegen.

«*Allora*, willst du? Zehn Euro!»

Marco verneinte mit einer Kopfbewegung.

«Hast du ein bisschen Kleingeld? Für einen Kaffee?»

Marco nickte, blieb aber mit den Händen in den Taschen stehen, unbeweglich, ein Wachtposten mit präzisem Befehl, ein Lichtmast auf der Straße. Der Schwarze wartete und sah ihn an, dann grinste er mit seinen weißen Zähnen und schüttelte ein paarmal den Kopf.

«*Amigo,* hast du ein bisschen Kleingeld?», wiederholte er.

Langsam zog Marco seine Brieftasche hervor. Darin waren ein Fünfzig- und ein Zehn-Euro-Schein. Er nahm den Zehn-Euro-Schein und hielt ihn dem anderen hin. Der Straßenhändler schnappte sich wortlos das Geld und gab ihm dafür die Socken, die Marco, ohne den Mann anzusehen, entgegennahm.

«*Ciao, Amigo ...*» Der Schwarze ging mit großen Schritten davon.

Marco wandte den Blick wieder dem Gebäude mit der Nummer zwölf zu. Ein mehrstöckiges Backsteinhaus mit einer verglasten schmiedeeisernen Eingangstür, kein Portier, die Sprechanlage an der rechten Seite.

Wie spät ist es wohl?, fragte er sich.

Viertel nach acht. Wie waren noch mal die Zeiten? Von fünfzehn bis einundzwanzig Uhr oder von fünfzehn bis zwanzig Uhr? Vielleicht war sie ja schon nicht mehr da? Er nahm sein Handy heraus und gab noch einmal die Nummer ein, die er bereits am Morgen gewählt hatte. Er wartete, bis sich der Anrufbeantworter meldete. «*Ciao* ... hier ist Sonya ... du findest mich in der Via Brean an der Kreuzung zur Via Monte Grivola. Komm ... ich bin sehr schön, eine heiße Latina mit Körbchengröße E. Ich bin immer da und warte auf dich, um Dinge machen, die du magst ... Brauchst du jemand zum Kuscheln? Möchtest du sehr lange Liebe machen? Oder doppelt Penetration? Ich habe auch eine Überraschung für dich. Alles, was du willst ... sehr entspannte und saubere Zimmer ... Komm heute, am Sonntag, zwischen fünfzehn und einundzwanzig Uhr in die Via Brean 12 und klingel an Sprechanlage bei Studio M ... M wie Mailand ... Ciao, Hubscher, ich warte auf dich!»

Es war noch früh genug. Aber in seinem Magen rumorte

es in einem fort, und seine Beine blieben dort, wo sie waren. Vielleicht weil er sich die Szene schon so oft ausgemalt hatte. Wie sie ihn im Korsett und in schwarzen Seidenstrümpfen erwartete. Nur mit Slip und ohne BH. Die dunklen Brustwarzen, die sich unter dem durchsichtigen Negligé abzeichneten, während sie auf schwindelerregend hohen Absätzen, die auf dem Steinboden klackerten, auf ihn zustöckelte. Üppige Lippen, halb geschlossene Lider, offenes schwarzes Haar und eingehüllt in den Duft nach frischen Blumen und warmem Brot. Wie sie ihn bat, sich aufs Bett zu setzen, ihn küsste, ihn entkleidete und stundenlang auf ihm ritt, die riesigen Brüste direkt vor seinen Augen. Dabei wusste er insgeheim, irgendwo tief in seinem Bewusstsein, nur allzu gut, dass eine Frau wie Sophia Loren in *Gestern, heute und morgen* wohl kaum über eine Anzeige in der Rubrik *Online-Dating* der hiesigen Zeitung zu finden war. Wer weiß, was ihn im Studio M in der Via Brean tatsächlich erwartete. Ob das Foto auf der Website echt war? Es zeigte eine Frau in Dessous, deren Gesicht im Verborgenen blieb. Und daneben stand *Lass dich überraschen!*, was ihn am meisten erregte.

Marco hielt es einfach nicht mehr aus. Er war zweiundfünfzig, seit fünfundzwanzig Jahren verheiratet, Vater von drei Kindern und saß seit zwei Jahren auf dem Trockenen. Barbara hatte den Hahn zugedreht und ließ ihn verdursten, nachdem bei ihr fliegende Hitze und ständige Launenhaftigkeit an die Stelle von einem Lächeln und ein paar Streicheleinheiten getreten waren. Sie hatte keine Lust mehr auf Sex, während er immer noch so spitz war wie Nachbars Lumpi. Zwei Jahre absolute Dürre, abgesehen von einem unvollendeten Blowjob einer Vertreterin für Badarmaturen, die er bei einem Kongress für Heizungstechnik in Florenz kennengelernt hatte. Er war an dem Abend so voll wie eine Haubitze gewesen und hatte auf der Piazza della Signoria *We Are the Champions* gesungen. Er konnte sich nicht mal mehr an den Namen der Frau erinnern, und es war auch kein wirklich herausragendes Erlebnis gewesen. Trotz allem hatte er wochenlang gezögert, bevor er Sonyas Nummer wählte. Er hatte immer wieder mit dem Telefon in der Hand dagestanden und sich dann doch nicht getraut. Nachts hatte er von der erotischen Begegnung geträumt und war am Morgen mit einer derart schmerzhaften Erektion aufgewacht, dass er noch vor dem Frühstück ins Bad rennen musste, um sich Erleichterung zu verschaffen.

Er brauchte dringend einen Fick.

Im Geschäft redeten seine beiden Kollegen Giorgio und Andrea ununterbrochen von feurigen Geliebten, unersättlichen Ehefrauen und zügellosen Geschiedenen, die immer zur Verfügung standen. Er beschränkte sich darauf zu lächeln und dachte an Barbara, die ihre Negligés und die farblich abgestimmten Dessous längst gegen Flanellpyjamas mit Teddybärenmuster oder inzwischen farblose Shirts mit dem Logo ihres Geschäfts für Sanitärtechnik getauscht hatte. Keine High Heels mehr, sondern abgetretene Ballerinas oder Flip-Flops, und der letzte Friseurbesuch war gefühlte Jahrhunderte her. Marco hatte immer wieder versucht, das Problem zur Sprache zu bringen, aber es war, als würde er gegen eine Wand reden. Er hatte es mit einem Ausflug zu den Thermen von Pré-Saint-Didier probiert und gehofft, das warme Wasser und die Massagen würden wenigstens für eine Nacht Tote zum Leben erwecken, aber stattdessen hatte seine Frau um halb zehn bereits tief und fest geschlafen. Auch die Weihnachtsgeschenke vom letzten Jahr waren eine vergebliche

Liebesmühe. Barbara hatte Strümpfe und Strumpfhalter aus Spitze zusammen mit dem Negligé in den Laden zurückgebracht und gegen zwei blaue Handtücher und einen gelben Bademantel für Ginevra, ihre jüngste Tochter, umgetauscht. Bei Marco waren indessen Lust und Frust immer größer geworden, sodass er schon bald nicht mehr wusste, wohin mit sich. Also stand er nun hier auf dem Gehsteig und starrte wie versteinert auf den Eingang, der ihm eine halbe Stunde duftende Haut und ins Ohr geflüsterte zärtliche Worte versprach.

Es ist mein gutes Recht, dachte er. Ich brauch das jetzt. Verdammt, sonst gehe ich ein!

Und warum stand er dann wie angewachsen hier rum?

Aus Angst.

Die Angst verfolgte ihn, seit er diesen Entschluss gefasst hatte. Angst, den nackten Körper einer fremden Frau zu berühren, ihren Duft zu riechen, und vor allem Angst, dass ihn jemand sah. Aosta war nicht New York. Zwar kannte er niemanden, der hier wohnte, aber er hatte ein Geschäft, in dem viele Kunden ein und aus gingen. Und was, wenn er klingelte und gerade eine Mutter mit ihren Kindern aus dem Haus kam, während es aus der Sprechanlage tönte: «Komm rein, mein Hubscher, ich warte schon sehnsüchtig, um dich zu verwöhnen»? Das wäre wirklich verdammt peinlich! Oder wenn einer der Nachbarn ihn schief ansah und feststellte: «Den kenn ich doch! Was macht der denn hier? Ist das nicht der mit dem Sanitärgeschäft?» So was sprach sich schnell herum. Drei Tage später wusste es jeder. Einschließlich seiner Frau. Oder – noch schlimmer – Ginevra. In der Schule würden sie sie jahrelang hänseln und ihr etwas hinterherrufen wie: «Dein Vater geht zu Nutten, dein Vater geht zu Nutten!»

Wie sollte er seiner Tochter dann noch in die Augen sehen können? Ob sie überhaupt noch mit ihm reden würde? Der Umgang mit einem Teenager war ohnehin schon schwierig genug, so ein zusätzliches Problem wäre das Ende.

Warum hatte er sich nicht eine Prostituierte in einer anderen Stadt gesucht? In Turin zum Beispiel?

Er hatte das durchaus in Erwägung gezogen. Aber wie hätte er seiner Frau gegenüber die Fahrt nach Turin erklären sollen? Mit einem Auftrag? Das war in all den Jahren seiner unbescholtenen beruflichen Laufbahn noch nie vorgekommen. Barbara würde sofort wissen, dass das gelogen war. Vielleicht sollte er seine beiden Kollegen einweihen und sie um Rückendeckung bitten, aber damit wäre die Sache öffentlich, oder zumindest wussten es dann Giorgio und Andrea. Und die Vorstellung, dass die beiden erfuhren, wie schlecht es bei ihm zu Hause lief und dass er sich in fremde Betten flüchtete, gefiel ihm gar nicht. Sie kannten Barbara seit zwanzig Jahren. Das wäre eine absolute Respektlosigkeit ihr gegenüber, ein Schlag ins Gesicht. So was konnte er ihr nicht antun. Sie war eine gute Ehefrau und eine gute Mutter, aber er brauchte trotzdem dringend einen Fick. Das kleine Gehirn, das Männer nun mal zwischen den Beinen hatten, gab keine Ruhe mehr. «Schenkel Brüste Hintern, Hintern Schenkel Brüste Lippen!» – so lautete die Botschaft, die es ihm unablässig sandte, die Endlosschleife der letzten zwei Jahre, und das große Gehirn, das alle männlichen Säugetiere im Kopf hatten, hatte sich tapfer dagegen gewehrt. Aber der stete Tropfen hatte den Stein gehöhlt und war zu einem Bach und dann zu einem reißenden Strom geworden. Inzwischen brauchte er nur den Fernseher einzuschalten, eine Zeitschrift aufzuschlagen oder eine der Frauen anzusehen, die ihm auf der Straße begegneten, und das kleine Gehirn schlug sofort Alarm. «Schenkel Brüste Hintern, Hintern Schenkel Brüste Lippen!»

Es reicht, sagte er sich. Los jetzt! An der nächsten Ecke stand ein Mann mit seinem Hund an der Leine und wartete augenscheinlich darauf, dass das Tier sein Geschäft erledigte. Marco hatte dagegen das Gefühl, dass er ihn beobachtete. Sicher fragte er sich gerade: *Warum steht der Typ da seit zwanzig Minuten rum? Wer ist das wohl? Was will der hier? Was hat der hier zu suchen?* Oder er rief womöglich die Polizei: «Hallo? Polizei? Da steht ein seltsamer Typ seit einer halben Stunde vor der Bank, vielleicht sollten Sie den mal überprüfen!» Sie würden ihn garantiert zur Questura mitnehmen, wo er dann wohl oder übel mit der Wahrheit rausrücken musste: «Commissario, ich hab mich nicht getraut, die Straße zu überqueren und an der Sprechanlage der heißen Sonya zu klingeln.»

Die Angst brachte Marco schließlich dazu, seine festgewachsenen Sohlen vom Pflaster zu reißen und seine steif gewordenen Gelenke in Bewegung zu setzen, um die Straße zu überqueren. Jetzt stand er also tatsächlich vor der Sprechanlage des Hauses mit der Nummer zwölf. Er spähte durch die Glastür in den Eingangsbereich. Kein Mensch. Auch der Gehsteig war menschenleer. Der Mann mit dem Hund war verschwunden. Laut Klingelschild befand sich das Studio M in Wohnung drei.

Jetzt oder nie, dachte er. Er streckte den Finger aus und klingelte.

Im nächsten Moment ging drinnen das Licht an. Ein junger Mann mit Sporttasche kam auf die Tür zu.

Da haben wir's ... Scheiße!, sagte Marco sich.

Der Mann blieb stehen, um in den Briefkasten zu schauen und die Post herauszunehmen.

Genug! Das Risiko war zu groß.

Marco zog sich von der Tür zurück und versteckte sich in einer Nische neben dem Eingang. Der junge Mann kam aus dem Haus und ging eilig davon, ohne ihn eines Blickes zu würdigen. Auf einen plötzlichen Impuls hin nutzte Marco die Gelegenheit und huschte wie eine Ratte durch die offene Tür ins Treppenhaus.

Was er besser nicht getan hätte.

II

Der Mond stand schon nicht mehr am Himmel, und die Nacht war weit vorangeschritten. Aosta schlief. Kein Licht, beinahe Totenstille. Nur der Ruf eines Vogels war in der Ferne zu hören. Durch das offene Fenster drang der süße Duft nach Gras und nasser Erde ins Zimmer und hüllte die Möbel ein. Die eine Hand unter dem Kopf, die andere auf Lupas Flanke, lag Rocco wach im Bett. Obwohl er müde war. Doch die Stille und die Gerüche hielten ihn wach; sie riefen ihm in Erinnerung, dass der Sommer bevorstand. Er schloss die Augen und spürte dem Duftgemisch nach. Darunter war ein stechender Geruch, den er nicht zuordnen konnte. Piniennadeln vielleicht oder irgendwelche Blumen auf einer Fensterbank in der Nachbarschaft, jedenfalls wanderten seine Gedanken dadurch sofort zurück zu einem Sommer vor gefühlt tausend Jahren. Zu einem Pinienwald in Kalabrien, als er noch nicht mal fünfzehn war. Mit Rucksäcken und einem Militärzelt ausgestattet, das sie in der Via Sannio gekauft hatten, war er zusammen mit Brizio in den Zug gestiegen. Sie hatten eine lange, unbequeme Reise in Kauf genommen und eine halbe Ewigkeit gebraucht, um mitten in der Nacht am Meer anzukommen, auf einem Campingplatz, dessen Namen er vergessen hatte. Sie hatten unterm Sternenhimmel das Zelt aufgebaut und lachend versucht, die Geräusche des Hammers auf die Heringe zu dämpfen, indem sie ihn mit einem T-Shirt umwickelten. Bis ein Schrei aus einem deutschen Wohnwagen durch die Nacht hallte: *Scheiße!* Daraufhin hatten sie alles stehen und liegen gelassen und waren ins Zelt gekrochen, das im Dunkeln ziemlich wackelig wirkte. Als sie am nächsten Morgen den Reißverschluss öffneten, stand die glühende Sonne bereits hoch am Himmel, und die anderen Camper lachten sich im Vorbeigehen kaputt. Ihr Zelt war völlig schief, die Plane schlapp und die Sachen aus ihren halb geöffneten Rucksäcken waren überall in der Umgebung verteilt.

Für Rocco waren es die ersten Ferien, die er nicht in Rom verbrachte. Damals hatte er Beate kennengelernt. Sie war ziemlich hübsch und kam aus einer Gegend in Norwegen, wo man im Winter die Sonne, wenn überhaupt, nur am Mittag sah. Sie hatten am Strand miteinander geschlafen, was Rocco als außerordentlich schmerzhafte Erfahrung in Erinnerung geblieben war. «Du machst dir kein Bild, Lupa ...», sagte Rocco zu seinem Hund, der ein Ohr aufrichtete und lauschte. «Es war einfach schrecklich. Nicht weil das mein erstes Mal gewesen wäre. Ich hatte vorher schon ... also so ein bisschen rumprobiert, du verstehst schon. Aber ich war alles andere als erfahren. Ich wusste mehr oder weniger, was zu tun war. Mehr oder weniger. Sie hatte sich damals auf den Strand gelegt und ich obendrauf. Ach, Lupa, ich wusste echt nicht, wie mir geschah. In meinem Kopf hat sich alles gedreht, das Meer, der Mond, der Strand. Ach ja, der Strand. Du musst wissen, dass der Strand an diesem Ort in Kalabrien ein Steinstrand war. Ich hab also losgelegt und sie geküsst, und irgendwann hat sie ihn genommen und reingesteckt. Und ich kam mir vor wie ein blöder Idiot, Lupa, echt wie ein Idiot. Ich wollte ihr nicht die Führung überlassen. Also hab ich ihre Hand weggeschoben, und das Elend begann, verdammt noch mal!» Er lachte. «*Mamma mia*, wenn ich daran denke! Ich hab gerieben, geschoben, gepresst ... was für ein Schmerz! Ein unbeschreiblicher Schmerz! Aber ich hab nicht aufgehört, hab immer weitergeschrubbt, bis ich nicht mehr konnte. Mir hat alles gebrannt. Ich bin im Dunkeln beinahe schreiend aufgesprungen, und weißt du, was ich gemacht hab? Weißt du, was ich Idiot getan hab? Ich bin ins Meer gestürzt, um mich abzukühlen, weil das ohne Ende gebrannt hat! Da war alles wund und aufgeschürft. Und ich bin ins Meer gesprungen, verstehst du? Beate hat sich totgelacht. Was für eine Lachnummer, Lupa, das kann ich dir sagen … Ich hab praktisch den Strand gevögelt, mir den Dödel geschmirgelt.»

Eine leichte Brise, eher ein zartes Streicheln, ließ Rocco erschaudern. Er lächelte. Denn er wusste, wer sie geschickt hatte. «Ich schlaf mal ein Ründchen. Gute Nacht, Mari …» Und er schloss die Augen.

III

Den Lodenmantel hatte er zu Hause gelassen. Im Juni reichte ein leichter Pullover, keine Cordhosen mehr. Von seiner winterlichen Garderobe blieben nur die Clarks, das sechzehnte Paar in zehn Monaten. Lupa sprang fröhlich herum und versuchte, in die Leine zu beißen.

«Langsam, meine Kleine, langsam, wir gehen ja schon runter.»

Als er im Treppenhaus war, öffnete sich hinter ihm eine Tür. «Wohin geht's? Zur Arbeit?»

Rocco drehte sich um. Gabriele, sein sechzehnjähriger Nachbar, stand im Türrahmen. Verschlafenes Gesicht, schwarzes T-Shirt mit einem Totenkopf drauf und knielange Basketball-Shorts. An den Füßen ein Paar ausgelatschte Turnschuhe.

«So früh schon auf den Beinen, Gabrie'?»

«Ja ...»

«Und das ganz ohne Musik. Bravo, du scheinst lernfähig. Mach's gut.»

«Gehen Sie schon zur Arbeit?»

«Nein. Frühstücken.»

«Um die Zeit sind doch alle Bars geschlossen.»

«Ettore macht gleich auf.»

«Warum machen Sie das nie zu Hause?»

«Was?»

«Frühstücken.»

«Nein, Gabriele, zu Hause mache ich andere Dinge ...»

«Zum Beispiel?»

«Geht dich nichts an. Sagst du mir jetzt, was du willst?»

Der Junge zuckte mit den Schultern. «Ich hab gleich eine Prüfung in Latein und wenig Hoffnung, aber ich komm nicht drum herum. Wenn es gut läuft und ich mir Mühe gebe, werde ich vielleicht doch noch versetzt. Aber wenn es danebengeht ...»

«Was ich für ziemlich wahrscheinlich halte ...», betonte Rocco.

«Genau, wenn ich durchfalle, bleib ich sitzen.»

Lupa beschnüffelte die Schuhe des Jungen.

«Kann passieren. Auf geht's, Lupa!»

«Waren Sie auf dem Gymnasium?»

Rocco machte auf dem Treppenabsatz kehrt und sah Gabriele prüfend an. «Was willst du mir sagen?»

«Nichts. Vielleicht könnten Sie mir helfen.»

Rocco seufzte. «Das ist schon so lange her, dass ich fast alles vergessen hab.»

«Sie müssen mich nur abfragen», sagte Gabriele mit bittendem Blick.

«Wann?»

«Jetzt.»

«Du kannst mich mal, jetzt gehe ich frühstücken.»

«Aber nachher muss ich zur Schule.»

Rocco schnaubte und verdrehte die Augen.

«Bitte! Meine Mutter ist nicht da. Sie ist in Mailand.»

«Wann ist die Prüfung?»

«Um zehn.»

«Verd ...» Rocco stampfte auf. «Warum bist du nicht gestern Abend damit gekommen? Na schön, geh jetzt wieder rein. Ich muss erst mal frühstücken. Du machst dich fertig, wäschst dich, ziehst normale Klamotten an, damit du nicht aussiehst wie ein Gestörter, und ich frag dich in der Questura ab. In Ordnung?»

«Super!»

Rocco saß an der Via Croix de Ville, rauchte und sah zu, wie Lupa mit der Schnauze am Boden zwischen den Schaufenstern der geschlossenen Geschäfte herumschnüffelte. Abgesehen von dem Fahrzeug der Straßenreinigung, das den Gehsteig säuberte, war die Straße leer. Er pfiff seinen Hund zurück und machte sich auf den Weg zur Via Chanoux. Die Schmerzen an der linken Fußsohle hatten endlich nachgelassen. Der Fersensporn, den er sicher der Tatsache zu verdanken hatte, dass er immer nur seine Clarks trug, schien zum Glück verschwunden zu sein.

«Dürfen wir?», rief er an der Tür. Ettore stand bereits hinter der Theke. Eine Frau um die vierzig saß vor ihm und ließ sich ihr Frühstück schmecken.

«Bitte, bitte, guten Morgen.»

Rocco und Lupa traten ein. Der Hund verzog sich gleich unter den ersten Tisch. «Einen Ristretto und ein Cornetto.»

«Brioche», korrigierte Ettore.

«Cornetto», wiederholte Rocco. Die Frau drehte sich nicht um. Sie aß weiter und schaute stur geradeaus. Sie trug ein pfirsichfarbenes Kostüm und hatte ein ansprechendes Profil. Perfekte Frisur, Perlenohrstecker, und am Rand ihrer Cappuccinotasse glänzte ein roter Lippenstiftabdruck. Während Ettore das Espressopulver tamperte, warf er Rocco bedeutungsvolle Blicke zu.

Was ist?

Sie.

Was?

Weißt du, wer das ist …?

Der Dialog zwischen den beiden Männern war vollkommen wortlos abgelaufen. Die Frau hatte jedoch das Mienenspiel in dem riesigen Spiegel hinter Ettore, in dem die ganze Flaschensammlung über der Theke zu bewundern war, mitbekommen. «Richtig, ich kenne Sie, Sie mich dagegen noch nicht», sagte sie. «Ich weiß, dass Sie regelmäßig zum Frühstück herkommen und wollte Sie überraschen …»

«Wenn Sie wissen, wer ich bin, warum verraten Sie mir dann nicht Ihren Namen?»

Die Frau nahm sich jede Menge Zeit, um ihren Cappuccino auszutrinken. Dann stellte sie die Tasse auf den Tresen, wischte sich die Hände an der Serviette ab und wandte sich zu Rocco um. Ein gekonnter Lidstrich betonte ihre dunklen Augen.

«Mein Name ist Sandra Buccellato.» Sie streckte ihm die Hand entgegen.

Rocco kam die Pizza vom Vorabend hoch. Sandra Buccellato! Sie war Journalistin und die Exfrau des Questore und hatte ihn monatelang in der Zeitung runtergemacht. In jedem ihrer Artikel hatte sie ihm und der Questura irgendwelche Dinge im Zusammenhang mit dem Mord an Adele unterstellt, der sich in seiner alten Wohnung in der Rue Piave ereignet hatte. Sie hatte der Polizei vorgeworfen, wichtige Fakten zu vertuschen, und ihn selbst durch irgendwelche Unterstellungen und üble Nachrede in den Dreck gezogen. Und nun, da der Name des Mörders, Enzo Baiocchi, in aller Munde war, hatte sie ihren Tonfall radikal geändert und beweihräucherte ihn, anstatt ihm weitere Nackenschläge zu verpassen.

«Ich nehme an, Sie haben meine Artikel gelesen …»

Ettore stellte die Tasse mit dem Ristretto und das Croissant vor Rocco auf den Tisch.

«Allerdings», entgegnete Rocco.

«Ich war vielleicht ein bisschen zu streng mit Ihnen.»

Rocco biss in sein Croissant. «Zeitungen haben auch was Gutes. Man kann sie als Kackunterlage im Vogelkäfig benutzen und im Winter damit den Kamin anzünden, wenn man einen hat. Oder man kann im Falle eines Umzugs zerbrechliche Dinge darin einwickeln.»

«Und Letzteres haben Sie gemacht?»

«Nein, ich bin mit leichtem Gepäck umgezogen.» Rocco trank seinen Ristretto. «Ciao, Ettore.» Er legte etwas Kleingeld auf die Theke und ging zum Ausgang. «Und danke für die wunderbare Überraschung.»

«Ich weiß, dass Sie mich nicht mögen, aber ich mache nur meinen Job.»

Rocco lockte Lupa mit einem Pfiff unter dem Tisch hervor und hielt ihr die Glastür auf. «Ich mag Journalisten irgendwie. So gibt es immer jemanden, den ich abgrundtief hassen kann.»

«In diesem Land gilt die Meinungsfreiheit, wussten Sie das nicht?»

Rocco, der noch immer in der Tür stand, schnaubte. «Stimmt. Betrifft das auch Meinungen, die andere beleidigen und verleumden? Dann will ich jetzt auch mal davon profitieren: Lecken Sie mich am Arsch, Signora Buccellato! Und jetzt entschuldigen Sie mich.» Rocco schloss die Tür hinter sich. Ettore lachte in sich hinein, während die Journalistin schmallippig ihre Tasche öffnete. «Was schulde ich Ihnen?»

«Vergessen Sie's, Signora. Ist schon bezahlt.»

Die Gänge in der Questura waren menschenleer. In Begleitung von Lupa gingen Rocco und Gabriele schweigend nebeneinanderher. Der Junge hatte sich eine extrem weite Jeans angezogen, ein Shirt mit dem Logo irgendeiner Band und ein Basecap mit der Aufschrift *Born to raise hell!*, unter der das lange Haar hervorschaute, das dringend mal hätte gewaschen werden müssen.

«Ziemlich dunkel hier und nicht wirklich schön.»

«Das ist eine Questura, Gabrie', und kein Hotel.»

Sie erreichten Roccos Büro. «Da wären wir.» Neben der Tür hing wie eh und je das Plakat mit den Dingen, die Rocco auf den Sack gingen, und er hatte das dringende Bedürfnis, noch etwas hinzuzufügen. Er griff nach dem an einer Schnur baumelnden Stift – den sein Kollege Italo Pierron für den Fall, dass die Zeit drängte, dort befestigt hatte – und fügte unter den Fällen achten Grades hinzu: *Überraschungen.* Denn jede Überraschung ging Rocco gewaltig auf den Sack. Egal, ob positiv oder negativ, bedeutete eine Überraschung immer eine unvorhergesehene Abweichung vom Kurs, ein plötzliches Hindernis, welches das Gleichmaß der existenziellen Langeweile störte, etwas Unvorhergesehenes, das ihn zwang, zu reagieren, zu antworten oder eine Entscheidung zu treffen. Und er wusste, dass eine Überraschung selten allein kam. Rocco überlegte es sich anders, strich die Eintragung bei den Fällen achten Grades durch und beförderte sie in den Bereich der Unannehmlichkeiten neunten Grades. «Wir heben das Niveau, Lupa», sagte er zu seinem Hund, während er die Bürotür öffnete.

«Das Niveau wovon?», fragte Gabriele.

«Von allem, was mir auf den Sack geht und mein Leben zu einem Albtraum macht. Das fängt mit dem sechsten Grad an und geht bis zum zehnten, bis zum Schlimmsten auf meiner Skala: einen Fall, den ich lösen muss.»

Gabriele begann zu lesen und grinste. «Radio Maria, Erstkommunionen, Taufen, Hochzeiten, geschlossene Zigarettenläden, Sand im Muschelgericht ... und jetzt haben Sie noch ‹Überraschungen› hinzugefügt? Warum?»

«Eine Überraschung ist wie ein Osterei, junger Freund, und bringt grundsätzlich noch mehr mit sich, was mir auf den Sack geht. Und wenn du weiter so blöde Fragen stellst, trage ich deinen Namen sofort bei den Fällen neunten Grades ein.»

Rocco öffnete die Tür zu seinem Büro. Lupa wedelte freudig mit dem Schwanz, Rocco dagegen erstarrte. «Verdammt, was ...?»

Das Zimmer war leer. Sein Schreibtisch war genauso verschwunden wie der Schrank und der Ledersessel. «Was ist denn hier passiert?»

«Hat man sie gefeuert?», fragte Gabriele mit dem Lateinbuch unterm Arm, während Lupa verloren den leeren Raum durchstreifte.

«Scheiße ... Pierron! Pierron!», schrie Rocco, erhielt jedoch nur das Echo der eigenen Stimme zur Antwort.

«Ich bin da!»

D'Intinos schrille Stimme hatte auf Rocco den gleichen Effekt wie der Bohrer eines Zahnarztes. Und dass ausgerechnet er auf der Bildfläche erschien, bewies, dass noch mehr kommen würde, was Rocco auf den Sack ging.

«Was ist los?»

D'Intino tauchte im Flur auf. «Entschuldigen Sie, Dotto'.» Er blieb stehen und musterte Gabriele. «Wer ist das? Haben Sie den festgenommen?»

«D'Intino, wo sind meine Möbel? Der Schreibtisch?»

«Haben Sie die Neuigkeit noch nicht gehört?»

«Nein, D'Intino, hab ich nicht.»

«Doch, die mit der Provinz.»

Rocco stemmte die Hände in die Hüften. «Mit welcher Provinz, D'Intino?»

«Ich hab vergessen, wie das genau hieß, irgendwas mit provinzielles Dingsbums.»

Rocco verdrehte die Augen. «Was willst du mir sagen?»

«Dieses provinzielle Dingsbums braucht einen Raum.»

Rocco blickte sich verzweifelt nach einem anderen Agente um, nach Italo Pierron oder Antonio Scipioni oder irgendwem, der in der Lage war, das wirre Gerede D'Intinos zu übersetzen, aber es war kein Mensch zu sehen. Gabriele beobachtete das Ganze staunend.

«Ich verstehe dich nicht, D'Intino, und mir fehlt die Zeit, noch länger rumzurätseln. Also tu mir einen Gefallen, geh in dein Büro, denk noch mal über das nach, was du mir sagen willst, schreib es auf einen Zettel, und wenn wir uns das nächste Mal sehen, liest du es mir vor. Du kannst doch schreiben, oder?»

«Hä? Und ob ich schreiben kann! Ich hab in der Schule sogar Aufsätze geschrieben! Jedenfalls wird hier alles verändert, Dotto'. Also nicht alles, sondern nur die Büros. Oder nur Ihr Büro.»

Rocco brachte den Agente mit einer Geste zum Schweigen und ging die Treppe hinauf. «Vergiss es, D'Intino, ich verstehe dich nicht, und ich will dich nicht verstehen.»

«Warum?»

Rocco blieb in der Mitte der Treppe stehen. «Weil ich dafür in deinen Kopf reinmüsste, und das scheint mir nicht gerade ein reizvoller Ort. Tu einfach das, was ich dir gesagt habe: Setz dich hin und schreib es auf. Und du, Gabriele, wartest hier auf mich. Wie es aussieht, ist mein Büro verschwunden.» Er ging zwei Stufen weiter hoch und brüllte: «Wieso ist keine Sau in dieser Scheiß-Questura?» Danach verschwand er im ersten Stock.

D'Intino blieb neben Gabriele stehen. «Und wer bist du?»

«Der Nachbar.»

«Und was machst du hier?»

«Latein üben.»

«Soll ich dir helfen?»

«Auf keinen Fall.»

Oben an der Treppe kam Rocco der Kollege Casella entgegen, der atemlos einen Stapel Aktenordner mit sich herumschleppte. «Case', was ist mit meinem Büro passiert?»

«Ach ja. Warten Sie.» Der Agente stellte die Akten auf dem Kopierer ab und wischte sich den Schweiß von der Stirn. «Also eins muss klar sein», sagte er so leise, als spräche er mit sich selbst. «Ich darf keine schweren Dinge tragen, Sie sehen ja, ich bin schon jetzt ganz außer Atem.»

«Aber vor allem riechst du streng, Casella. Verdammt noch mal, du musst dich morgens waschen.»

«Das ist wegen dem Boiler. Der ist vor zwei Tagen kaputtgegangen, und ich krieg ihn nicht repariert.»

«Dann kauf einen neuen.»

«Ich bin schon auf der Suche nach einem guten Angebot. Die von Feroli sollen nicht schlecht sein, oder ich nehme einen von Vaillant oder Beretta ...»

«Casella!», brüllte Rocco, der auf eine Antwort wartete. «Mein Büro!»

«Jawohl! Gleich kommt einer von der Kriminaltechnik der Provinz.»

«Und?»

«Das bedeutet, wir kriegen jemand Neues, und der braucht ein Büro. Also hat der Questore beschlossen, dass er Ihres kriegt.»

«Meins? Und ich?»

«Sie bleiben im Erdgeschoss, aber weiter hinten im Gang, hinter der Rampe an der Treppe. Soll ich Sie hinbringen?»

«Nein! Ist der Questore da?»

«Der Questore? Um diese Zeit in der Questura?» Casella lachte, ohne dass Rocco einstimmte. «Sie sind echt witzig!»

Rocco antwortete nicht und ging die Treppe wieder hinunter. Gabriele und D'Intino standen noch immer vor der Tür seines ehemaligen Büros. «D'Intino, du bringst sofort alle meine Möbel zurück in mein Büro.»

«Aber der Questore hat gesagt ...»

«Der Questore interessiert mich einen Scheiß! Tu, was ich dir gesagt hab!»

«Kann ich auf Deruta warten?» D'Intino sah auf die Uhr. «Der ist noch bei seiner Frau in der Bäckerei. Alleine kann ich die Möbel nicht tragen, Dotto'.»

«Gabriele, komm mit! Lupa, los! Wir gehen.»

Rocco marschierte durch den Gang. «Wohin gehen Sie, Dottore?»

«Das geht dich einen Scheiß an, D'Intino!» Rocco bog um die Ecke.

«Dottor Schiavone, was ist denn los?», fragte Gabriele, der Mühe hatte, mit Rocco Schritt zu halten.

«Die wollen, dass ich in ein anderes Büro umziehe. Und ich hasse Veränderungen!»

«Hören Sie, das tut mir leid, aber ich muss zur zweiten Stunde da sein ... ich will nicht ...»

«Gabrie', wir sind auf dem Weg in einen anderen Raum, um Latein zu üben, okay?» Rocco riss die Tür zum Büro der Agenti auf. Dort saß nur Miniero, der junge Neapolitaner, dessen Namen Rocco regelmäßig vergaß. «Los, Vomero, raus hier, ich brauche diesen Raum!»

Der junge Agente eilte ohne ein Wort nach draußen. Während Lupa es sich am Fenster bequem machte, zog Rocco einen Stuhl an den Schreibtisch. «Setz dich, Gabriele, und gib mir das Buch.»

Der Junge gehorchte.

«Los geht's! Und sieh zu, dass du die richtigen Antworten gibst, mir dreht sich jetzt schon der Kopf!»

«È la musica, la musica ribelle ...» Gianandrea sang beim Joggen das Lied von Eugenio Finardi vor sich hin, das gerade aus seinen Kopfhörern dröhnte. Er war kaum außer Atem, aber die Muskeln in seinen Beinen waren wie Pudding. Oberschenkel und Waden schmerzten schon nach zwanzig Minuten. Und dauernd zog irgendwas in der Leiste. Zwei Monate Pause wegen der Verletzung an der Schulter. Das kam ihm jetzt teuer zu stehen. Der Sportplatz von Charvensod zu seiner Rechten musste noch warten. Ihm fehlten seine Jungs, der Platz, die Herausforderung, das Schwitzen, der Umkleideraum, der Geruch nach Haargel, die Duschen, aber solange er noch nicht wieder tipptopp in Form war, konnte er sie nicht trainieren. Sie waren bei der Meisterschaft Dritter geworden, ein Riesenerfolg, wenn man bedachte, dass sie zu Beginn drei Niederlagen hintereinander kassiert hatten. Und immerhin waren sie besser als die lokale Spitzenmannschaft gewesen, die die

Saison als Siebzehnter abgeschlossen hatte. *«Che ti dice di uscire ... e di metterti a lottare ...» Lottare*, kämpfen: Das war in Gianandreas vierzig Lebensjahren schon immer sein Motto gewesen. Er konnte sich nicht erinnern, dass es in seinem Leben auch nur einen Moment gegeben hätte, in dem er für ein gutes Ergebnis - oder wenigstens für ein mittelmäßiges - nicht alles hatte geben müssen. In der Schule, auf dem Fußballplatz, bei seiner ersten Frau, bei seiner zweiten Frau und den beiden Söhnen. Andere Leute schienen sämtliche Hindernisse mit Leichtigkeit zu überwinden, er aber nicht. Es war schon schwierig genug, den Leuten beizubringen, wie man seinen Vornamen schrieb, aber mit dem Nachnamen war es noch schlimmer. Sobald er das Tal verließ, musste er ihn buchstabieren, weil schon die Piemontesen ihn nicht verstanden. Marguerettaz. Da wurde dann Margheritas oder Marchettaz oder Margarinaz draus. Und mit seinem Körper lief es auch nicht besser. Er war schon dreimal am rechten Bein und zweimal am linken Bein operiert worden. Hatte sich das Schlüsselbein, die Nase und den Ellbogen gebrochen und zwei Schneidezähne ausgeschlagen. Jede Menge Brüche und andere Unfälle, die seiner Fußballkarriere geschadet und ihn gezwungen hatten, die Hälfte der Zeit im Krankenhaus oder beim Physiotherapeuten zu verbringen. Aber er würde auch jetzt nicht aufgeben. *«Che ti dice di uscire ... e di metterti a lottare ...»*, riet Finardi erneut: *Raus mit dir und kämpfe!* Und genau das tat Gianandrea: Mit seinen vierzig Jahren kämpfte er nach der x-ten Verletzung darum, wieder als Trainer auf den Platz zurückzukehren. Er blickte zur Dora hinüber, die rechts neben ihm entlangfloss. Die Sonne spiegelte sich auf dem Wasser und der kleinen Stromschnelle, an der er gerade vorbeilief. Am Ufer lag ein Haufen bunter Lumpen. Gianandrea wurde langsamer. Nein, das waren keine Lumpen, sondern eine kurze Jeans, ein Oberteil mit rotem Blumenmuster, aus dem ein Kopf herausragte, der sich unter Wasser befand, die Arme waren nach vorn ausgestreckt.

Wer ging denn in der Dora schwimmen?

«E le strofe languide di tutti quei cantanti ...» Gianandrea zog sich die Stöpsel aus den Ohren. «Aber was ...?» Er kletterte über den Zaun und zum Kiesbett des Flusses hinunter. Dabei kümmerte er sich nicht mehr darum, dass er schwitzte, und das Ziehen in der Leiste spürte er auch nicht mehr. Nur seinen Herzschlag, der in den Ohren pochte. Beinahe hätte er sich wegen eines Lochs im Boden den Fuß verstaucht, doch schließlich erreichte er das Ufer. Das Wasser zwischen den Steinen drang in seine Sportschuhe. Und tatsächlich lag dort jemand, nur wenige Meter von ihm entfernt, mit dem Gesicht nach unten.

«Ero, ers, ert ...»

«Aber was faselst du denn da, Gabriele! Indikativ Imperfekt von *esse*! Von wegen *ero, ers* ... Streng dich ein bisschen an. *Eram, eras, erat* ... Und dann?»

Gabriele schluckte. *«Erasmus ...»*

«Erasmus?»

«Erste Person Plural, oder?»

«Eramus, nicht erasmus!»

«Ah! Eramus, erastis.»

«*Eratis* und weiter?»

Gabriele biss sich auf die Lippen.

«Komm, das ist doch nicht so schwer ... Dritte Person Plural: *eramus, eratis* ...?»

«*Emant?*», stieß der Junge hervor.

«Jetzt leck mich doch am Arsch, Gabriele!» Rocco warf das Lateinbuch durch den Raum. «Du weißt ja gar nichts. *Emant*! Du hast echt keine Ahnung. *Erant*, nicht *emant*! Warum lernst du diese Altsprachen überhaupt?»

«Meine Mutter meint, dass das zum Denken anregt.»

«Um das Brett wegzukriegen, das du vor dem Kopf hast, braucht man eine Axt!» Rocco stand auf und schob lautstark den Stuhl zurück. «Es tut mir leid, wiederhol das Jahr noch mal.»

Gabriele senkte den Kopf. «Meine Mutter wird mir den Kopf abreißen!»

«Aber warum? Geht deine Mutter etwa davon aus, dass du versetzt wirst?»

«Ja.» Traurig zog Gabriele einen Schokoriegel aus der Tasche seines Shirts.

«Und sie kriegt nicht mit, dass du in der Schule eine Null bist?»

«Nein.» Mit dem ersten Bissen verspeiste Gabriele fast den ganzen Riegel.

«Mensch, man braucht dich doch nur mal zu hören, und dann weiß man, dass du nicht durchblickst.»

«Sie müssen das nicht noch mal wiederholen.» Gabriele schob sich auch die zweite Hälfte des Schokoriegels in den Mund.

«Na schön, jetzt ab in die Schule!»

«Und was soll ich da?»

«Dich deiner Verantwortung stellen.»

Gabriele zuckte mit den Schultern. «Ist doch egal, ob ich hingeh oder nicht, ich fall sowieso durch. Da bleib ich lieber hier.»

«Nein, Gabrie', hier nicht. Du gehst entweder zur Schule

oder nach Hause. Das ist eine Questura und kein Kinderheim.»

Gabriele gab nach. «Gut. Ich geh in die Schule. Um mich zum x-ten Mal zum Affen zu machen.»

«Okay, ich fahr dich.»

«Mit dem Auto?»

«Warum nicht?»

«Darf ich dann das Martinshorn anmachen?» Der Junge war sofort wieder besserer Laune.

«Wenn du das auch nur versuchst, steck ich dich für zwei Nächte in den Knast.»

«Verstanden.» Gabriele hob das Lateinbuch auf und setzte sich sein Basecap wieder auf. «Kann losgehen.»

«Und deine Mutter würde ich demnächst gern mal kennenlernen.»

Der Junge lächelte vielsagend. «Meine Mutter ist nicht übel. Wollen Sie ein Foto sehen?»

«Du hast da was falsch verstanden. Ich will mit ihr reden.»

«Wollen Sie ihr eine Standpauke halten?»

«Bist du verrückt? Deine Mutter arbeitet hart für dich und sollte wissen, wie du ihr das zurückgibst. Los, beweg dich.»

Vor der Tür lief ihnen Antonio Scipioni über den Weg: «He, Antonio, könntest du mir einen Gefallen tun und diesen zukünftigen Nobelpreisträger zur Schule fahren?»

«Klar, aber braucht ein Nobelpreisträger nicht eine Eskorte?»

«Ja, aber er ist aus privaten Gründen hier in Aosta. Deswegen sollten wir den Ball flach halten.»

«Glaubt ihr etwa, ich kriege nicht mit, dass ihr mich verarscht? Das machen ja sowieso immer alle. Aber trotzdem vielen Dank, Dottor Schiavone, Sie haben es zumindest probiert!» Mit gesenktem Kopf folgte Gabriele Scipioni in Richtung Ausgang.

«*Erasmus ... emant*, nicht zu glauben!», murmelte Rocco. «Gabriele!», rief er dem Jungen nach.

Der wandte sich um. «Was ist?»

«Komm noch mal her.»

Gabriele schnaubte und trabte zu Rocco zurück.

«Hör zu, wenn du erst mal erwachsen bist, hast du mit dem ganzen Mist nichts mehr am Hut.»

«Hoffentlich! Ich kann's kaum erwarten. *Ciao.*»

Rocco sah ihm nach, wie er langsam davonschlich. «Verstanden, Lupa? Und jetzt an die Arbeit. Casella!», rief er.

Er musste die Sache mit seinem Büro klären. Und obwohl er schon seit Stunden wach war, hatte er noch keinen Joint geraucht. Er fühlte sich blockiert. Der Motor streikte und brauchte dringend Öl, sonst funktionierte die Maschine nicht. «Casella!»

Doch statt diesem erschien Italo Pierron auf dem Flur, der ziemlich bleich aussah. «Dottore?»

«Ich such dich seit einer Stunde. Mein Büro ...»

«Da ist eine dringende Sache. Am Ufer der Dora.»

«Nein!» Rocco kniff die Augen zusammen. «Nein. Das Wetter ist schön, die Sonne scheint, und du wirst mir jetzt nicht zehnten Grades auf den Sack gehen!»

Italo breitete hilflos die Arme aus. «Casella und D'Intino sind schon am Tatort. Und Fumagalli weiß bereits Bescheid.»

Es war Caterinas freier Tag, und sie hatte vor, sich am Morgen erst mal um den Haushalt zu kümmern und sich danach mit ihrer Abschlussarbeit zu befassen. Die Rechnungen häuften sich, und der Kühlschrank war leer. Die Versicherung für das Auto, das sie nie benutzte, war abgelaufen, und sie müsste eigentlich auch noch beim ACI vorbeigehen, um die Kfz-Steuer zu bezahlen. Aber stattdessen lag sie halb angezogen auf dem Bett und fand nicht die Kraft, die Aufgaben des Tages anzugehen. Angesichts all der unerledigten Dinge, die sich angestaut hatten, konnte man meinen, sie wäre eine chaotische, schlecht organisierte Person, aber man brauchte nur einen Blick in ihre Wohnung zu werfen, um zu erkennen, dass genau das Gegenteil der Fall war. In dem gemütlichen kleinen Zuhause mit dem Charme einer Berghütte war alles tipptopp. Die Vorhänge hatten den gleichen Farbton wie das Sofa, drei kleine, diskrete, künstlerisch durchaus anspruchsvolle Bilder hingen unter Messingleuchten an der Wand. Eine gestreifte Tapete, der angenehme Geruch nach Lavendel aus einem Duftspender mit Diffusor-Stäbchen, alles war perfekt aufeinander abgestimmt. Die Bücher in dem einzigen Regal mit sieben Brettern waren nach Verlagen geordnet. Die CDs standen ordentlich aufgereiht rechts neben der kleinen Stereoanlage und die DVDs in einem TV-Schrank unter dem Dreiundzwanzig-Zoll-Fernseher. Die Kochnische in der kleinen Wohnung war blitzsauber, sodass nicht mal das Gesundheitsamt dort ein Stäubchen gefunden hätte. Der Ewige Kalender mit den Figuren aus Pinocchio zeigte das exakte Datum, die Ikea-Uhr aus Aluminium ging auf die Sekunde genau. In einer Ecke standen die Zitronenpresse und der Mixer, die Teller in dem hölzernen Abtropfständer neben dem Spülbecken waren der Größe nach geordnet, und die Geschirrtücher, die am Türgriff des Backofens hingen, waren frisch gewaschen. Beim Betreten des kleinen Badezimmers mit Dusche bekam man den Eindruck, sich in einem Hotel zu befinden, wo der Raum für den nächsten Gast frisch desinfiziert worden war.

Cremes, Parfüms und Make-up standen wie Soldaten in einer Reihe am Waschbecken. Auf der anderen Seite die Zahnbürste, die Zahnpasta und die Zahnseide. In den Schubladen des Waschtischs befanden sich Wattepads, ein Kajalstift und ein Make-up-Pinsel sowie ein paar Medikamente, und alles war fein säuberlich in hübschen kleinen Körben angeordnet. Ja, Viceispettore Rispoli legte Wert auf Ordnung, achtete immer darauf, dass alles am richtigen Platz war und ihren Kriterien entsprach. Sie hasste es, wenn etwas nicht stimmig war, eine Lücke aufwies oder schief hing. Es gab nur zwei Dinge, die nicht in ihr hübsches Zuhause passten: die Beretta, Caterinas Dienstwaffe, die in ihrem Halfter an einem stummen Diener aus Metall hing, und der zusammengeknüllte Pullover, den Italo eine Woche zuvor hatte liegen lassen.

Caterina stand abrupt aus dem Bett auf, zog ihre Jeans und schwarze Sportschuhe an, griff nach Handy, Portemonnaie und Hausschlüssel und verließ die Wohnung.

«*Buongiorno*, Signora Cormet», begrüßte sie die Nachbarin, die gerade vom Markt zurückkam.

«*Buongiorno*, Caterina.»

«Ich gehe einkaufen. Brauchen Sie etwas?»

Die alte Frau öffnete die Tür. «Nein, mein Schatz, nichts. Vielen Dank.» Sie schickte sich an, ihre Wohnung zu betreten, hielt jedoch noch einmal inne. «Caterina?»

Die junge Frau blieb auf der Treppe stehen und wandte sich um. «Ja?»

«Erlaubst du mir eine neugierige Frage?»

«Sicher.»

«Warum lächelst du?»

Die Frage kam so unerwartet, dass Caterina nicht wusste, was sie antworten sollte.

«Ich wüsste nicht ...»

«Bist du glücklich? Gut gelaunt?»

Caterina überlegte. «Ich weiß es nicht. Ich lächle, weil ... Ohne bestimmten Grund.»

«Tja, du lächelst, aber deine Augen sind traurig.»

Caterina senkte leicht den Kopf. «Was, denken Sie, fehlt mir, damit ich auch mit den Augen lächle?»

«Nichts. Deswegen wundere ich mich ja.»

«Das beruhigt mich, Signora Cormet, ich hab schon befürchtet, dass Sie jetzt auch noch damit anfangen, dass ich mir einen Ehemann suchen soll.»

«Und warum? Weil die Leute denken, dass man ein ausgefülltes Leben nur an der Seite eines Mannes führen kann? Nein, Mädchen, nein. Das, was dir deine alte Nachbarin raten will, ist, dass man sich von der Vergangenheit lösen muss. Denn das, was vorbei ist, sollte die Gegenwart nicht überschatten.»

«Und wissen Sie auch, wie man das hinkriegt?»

«Nein. Das versuche ich mit meinen zweiundachtzig Jahren auch noch immer herauszufinden. Einen schönen Tag noch.» Die Frau verschwand in ihrer Wohnung. Caterina blieb noch einen Moment nachdenklich auf der Treppe stehen und verließ dann das Haus.

Caterina stand gerade vor dem Regal mit den Nudeln, als sie die Frau am Tiefkühlregal sah. Sie hatte weder einen Einkaufswagen noch einen Korb dabei und blickte sich mit großen Augen und wirrem Haar um. Sie trug ein langes Shirt in verwaschenem Blau und eine Jogginghose. Ihre Haut war milchig weiß, und ihre Brille hing an einer Perlenkette um ihren Hals.

Was macht die denn in Aosta?, fragte sich Caterina, während sie zerstreut ein Paket mit Rigatoni begutachtete. Schnell versteckte sie sich hinter einem der Regale und überlegte, ob sie versuchen sollte, am Marmeladenregal vorbei ungesehen zum Ausgang zu gelangen. Aber dann konnte sie ihre Einkäufe vergessen und müsste den vollen Einkaufswagen hier stehen lassen, was kein gutes Benehmen war. Es wäre unfair den Verkäufern gegenüber, die dann alles wieder in die Regale räumen mussten. Sie schaute vorsichtig um die Ecke. Ihre Mutter war vom Tiefkühlregal verschwunden.

Und jetzt?, dachte sie. Wo ist sie wohl?

Caterina beschloss, dass es sich um einen Fall von höherer Gewalt handelte, und ließ den Einkaufswagen stehen, um vorsichtig in Richtung des Marmeladenregals zu schleichen. Im Gang war sie ebenfalls nicht. Auch nicht hinter ihr. Beinahe auf Zehenspitzen durchquerte sie die Wein- und Spirituosenabteilung. Nun befanden sich vor ihr nur noch die Kassen. Von ihrer Mutter keine Spur. Sie lächelte die Kassiererin an, die mit einer Kundin beschäftigt war, zeigte ihre leeren Hände zum Beweis, dass sie keine Waren dabeihatte, und eilte zum Ausgang. Auf der Straße war sie auch nicht. Caterina überlegte kurz, ob sie sich das Ganze vielleicht nur eingebildet hatte, aber das konnte doch nicht sein! Sie hatte sie schließlich leibhaftig vor sich gesehen: eine bleiche, verwahrloste und dick gewordene Frau. Von diesem flüchtigen Schatten verfolgt, hetzte sie durch die Straßen Aostas, wobei sie so oft wie möglich Haken schlug.

Wenn sie weiß, dass ich hier arbeite, dann findet sie mich auch, dachte Caterina.

«Bitte! Hier gibt es nichts zu sehen.» Casella versuchte, die drängenden Gaffer fernzuhalten.

«He, haben Sie gehört? Hier gibt es nichts zu sehen!» D'Intino hielt einen kräftigen, pockennarbigen Glatzkopf zurück, der ihn mindestens um einen halben Meter überragte.

«Ich bin Journalist ...»

«Wenn er ein Journalist ist, darf er dann durch, Casella?», fragte der Agente aus den Abruzzen seinen Kollegen.

«Nein, D'Inti! Selbst Jesus Christus darf hier nicht durch!»

Gianandrea saß auf dem Rücksitz des Polizeiwagens. Miniero neben ihm bot ihm eine Zigarette an, aber der Trainer der Jugendmannschaft von Polisportiva Cogne lehnte dankend ab. Dann wandte er sich zu dem Auto um, das gerade mit quietschenden Reifen und Martinshorn auf dem Dach neben ihnen angehalten hatte. Er sah zu, wie ein Agente und ein Mann mit ziemlich zerknittertem Gesicht aus dem Wagen stiegen.

«Der Typ in der kurzen Sporthose ist vermutlich der, der die Leiche gefunden hat», sagte Italo und wies mit dem Kinn auf Gianandrea. Rocco antwortete nicht. Der leere Blick des Mannes und sein bleiches Gesicht sagten alles. Der Einsatzwagen der Spurensicherung stand neben dem Zaun, der den Fußballplatz umgab.

«Kannst du mir gerade noch mal sagen, wie der Agente aus Vomero heißt?», erkundigte sich Rocco.

«Miniero», entgegnete Italo.

Zwei Agenti zogen sich weiße Overalls an. «Die sind auch schon da.» Rocco wies mit dem Kinn zu den beiden Kollegen hinüber.

«Stimmt, Rocco, die gehören zu uns. Das sind die Kriminaltechniker der Provinz. Farinelli kommt nicht mehr.»

«Sind das die, die mein Büro geklaut haben?»

«Genau.»

«Aha. Dann gehen die mir schon mal auf den Sack.»

Rocco und Italo bahnten sich einen Weg durch den Pulk der Gaffer und kletterten den kurzen Abhang zum Fluss hinunter. Dabei stützte Rocco sich auf seinen Kollegen, weil seine Clarks auf dem Gras keinen Halt fanden. «Langsam, Italo.»

«Da ist der Tote, Rocco.»

Rocco Schiavone blickte auf die Leiche, die mit dem Gesicht nach unten zur Hälfte im Wasser lag. Direkt daneben war Fumagalli zugange, der Gerichtsmediziner. Er trug Anglerstiefel, die ihm bis zu den Leisten reichten. Neben ihm standen zwei Agenti.

«Schau dir unseren Rechtsmediziner an! Perfekt ausgestattet!», sagte Rocco und sah auf Italos Schuhe. «Sind die wasserdicht?»

«Klar! Sie gehören zur Ausrüstung und sind ...»

«Welche Größe hast du?»

«44.»

«Zieh sie aus.»

«Hä?»

«Zieh die Schuhe aus, das ist ein Befehl deines Vorgesetzten!»

Italo setzte sich hin, zog die halbhohen Schuhe aus und reichte sie an Rocco weiter, der gerade aus seinen Clarks schlüpfte. Anschließend zog er Italos Schuhe an und krempelte sich die Hose bis zu den Knien hoch.

«Kann ich solange deine Schuhe anziehen?»

Rocco bedachte Italo mit einem eisigen Blick. «Meine Clarks? Spinnst du? Du bleibst schön hier und hältst dich von der Leiche fern.» Also blieb Italo auf Strümpfen brav am steinigen Ufer sitzen. Rocco ging an einer flachen Stelle ins Wasser, während die beiden Agenti die Leiche umdrehten. «Sehr gut, Jungs, sehr gut», kommentierte Rocco.

«Oh Madonna ...», sagte der Jüngere.

«Schon gut, Jungs, ihr könnt gehen», erklärte Rocco, woraufhin die beiden Polizisten vor dem Anblick der Leiche beinahe davonrannten.

«Und? Was ist passiert?», fragte Rocco Fumagalli, nachdem sie, mit beiden Füßen im nur zentimeterhohen Wasser stehend, nun unter sich waren.

Das Gesicht des Toten war aufgedunsen. Aber was am meisten ins Auge sprang, waren die Lippen, die wie zwei Würste aussahen. Unter der Haut der hervorstehenden Wangenknochen schienen sich zwei Mandarinen zu verstecken, die Nase dagegen war unnatürlich klein und zerdrückt. Fumagalli öffnete das geblümte Oberteil. Nach dem dritten Knopf kam etwas Unnatürliches zum Vorschein. Die Leiche hatte zwei dicke, bläulich verfärbte Brüste. Fumagalli beugte sich vor, um den nackten Körper zu begutachten. Er untersuchte die Augen und versuchte mithilfe eines Stäbchens den Mund zu öffnen. Dann zog er die kurze Jeans ein Stück nach unten.

«Ein MzF.»

«Ein Transsexueller?»

«Ganz offensichtlich.»

Auf der wachsgelben Brust war nicht ein Haar zu sehen, und im Gesicht gab es keine Bartstoppeln.

«Die Ärmste hatte schon mit dem chirurgischen Marathon begonnen. Brust und Gesicht sind bereits fertig. Die Amputation des Penis stand wahrscheinlich kurz bevor.» Fumagalli wies mit dem Stäbchen auf die entsprechende Stelle.

Der Penis war klein und dunkel, als schämte er sich seines Vorhandenseins. «Blutergüsse in den Augen, und schau dir mal den Hals an. Ich wette tausend Euro, dass sie stranguliert wurde.» Um den Hals verlief ein bläulicher Streifen. «Ich nehme sie mit zur Autopsie, aber was das angeht, bin ich mir sicher.»

«Verstehe. Kannst du das Alter einschätzen?»

«Um die dreißig.»

Rocco beugte sich vor, um das Oberteil, das die Tote trug, zu begutachten. «Wahrscheinlich hat sie sich eilig angezogen. Sie hat die Knöpfe falsch zugemacht, siehst du? Hier unten hat sie einen übersehen.» Er zündete sich eine Zigarette an. «Sie hat auch keinen Slip angezogen.»

«Ist das wichtig?»

«Wir sollten zumindest drüber nachdenken ... Die Schuhe?»

«Vielleicht hat sie sie im Wasser verloren. Könnten Flipflops gewesen sein.»

«Auf jeden Fall keine Socken.» Rocco hob eine der beiden Hände an. Grüner Nagellack auf Finger- und Fußnägeln. «Keine Ringe, keine Armbänder, nichts.»

«Stimmt ...»

Rocco richtete sich wieder auf. «Das geht mir jetzt schon so was von auf den Sack! Ich fahr zurück in die Questura. Das übliche Vorsprechen bei den Chefs. Mach's gut, Alberto.»

«Ach, hast du schon die Neue von der Kriminaltechnik kennengelernt?»

«Nein. Lohnt es sich?»

«Immerhin passiert mal was Interessantes in diesem Kaff», sagte Fumagalli und wandte sich wieder der Leiche zu.

«Was können Sie uns sagen, Vicequestore?»

Zu dem glatzköpfigen Journalisten mit dem pockennarbigen Gesicht hatte sich ein weiterer hinzugesellt, ein Lockenkopf, der ziemlich eifrig erschien.

«Was ich Ihnen sagen kann? Dass Rom auch im nächsten Jahr die Meisterschaft gewinnen wird.» Rocco ging weiter. Die beiden verzichteten darauf, noch andere Fragen zu stellen, denn Rocco hatte, außer während der wenigen Pressekonferenzen, an denen der Questore ihn teilzunehmen zwang, noch nie mit Journalisten gesprochen.

In dem Moment näherte sich ein grünes Auto in Schlangenlinien dem Fußballplatz. Es war ziemlich verrostet, die Motorhaube eingedellt, der Keilriemen quietschte, und die relativ platten Räder gaben seltsame metallische Geräusche von sich. Die Karre rumpelte auf den Gehsteig und blieb röchelnd stehen. Quietschend öffnete sich die Fahrertür, und eine Frau um die vierzig stieg aus. Sie hielt eine alte Ledertasche in der Hand und machte mit einem Fußtritt die Autotür wieder zu. Dabei fiel ihr die Tasche auf den Boden, und kleine bunte Plastikgefäße kullerten heraus. Die Frau verdrehte die Augen und machte sich daran, die Dinger wieder einzusammeln. Rocco schaute ihr fasziniert zu. Das glatte dunkle Haar fiel ihr auf den Rücken. Ihr Gesicht war mädchenhaft mit großen dunklen Augen. Sie trug einen Rock, der bis zu ihren Knien reichte, und halbhohe Schnürstiefel. Roccos geübtem Blick gelang es, einen schlanken, athletischen Körper und einen beachtlichen Vorbau auszumachen, obwohl die Frau einen Pullover trug, der ihr mindestens drei Größen zu weit war und jegliche Kurven verhüllte. Inzwischen hatte sie ihr Zeug wieder eingesammelt. Sie legte schützend den Arm um die Tasche, als trüge sie ein Neugeborenes darin, und kam auf Rocco zu, um direkt vor ihm stehen zu bleiben. *«Salve!»*

«Salve.»

«Ich nehme an, Sie sind Vicequestore Schiavone, richtig?», fragte die Frau mit einem sizilianischen Akzent und lächelte schmal. Sie streckte Rocco die Hand hin, während sie in der anderen die Tasche balancierte. «Michela Gambino, Kriminaltechnik ...» Und die Tasche fiel ein zweites Mal zu Boden. Diesmal half Rocco ihr, die kleinen Behälter aufzusammeln, die erneut über die Straße rollten. «Madonna, ich brauche unbedingt eine neue Tasche.»

«Sie sind die Neue?»

«Äh, ja. Heute ist mein erster Tag. Danke.» Sie richteten sich wieder auf und ließen die Tasche am Boden stehen. Endlich kamen sie dazu, sich die Hand zu schütteln. Die schmalen Finger der Frau waren kalt. Kein Trauring, nur ein kleiner Ring ohne Stein schmückte den Ringfinger. «Und was gibt's da unten am Fluss?»

«Einen erdrosselten Transmenschen.»

«So was ist mir vor zwei Jahren in Torre schon mal untergekommen. Als ich noch nicht bei den Chefermittlern war.»

«In Torre Annunziata?»

«Nein, Torre del Greco. Aber ich bin aus Palermo.»

«Ich aus Rom.»

«Ja, ich weiß. Ich hab schon viel von Ihnen gehört. Und könnten wir uns vielleicht duzen? Wie es aussieht, werden wir öfter miteinander zu tun haben.»

«Wegen mir gern, Michela.»

«Wegen mir auch, Rocco.» Michela hob den Blick, und auf ihrem Gesicht erschien ein andächtiges Lächeln. Auch Rocco schaute nach oben. Der Himmel war blau. Ein paar Wolken waren zu sehen. Dazwischen ein heller Streifen, der Kondensstreifen eines Flugzeugs. «Das wird nie aufhören», sagte Michela.

«Wie bitte?»

«Siehst du? Die weiße Spur hinter der Boeing?», fragte sie, den Blick wieder auf Rocco gerichtet. «Chemtrails», fügte sie hinzu.

«Bitte was?»

«Das sind Chemtrails.» Michela senkte die Stimme. «Das machen sie seit 1997. Sie versprühen chemische Substanzen in der Luft, und früher oder später werden wir alle durch psychoaktive Drogen kontrolliert.»

«Ich verstehe nicht. Wer macht das?»

«Die Mächtigen. Weißt du, mit wie vielen sie die Welt beherrschen? Sie sind dreihundert. Der Club der Dreihundert. Wenn wir mehr Ruhe haben, kann ich dir auch sagen, wer das ist.»

«Ja, mit mehr Ruhe, denn dreihundert sind schon …»

«Und ich bin davon überzeugt, Rocco, dass das …» Sie wies mit dem Zeigefinger in den Himmel. «… auch eine gute Methode zur Geburtenkontrolle ist. Hast du dich schon mal gefragt, warum George Soros auf einer Insel lebt, wo die Luft ganz sauber ist?»

«Nein, das hab ich mich noch nicht gefragt, Michela. Aber ich werde es tun.»

Die Kollegin von der Kriminaltechnik schüttelte den Kopf. «Hast du noch nie von HAARP gehört?»

«Nein.»

«Du hast wirklich keine Ahnung, Vicequestore. In zwanzig Jahren werden sie die Weltbevölkerung von sieben Milliarden auf etwas mehr als fünfhundert Millionen reduziert haben. Dann bleiben nur noch die Reichen und Mächtigen übrig, die über alles bestimmen, und eine Handvoll Sklaven.»

Michela bückte sich, um die Tasche aufzuheben, und ließ Rocco stehen. Nach zwei Schritten drehte sie sich noch mal um. «Wie ist es so in Aosta?»

«Keine Ahnung», meinte Rocco.

«Ach klar, du weißt ja nichts. Ich hoffe, dass ihr nichts angefasst oder irgendwelche Spuren hinterlassen habt, deine Männer und du.»

«Natürlich nicht, Michela. Allein schon, weil die Leiche halb im Wasser lag. Da kann man schlecht Spuren hinterlassen.»

«Wenn du das sagst.»

«Eine neugierige Frage: Dein Auto, was ist das für eine Marke?»

«Ein SAS-968 Saporoshez. Den findest du nirgends in Europa. Eine Rarität.» Michela zwinkerte ihm zu. «Los geht's!», rief sie dann ihren beiden Kollegen in den weißen Overalls zu und machte sich auf den Weg zum Fluss.

Rocco blieb stehen, bis die Frau im Pulk der Gaffer verschwand. Dann breitete er hilflos die Arme aus und wandte sich Italo zu, der mit den Clarks in der Hand neben dem Auto stand. «Gibst du mir jetzt meine Schuhe zurück?» Rocco löste die Schnürsenkel.

«War das die von der Kriminaltechnik?»

«Ja.»

«Und wie ist sie so?», fragte Italo.

«Sie passt gut zu all den Verrückten hier in Aosta!»

Roccos neues Büro hatte die Größe einer Besenkammer. Es gab nur ein einziges schmales Fenster, und der Schreibtisch passte gerade so hinein. Um sich hinsetzen zu können, musste er beinahe drüberklettern. Lupa erwartete ihn, neben einem kleinen Spind auf dem Boden liegend, der wohl als Aktenschrank dienen sollte, aber eher so aussah, als ob darin Eimer und Putzlappen aufbewahrt würden. Rocco beeilte sich, seine persönliche Schreibtischschublade zu öffnen, die stets abgeschlossen war, und nahm den Joint heraus, den er am Vorabend vorbereitet hatte. Er zündete ihn an und ging zu dem winzigen Fenster hinüber. Entsetzt stellte er fest, dass es auf den Innenhof der Questura hinausging und dass man durch die großen Fenster im Mittelgang problemlos in sein Büro beziehungsweise seine Besenkammer sehen konnte. Tatsächlich klopfte D'Intino gerade ans Fenster gegenüber und winkte. Rocco winkte nicht zurück. Er wandte sich wieder dem Raum zu. «Nein, Lupa, wir müssen so schnell wie möglich wieder hier raus.» Er nahm die Dose mit den Hundeleckerli «Amore» aus der Schublade und warf Lupa eins zu. Sie fing es im Flug auf.

Rocco schaute auf das Telefon, das auf einem Brett unter der grünen Lampe stand. «Ich würde sagen, dass er mich in etwa zehn Sekunden anrufen wird. Eins, zwei, drei ...» Das Telefon klingelte. «Mist, Lupa, ich hab ihn unterschätzt.» Er griff nach dem Hörer. «Schiavone, was kann ich für Sie tun, Dottore?»

Der Questore am anderen Ende der Leitung war irritiert. «Woher wussten Sie, dass ich es bin?»

«Ich bin Polizist, schon vergessen?»

«Es ist gut, wenn Sie mich ab und zu daran erinnern. Los, fassen Sie mir die Fakten zusammen.»

«Ich war gerade auf dem Weg zu Ihnen. Es gibt da eine Kleinigkeit, über die ich ohnehin mit Ihnen reden möchte.»

«Worum geht's? Sie müssen nach Rom, nehme ich an.»

«Nein. Es geht um das Zimmer.»

«Kommen Sie rauf, dann reden wir drüber.»

Er legte auf. «Lupa, bleib einen Moment hier, ich muss noch mal weg.»

Rocco warf den Joint auf den Boden und trat ihn aus, um ihn dann aufzuheben und in den Papierkorb zu werfen. Dann schnüffelte er in die Luft, schüttelte den Kopf und öffnete das Fenster. «Noch nicht mal Vorhänge! Diese Geizkragen!»

Im Gang fiel ihm auf, dass jemand, vielleicht Italo, auch das Plakat mit dem, was ihm auf den Sack ging, neben der Tür angebracht hatte. Sein Umzug schien also beschlossene Sache zu sein. War das eine Strafe? Gut möglich. Die Sache mit Rom, mit Enzo Baiocchi ... Eine erste Konsequenz aus dem Verhör durch den Questore und den Staatsanwalt? Wahrscheinlich hätten sie ihn zum Fotokopieren degradiert, wenn er in diesem Laden nicht das einzige denkende Wesen und der Fotokopierer nicht dauernd kaputt wäre.

Vielleicht überlegen sie, mich zu versetzen, dachte er, während er die Treppe hinaufging. Und dann?

Der Gedanke ließ ihn ziemlich kalt. Er fühlte sich weder der Stadt noch seinen Kollegen besonders verbunden. Er hatte sich schon oft gefragt, ob ihm irgendjemand hier etwas bedeutete. Italo Pierron? Ein netter Kerl, den er sehr schätzte, aber mehr nicht. Antonio Scipioni war ein guter Polizist und ziemlich intelligent, aber nicht mehr als ein guter Kollege. Die anderen Agenti, Questore Corsi oder Baldi konnte er vergessen. Und Fumagalli eigentlich auch, ein ungewöhnlicher Mensch, der auf einem anderen Planeten lebte. Aber da war ja auch noch Caterina. Und Caterina war eine Sache für sich.

Sie hatte sich ganz leise in sein Herz geschlichen, wie ein Virus, das am Anfang nur wie eine Erkältung ist und dich dann so umhaut, dass du im Bett bleiben musst. Im September, als er sie kennengelernt hatte, war sie für ihn nicht mehr als ein nettes Mädchen gewesen, mit der er außerhalb der Arbeitszeit gern mehr als nur einen flüchtigen Gruß ausgetauscht hätte. Nach und nach hatte er erkannt, dass sie etwas Besonderes war, und immer, wenn sie ihren freien Tag hatte, fehlte sie ihm. Zum Glück war sie vergeben, denn sie war mit Italo Pierron zusammen, was das Ganze deutlich einfacher machte. Er musste sie sich aus dem Kopf schlagen. Die Frau eines Freundes oder von jemandem, den er schätzte, war absolut tabu. Sie war wie eine Nonne, ein Priester oder eine Marmorstele. Keine Frau, die man verführen konnte. Zugegeben, da war dieser halbe Kuss gewesen, als er ihr von Marinas Tod erzählt hatte. Aber das war im Aufruhr der Gefühle geschehen, im Wirbel der Erinnerungen, die ihm jedes Mal die Luft nahmen und die Kehle so zuschnürten, dass er keinen klaren Gedanken fassen konnte. Sollten sie ihn ruhig in eine andere Stadt versetzen. Was war das schon im Vergleich zu der Last, die er mit sich herumschleppte. Ein weiterer Umzug? Er hatte ja nur die zwei Koffer und einen Hund.

Mit diesen Gedanken im Kopf klopfte Rocco an die Bürotür des Questore.

«Herein.»

«Da bin ich, Dottore.»

«Setzen Sie sich, Schiavone.» Corsi saß an seinem Schreibtisch und las Zeitung. «Wie es aussieht, schlägt meine Exfrau in ihren Artikeln plötzlich einen ganz neuen Ton an. Haben Sie das schon gelesen?» Der Questore reichte Rocco die

Zeitung. Tatsächlich fand sich dort ein Artikel von Sandra Buccellato mit der Überschrift: *Rom hat uns ein echtes Geschenk gemacht.* Rocco überflog ihn kurz. Der Text lobte die hervorragenden Ermittlungen des Vicequestore und stellte in Aussicht, dass Enzo Baiocchi, der Mörder von Adele Talamonti, sicher sehr bald der Justiz übergeben werden würde.

«Apropos», meinte Corsi, als Rocco ihm die Zeitung zurückgab. «Fühlen Sie sich sicher? Schließlich ist dieser Baiocchi immer noch auf freiem Fuß.» Der Questore forderte Rocco mit einer Geste erneut auf, Platz zu nehmen.

Rocco zuckte mit den Schultern. «Ich fühle mich sicher. Wenn er will, soll er ruhig kommen.»

«Wollen Sie die Gefahr herunterspielen?»

«Nein, ich hab einfach keine Lust mehr drauf. Das nervt.»

Corsi sah ihn kopfschüttelnd an.

«Apropos nerven: Dürfte ich wissen, aus welchem Grund Sie mich in diese Besenkammer verbannt haben?»

«Das ist nur vorübergehend. Wir mussten einen Raum für die Kollegin von der Spurensicherung finden und ...»

«Ja, den offiziellen Grund kenne ich. Wir müssen uns hier wohl an eine reduzierte Truppenstärke gewöhnen. Also wenden wir uns lieber den Fakten zu: Wir haben eine Leiche in Plan Félinaz, neben dem Sportplatz. Sie liegt im Flussbett, ist am Ufer hängen geblieben. Es handelt sich um einen Transmenschen ...»

Der Questore hörte aufmerksam zu.

«Ersten Erkenntnissen zufolge etwa dreißig Jahre alt. Um die Todesursache zu benennen, ist es noch etwas früh, vermutlich Tod durch Strangulation.»

Corsi lehnte sich in seinem Schreibtischsessel zurück. «Also kein Tod durch Ertrinken?»

«Ich denke, nicht, aber das wird Fumagalli bald herausfinden.»

«Wissen wir, wer das Opfer ist?»

«Nein, das wissen wir nicht, Dottore. Und mir geht jetzt schon auf den Sack, das herausfinden zu müssen.»

Staatsanwalt Baldi schnaubte. «Wir müssen wohl im Milieu suchen», meinte er und setzte sich an seinen Schreibtisch.

«In welchem Milieu, wenn ich fragen darf?»

«Prostitution. Oder haben Sie jemals von einer Trans-Frau gehört, die sich auf eine andere Art den Lebensunterhalt verdient?»

«Allerdings», entgegnete Rocco.

«Ich nicht. Wie auch immer. Kommen wir auf die Identität zurück. Wie viele Transmenschen gibt es wohl hier in Aosta?»

«Warum sind Sie so sicher, dass die Tote von hier ist?»

Das Foto von Baldis Frau war erneut von seinem Schreibtisch verschwunden. «Sicher bin ich nicht, aber da Sie von einfacher Kleidung gesprochen haben, wie man sie eher zu Hause trägt, kann man doch annehmen, dass er hier gewohnt hat.»

«Oder sie ist zu Besuch und wohnt vorübergehend bei jemandem.»

Baldi stand auf und ging zum Fenster hinüber. «Da es sich um einen Transsexuellen handelt, reden wir in der weiblichen oder in der männlichen Form von ihm?»

«Ich bevorzuge die weibliche Form.»

«Warum?»

«Weil sie kein Transvestit ist, sondern eine Trans-Frau. Sie hat Brüste, also ist durchaus denkbar, dass demnächst die endgültige Operation vorgenommen werden sollte. Deshalb will ich in dieser Richtung mit den Ermittlungen beginnen. Wenn sie auf einen entsprechenden Termin gewartet hat, müssten uns die Krankenhäuser weiterhelfen können.»

«Das halte ich für eine sehr gute Idee. Wäre es für Sie okay, wenn ich weiterhin die maskuline Form benutze, wenn ich über ihn spreche?»

«Tun Sie, was Sie für richtig halten.»

«Wissen Sie, für mich bleibt jemand, der als Mann geboren wurde, ein Mann. Ich bin kein Freund von radikalen Veränderungen. Kennen Sie die Fabel vom Skorpion und dem Frosch?»

«Ja, die kenne ich.»

«Die wahre Natur verändert sich nie.»

«Aber es ist durchaus möglich, dass man sich von Natur aus wie eine Frau fühlt, die in einem männlichen Körper gefangen ist.»

Baldi schüttelte den Kopf, schloss das Fenster und kehrte zum Schreibtisch zurück. «Gefällt Ihnen Ihr neues Büro?»

Rocco lächelte. «Es ist wunderschön, aber ich würde es nicht wirklich ‹Büro› nennen. ‹Besenkammer› trifft es besser. Immerhin geht das Fenster – oder besser die Schießscharte – auf den Innenhof hinaus, und ich schaue nicht dauernd auf die Berge.»

«Ich nehme an, Sie fragen sich, warum man Ihnen ausgerechnet diesen Raum zugewiesen hat.»

«Nein, das frage ich mich nicht. Ich weiß es.»

Baldi sah Rocco in die Augen. «Ihre Anstellung hier hängt offenbar an einem seidenen Faden.»

«Das ist nichts Neues.»

«Warum sagen Sie mir nicht die Wahrheit über Enzo

Baiocchi? Warum hat er es auf Sie abgesehen? Was ist zwischen Ihnen beiden vorgefallen? Schiavone, ich gebe Ihnen eine letzte Chance.»

«Wie ich Ihnen bereits gesagt habe, finden Sie es selbst heraus, wenn Sie mir nicht glauben. Und nun, wenn es Ihnen nichts ausmacht, ich hab zu tun.» Rocco erhob sich.

«Sie denken, dass ich Sie nicht leiden kann, oder?»

«Sie machen nur Ihren Job. Sie sind einer, der daran glaubt. Und Sie haben schon mehr als einmal ein Auge zugedrückt.»

«Und warum wollen Sie dann nicht mit mir zusammenarbeiten und künftig solche Unannehmlichkeiten vermeiden?»

Rocco antwortete nicht. Er ging zur Tür. «Ich halte Sie auf dem Laufenden», sagte er lediglich. «Viele Grüße an Ihre Frau.»

Er wandte dem Staatsanwalt den Rücken zu, der daraufhin einen letzten Schuss abfeuerte – und traf: «Wie ist Luigi Baiocchi gestorben, Enzos Bruder?»

Rocco drehte sich noch einmal um. «Das ist wohl in Südamerika passiert. Mehr weiß ich nicht.»

Die beiden Männer blickten sich in die Augen.

«Und was haben Sie damit zu tun?»

«Schon wieder? Das hab ich Ihnen doch bereits gesagt. Er war ein kleiner Ganove. Ich hab ihn vor vielen Jahren mal wegen Kokainhandel in den Knast gebracht.»

«Bitte frischen Sie mein Gedächtnis auf.»

Rocco verdrehte die Augen und hob hilflos die Arme. «Na schön! Im Jahr 2007 sind wir auf eine Bande von Kokainschmugglern gestoßen, weil zwei junge Männer ermordet wurden, die den Typen das Zeug geklaut hatten. Der Kopf der Bande hatte ein Möbelhaus außerhalb von Rom, und wir haben herausgefunden, dass die Drogen mit den Möbeln aus

Südamerika geliefert wurden. Sie waren in falschen präkolumbianischen Statuen aus Honduras versteckt, oder genauer: Die Drogen waren zu diesen Statuen verarbeitet worden. Bei einer Durchsuchung am Hafen haben wir das Zeug gefunden. Es hat einen Schusswechsel gegeben, mehrere Tote und einen verletzten Agente, aber letztendlich haben wir die Bande gefasst. Bis auf Luigi Baiocchi und ein paar andere Bandenmitglieder, die leider entkommen sind, und vor allem haben wir den Drogenboss nicht geschnappt. Wir haben vermutet oder waren sogar fest davon überzeugt, dass es einen mächtigen Mann im Hintergrund gab, der die Strippen gezogen hat.»

«Und dieser Luigi Baiocchi, Enzos Bruder, ist irgendwo in Südamerika gestorben, sagen Sie.»

«Soweit ich weiß.»

«Und Sie finden es nicht seltsam, dass jetzt auf einmal sein Bruder aus dem Gefängnis ausbricht, um Sie zu erledigen? Kommen Sie, Schiavone, Sie beleidigen meine Intelligenz.»

«An dem Tag, an dem wir Enzo Baiocchi schnappen werden, können Sie ihn fragen und die Wahrheit ans Licht befördern. Glauben Sie mir, ich bin genauso gespannt darauf wie Sie», sagte Rocco und verließ endlich das Büro des Staatsanwalts.

Auf dem Rückweg zur Questura blieb Roccos Blick an einem Schaufenster hängen. Er starrte auf die ausgestellte Ware, die ihn eigentlich gar nicht interessierte. Bisher war ihm noch nicht mal aufgefallen, dass dort Kleidung für Damen verkauft wurde. Er wusste, dass die Lage unhaltbar geworden war. Die Schlinge zog sich immer weiter zu, und es war nur eine Frage der Zeit, bis sie die Wahrheit herausfinden würden, die zusammen mit Luigi Baiocchi in einem Vorort von Rom unter dem Fundament eines Reihenhauses vergraben lag. Er musste an jene Nacht im Jahr 2007 denken. An den Uringestank in dem alten verfallenen Gebäude, den Mond und die Sterne, die durch die zerbrochenen Fenster blickten. Den Schuss. An Luigi Baiocchi, der mit einem Einschussloch in der Stirn auf dem Boden lag. Die Mündung der Pistole, die Rocco auf sich selbst gerichtet hatte, um den letzten, den ultimativen Schuss abzugeben, der allem ein Ende gesetzt hätte.

Plötzlich bemerkte er sein Spiegelbild in der Schaufensterscheibe. Ausgemergelt, mit müden Augen und ungekämmtem Haar. Ein Schatten huschte vorbei und spiegelte sich einen Moment im Fensterglas. Eine weiße Gestalt, schnell wie der Blitz, die jedoch einen Parfümduft zurückließ, den Rocco nur allzu gut kannte. Er wandte sich um. Die Straße war menschenleer. «Was willst du mir sagen, Marina?», fragte er leise, bevor er sich wieder zu seinem Spiegelbild umdrehte. Seltsam, bis eben war ihm weder der Dreitagebart noch die weiß gewordene Haarsträhne aufgefallen, die ihm in die Stirn fiel. Er setzte seinen Weg fort. Unterwegs begegnete er einem kleinen Mädchen mit einem Kätzchen im Arm, dem die Tränen über die Wangen liefen, einem Mann mit schnellem Schritt und sorgenvollem Blick und einem Jungen mit langem Haar und einer geflickten Jacke, der sich auf die Lippe biss. Er ertappte sich bei dem Gedanken, dass jeder Mensch, egal ob jung oder alt, irgendwo feststeckte und tief in seinem Herzen um etwas kämpfte. Dass die kranke Katze wieder gesund wurde, dass er pünktlich zu einer Verabredung kam oder endlich das eigene Leben in die Hand nehmen würde. Rocco schaute nach oben. Die Sonne und der Himmel waren noch immer da. Noch nie hatte er sich so einsam gefühlt wie an diesem Morgen im Frühsommer. Nicht mal Marina besuchte ihn mehr. Sie huschte vorbei wie die Leute auf dem Platz und blieb nicht bei ihm stehen.

Caterina fand ihren Haustürschlüssel nicht. Er war weder in der linken noch in der rechten Hosentasche und auch nicht in der Jacke. Dabei hatte bei ihr doch alles seinen Platz. Die Rechnungen, die Quittungen, die Kassenzettel, die Medikamente. Schlüssel dagegen waren nicht zu beherrschen. Sie schienen ein Eigenleben zu führen. Immer spielten sie mit ihr Verstecken, verbargen sich in irgendwelchen Taschen oder Schubladen und waren nicht zu disziplinieren.

Ob ich ihn im Supermarkt verloren habe?, fragte sie sich, während sie die Hand zum dritten Mal in die vordere linke Tasche ihrer Bomberjacke steckte. Plötzlich ertasteten ihre Finger etwas Metallisches. Da war er, ins Futter gerutscht. Mit Mühe gelang es ihr, den Schlüssel herauszuangeln.

«Ciao …» Eine Stimme in ihrem Rücken ließ Caterina erstarren. Sie drehte sich um. Auf dem Gehsteig stand ihre Mutter. Sie kam ein paar Schritte näher.

Caterina zwang sich zur Ruhe. Sie durfte jetzt nicht zögern oder sich Gewissensbisse erlauben. Sie musste Abstand halten, kühl, hart und unerbittlich sein, so wie Agnese, ihre Mutter, sich all die Jahre ihr gegenüber verhalten hatte, als sie noch bei ihr wohnte.

«Was willst du?», fragte sie und blickte ihrer Mutter in die Augen. Der Schlüssel steckte bereits im Schloss.

«Bitte, Caterina, ich hab dich in den Supermarkt gehen sehen und dann …»

«Was machst du hier? Folgst du mir? Warum bist du in Aosta?»

Ihre Mutter senkte den Blick. «Könnten wir vielleicht fünf Minuten miteinander reden?»

Caterina ließ den Schlüssel im Schloss stecken und verschränkte die Arme vor der Brust. Ihr Herz raste. Sie versuchte, ruhig zu atmen, doch ihre Kehle war wie zugeschnürt. «Und dann gehst du wieder und lässt mich in Frieden?», brummte sie.

«Dein Vater hat angerufen.»

Caterina schluckte und lächelte höhnisch. «Seid ihr wieder zusammen?»

«Nein. Darum geht es nicht. Er hat deine Nummer nicht.»

«Ach wirklich?», fragte Caterina und riss die Augen auf, um überrascht zu wirken. «Wie kommt das denn?», fragte sie ironisch.

«Er hat mich gebeten, dich aufzusuchen und dir etwas zu sagen.»

«Was er zu sagen hat, interessiert mich nicht», entgegnete Caterina, griff nach dem Schlüssel und drehte ihn herum, um die Tür zu öffnen. Doch ihre Mutter hielt sie am Arm zurück. «Caterina, bitte. Dein Vater hat eine sehr riskante Herzoperation vor sich.»

Der körperliche Kontakt ließ Caterina erschaudern. Sie betrachtete die Hand ihrer Mutter, die Fingernägel mit dem abgesplitterten roten Nagellack, die beiden billigen Ringe, die sie trug.

Sie hasste diese Hand, diese Haut, diesen widerlichen Gestank nach Sellerie, der von ihr ausging.

«Und jetzt?»

«Und jetzt möchte er dich noch mal sehen, bevor er unters Messer kommt.»

«Warum? Falls er es nicht überlebt?»

Agnese nickte. Daraufhin beugte sich Caterina zu ihr hinüber und sagte ihr mit leiser Stimme ins Gesicht: «Das ist das, was ich ihm wünsche!» Dann schüttelte sie die Hand ihrer Mutter ab. Sie ging ins Haus, trat die Tür hinter sich zu und ließ ihre Mutter auf der Straße stehen. Ohne weiter darüber nachzudenken, eilte sie die Treppe hoch, den Schlüssel zwischen den Lippen, damit sie ihn nicht wieder verlor. In ihrer Wohnung machte sie das Licht an, hängte die Jacke an den Haken gegenüber der Eingangstür und drehte ohne einen Blick in den Spiegel im Bad die Dusche auf. Eilig zog sie sich aus, legte ihre Hose zusammengefaltet auf den Stuhl, warf ihr Shirt und die Baumwollsocken in den Korb mit der schmutzigen Wäsche und stellte ihre Schuhe in den Schuhschrank. Das Wasser dampfte. Sie trat in die Duschkabine. Begann mit den Haaren, die sie zweimal mit Shampoo wusch, bevor sie reichlich Pflegespülung einmassierte und wieder auswusch. Dann nahm sie den Duschschwamm und gab Seife darauf. Sie wusch sich unter den Achseln und zwischen den Pobacken und rieb dann mit dem Schwamm so heftig über ihre Beine, dass die Haut rot wurde. Als Nächstes waren der Hals, die Arme und die Füße dran. Dann drehte sie das Wasser ab und griff nach ihrem Bademantel. Sie rubbelte sich trocken, schlang ein Handtuch um das nasse Haar und ging ins Wohnzimmer. Dort schaltete sie den Fernseher ein, wo gerade die Nachrichten liefen, und drehte die Lautstärke auf. «... Starkregen in der Gegend des westlichen Mittelmeers, der zu Sturzfluten ...» Sie füllte den Wasserkocher, stellte ihn auf die Herdplatte und gab einen Teebeutel in eine Tasse. Dann setzte sie sich auf den Sessel vor dem Fernseher, atmete tief durch und fing an zu weinen.

Rocco saß an seinem Schreibtisch und musterte nacheinander die Mitglieder seines Teams. D'Intino, der aus der Provinz Chieti stammte, betrachtete ihn mit dem starren, glasigen Blick eines toten Fischs auf dem Markt. Deruta war in Schweiß gebadet und völlig außer Atem, da der Weg zum neuen Büro des Chefs nun deutlich weiter war, ganz zu schweigen von der Treppe, die das Ganze für ihn zu einem Höllentrip machte. Casella wirkte wie üblich so zerstreut, als wäre er rein zufällig an diesem Ort gelandet, was der Wahrheit recht nahekam. Italo und Antonio schließlich standen scheinbar gelangweilt an der Tür. Die umfunktionierte Besenkammer war voll wie eine Sardinenbüchse.

«Freunde, Kollegen, Mitbürger, bitte hört mir zu. Wie ihr sehen könnt, befinden wir uns im neuen Büro eures Chefs. Daran könnt ihr erkennen, wie sehr die Questura von Aosta uns schätzt, und dies trotz unserer jüngsten Ermittlungserfolge. Umso besser, finde ich. Weil man aus schwierigen Situationen nur lernen kann. Was bedeutet, dass ab heute neue Zeiten anbrechen. Eine neue Ära, und die heißt ...» Rocco blickte fragend seine Agenti an, die nicht wussten, was sie sagen sollten. «Und die heißt: Schiavone kümmert sich nur noch um seinen Scheiß. Und wie das? Ganz einfach. Von jetzt an geht ihr nach draußen und reißt euch den Arsch auf, während ich an den Pressekonferenzen des Questore teilnehme und hier rumsitze, um mir ein paar Gedanken über das Leben zu machen und einen Haufen Zigaretten zu rauchen. Könnt ihr mir folgen?»

«Ja», murmelten mehr oder weniger alle außer D'Intino, der sich zu Casella hinüberbeugte. «Ich verstehe kein Wort.»

«Du wirst es schon noch verstehen, D'Intino», sagte Rocco. «Wir werden die Aufgaben jetzt aufteilen. D'Intino und Deruta, ihr macht euch auf die Suche nach allen Trans-Männern und -Frauen, die es in Aosta und im Rest der Provinz bis nach Biella gibt, und zeigt allen das Foto der Leiche, die wir gefunden haben.»

Die beiden Agenti sahen sich entsetzt an und schienen nach Worten zu suchen.

«Das ist leicht gesagt», meinte Deruta.

«Sticazzi!», fügte Italo hinzu.

Rocco schlug mit der Faust auf den Tisch. «Es wird langsam Zeit, dass ihr hier im Norden lernt, das römische Vokabular richtig zu benutzen. *Sticazzi* sagt man, wenn einem etwas scheißegal ist. Auf eine Frage wie: Weißt du, dass Saint-Vincent viertausend Einwohner hat?, kannst du mit *Sticazzi* antworten. Also mit ‹Mir scheißegal›. Aber hier ist das Wort fehl am Platz. Dir trägt jemand auf, die Nadel im Heuhaufen zu suchen? Dann ist *Mecojoni* richtig, weil das ein Ausdruck der Überraschung ist. Das sagt man im Sinne von ‹Das gibt's doch nicht!›. Verstehst du den Unterschied, Italo? Du kannst mit *Sticazzi* nicht ausdrücken, dass du dich wunderst. Wenn du vierzig Millionen Euro im Lotto gewonnen hast, würdest du mit *Sticazzi* sagen, dass dir die Sache am Arsch vorbeigeht. Stattdessen musst du *Mecojoni* sagen! Klar? Und jetzt noch mal von vorn: Deruta und D'Intino sollen sämtliche Transmenschen in Aosta und der ganzen Provinz suchen. Dann musst du sagen?»

«Mei cojoni?»

«Mecojoni», korrigierte Rocco.

«Mecojoni.»

«Bravo, Italo. Und jetzt: In Courmayeur gibt es eine Seilbahn.»

«Sticazzi.»

«Perfekt. Damit hast du gerade den siebten Artikel der Römischen Verfassung gelernt, der lautet: Ein *Sticazzi* im richtigen Moment löst sämtliche Probleme. Fahren wir fort. Italo! Da heute Caterinas freier Tag ist, gehst du freudestrahlend zu Fumagalli, um nach den Neuigkeiten über die Tote zu fragen.»

«Ich?», fragte Italo.

«Du heißt doch Italo, oder? Natürlich du.»

«Aber, Dottore, die Rechtsmedizin ist für mich …»

«Wenn du weiterhin Polizist sein willst, musst du lernen, in die Rechtsmedizin zu gehen, ohne ohnmächtig zu werden, Schluss, aus! Kommen wir zu dir, Antonio. Du und Casella, ihr erkundigt euch bei unserer Kollegin von der Spurensicherung nach den Neuigkeiten. Alles klar?»

«Ja», antworteten alle außer D'Intino, der sich diesmal zu Deruta hinüberbeugte: «Und was jetzt? Ich hab's immer noch nicht verstanden.»

«Wir sollen alle Transleute fragen, ob sie die Tote kennen.»

«Ja, aber was sind das, Transleute?»

Rocco beendete die Diskussion. «Los, Jungs, und kehrt siegreich zurück!»

Wenig überzeugt setzten sich die Agenti in Bewegung. «Wir sehen uns wieder hier in … sagen wir, wann es euch passt. Und denkt dran, D'Intino und Deruta, kommt lebend zurück. Frohes Schaffen …»

Die Männer verließen das winzige Büro, in dem Rocco allein mit Lupa zurückblieb. «Und jetzt auf zur Pressekonferenz.»

Der Raum war zur Hälfte gefüllt. Als der Questore Rocco am Ende des Gangs herankommen sah, lächelte er überrascht und erleichtert. «Schiavone! Stellen wir uns gemeinsam der

Presse. Das freut mich sehr. Darf ich fragen, wie das möglich ist?»

«Ganz einfach, Dottore. Neues Büro, neue Strategie. Die Arbeit draußen machen jetzt meine Agenti. Ich bleibe hier, um alles zu koordinieren.»

Corsi fasste ihn am Ärmel. «Aber was sagen Sie denn da, Schiavone? Ihre Agenti? Wir wissen doch, wie die sind. Abgesehen von ein paar Ausnahmen ...»

«Sie sind eine Katastrophe. Aber so arbeiten wir ab jetzt. Irgendwann müssen die Jungs ja lernen, Herausforderungen zu meistern, nicht wahr?»

Der Questore stellte sich ihm in den Weg. «Aber was sagen Sie denn da? Es geht um einen Mord, und die sind doch nicht in der Lage ...»

«Was soll's, ein gelöster Mordfall mehr oder weniger. Wir sollten jetzt anfangen, es ist nicht gut, die Journalisten warten zu lassen.» Rocco löste sich aus dem Griff seines Vorgesetzten und trat in den Raum.

«Wir haben im Kiesbett des Flusses in Plan Félinaz neben dem Sportplatz eine Leiche gefunden. Die Tat wurde wahrscheinlich vergangene Nacht verübt, aber wir warten noch auf die Ergebnisse von Dottor Fumagalli.» Corsi war aufgestanden und redete. Rocco saß neben ihm und beobachtete die Journalisten. Sandra Buccellato saß in der zweiten Reihe. Ihre Blicke trafen sich mehr als einmal, aber die meiste Zeit über suchte die Journalistin den Blick ihres Exmannes. In der ersten Reihe hob jemand die Hand. Ein Mann mit einer großen Nase meldete sich zu Wort.

«Bitte, Signor Angrisano», sagte Corsi stöhnend. Es war offensichtlich, dass er den Mann aus tiefstem Herzen hasste.

«Könnten Sie uns bitte mehr Details geben? Das ist mir alles zu unkonkret.»

«Das Verbrechen ist erst vor wenigen Stunden passiert!», brüllte der Questore. «Geben Sie uns wenigstens die Zeit zu verstehen, was los ist! Das ist keine Pressekonferenz, sondern wir wollen Sie lediglich informieren, falls Ihnen das entgangen ist.»

«Ja, aber davon abgesehen», insistierte Angrisano, «gibt es schon einen Verdächtigen? Irgendeine Spur?»

«Angrisano! Darüber kann ich während der Ermittlungen nichts sagen, wie Sie wissen sollten. Das ist ein Mordfall und kein Monopolyspiel!»

«Dottore», meldete sich eine Frauenstimme zu Wort. Es war Sandra Buccellato. Rocco beobachtete, wie der Questore die Hand zur Faust ballte. «Sagen Sie uns bitte etwas mehr über den Toten», forderte die Journalistin.

Der Questore warf Rocco einen hilfesuchenden Blick zu, woraufhin der das Wort ergriff.

«Also: Die Leiche lag im Wasser und wies starke Schwellungen auf. Damit meine ich nicht, dass sie sehr aufgedunsen war, sondern Schwellungen im Gesicht hat. Verursacht durch diverse chirurgische Eingriffe an der Nase, den Lippen, den Wangenknochen und an den Brüsten. Männliche Geschlechtsteile sind ebenfalls vorhanden, es handelt sich also um einen Transmenschen. Bis dato können wir einen Tod durch Ertrinken eindeutig ausschließen.»

«Warum?», fragte ein Journalist mit Lockenkopf.

Rocco überging die Frage. «Die Tote hatte keine Dokumente bei sich, daher wissen wir noch nichts über ihre Identität.»

«Und was ist mit dem Motiv?», wollte Sandra Buccellato wissen.

«Es könnte sich um ein Verbrechen aus Leidenschaft handeln, Erpressung, Rache …»

«Sie ermitteln also in alle Richtungen?», fragte Angrisano.

«Genau.» Mehr sagte Rocco nicht. Corsi sah ihn an, aber Rocco schwieg hartnäckig.

«Gut», ergriff der Questore wieder das Wort. «Die Mordkommission hat die Ermittlungen aufgenommen, und in Kürze …»

«Wieso ist der Vicequestore hier, anstatt bei den Ermittlungen dabei zu sein?», fragte Sandra Buccellato.

Die Antwort kam direkt von Rocco. «Weil ich es vorgezogen habe, Sie persönlich zu informieren. Denn es gefällt mir nicht, wenn jemand mir irgendwelche Aussagen unterstellt und mit Verleumdungen für Unruhe sorgt.»

Sandra Buccellato lächelte. Rocco dagegen blieb ernst. Drei Sekunden später brach die Hölle los.

«Schiavone, würden Sie mir bitte erklären, was Sie mit Ihrem Verhalten erreichen wollten? Sind Sie zur Pressekonferenz gekommen, um die Journalisten aufzuwiegeln? Ich habe jeden Tag mit denen zu tun, und ich bin dem Druck der Chefredakteure und des Präsidenten der Region ausgesetzt!»

«Dottor Corsi, wenn diese Questura der Meinung ist, dass ich in eine Besenkammer gehöre, dann will ich diesem Bild natürlich gern gerecht werden und mich entsprechend verhalten. Angesichts der Tatsache, dass mein Job, die Questura, Sie, die Journalisten, Aosta und seine Verbrechen mir extrem auf den Sack gehen, kümmere ich mich einen Scheiß um all das und sitze meine Zeit im Büro ab.»

«Sie untergraben Ihre Position.»

«Nein, Sie tun das. Wenn Sie mich brauchen, finden Sie mich zwischen den Putzmitteln für die Fußböden und dem

Akkubesen», sagte Rocco und ging durch den Gang davon. «Und da wir gerade dabei sind: Ich denke, ich gehe jetzt nach Hause. Heute gibt es sicher noch keine Neuigkeiten von meinen Ermittlern. Auf Wiedersehen.»

Der Himmel war dunkel, nur die Berggipfel waren noch von einem schwachen hellen Schein umgeben, sodass man ihre Umrisse erkennen konnte. Die Straßenlaternen und die Leuchtreklame der Geschäfte waren eingeschaltet. Rocco war mit einer Portion Kebab und Ofenkartoffeln auf dem Weg nach Hause, als er sah, wie Gabriele mit einer Supermarkttüte in der Hand in die Via Croix de Ville einbog.

«Wie ist es gelaufen, Gabriele?»

«Schlecht. Ich habe gerade mal zwei Punkte gekriegt», sagte der Junge mit hängendem Kopf, sodass das lange Haar einen Teil seines Gesichts verdeckte.

«Das war's dann wohl mit der Versetzung.»

«Ich denke, ja. Am Ende sollte ich einen lateinischen Satz aus dem Stegreif übersetzen!»

«Du?» Rocco musste beinahe lachen.

«Warten Sie, ich hab ihn hier ...» Gabriele stellte die Tüte auf den Boden, schob eine Hand in die Tasche seiner am Knie abgeschnittenen Jeans, zog einen Zettel hervor und entfaltete ihn. *«Ibis redibis non morieris in bello.»*

«Aber das weiß doch jeder! Das ist ein Sibyllinisches Orakel. Der lateinische Satz kann auf zwei verschiedene Arten ausgelegt werden. Erstens: Du wirst gehen, zurückkehren und nicht im Krieg sterben. Zweitens: Du wirst gehen, aber nicht zurückkehren, sondern im Krieg sterben. Das Orakel hat dem in die Schlacht ziehenden Soldaten also eine zweideutige Antwort gegeben.»

«Was ist ein Orakel?»

Rocco hob hilflos die Arme. «Vergiss es, Gabrie'.»

Der Junge ging mit hängendem Kopf weiter. Rocco blieb abrupt stehen. Er griff nach Gabrieles Hand und zog ihn unter eine Straßenlaterne.

«Streich dir mal die Haare aus dem Gesicht.»

«Hä?»

«Ich habe gesagt: Streich dir mal die Haare aus dem Gesicht!»

Gabriele zögerte und versuchte, sich rauszuwinden, doch Rocco hielt ihn am Arm fest. «Gabriele, lass mich mal sehen!»

Der Junge hob langsam die Hand und strich vorsichtig die Haarsträhne zur Seite, die eine Hälfte seines Gesichts verdeckte. Unter dem Auge zeichnete sich ein gelblich-violetter Bluterguss ab.

«Woher hast du das?»

«Aus der Schule. Ich hab im Sportunterricht einen Basketball ins Gesicht gekriegt.»

Rocco sah ihm in die Augen. «Du weißt schon, was mein Job ist, oder?»

«Ja, Sie sind Commissario.»

«Falsch, ich bin Vicequestore, also Polizist. Und wenn mich jemand verarschen will, passiert das.» Rocco zog den Ärmel seines Pullovers ein Stück hoch. «Ich bekomme eine Gänsehaut. Und in diesem Moment habe ich eine Gänsehaut. Das bedeutet, dass du mich belogen hast.»

«Sie irren sich. Das ist die Wahrheit.»

«Gabriele, ich frage dich noch einmal: Wie ist das passiert?»

Der Junge kratzte sich am Kopf. «Keine große Sache, nur ein kleiner Streit.»

«Zwischen dir und?»

«Einem aus der Schule.»

«Das ist okay. Einer gegen einen ist in Ordnung. Und der andere?»

«Wollen Sie wissen, wie er heißt?»

«Nein. Du hast ein blaues Auge, und der andere?»

Gabriele zuckte mit den Schultern.

«Oh nein, mein Freund, so nicht. Du musst lernen, richtig zuzuschlagen, zum Teufel!»

«Ich bin nicht gut mit den Fäusten.»

«Ich habe ‹schlagen› gesagt, nicht ‹boxen›. Gut, dann werde ich dir jetzt mal ein paar Dinge erklären.»

Sie setzten den Heimweg gemeinsam fort. Gabriele öffnete die Haustür.

«Ist deine Mutter immer noch weg?»

«Ja, sie übernachtet in Mailand.»

«Und du bist allein zu Hause?»

«Ja. Aber ich bin dran gewöhnt.» Sie traten ins Haus. Rocco hinten, Gabriele vorneweg, gingen sie die Treppe hinauf. «Und du musst dringend ein bisschen abnehmen, du hast einen Hintern wie ein Brauereipferd. Was isst du heute Abend?»

«Ich hab mir zwei Hamburger gekauft und ein Vanilleeis. Und Sie?»

«Kebab und Ofenkartoffeln.»

«Lecker.»

Sie erreichten ihre Etage. «Weißt du was? Wir gehen stattdessen zusammen essen, du, Lupa und ich. Zur Feier des Tages.»

«Was?»

«Dass du sitzen bleibst.»

«Ist das ein Grund zu feiern?»

«Klar. Wusstest du das nicht? Wenn man die schlechten

Nachrichten feiert, lernt man zu leben. Geh duschen und zieh dir eine vernünftige Hose an, weil ich diese kurzen Dinger furchtbar finde. So sieht man die Waden, die Haare an den Beinen und die Sneakersocken. Und ein sauberes Shirt wäre gut. Hast du eins?»

«Ich kann mit der Waschmaschine umgehen, was denken Sie denn?»

Das Beste an Roccos neuer Wohnung war, dass sich in unmittelbarer Nachbarschaft mehrere ganz anständige Restaurants befanden. Sie ergatterten einen freien Tisch im *Grottino*, wo Rocco *Pasta con le vongole* bestellte. Er hätte niemals gedacht, dass eins der Restaurants in Aosta es mit denen an der Amalfiküste aufnehmen konnte, und seit er es ein paar Monate zuvor entdeckt hatte, war es zu seinem Lieblingslokal geworden. An diesem Ort konnte man das Meer, die Sonne und den Himmel riechen. Gabriele, der weder Seebarsch noch Goldbrasse mochte, stürzte sich auf seine Pizza. Rocco beobachtete ihn beim Essen. Der Junge kaute und schluckte, als gäbe es kein Morgen, und verschlang die *Pizza quattro stagioni* in wenigen Sekunden.

«Ich hab mal einen Dokumentarfilm über Piranhas gesehen, weißt du, was Piranhas sind?»

«Soll das ein Witz sein?», entgegnete Gabriele mit vollem Mund. «‹Piranhas›, ‹Piranha 2 – Fliegende Killer›, ‹Die Rückkehr der Piranhas›, ‹Mega Piranha› ... Sie sollten keine Themen anschneiden, bei denen ich Ihnen haushoch überlegen bin.» Gabriele widmete sich seinem Bier. «Sie wollen mich mit diesen Fischen vergleichen, richtig?»

«Genau. Möchtest du noch eine?»

«Lieber eine *Calzone*. Gibt's die hier?»

«Ich denke, ja.» Rocco winkte einen der Kellner heran. «Hören Sie, könnten wir eine *Calzone* bekommen. Die soll hier ja ein Highlight sein.»

«Kommt sofort», entgegnete der Kellner und verschwand.

«Ein Hailight? Wie wär's mit ‹Der weiße Hai› und ‹Der weiße Hai 2› und ‹Der weiße Hai 3› und ‹Der weiße Hai – Die Abrechnung›? Kenne ich alle.» Gabriele hob jubelnd die Fäuste, als hätte er ein Tor geschossen. «Wollen Sie die Regisseure wissen? Der erste ist von Spielberg, ohne Frage ein absolutes Meisterwerk, der Mann ist einfach super. Dann der zweite, der ist von Szwarc, der dritte von Alves und der letzte vom großartigen Sargent, der vorher ‹Alpträume› gedreht hat, auch einen Horrorfilm, alles verstanden?»

Rocco war baff. «Wovon, zum Teufel, sprichst du da?»

«Wir gehen nachher mal in mein Zimmer. Wenn Sie meine Horrorfilm-Sammlung sehen, bleibt Ihnen die Spucke weg.»

«Ich hasse Horrorfilme», sagte Rocco und widmete sich wieder seinem Essen.

«Dann hatten Sie bestimmt eine schwierige Kindheit. Ansonsten würden Sie sie lieben.»

Dieser pummelige Grünschnabel mit seinen Pickeln und den fettigen langen Haaren machte ihn sprachlos. Rocco gab Lupa etwas von seinen Spaghetti ab. «Dann hattest du also eine schöne Kindheit?»

«Als Kind war ich tatsächlich glücklich.» Gabriele nahm sich ein Stück Brot. «Danach ging es irgendwie bergab, aber bis ich zwölf war, hatte ich viel Spaß. Kennen Sie ‹Alien›?»

«Nein. Das ist auch ein Film, oder?»

«Genau. Stellen Sie sich vor, meine Familie wäre ein Körper. Und in diesem Körper lebte ein Eindringling, von dem wir nichts wussten, bis er rausgekommen ist. Aber wir haben ihn besiegt und verjagt.»

«Einen Alien?»

«Meinen Vater.»

«Entschuldigen Sie, Dottore ...»

Rocco hob den Blick. Vor ihm standen Italo, Casella und Antonio Scipioni. Alle drei sahen müde und niedergeschlagen aus.

«Apropos Aliens ... Was gibt es? Um diese Zeit? Seht ihr nicht, dass ich gerade beim Essen bin?»

«Doch. Wir wollten zu Ihnen nach Hause und haben Sie von der Straße aus gesehen.»

Rocco legte die Serviette ab. «Beim nächsten Mal sollten wir uns einen Tisch weiter hinten im Raum suchen, Gabriele. Wollt ihr uns Gesellschaft leisten? Wir haben gerade erst angefangen. Aber ich rate euch, nicht so nah an den Pitbull ranzugehen ...» Er wies auf Gabriele. «... der ist in der Lage, euch einen Arm abzubeißen.»

«Nein, vielen Dank, wir gehen nach Hause. Es ist nur so ...» Italo sah seine Kollegen an, und Casella ergriff das Wort. «Es ist nur so, Dotto' ... Also die Kollegin von der Kriminaltechnik wollte mit mir und Antonio nicht sprechen. Sie sagt, dass sie uns nicht traut und wir womöglich vom Geheimdienst sind ...»

Rocco verdrehte die Augen.

«Und ich konnte nicht mit Fumagalli sprechen, weil ich in der Rechtsmedizin ohnmächtig geworden bin», fügte Italo hinzu.

Rocco klatschte in die Hände. Lupa legte die Vorderpfoten auf Roccos Knie. «Hervorragende Arbeit, Jungs. Fehlen nur noch Dick und Doof ...»

«Die sind noch unterwegs. Bisher haben wir nichts von ihnen gehört.»

«*Missing in action.* Dann bis morgen. Schreibt einen hübschen Bericht, in dem ihr genau das zu Papier bringt, was ihr erarbeitet habt, und legt den Wisch dem Questore auf den Schreibtisch. Vergiss nicht, Italo, genau so, wie ihr es mir gerade erzählt habt. Wir sehen uns morgen.» Die drei Polizisten verließen frustriert das Restaurant. Im selben Moment brachte der Kellner Gabrieles *Calzone*. «Schön langsam, Junge, das ist die letzte!», meinte er und ging lachend wieder davon. Gabriele griff sofort zum Besteck. «Worüber haben Sie gesprochen? Wonach haben die gesucht?»

«Vergiss es, Gabrie'. Spar dir das Grauen für die Filme auf. Wie ist die *Calzone*?»

«Sehr gut!» Der Junge legte die Gabel beiseite. «Ist etwas Schreckliches passiert?»

«Ziemlich schrecklich. Und jetzt iss, sonst wird das Essen kalt.»

«Also dann gute Nacht. Gehst du morgen früh in die Schule?»

Gabriele zuckte mit den Schultern.

«Hast recht, was sollst du da?»

«Okay. Danke für das Essen.»

Rocco öffnete die Wohnungstür. Lupa lief als Erste hinein. Auch Gabriele steckte den Schlüssel ins Schloss. Rocco drehte sich noch mal um. «Hör mal, Gabriele.»

«Ja.» Der Junge sah ihn fragend an.

«Willst du vielleicht bei mir übernachten?»

«Warum nicht?» Gabriele zog den Schlüssel wieder aus dem Schloss.

«Dann komm, rein mit dir.»

Gabriele eilte in die Wohnung. «Danke.»

«Ach ja, morgen früh gehe ich arbeiten. Frühstück gibt es bei mir nicht.»

«Keine Sorge, nach dem Aufwachen verzieh ich mich gleich nach Hause.» Gabriele sah sich um, während Lupa es sich bereits auf ihrem Stammplatz im Sessel bequem machte. «Die Wohnung ist echt schön. So normal.»

«Was meinst du damit?» Rocco warf den Schlüssel in eine Schale auf der Kommode.

«Dass das eine schöne Wohnung ist. Bei uns sieht's aus wie im Krankenhaus. Und das Bild da?» Er wies auf das Gekleckssel, das Anna, eine alte Flamme Roccos, gemalt und das er ihr aus Mitleid abgekauft hatte.

«Das? Rinde.»

«Na ja, es hat immerhin einen Vorteil.»

«Welchen?»

«Ist biologisch abbaubar, oder?»

Rocco lachte. «Ist das Sofa okay?»

«Super.»

«Bettwäsche ist im Schrank.» Rocco nahm die Kissen weg, zog den Sprungrahmen hervor, und fertig war das Schlafsofa. Er benutzte es zum ersten Mal. Eine gute Gelegenheit, um zu testen, wie bequem es war.

«Haben Sie was von Marvel?»

«Bitte? Du meinst Comics?»

«Ja. Micky Maus geht auch.»

«Du hast vielleicht Ansprüche, Junge. Reicht das Bett nicht? Das ist doch schon was.»

Zusammen machten sie sich daran, das Bettlaken aufzuziehen. «Ist jemand umgebracht worden?», fragte Gabriele.

Rocco nickte.

«Haben Sie schon viele Tote gesehen?»

«Zu viele.»

«Haben Sie sich daran gewöhnt?»

«Nein.»

«Tatsächlich gibt es meiner Meinung nach Dinge, an die man sich nie gewöhnt», meinte Gabriele.

Rocco schlug die Baumwolldecke um. «Wie wär's mit einer ersten Lektion?»

«In was?» Gabriele versuchte das Kissen in den Bezug zu stecken.

«Wer zuerst schlägt, ist im Vorteil, wusstest du das?»

«Ja. Aber ich trau mich nicht. Ich hab noch nie jemanden geschlagen.»

Rocco trat näher. «Aber die anderen schon, also musst du dich verteidigen. Sag mir die Wahrheit, Gabriele, wie viele waren es?»

Gabriele legte das Kissen aufs Bett und strich es glatt. Dann entgegnete er, ohne Rocco anzusehen: «Drei.»

«Drei? Diese Arschlöcher. Nein, da müssen wir unbedingt was machen. Also, sieh mich an. Dreh dich um.»

Der Junge gehorchte.

«Wenn du angegriffen wirst und du dich verteidigen willst, dann versuch, als Erstes einen halben Meter Abstand von dem Arschloch einzuhalten. So, siehst du? Und dann zählst du bis drei. Ganz einfach. Eins, zwei und drei, und bei drei musst du ihm mitten in die Eier treten.»

«Muss ich?»

«Ja. Stell dir einfach vor, dass andernfalls deine Mutter stirbt.»

«Ah, sie stirbt?»

«Bravo. Also du musst zutreten. Und zwar heftig. Der darf

nicht mehr hochkommen. Schau, so.» Rocco machte den Tritt vor. «Ohne groß darüber nachzudenken. Als ob du einen Elfmeter schießt. Sodass der andere zu Boden geht.»

«Darf ich ‹Treffer› schreien?»

«Du kannst schreien, was du willst.»

«Und wenn sie zu dritt sind?»

«Nimm dir immer den Anführer vor.»

«Diego?»

«Keine Ahnung, wie das Arschloch heißt. Aber wenn du diesen Diego umnietest, hauen die anderen ab, und du brauchst dir keine Sorgen mehr um sie zu machen. Verstanden? Ein Tritt in die Eier und fertig.»

«Okay. Versuchen wir's?»

«Ja, aber nur die Bewegung, nicht richtig zutreten, klar?»

«Gut.» Gabriele zielte auf den Punkt, den er treffen sollte, und deutete die Bewegung an.

«Falsch. Niemals auf die Stelle gucken, die du treffen willst, denn der andere ist im Vorteil, wenn er das weiß. Du musst ihm in die Augen sehen und irgendeinen Scheiß sagen wie zum Beispiel … ‹Schöner Tag heute, was?› Und zack. Ein heftiger Tritt in die Eier. So, schau zu.» Rocco führte die Bewegung aus, ohne zuzutreten. «Siehst du? Ich schau dir in die Augen, und dann kommt der Tritt. Versuch's.»

Diesmal machte Gabriele es richtig.

«Bravo! Das war stark. Zweite Hypothese: Der andere geht nicht zu Boden, sondern krümmt sich. Was machst du dann?»

«Ich mach's wie Thor mit dem Hammer.»

«Ich kann dir nicht folgen.»

«Ich hau ihn mit zwei Händen in den Nacken?»

«Ja, und zwar fest. Und schrei ruhig, wenn dir das hilft. Versuch's. Also ich bin jetzt der, der sich vorbeugt.»

«Thors Hammer!», brüllte Gabriele und hieb Rocco mit beiden Händen in den Nacken.

«Ahhh, Mensch, bist du verrückt? Du sollst nur so tun!»

«Oh Gott, hab ich Ihnen wehgetan?»

«Nein, nein.» Rocco massierte sich den Nacken. «Aber gut. Du bist ganz schön stark. Wenn du das einmal gemacht hast, verlierst du die Angst.»

«Wenn ich mir vorstelle, dass Sie bei mir sind, krieg ich das hin.»

«Sehr gut, dann stell dir vor, dass ich bei dir bin. Und dass, wenn du Diego nicht in die Eier trittst, deine Mutter stirbt. Und jetzt gehen wir schlafen.»

Gabriele zog sich die Sportschuhe aus.

«Stell die bitte draußen vors Fenster, die stinken ja wie eine tote Ratte.»

Der Junge schnüffelte. «Bäh! Eklig.»

«Genau. Sonst wird das hier eine Gaskammer. Kommst du, Lupa?» Rocco machte sich auf den Weg ins Schlafzimmer. «Wenn was ist, bin ich da.»

«Bis morgen dann.»

«Bis morgen, Gabriele. Schlaf gut.» Rocco ging lächelnd ins andere Zimmer.

«Rocco?»

«Was?»

«Aber ist es nicht feige, ihm einfach so in die Eier zu treten?»

«Nein. Es ist feige, wenn du mit einem blauen Auge nach Hause kommst.»

Nachts um drei schreckte Rocco aus dem Schlaf. Gabriele lag in seinem Bett und schlief, seelenruhig an Lupa gekuschelt.

Der Junge hatte ein Lächeln auf den Lippen. Er träumte. Auch Lupa träumte; sie bewegte die Pfoten, als liefe sie. Rocco wurde ganz warm ums Herz. Er stützte den Kopf in die Handfläche und beobachtete den Jungen und seinen Hund, die im Tiefschlaf wo auch immer waren. Hatte Marina das gemeint, wenn sie von Schutz und Sicherheit sprach? Einen Platz auf der Welt zu haben, wo Gedanken und Ängste keinen Zutritt hatten und nur das wohlige Gefühl friedlichen Schlafs blieb? Er hätte sie gern gefragt, aber sie kam nicht mehr zu ihm. «Wir haben nur ein einziges Leben, Mari', und wir haben es vergeigt», sagte er halblaut. «Nein, ich muss mich korrigieren: Wir haben nur ein einziges Leben, und ich hab es vergeigt. Weil alles meine Schuld ist.» Und daran konnte nichts und niemand etwas ändern. Das war die offensichtliche, erbarmungslose Wahrheit, der er sich stellen musste. Rocco legte den Kopf aufs Kissen und starrte an die Decke, bis seine Augen zu brennen anfingen und alles verschwamm.

«Wenn du dich dem Leben öffnest, gibt es dir immer auch etwas zurück», tönte es in seinem Kopf.

Er wischte sich über die Augen. Wer hatte da gesprochen? Gabriele schlief. An Lupa wollte er lieber gar nicht denken, denn ein sprechender Hund hätte ihm gerade noch gefehlt.

«Du bist hier? Du bist wirklich hier? Du bist hier und zeigst dich nicht. Du warst heute auch auf der Straße, ich habe deinen Duft gerochen. Bist du immer bei mir? Willst du wissen, wer das ist? Ich weiß es nicht. Ein Nachbar von mir. Er ist sechzehn Jahre alt und hat niemanden. Siehst du, wie er schläft? Ich habe noch nie so geschlafen oder vielleicht doch. Hab ich schon mal so geschlafen, Mari'?»

«Nein. Du schnarchst.»

IV

«Und was ist das?» Der Questore hielt Rocco den Bericht der Agenti vor die Nase, als handelte es sich um eine schmutzige Socke. Rocco musste an seine Grundschullehrerin denken. Mit blitzenden Augen und wutverzerrtem Gesicht hatte sie vor der Klasse ein Heft hochgehalten, um die schlimmste Beleidigung zur Schau zu stellen, die ein Schüler dem Lehrkörper seit Beginn der öffentlichen Bildung jemals angetan hat: ein Loch in der Seite. Der unsagbare Affront wurde mit einer schlechten Note und einer halben Stunde In-der-Ecke-Stehen bestraft. «Das ist das Ergebnis eines kompletten Ermittlungstages Ihres Teams? Haben Sie das gelesen?» Corsi wedelte mit dem Blatt Papier herum, während der Vicequestore in völliger Gleichgültigkeit und mit vor der Brust verschränkten Armen am Fenster stand und zusah, wie sich das Gesicht seines Vorgesetzten leuchtend rot färbte und die Halsader an- und wieder abschwoll. «Können wir festhalten, dass Ihre neuen Arbeitsmethoden eine Katastrophe sind?»

«Ich weiß nicht. Können wir das?»

«Dieser Bericht ist eine Unverschämtheit!» Der Questore knüllte das Papier zusammen und warf es in den Mülleimer für die leeren Plastikbecher neben dem Getränkeautomaten. «Dürfte ich Sie also jetzt dazu auffordern, Ihre Arbeit zu machen, und zwar anständig!»

«Das mache ich doch. Es ist doch nicht meine Schuld, dass mein Team nur aus Dilettanten besteht. Sie haben mir diese Männer zugeteilt, und mehr kann ich nicht tun.»

«In der Vergangenheit sind die Dinge aber anders gelaufen, Schiavone!»

«In der Vergangenheit schon. Aber jetzt hat sich das geändert. Ich kann mich bemühen, aber nichts versprechen.»

Corsi stemmte die Hände in die Hüften, dann fasste er sich ans Kinn, um schließlich Rocco anzusehen. «In Ordnung, was wollen Sie?»

«Das wissen Sie.»

«All das wegen eines dämlichen Büros?»

«Es geht nicht um den Raum, Dottor Corsi. Sondern ums Vertrauen. Sie und Dottor Baldi haben mir, ohne es in Worte zu fassen, gezeigt, dass Sie mir nicht mehr vertrauen.»

Corsi verdrehte die Augen. «Wegen der Geschichte mit Enzo Baiocchi?»

«Genau. Und nun sagen Sie mir, wenn Sie von Ihren Vorgesetzten nicht mehr geschätzt würden, wie würden Sie sich dann verhalten? Wenn die, die Sie bei Ihren Ermittlungen unterstützen sollten, Sie als den Hauptverdächtigen ansehen, was würden Sie tun?»

«Meinen Job! Aber Sie und ich sind sehr verschieden. Ich glaube an das, was ich tue. Ihnen dagegen ist es egal, ob Sie hier oder irgendwo auf den Azoren Ihren Dienst tun.»

«Nein, das wäre nicht das Gleiche, auf den Azoren würde ich in der Sonne liegen.»

«Sie halten sich wohl für besonders geistreich, Schiavone?»

Hinter einer Ecke des Flurs versteckt, verfolgten Italo Pierron und Antonio Scipioni das Gespräch und hielten Casella davon ab, zum Getränkeautomaten zu gehen. Sie wussten, dass man sich in einem so heiklen Moment, in dem Rocco ziemlich geladen war, besser nicht sehen ließ.

«Nein, Schiavone, Sie sind nicht geistreich. Sie haben

Pflichten. Also machen Sie sich an die Arbeit und weisen Sie Ergebnisse vor, wenn Sie dazu in der Lage sind.»

«Sie wollen Ergebnisse von mir? Von mir? Ich bin erst seit September hier und hab mehr getan als jeder andere Schwachkopf in dieser Scheiß-Questura. Und das fällt mir keineswegs leicht, Dottore! Oder glauben Sie etwa, ich hätte Spaß daran, mich in der Kanalisation zu suhlen, irgendeinem Scheißkerl hinterherzujagen und für meinen Lebensunterhalt durch Blut und Leichen zu waten. Absolut nicht. Ich mache das, weil ich nichts Besseres zu tun habe und weil ich dem Grauen nicht einfach tatenlos zusehen kann. Aber wenn Sie mir auf den Sack gehen wollen, was Sie und Dottor Baldi meisterhaft hinkriegen, bin ich raus. Dann lege ich die Hände in den Schoß und rühre keinen Finger mehr. Ich hoffe, dass ich mich klar genug ausgedrückt habe. Und wenn ich dafür eine Abmahnung kriege, Sie mich in einer Garage einschließen oder zur Arbeit in einer Mine verdonnern, ändert das gar nichts. Ich schicke weiterhin meine Männer an die Front.»

Corsi schluckte. Er ging zum Getränkeautomaten hinüber und lehnte sich dagegen. «Ich möchte Ihnen gegenüber nur ungern disziplinarische Maßnahmen ergreifen.»

«Und ich bin nur ungern überhaupt in diese Lage geraten.»

Der Questore sah Rocco an. «Das hängt nicht von mir ab. Ich führe nur die Befehle von weiter oben aus. Ihr Verhalten kommt nicht gut an, Schiavone. Weder bei Gericht noch beim Ministerium und schon gar nicht in Rom. Möglicherweise bin ich der Einzige, der Sie immer wieder verteidigt hat, denn ich weiß, was ich an Ihnen habe. Deshalb bitte ich Sie von ganzem Herzen: Helfen Sie mir! Wenn Sie aufhören, sich querzustellen, garantiere ich Ihnen, dass ich alles, was in meiner Macht liegt, tun werde, damit das Ganze in Vergessenheit gerät.» Der Questore steckte seinen Stick in den Automaten und drückte die entsprechende Taste. «Wenn Sie mir in den Rücken fallen, kann ich nichts mehr tun, um Ihnen zu helfen. Und das hab ich bis heute getan, das können Sie mir glauben. Ich habe keine Lust, Ihretwegen meinen Job zu riskieren, so viel muss klar sein, aber ansonsten können Sie auf mich zählen.» Corsi richtete sich die Krawatte. «Wissen Sie, mir hat mal ein Psychologe gesagt: Wenn ein anderer Mensch in Treibsand gerät, können Sie ihm nicht helfen, indem Sie auch in den Schlamm springen, denn dann ertrinken Sie beide. Ich strecke Ihnen meine Hand entgegen, aber es ist an Ihnen, danach zu greifen.» Corsi nahm den fertigen Kaffee aus der Maschine. «Möchten Sie auch einen?»

«Nein danke. Ich hab nicht vor, Selbstmord zu begehen.»

Der Questore lächelte. «Wenn Sie wieder an die Arbeit gehen, verspreche ich Ihnen, dass sich die Dinge ändern werden. Dieser Kaffee ist beschissen!»

«Eben! Ich habe da vielleicht eine Lösung.»

«Die da wäre?»

«Ich kaufe Kaffeepads und die entsprechende Maschine, und wenn Sie einen anständigen Kaffee wollen, kommen Sie zu mir.»

«Aber dafür brauchen Sie ein etwas größeres Büro.»

«Sie sagen es!»

«Oh Mann, dem Questore haben Sie ganz schön die Meinung gegeigt», sagte Antonio Scipioni, der zusammen mit Italo Rocco durch den Gang folgte.

«Was machen wir jetzt, Rocco?»

«Hol den Wagen, Italo, wir haben einiges zu tun. Antonio,

ruf Fumagalli an und sag ihm, dass wir gleich bei ihm sind. Und dann fährst du mit Caterina zum Tatort. Apropos Caterina, ist sie wieder da?»

«Hier bin ich!»

Rocco wandte sich um. Endlich ein wenig Licht, dachte er. Und damit meinte er nicht die Sonne, die, wenn auch ein wenig von Wolken verhüllt, ihr Bestes gab, um die Stadt zu erhellen. Sondern Caterinas Gegenwart im Flur der Questura. «Cateri', endlich!»

«Ich hatte meinen freien Tag.» Sie war grau im Gesicht und ihr Blick getrübt.

«Der die dumme Eigenschaft hat, immer dann fällig zu sein, wenn ich dich in der Questura brauche.»

Caterina blieb unbeeindruckt. «Sie brauchen mich?»

«Siezen wir uns jetzt wieder?»

«Wir sind doch in der Questura.»

«Richtig, ich brauche dich. Wie kannst du mich mit dieser Gurkentruppe allein lassen? Bist du auf dem neuesten Stand?»

«Ja, Antonio und Italo haben mich informiert.» Caterina bemühte sich um ein Lächeln, das ziemlich misslang. Rocco trat näher an sie heran und sagte leise: «Was hast du gestern gemacht? Du wirkst nicht sehr ausgeruht.»

«Nein. Das kann man wohl sagen.»

«Bist du traurig?»

«Sagen wir, das geht nur mich was an.»

Rocco blieb stehen. Sie befanden sich vor seinem alten Büro. Die Tür war abgeschlossen. «Was zum Teufel ...?»

«Das ist doch jetzt das Büro von dieser Gambino von der Spurensicherung. Die schließt immer ab», meinte Italo.

«Und wieso das?», fragte Antonio Scipioni.

«Tja ...», entgegnete Italo. «Die hat tausend Psychosen.»

«Dann machen wir tausendundeine draus», schlug Rocco vor. «Hat jemand einen Kaugummi?»

Antonio hielt ihm ein Päckchen hin. Rocco kaute ein paar Sekunden und spuckte die Masse dann auf seinen Handrücken. Dort teilte er sie in zwei Teile. «Entschuldige, Cateri', darf ich?» Mit einer schnellen Bewegung zupfte er seiner Kollegin ein Haar aus.

«Au! Was machst du denn da?»

Rocco beugte sich vor und klebte eines der Kaugummistücke an die Tür, das andere an den Rahmen. Dazwischen befestigte er das Haar. «Habt ihr noch nie einen Spionagefilm gesehen? So findest du heraus, ob jemand in deinem Hotelzimmer gewesen ist.»

«Ja, aber warum hier an der Tür? Was bringt das?»

«Nichts. Aber es wird ihre Paranoia noch ein bisschen anheizen.» Rocco ging weiter Richtung Ausgang. «Wo sind Dick und Doof?»

«Das wissen wir immer noch nicht», antwortete Antonio. «Seit gestern haben wir nichts mehr von ihnen gehört.»

«Umso besser, dann gehen sie uns nicht auf den Sack.»

Der Wagen fuhr Richtung Rechtsmedizin.

«Und, Italo, wie geht's?»

«Wie soll es mir schon gehen? Schlecht, Rocco, sehr schlecht.»

«Mit Caterina?»

«Das mit Caterina ist, glaube ich, vorbei. War wohl nur ein Strohfeuer. Sie ist kein einfacher Mensch. Ehrlich gesagt, ist sie echt schwierig.»

«Das tut mir leid.»

«Stimmt nicht. Du freust dich. Willst du es probieren? Jetzt ist die Bahn frei.»

«Du bist ganz schön aggressiv. Was hab ich damit zu tun?»

«Nichts. Es tut einfach nur ziemlich weh, entschuldige.»

«Ist sie wegen dir so traurig?»

«Ich denke, nicht. Wir haben uns in den letzten beiden Tagen weder gehört noch gesehen. Es muss etwas anderes sein.»

Italo hielt an, um eine Frau mit einem Kinderwagen die Straße überqueren zu lassen.

«Sag mal, Rocco, denkst du, es könnte sich in nächster Zeit mal wieder eine Gelegenheit ergeben?»

«Willst du dir ein Auto kaufen?»

«Ich meine, eine Gelegenheit, um unser Gehalt ein bisschen aufzubessern.» Italo fuhr wieder an. Rocco musterte ihn und holte dann sein Zigarettenpäckchen aus der Tasche. «Scheiße!» Es war leer. Er knüllte das Päckchen zusammen und warf es auf den Boden. «Gib mir eine von deinen.»

«Sicher? Ich hab die Marke gewechselt.»

«Schlimmer als deine Chesterfields können die nicht sein.»

Italo gab seinem Chef ein Päckchen MS, Rocco studierte es einen Moment lang und wog es in der Hand. «Angesichts der Tatsache, dass inzwischen bewiesen ist, dass Zigaretten einen umbringen, warum machst du das dann mit so einem Dreck? Wenn ich schon ertrinken muss, dann doch lieber im Pazifik vor dem Strand von Bora Bora als im künstlichen See für die Sportfischer in Aquapendente, findest du nicht?»

«Die sind gar nicht so schlecht.»

Rocco gab Italo das Päckchen zurück. «Das bringe ich nicht über mich. Wenn du einen Tabakladen, eine Bar, einen Kiosk oder einen Zigarettenschmuggler siehst, dann halt sofort an. Also was wolltest du wissen?»

«Ob wir unser Gehalt nicht mal wieder ein wenig aufbessern können.»

«Ich weiß nicht. Eher nein. Du hast doch seit September ein paar Tausend kassiert. Sind die alle schon weg?»

«Ja.»

«Du ziehst dich beschissen an, rauchst billigen Dreck, gehst nie auswärts essen, hast keine Frau mehr und weder ein Auto noch ein Motorrad, du teilst dir die Wohnung mit einem anderen Agente und zahlst grad mal zweihundert Euro im Monat, was also machst du mit dem Geld?»

Italo spritzte etwas Reinigungsflüssigkeit auf die Windschutzscheibe und machte kurz die Scheibenwischer an.

«Und? Ich warte.»

«Na ja, was weiß ich? Ich hab meiner Tante was gegeben, ein paar Schulden bezahlt, und du weißt ja, wie das mit dem Geld ist, Rocco.»

«Es kommt und geht. Also gut, gib mir eine von deinen MS, sonst leck ich noch den Aschenbecher aus, was ziemlich unelegant aussehen dürfte.»

Italo gehorchte. «Muss ich wirklich mit zu Fumagalli reingehen?»

«Machen wir es so. Wenn du mit reinkommst, verspreche ich dir, dass ich mich umhöre, ob sich irgendwo eine Verdienstquelle auftut. Wenn du wie üblich draußen wartest, bleibst du auf deinen Schulden sitzen, die du garantiert bei irgendeiner Nutte in Aosta gemacht hast.»

«Véi t'fa ampica», knurrte Italo zwischen den Zähnen.

Rocco verstand zwar die Worte nicht, den Sinn allerdings schon. «Du mich auch, Italo.»

Italo wurde schon im Gang zur Rechtsmedizin ziemlich bleich um die Nase, während sein Hals ein Firmament an roten Flecken aufwies, die wie Flohbisse aussahen. Der Schweiß tropfte ihm von den Schläfen, und seine geschwollenen Lider flatterten in immer schnellerem Rhythmus, je näher sie der Tür zum Autopsiesaal kamen. Auch sein Gang wirkte unsicher. Zwar setzte er einen Fuß vor den anderen, schaffte es aber nicht mehr, geradeaus zu gehen, und seine seltsamen Bewegungen sorgten dafür, dass sein Körper instabil wirkte und weich wie Pudding. «Geht's dir nicht gut?», fragte Rocco scheinheilig.

«Nein ... aber die Leiche ... sieht die schlimm aus?»

«Was soll ich dir sagen? Das Opfer wurde erdrosselt und ist blau angelaufen. Die Augen sind aus den Höhlen getreten, die Zunge ist blau, vielleicht hat die Verwesung schon eingesetzt und ...»

Ein dumpfer Knall. Rocco blieb nicht stehen. Er ging weiter und ließ Italo auf dem Boden der Gerichtsmedizin liegen, der ihm inzwischen ziemlich vertraut sein musste.

Fumagalli stand über den Autopsietisch gebeugt. Als er Rocco eintreten sah, kontrollierte er sofort, ob er auch Schuhüberzieher trug.

«Tu mir den Gefallen und schick nie wieder Pierron zu mir. Gestern hat er es nicht mal bis ins Gebäude geschafft.»

«Heute schon.»

«Und wo ist er? Ich sehe nichts?»

«Er liegt im Gang. Wer ist das?»

«Das? Ein armer Kerl, der in Pont-Saint-Martin das Zeitliche gesegnet hat.» Fumagalli deckte rasch den Körper zu. «Komm mit.»

Ohne Kleidung bot sich die Leiche in all ihrer Widersprüchlichkeit dar: die Schultern und die Hand- und Fußknöchel eines Mannes, der üppige Busen, der bläuliche Penis, das kurze Haar und ein Gesicht, das wohl – zumindest in der Vorstellung der Toten – Ähnlichkeit mit dem einer amerikanischen Schauspielerin haben sollte.

«Und wir lamentieren herum, wie schwierig unser Leben ist», meinte Fumagalli, während er das Tuch, das die Leiche bedeckt hatte, am Fuß der Transportliege ablegte. «Stell dir das mal vor! Du wirst in einem Körper geboren, den du nicht willst. Nur kann man den nicht einfach austauschen.»

«Albe', das geht nur sie was an. Erzähl mir ein bisschen was.»

«Also, was das Geschlecht betrifft, ist die Sache klar, Körpergröße eins vierundsiebzig, Gewicht: fünfundsechzig Kilo. Ziemlich gut in Form, wenig Fett, feste Muskeln. Pilates, Zumba und Body Tone wahrscheinlich.»

«Wovon sprichst du?»

«Vom Fitnessstudio. Das würde dir auch mal guttun.»

«Und was ist mit dir?»

«Ich gehe regelmäßig. Und vor allem rauche ich nicht. Aber befassen wir uns lieber mit den chirurgischen Eingriffen, die die Arme über sich hat ergehen lassen. Also: Augenlidstraffung, Wangenknochenkorrektur, Lippenvergrößerung, Rhinoplastik, Gesichtslifting, additive Mastoplastik, Fettabsaugung ...»

«Ach du Scheiße, wie viel Zeit hat sie denn im Operationssaal verbracht?»

«Wer weiß! Aber was wir wissen, ist, dass dein Lieblingsrechtsmediziner recht gehabt hat. Es handelt sich um Tod durch Strangulation.»

«Wasser in der Lunge?»

«Ach was. Als die Arme im Fluss gelandet ist, war sie schon längst jenseits von Gut und Böse. Mein Rückschluss auf den Todeszeitpunkt lautet gegen acht Uhr abends. Sie hatte noch unverdautes Essen im Magen.»

«Was hat sie denn gegessen?»

«Rohen Fisch und Reis. Übersetzt: Sushi. Und sie hat Weißwein getrunken. Könnte eine nützliche Info sein.»

«Wie wurde sie stranguliert?»

«Komm mit.» Sie gingen zu einer Arbeitsfläche hinüber, auf der mehrere Detailfotos des Halses lagen. «Die Schnur, die benutzt wurde, war etwa einen Zentimeter dick. Siehst du?» Fumagalli zeigte auf die vergrößerte Stelle. «Das kann also jede x-beliebige Schnur gewesen sein.»

«Mist. Und die Blutanalyse?»

«Wir sind noch dabei. Kein Konsum von Rauschgift, zumindest nicht in den letzten fünf Tagen. Und da ist noch etwas Seltsames. Lass uns zu unserer Freundin zurückkehren.»

Sie gingen wieder zu der Liege. «Sieh mal hier.» Fumagalli deutete auf eine Stelle etwa zwanzig Zentimeter oberhalb des Fußknöchels. «Erkennst du den runden blauen Fleck?»

«Ja.»

«Und am anderen Fuß hat sie das Gleiche, siehst du?»

«Tatsächlich. Was ist das?»

«Keine Ahnung. Das ist dein Job. Weißt du inzwischen, wer sie ist?»

«Nein.»

«Kannst du mir das mal erklären, Rocco? Während ich mir hier den Arsch aufreiße, sitzt du im Büro und kraulst dir die Eier? Ich dachte, wir sind ein Team? Das ist ja wie Tandemfahren: Ich bin der Einzige, der in die Pedale tritt, und muss dich mitschleppen!»

«Wer hat gesagt, dass wir ein Team sind? Und was willst du von mir, Alberto?»

«Normalerweise kümmere ich mich um die Organe, und wenn alles klappt, sag ich dir alles, was ich herausgefunden hab, auch wenn der Tote Durchfall hatte. Und von dir will ich, dass du der Leiche einen Namen gibst.»

Rocco wandte sich grußlos dem Ausgang zu. Im selben Moment hatte er einen Geistesblitz. «Entschuldige, Albe', eine Sache noch?»

«Ich höre.»

«Gibt es Anzeichen, dass sie sich gewehrt hat? Was weiß ich, Hautreste unter den Fingernägeln, Kratzer?»

«Nichts. Die Arme ist wehrlos gestorben. Vielleicht hat der Mörder sie im Schlaf überrascht.»

«Vielleicht. Gibt es, abgesehen von den blauen Flecken oberhalb der Fußknöchel, noch andere?»

«Wenige. Einen winzigen am rechten Handgelenk, einen weiteren neben dem Knie, aber das ist nichts Ungewöhnliches. Wenn du bei dir selber nachsehen würdest, hättest du wahrscheinlich auch welche. Ach ja, über der Oberlippe. Aber meiner Meinung nach kommen die von einer Laserepilation oder so etwas.»

Nachdem Rocco Italo aufgesammelt hatte und zurück zur Questura gefahren war, beschloss er, die wenigen mit Verstand begabten Mitglieder seines Teams in Ettores Bar zu versammeln. Caterina und Antonio Scipioni waren am Tatort gewesen, wo die Spurensicherung noch zu tun hatte. «Die Gambino ist wirklich seltsam», sagte Antonio, als er sich an den Tisch gesetzt hatte. «Sie ist davon überzeugt, dass das Wasser eines Flusses wichtige Beweise enthalten kann. Meiner Meinung nach ist die ziemlich durchgeknallt.»

«Das ‹ziemlich› kannst du streichen, Antonio.» Sobald Ettore die Bestellungen serviert hatte, eröffnete Rocco die Sitzung.

«Wir haben nur wenige konkrete Anhaltspunkte, um die Identität unseres Opfers herauszufinden. Wir wissen, dass sie Sushi gegessen hat, dass sie ins Fitnessstudio ging und dass sie jede Menge chirurgische Eingriffe über sich hat ergehen lassen. Und wenn wir Staatsanwalt Baldi Glauben schenken, gibt es Transmenschen, die ihren Lebensunterhalt mit Prostitution verdienen. Also teilen wir die Aufgaben auf. Du, Caterina, klapperst alle Fitnessstudios in Aosta ab.»

«Alles klar», entgegnete die Angesprochene mit hängendem Kopf, ohne jemanden anzusehen.

«Du, Antonio, kümmerst dich um die Sushi-Restaurants, die nördlich des Fundorts liegen.»

«Warum nur die?»

«Angesichts der legeren Kleidung nehmen wir an, dass das Opfer zu Hause getötet wurde. Und aus dem gleichen Grund gehen wir davon aus, dass sie das Sushi in ihrer Wohnung gegessen hat. Und wenn man Essen bestellt, dann meistens irgendwo in der Nähe. Deshalb würde ich mich vom Fundort aus nach Norden vorarbeiten. Die Leiche wird sicher nicht wie ein Lachs flussaufwärts getrieben sein. Allerdings sind all diese Annahmen für den Arsch, wenn sie doch nicht zu Hause umgebracht wurde.»

«Und ich?», fragte Italo. «Bitte nicht wieder in die Rechtsmedizin.»

«Nein, diesmal bekommst du eine angenehmere Aufgabe,

zumindest für einen geilen Kerl wie dich. Du studierst alle Escort-Anzeigen im Tal, immer noch in der Hoffnung, dass die Tote hier gearbeitet hat und nicht bei jemandem zu Besuch war. Vielleicht haben wir Glück.»

«Und du?», fragte Caterina.

Rocco antwortete nicht. Er legte das Geld für das, was sie bestellt hatten, auf den Tisch und ging.

«Dotto', es gibt ein halbes Dutzend kosmetische Chirurgen hier.»

«Bitte, Case', was für Chirurgen?»

«Kosmetische.»

«Und was machen die? Operieren sie mit Wimperntusche und machen Brustvergrößerungen mit Eyeliner?»

Casella sah ihn verständnislos an und klammerte sich an seine Notizen.

«Plastische Chirurgen, Case', plastisch, das ist was anderes als kosmetisch! Es gibt also ein halbes Dutzend, na, dann mach dich mal an die Arbeit. Geh mit dem Foto dahin und frag, ob sie was wissen. Aber vorher bringst du mich ins Krankenhaus.»

«Geht es Ihnen nicht gut?»

«Wenn ich noch länger mit dir zusammen bin, dann sicher. Hast du einen Boiler gefunden?»

«Vielleicht.»

Die Umberto-Parini-Klinik war sauber, ordentlich, und es gab keine handgeschriebenen Hinweise, die mit Tesafilm am Türrahmen befestigt waren. Rocco kam in den Sinn, wie weit dies von den Krankenhäusern in Rom entfernt war, und das nicht nur in Kilometern gemessen. Er stieg die Treppe in den ersten Stock hinauf, ging durch ein paar Flure und erreichte schließlich das Büro von Dottoressa Sara Tombolotti, der Psychiaterin. Mit ihr wollte er als Erstes sprechen. Er klopfte an die Tür. Hörte ein leises Herein und trat ein. Ein lichtdurchfluteter Raum, feiner Staub tanzte in der Luft, in der Mitte ein Schreibtisch, jede Menge Bücher in den Regalen an den Wänden und in Stapeln auf dem Boden. Der Geruch nach Zimt und Minze hing dicht wie Rauch im Raum. «Bitte», hörte er jemanden sagen, doch von der Dottoressa keine Spur. Rocco trat unschlüssig näher, bis er bei dem Sessel ankam, der vor dem Tisch stand.

«Entschuldigen Sie die Unordnung. Legen Sie einfach die Zeitschriften zur Seite und setzen Sie sich.»

Rocco gehorchte. Er hörte an mehreren Stellen Papier rascheln und beugte sich vor. Und endlich sah er sie: eine winzige alte Frau mit einer riesigen runden Brille. Umgeben von all dem Schreibkram, den Büchern und Zeitungen, wirkte sie wie ein Siebenschläfer in seinem Bau. Er lächelte, und die Dottoressa lächelte zurück.

«Ich versuche, hier Ordnung zu schaffen, aber es ist einfach zu viel. Warten Sie.» Sie erhob sich von ihrem Stuhl und ging mit ausgestreckter Hand um den Schreibtisch herum. «Sehr erfreut, Sara Tombolotti.»

«Rocco Schiavone.» Sie gaben sich die Hand. Die Psychiaterin reichte ihm gerade mal bis zum Bauch.

«Also wie Sie mir am Telefon gesagt haben ...»

«... versuchen wir die Identität der Toten am Ufer der Dora zu klären.»

«Und Sie wenden sich an mich, weil Sie davon überzeugt sind, dass diese Person kurz vor einer Operation stand, richtig?» Anstatt an den Schreibtisch zurückzukehren, setzte die

Ärztin sich aufs Sofa und versank darin. Ihre Füße reichten nicht mal bis zum Boden.

«Richtig.»

«Eine Geschlechtsdysphorie – entschuldigen Sie, aber ich spreche nicht gern von geschlechtsbedingter Identitätsstörung – nötigt den Betroffenen oft zu sehr schmerzhaften Operationen. Diese Menschen müssen einen wahren Kreuzweg auf sich nehmen. Wie Sie mir gesagt haben, hatte die Tote bereits mehrere Eingriffe machen lassen. Offensichtlich sprechen wir von einem MzF, oder?»

«Vom Mann zur Frau, genau. Sie wurde bereits im Gesicht operiert – Lippen, Wangenknochen, Nase –, und sie hat eine additive Mastoplastik machen lassen.»

«Fehlt noch das Wichtigste: die Vaginoplastik.»

«Ja. Der Penis ist noch vorhanden.»

«Haben Sie sich jemals die Frage gestellt, ob es gut ist, wie Sie sind?»

«Nein, Dottoressa, habe ich nicht.»

«Sehr gut. Eine solche Umwandlung ist langwierig und komplex und muss von einem Psychiater begleitet werden. Es handelt sich um einen schwerwiegenden operativen Eingriff, bei dem die Vaginahöhle aus der Penishaut und die großen und die kleinen Schamlippen aus dem Hodensack geformt werden. Die Klitoris dagegen aus der Eichel, damit dieser Bereich die Empfindsamkeit bewahrt, falls Sie das wissen wollten.»

«Eigentlich nicht, aber jetzt weiß ich es.»

«Tja, aber wie immer haben die Männer es leichter. Sie ahnen ja nicht, welche Eingriffe nötig sind, wenn eine Frau ein Mann werden will.»

«Ich verzichte auf weitere Details, vielen Dank. Und Sie

haben gerade keinen, sagen wir, derartigen Patienten in Behandlung?»

«Nein, keinen. Und ich kenne auch keinen Kollegen hier, der sich gerade damit befassen würde. Soweit ich weiß, wurde hier in der Parini-Klinik noch nie eine solche Operation durchgeführt. Sie sollten sich besser in Turin erkundigen. An der Molinette-Klinik gibt es hervorragende Spezialisten auf diesem Fachgebiet. Wenn ich mich für eine Geschlechtsumwandlung entscheiden würde, dann würde ich dorthin gehen.»

«Könnten Sie mir jemanden namentlich nennen?»

«Wenden Sie sich an Corrado Berlingeri. Ich war mal mit ihm verheiratet. Wenn die Tote aus der Gegend ist, weiß er etwas darüber. So ziemlich alle wenden sich erst mal an ihn.»

Rocco stand auf. Die Dottoressa blieb sitzen. «Vielen Dank für Ihre Zeit, Dottoressa Tombolotti. Und ...»

«Und wie geht es Ihnen?», fragte die Psychiaterin und sah ihn durchdringend an.

«Mir?», fragte Rocco, den die Frage kalt erwischte. «Gut.»

«Blödsinn.»

«Stimmt.»

«Nach unserem kurzen Gespräch und wenn ich Sie so beobachte, würde ich mir zu sagen erlauben, dass Sie ein zutiefst depressiver Mensch sind. Das kann möglicherweise zu Konzentrationsproblemen führen. Haben Sie Halluzinationen?»

«Nein!» Rocco untermalte die knappe Antwort mit einem energischen Kopfschütteln.

«Gut, also Sie haben Halluzinationen. Wie sieht es mit der Laune aus?»

«Welcher Laune?»

«Genau der. Haben Sie ständig das Gefühl, sich verteidigen zu müssen?»

«Nein. Ich muss jetzt wieder an die Arbeit gehen. Und ich denke, Sie auch.»

«Kein Grund, wütend zu werden. Ich wollte nur ein bisschen plaudern.»

«Ich mag es nicht, wenn ich wie eine Bakterie auf einem Objektträger betrachtet werde.»

«Das ist mein Job. Wenn Sie Hilfe brauchen, finden Sie mich hier.»

«Danke.» Rocco gab der Dottoressa zum Abschied die Hand und verließ den Raum.

Zum ersten Mal in seinem Leben hatte Rocco Schiavone das Gefühl, nackt durch die Straßen zu laufen. Der kleine Gnom mit der riesigen Brille hatte ihn in weniger als einer Minute komplett ausgezogen. Die Frau gefiel ihm.

Rocco ließ das Telefon sinken und dachte nach. Corrado Berlingeri war auf einem Kongress in Atlanta und würde erst in ein paar Tagen zurückkehren. Es hatte also keinen Sinn, nach Turin zu fahren. Er öffnete die Schublade und baute sich einen leichten Joint. Die psychotrope Substanz würde ihm dabei helfen, das Ganze noch mal zu durchdenken. Er zündete sich den Joint an, hielt den Rauch für ein paar Sekunden in der Lunge und blies ihn dann aus dem Fenster. Und tatsächlich hatte er einen Einfall. Er griff nach seinem Handy und rief Fumagalli an. «Bei der Arbeit?»

«Nein. Ich gönne mir gerade ein Panino. Was willst du?»

«Denkst du, sie war Italienerin?»

Es folgte eine kurze Pause. «Warum habe ich nicht früher an die Zähne gedacht?»

«Genau. Schau mal nach, vielleicht haben wir Glück.»

«Bin schon auf dem Weg», meinte Fumagalli kauend.

«Du willst die Leiche mit einem Panino in der Hand untersuchen?»

«Na und?»

«Wie, na und?»

«Warte ...»

Rocco hörte ein paar Geräusche. Offenbar war Fumagalli mit der Leiche zugange. «Hier ... zwei Backenzähne mit Goldfüllung. Das macht hier keiner mehr, und ihre Zähne sehen insgesamt nicht gut aus ...» Die Stimme, die durchs Telefon schallte, wurde lauter, ein Zeichen, dass Fumagalli es wieder in der Hand hatte. «Heutzutage wird dafür Kunststoff verwendet. Ich würde sagen, dass die Tote zu neunzig Prozent keine Italienerin ist. Gute Idee, Rocco. Bravo.»

«Danke.»

«Nicht dass du dich dran gewöhnst ... du hast lediglich Schwein gehabt. Also, mach's gut.»

«Warte, Alberto! Und wenn die Füllungen schon ein paar Jahre alt sind?»

«Die Tote war um die dreißig. Und die Füllungen sind so, wie sie aussehen, etwa fünf, maximal sechs Jahre alt. Aber warte es ab. Ich schau mir das noch genauer an und melde mich.» Fumagalli beendete das Gespräch. Rocco blieb gerade noch die Zeit, den Joint auszudrücken, als jemand an der Tür klopfte.

«Herein!», sagte er.

Italo und Caterina traten ein. Sie sahen müde und angespannt aus. Offenbar hatten sie sich gestritten. «Komischer Geruch», meinte Caterina.

«Das sind die Rosmarinwickel.»

«Du bist doch gar nicht erkältet.»

«Italo, immer derselbe Scheiß! Ich bin nicht erkältet, weil ich diese Wickel benutze. Gut, ihr wisst schon. Ich rauche! Zufrieden? Was gibt's Neues?»

«Pech auf der ganzen Linie. Ich war in fünfzehn Fitnessstudios in Aosta und der ganzen Provinz, und keiner hat unsere Freundin gesehen.»

Rocco setzte sich neben Lupa und begann, sie zu streicheln.

«Und ich kann kaum noch gucken», meinte Italo. «Ich hab mir mindestens zwanzig Websites angeschaut, aber bei den meisten Escort-Damen sind die Gesichter verpixelt, oder sie tragen eine Maske. Und wie ich erfahren hab, sind viele der Fotos gar nicht echt.»

«Das heißt?»

«Das heißt, dass sie ein Foto von einer hübschen nackten Frau ins Netz stellen, um Aufmerksamkeit zu erregen, und wenn du hingehst, kriegst du was ganz anderes.»

«Und wer hat dir das gesagt?»

«Casella. Der scheint da einige Erfahrung zu haben.»

«Klar, schieb das Ganze auf Casella», meinte Caterina.

«Es reicht jetzt, Caterina», sagte Italo merklich gereizt. «Halt dich da raus und kümmer dich um deinen eigenen Scheiß.»

«Oh! Was soll das jetzt?», griff Rocco in das Gespräch ein. «Tragt eure Familienstreitigkeiten bitte nicht in meinem Büro aus.»

«Welche Familienstreitigkeiten, Rocco?», meinte Caterina mit blitzenden Augen. «Dieser Typ ist für mich erledigt!»

«Bei Gott, ich hab noch nie für eine Frau bezahlt», entgegnete Italo ernst.

Caterina stand abrupt auf. «Ich gehe.»

«Du gehst nirgendwo hin, Viceispettore Rispoli. Schluss mit dem Theater!», brüllte Rocco. «Das ist keine Ehetherapie, keine Drogenberatung und kein Tennisclub, sondern eine Scheiß-Questura, und hier drin seid ihr beide Polizisten. Zu Hause könnte ihr machen, was ihr wollt, aber nicht hier. Verstanden?»

Caterina und Italo antworteten nicht.

«Ich hab gesagt: Verstanden?»

Beide nickten.

«Buongiorno!» Antonio Scipioni, der äußerst zufrieden aussah, stand in der Tür. «Wir sind einen kleinen Schritt vorangekommen», sagte er und trat in den Raum. «Xi Huo hat sie wiedererkannt.»

«Wer ist Xi Huo?»

«Ein Chinese, der ein Sushi-Take-away betreibt.»

«Ist das nicht japanisches Zeug?», fragte Italo.

«Lass gut sein, Italo, keine Haarspaltereien. Was hat Xi Huo noch gesagt?»

«Dass sie oft Sushi und Sashimi bei ihm gekauft hat, es aber nicht bei ihm im Restaurant gegessen, sondern mit nach Hause genommen hat.»

Rocco stand abrupt auf. «Bravo, Antonio. Lupa, ab in die Falle, wir sehen uns später.» Im Vorbeigehen gab er Antonio einen freundschaftlichen Klaps auf die Schulter. «Wir besuchen jetzt Xi Huo in seinem Restaurant. Caterina, wie wär's mit einem Lächeln? Mit der Leidensmiene bist du unerträglich.»

«Und wer hat gesagt, dass du mich ertragen musst?»

Das *L'Anello di Giada* von Xi Huo in der Via Mont Fallère war eher ein großes Schaufenster als ein Restaurant. Der «Jadering» war ein winziges Lokal von knapp zwanzig Quadratmetern. Auf die Scheibe hatte jemand mit weißem Filzstift die Speisen des *Take awei* geschrieben. Drinnen, hinter der Theke, war der Kopf eines Mannes zu sehen, der die Auslagen zu sortieren schien, hinter ihm eine Tür, die wahrscheinlich in die Küche führte. Rocco und Antonio gingen um das Gebäude herum.

«Entschuldige, Rocco, aber warum gehen wir nicht durch den Vordereingang?»

«Weil von hinten zu kommen einen großen Vorteil hat. Man dringt in ihre Privatsphäre ein, und sie fühlen sich schuldig, weil sie vielleicht etwas zu verbergen haben, wie das bei den meisten Leuten der Fall ist. So hat man sie gleich in die Ecke gedrängt, und sie beantworten deine Fragen, ohne Zicken zu machen.»

«Man lernt immer dazu», stellte Antonio fest.

Sie stiegen über einen Zaun und drangen in den Hinterhof des Gebäudes vor. Darin standen zwei Autos und ein klappriges Mofa. Um die Tür zu dem Lokal zu finden, musste man nur dem Gestank nach Frittierfett nachgehen.

«Stell dir mal vor, du wohnst eine Etage drüber», meinte Antonio. «Dann kannst du jeden Tag die Waschmaschine anwerfen.»

«Wenn du an der Piazza Vittorio in Rom wohnst, geht es dir mehr oder minder genauso.»

Rocco klopfte an die Tür, die kurz darauf von einem Mädchen mit rundem Gesicht geöffnet wurde. Sie sah die beiden Männer, vor allem Scipioni in seiner Uniform, erschreckt an.

«Könntest du bitte Xi Huo für uns rufen?»

«Ja ... sofort», stammelte die Kleine und verschwand. Sie versuchte, die Tür wieder zu schließen, doch Rocco schob einen Fuß in die Öffnung. Die Küche war etwa zehn Quadratmeter groß und bis obenhin vollgestopft mit Dosen, Schachteln und zwei riesigen Kühlschränken. In einer Ecke saß eine alte Frau und knetete einen weißlichen Teig, der genauso gut ein Wollknäuel sein konnte. Alles war blitzsauber, vor allem die beiden riesigen Mikrowellen, die in der Mitte des Raums thronten. Xi Huo kam lächelnd näher.

«Ja, ja, hier bin ich ... *Buongiorno.*»

«*Buongiorno,* Signor Xi Huo.» Rocco machte dem Mann ein Zeichen, ihm nach draußen zu folgen.

«Draußen?», fragte der Geschäftsinhaber.

Rocco verließ nickend die Küche. Auf dem kleinen Hof, in sicherer Entfernung von dem süßlichen Essensgeruch, zündete er sich eine Zigarette an. «Sie haben ja bereits mit meinem Kollegen gesprochen.»

«Mit Ihrem Kollegen, ja.» Der Mann nickte und trocknete sich die Hände an der befleckten Schürze ab.

«Sie haben diese Person also wiedererkannt?»

«Ich kenne diese Person, ja.»

«Wissen Sie auch, wo sie wohnt?»

«Nein, ich weiß nicht, ob sie hier wohnt, ja.»

«Wissen Sie ihren Namen?»

Xi Huo starrte in den Himmel und versuchte sich zu erinnern. Rocco hoffte, dass er jetzt nicht auch mit der Geschichte von den chemischen Substanzen kommen würde. «Nein, ich kann mich nicht mehr an den Namen erinnern ... Vielleicht Daiana, Luana, Majana ...»

«Magliana?», fragte Rocco und zog eine Grimasse.

«Irgendwas, das auf *ana* endet, ja.»

«Giuliana?», schlug Antonio vor.

«Vielleicht, ja.»

«Eliana?», versuchte Rocco sein Glück.

«Auch möglich, ja.»

«Gut. So kommen wir nicht weiter. Italienerin?»

«Italienerin? Was ist das für ein Name?»

«Nein, ob sie Italienerin oder eine Ausländerin ist.»

«Wer?»

«Wie, wer? Von wem reden wir denn, Xi Huo? Von der Person, die Sie auf dem Foto erkannt haben.»

«Erkannt, ja.»

«Also war sie Italienerin?»

«Ich denke, ja. Ich weiß nicht, ja.»

«Das geht mir vielleicht auf den Sack!», sagte Rocco zu Scipioni, der seinem Chef nickend zustimmte. «War sie Italienerin oder nicht?» Dann fiel ihm auf, wie absurd die Frage war. Wie sollte Xi Huo, der nur mühsam verstand, was er sagte, die Nationalität dieser Giuliana, Eliana oder Majana oder wie auch immer erkennen?

«Halb Mann, halb Frau, ja.»

«Gut, Xi Huo, das wissen wir. Und jetzt hören Sie mir gut zu: Ist sie immer allein gekommen, um ihr Sushi abzuholen?»

«Ja, allein, ja.»

«Und sie hat nicht hier gegessen.»

«Nein, im Restaurant nein. Zu Hause.»

«Perfekt. Haben Sie sie letzten Sonntag gesehen?»

Xi Huo blickte erneut in den Himmel.

«Ich frage meine Tochter. Ich war an dem Abend nicht hier.»

Die Tochter beobachtete die ganze Szene von der Tür aus. Rocco machte ihr ein Zeichen, dass sie zu ihnen kommen sollte, doch das Mädchen rührte sich nicht von der Stelle. «Sie kann nicht kommen und das Restaurant alleine lassen.»

«Dann müsst ihr euch abwechseln. Gehen Sie rüber und schicken Sie Ihre Tochter her, ja?»

«Sie spricht wie ich wenig Italienisch.»

«Antonio, kannst du mal rüber zum Restaurant gehen?»

«Ich?»

«Signor Xi Huo, mein Kollege wird Ihren Kunden sagen, dass sie einen Moment warten sollen, okay?»

Der Restaurantbesitzer lachte und zeigte dabei alle seine gelben Zähne. «Wie ein Bodyguard?»

Was er daran wohl so lustig findet?, dachte Rocco, fragte aber nicht nach. Antonio ging zum Restaurant hinüber, und das Mädchen kam wie beim Agentenaustausch auf der Glienicker Brücke zu ihnen herüber. «Das ist meine Tochter, ja. Sie war im Restaurant an dem Abend, ja.»

Das Mädchen nickte. Rocco nahm das Foto der Toten heraus und zeigte es ihr. «War diese Person an dem Abend hier?»

Die Tochter des Restaurantbesitzers riss entsetzt die Augen auf. Dann fing sie an zu weinen und klammerte sich an ihren Vater. Rocco hob hilflos die Arme und rieb sich dann unbehaglich das Kinn. «Das tut mir leid, Xi Huo, Entschuldigung ... Wie heißt Ihre Tochter?»

«Ai.»

«Entschuldige, Ai.»

Ai beruhigte sich ein bisschen. Sie zog die Nase hoch. Dann zeigte sie auf das Foto, das Rocco gerade wieder einsteckte. «An dem Abend ... Hat Sushi und Sashimi genommen ... allein. Dann wieder weg.»

«Super. Alles klar. Weißt du, wo sie wohnt?»

Der Vater übersetzte Roccos Frage. Ai schüttelte den Kopf.

«Erinnerst du dich, wie sie angezogen war? Kleidung?»

Rocco zog an seinem Pullover, um sich besser verständlich zu machen.

«Blumen ...», Ai berührte Roccos Hemd, «und Jeans», sie legte die Hände an die Schenkel, um die Länge der Hose zu verdeutlichen.

«Sie hatte eine geblümte Bluse und kurze Jeans an. Die Schuhe?»

Ai hob einen Fuß und wies auf eine Stelle oberhalb des Knöchels. Sie murmelte etwas, was ihr Vater lächelnd übersetzte: «Sie sagt, dass sie Halbstiefel mit Schnürsenkeln anhatte.»

«Gut. Danke.»

«Ich weiß das, weil auch sie solche Stiefel mit violetten Schnürsenkeln haben will. Doktor Martin.»

«Doktor Martin?»

«Das ist die Marke. Doktor Martin, ja.»

«Ist in Ordnung, das brauchen wir nicht zu vertiefen. Ai, eine letzte Frage. Weißt du ihren Namen?»

«Juana.»

«Juana!» Rocco sah den Restaurantbesitzer missbilligend an. «Magliana? Mannomann!»

«Sag mal, gibt es in der Via Mont Fallère in der Nähe des Chinesen irgendwelche Kameras?», fragte Rocco Caterina, die am Computer saß.

«Nein. Nichts.» Sie rieb sich die Augen.

Italo Pierron und Casella saßen vor einem anderen PC und starrten auf den Bildschirm. «Vielleicht ist sie gar nicht unter dem Namen Juana zu finden», meinte Casella. «Oft benutzen die andere Namen.»

«Casella, wie kommt es, dass du so viel darüber weißt?»

«Über die Escort-Damen? Vor sieben Jahren gab es einen Fall in Turin, den wir gelöst haben, weil alles im Netz zu finden war.»

«Das heißt, du bist kein regelmäßiger Kunde?», fragte Italo ihn.

«Pierron, ich bezahle die Frauen nicht. Wenn überhaupt, dann ist es umgekehrt.» Casella lachte. In diesem Moment - die Sonne ging gerade unter - kehrten Deruta und D'Intino in die Questura zurück. Müde, völlig fertig und leichenblass schleppten sie sich voran und knöpften ihre Uniformjacken auf. D'Intino sank auf einen Stuhl, Deruta auf einen Schreibtisch. «Was für eine Strapaze, Dotto'!», meinte Deruta.

«Wir haben sämtliche Trams kontrolliert, die es hier in Aosta gibt.»

«Trams?»

«Er meint Trans», korrigierte Deruta.

«Genau. Wir haben unzählige Kilometer zurückgelegt und alle kontrolliert!»

«Alle ... sind eigentlich nur zwei», meinte Deruta. «Zumindest haben wir nur zwei gefunden. Einen in Châtillon, der Friseur ist. Er hat diese Person noch nie gesehen.»

«Der andere dagegen hat sie vielleicht gesehen, Dotto'. Das ist ein Riese: zwei Meter groß, die Schultern so breit ... Und, *Mamma mia*, der hat sich vielleicht auf mich gestürzt.»

«Der hat sich auf dich gestürzt?», fragte Casella, der sich das Lachen verbeißen musste.

«Nein, der Typ wollte verhindern, dass D'Intino seine Wohnung betritt. Er hat ihn am Kragen gepackt und zu Boden geworfen.»

«Dich, D'Intino?», fragte Italo.

«Mich persönlich.»

«Deruta, weiter», forderte Rocco.

«Also der Riese hat gesagt, dass er die Person auf dem Foto noch nie gesehen hat, dass sie aber mit den kurzen Haaren und den geschlossenen Augen auch nicht richtig zu erkennen ist. Dieser ... wartet, wie heißt er noch ...? Demonia, aber das ist wohl eine Art Künstlername.»

«Tatsächlich, Deruta?»

«Ja, Dottore. Dieser Demonia ist eine Drag Queen.»

«Aber auch diese Demonia hat die Tote nicht wiedererkannt?»

«Nein, Dottore. Das war ein Schlag ins Wasser.»

«Ab morgen arbeitet ihr wieder hier. Ach, übrigens, unsere Freundin heißt Juana. Und jetzt geht nach Hause und legt euch hin. Für heute reicht's.»

«Darf ich eine Frage stellen, Dotto'?»

«Madonna, D'Intino, du bist wie ein Pickel am Arsch! Was denn?»

«Also dies Trams... Trans-Typen ... Wenn man von ihnen spricht, muss man dann die weibliche oder die männliche Form sagen?»

«Meiner Meinung nach sollten wir die weibliche Form verwenden», sagte Rocco ruhig. D'Intino sah ihn aufmerksam an. «Weil sie Frauen sein wollen. Also sind sie Frauen.»

Die Miene des Agente hellte sich auf. «Hab verstanden. Danke, Dotto'!»

Rocco schlug ihm aufmunternd auf die Schulter. «Keine Ursache, D'Inti, schon gut.»

Während D'Intino und Deruta den Raum verließen, ging Rocco zum Stadtplan hinüber. «Zurück zu unserem Thema. Hier ist der Laden von Xi Huo ... Was machen wir damit? Suchen wir im Umkreis von vierhundert Metern?»

«Ganz schön ins Blaue hinein», meinte Caterina.

«Das liegt nördlich des Fundorts der Leiche. Und wir können mit ziemlicher Sicherheit sagen, dass sie das Essen abgeholt hat und dann zu Fuß gegangen ist ...» Rocco wandte den Blick nicht von dem Plan ab und fasste sich nachdenklich ans Kinn. «Aber wohin, zum Teufel? Okay, es ist spät, ich bin müde, der Tag ist vorbei, und wir sollten erst mal drüber schlafen. Morgen früh soll einer von euch nachsehen, ob jemand unter diesem Namen eine Wohnung gemietet hat. Ich denke, dass es in Aosta nicht so viele Juanas gibt. Machst du das, Italo?»

«Geht klar.»

«Wobei du wahrscheinlich nichts finden wirst. Ich glaube nicht, dass es da einen offiziellen Mietvertrag gibt.»

«Soll ich auch in den Hotels nachfragen?»

«Das bringt vermutlich nichts, Italo. Und jetzt alle ab nach Hause. Wir sehen uns morgen in alter Frische wieder.» Italo und Casella standen auf und streckten sich. Casella gähnte.

«Du, Caterina, kommst mit mir», sagte Rocco. Caterina gehorchte und folgte ihm, als er den Raum verließ.

«Sagst du mir bitte, was los ist?», fragte Rocco sie, als sie auf der schlecht beleuchteten Straße standen.

«Was soll ich sagen, Rocco. Nichts.»

«Du wirkst abwesend und benimmst dich seltsam. Seit deinem freien Tag bist du so. Was ist passiert? Geht es um Italo?»

«Auch.»

Caterinas Gesicht lag im Dunkeln, sodass Rocco wenig daran ablesen konnte. Er sah sie an. «Das war gelogen.»

«Nein, das ist die Wahrheit. Italo ... mein Leben ... nichts funktioniert. Es gibt Tage, an denen man Bilanz zieht. Additionen und Subtraktionen, und oft ist das Ergebnis negativ.»

«In deinem Alter ziehst du schon Bilanz?»

«Sollte ich nicht?»

Ein Auto fuhr vorbei, und für einen Moment leuchtete Caterinas Gesicht im Licht der Scheinwerfer auf. Ihre Augen glitzerten.

«Ich vermute, dass dir irgendetwas das Leben schwer macht. Etwas, worüber du nicht mit mir reden willst und das ich auch gar nicht wissen will. Aber ich gebe dir einen Rat, weil ich dich mag. In deinem Alter kannst du machen, was du willst. Du kannst werden, was du willst. Hier, in deiner Brust, liegt deine Kraft, als wäre da eine Batterie drin. Und wenn die leer ist, ist das das Ende. Du bist ein Flugzeug vor dem Start, Cateri', und du musst abheben!»

Caterina schniefte.

«Mach diesen Abschluss und schreib dich an der Polizeihochschule in Rom ein. Was willst du hier in Aosta? Beweg dich! Die ganze Welt steht dir offen. Geh weg! Ich gebe dir das Geld fürs Ticket, egal, wohin.»

Endlich zeigte sich ein Lächeln auf Caterinas Gesicht, das erste an diesem Tag. Sie hob den Kopf, und die Straßenlaterne erhellte es. Sie sah Rocco direkt in die Augen. «Kommst du mit?», frage sie so leise, dass es kaum zu verstehen war.

«Dazu fehlt mir der Atem, Caterina. Würde ich gern, aber das schaff ich nicht mehr.»

«Da bin ich anderer Meinung. Du tust nur so als ob.»

«Dreh den Spieß nicht um. Wir haben von dir geredet.»

«Und was ist mit dir, Rocco? Was hält dich am Boden zurück?»

«Das ist nicht die richtige Frage. Die richtige Frage wäre: Was könnte dir den nötigen Aufwind geben, Rocco?»

«Ich?», entgegnete Caterina, ohne den Blick von Roccos Augen abzuwenden.

«Du bist kein zarter Wind, Caterina. Du hast das Zeug zu einem Orkan. Und das übersteigt meine Kräfte. Ich würde dein Leben ruinieren. Das haben wir beide nicht verdient.»

«Du bist ein griesgrämiger Lügner. Ich gehe jetzt nach Hause, Rocco. Wir sehen uns morgen. Wie hast du eben gesagt? In alter Frische.» Sie wandte sich um und ging mit schnellen Schritten die Straße entlang.

Rocco sah ihr nach, bis sie um die Ecke bog und aus seinem Blickfeld verschwand. Dann schaute er zu Lupa hinunter. «Gehen wir jetzt auch nach Hause, meine Süße?» Der Hund bellte zustimmend. «Wir sollten trotzdem nicht die Flügel hängen lassen, Mädchen!»

Caterina hatte auf die Uniform verzichtet, um nicht aufzufallen. Der Anzeigentafel hinter dem Empfangsbereich nach befand sich die Chirurgie im zweiten Stock. Langsam stieg sie die Treppe hinauf, ihre Kehle war wie zugeschnürt. Sie hatte keine Ahnung, wie sie hergekommen war, sie musste den Weg in einer Art Trance zurückgelegt haben, ohne sich irgendwelche Fragen zu stellen. Alles, was sie wollte, war, die Stimmen in ihrem Kopf zum Schweigen zu bringen. Andere mochten sie für Stimmen des Gewissens halten, Caterina sah darin das Resultat einer repressiven Erziehung. Angefangen bei der Grundschule, damals im Kloster.

Ach ja, die gutherzigen Nonnen.

Sie dachte an Schwester Ernestina, eine Österreicherin, die sie immer gezwungen hatte, die Nudeln in der Suppe zu essen, vor denen sie sich geekelt hatte. Oder die körperlichen Züchtigungen, wenn eine der Schülerinnen den Namen einer Hauptstadt vergessen hatte oder das kleine Einmaleins. Einmal hatte sie während des Ave Maria gelacht, weil eine ihrer Klassenkameradinnen eine lustige Grimasse gezogen hatte. Daraufhin hatte Schwester Ernestina sie zur Direktorin geschickt, und sie bekam kein Mittagessen. Wobei es zu Hause auch nicht besser gewesen war. Sie kam vom Regen in die Traufe, von der Hölle zu Hause in den Horror der Schule.

Schwarze Pädagogik.

Caterina hatte nie den Mut gehabt, gegen die Schwestern oder später gegen ihre Lehrer aufzubegehren. Ständig waren da diese Stimmen gewesen, die ihr zuflüsterten: *Wenn du das sagst, blutet Jesus das Herz; das Herz Jesu weint, wenn du das machst; das Herz Jesu verschwindet, wenn du nicht gehorchst.*

Schäm dich! Schäm dich! Schäm dich!

Gott, das Vaterland und die Familie. Lächerlich! Keiner dieser Werte hatte irgendetwas damit zu tun, was sie tief in ihrem Inneren bewegte. Familie, Mama und Papa, das konnte sie vergessen, sie glaubte nicht an Jesus, die Mutter Gottes oder Gott. Und für ihr Heimatland schämte sie sich öfter, als sie stolz darauf war. Trotzdem kamen diese Stimmen und schickten sie in den Weihnachtsgottesdienst oder zwangen sie, an der Erstkommunion des Kindes irgendeines Cousins teilzunehmen oder eine Treppe hinaufzugehen, um ihren Vater zu besuchen, wenn man ihn überhaupt so nennen konnte.

«Zuerst die Pflicht, dann das Vergnügen», hatten ihre Lehrer immer gepredigt. Wenn sie länger darüber nachdachte, dann hatte sie niemals Vergnügen empfunden. Ihr ganzes Leben lang hatte sie nur Pflichten gekannt. Zuerst die Hausaufgaben, dann musste sie ihre Mutter trösten, danach wieder Hausaufgaben machen und einkaufen gehen, da ihre Mutter das Bett nicht verlassen konnte, anschließend ein bisschen lernen, dann für sie beide kochen und schließlich arbeiten gehen und Geld verdienen, um sich und ihre Mutter zu ernähren. Sie hatte nie eine Kindheit gehabt und auch ihre Jugendzeit nicht genießen können. Sie war zur Frau geworden, ohne es zu Hause erzählen zu können, denn sie fürchtete sich vor den Ohrfeigen ihrer Mutter und den grapschenden Händen ihres Vaters. Ihr Körper hatte jeden ihrer Fehler zu spüren bekommen. Mit neunzehn Jahren war sie zur Polizei gegangen, ohne auch nur einmal eine Diskothek von innen gesehen oder eine Teenagerliebe erlebt zu haben. Ihre erste Liebe, Alfredo, war Lastwagenfahrer. Doch er hatte den großen Fehler gemacht, die Hand gegen sie zu erheben. Dabei erwies es sich zumindest als hilfreich, dass sie Polizistin war.

Caterina betrat die Chirurgie. Sie spähte in ein paar Zimmer und stieß auf eine freundliche Krankenschwester.

«Entschuldigen Sie ... Ich suche Guido Rispoli», sagte sie.

Die Schwester kniff nachdenklich die Augen zusammen. «Sind Sie sicher, dass er hier in der Chirurgie liegt?»

«Ich weiß nur, dass er am Herzen operiert werden soll.»

«Dann müssen Sie ein Stockwerk tiefer, zur Intensivstation.» Sie schaute auf die Uhr. «Wenn Sie sich beeilen, können Sie noch rein. Die Besuchszeit ist dort begrenzt.»

Wieder die Treppe. Auf der rechten Seite stand an einer geschlossenen Tür: *Intensivstation*. Caterina klingelte. Sie wartete ein paar Sekunden, bis sie durch das Milchglas einen sich nähernden Schatten sah. Die Tür wurde geöffnet. Ein bärtiger Krankenpfleger sah sie mit müdem Blick an. «Bitte?»

«Ich suche Guido Rispoli.»

Der Mann nickte. «Letztes Zimmer auf der rechten Seite. Aber in zehn Minuten ist die Besuchszeit zu Ende.»

Die Station verfügte nur über sechs Zimmer mit zweiflügeligen Türen und einem Fenster, um hineinsehen zu können. Caterina ging zu der letzten Tür. Und blickte ins Zimmer.

Ihr Vater lag im Bett. Er hing mit dem rechten Arm am Tropf, und ein Monitor über dem Kopfende des Bettes zeigte seinen Herzschlag an. Seine Augen waren geschlossen, und er atmete flach. Er sah kleiner aus als ein Meter achtzig. Das Licht im Raum war monoton und trüb wie Gelatine.

Da ist er also, sagte sich Caterina und blieb vor der Scheibe stehen wie vor einem Aquarium, in dem der gefährlichste Hai im Ozean schwamm. Die bleichen Hände ihres Vaters lagen auf dem Bettlaken. Er hatte einen Zweitagebart, und sein lockiges Haar war grau meliert. Es war, als wäre in diesem Zimmer die Zeit stehen geblieben, und Caterinas Erinnerung wurde wie eine Filmrolle zu ihrem zwölften Geburtstag zurückgespult. Sie hatten ihr einen Kuchen gekauft, aber ihre Mutter hatte sich geirrt und nur elf Kerzen besorgt. Geschenke gab es keine, nur Schokoladenpudding mit Sahne, und nicht einmal eine Freundin hatte sie einladen dürfen. Auf dem Tisch in der Küche standen die Reste vom Abendessen. «Happy Birthday, Caterina», sang ihre Mutter, während ihr Vater sie mit einer Einwegkamera fotografierte.

Anschließend hatte ihr Vater, während sie im Elternschlafzimmer auf dem Bett saßen, ihre Hände genommen und ihr in die Augen gesehen. Sein Atem hatte nach Zigaretten gerochen. Ihre Mutter saß in dem anderen Zimmer auf dem grünen Sessel vor dem Fernseher und hatte die Lautstärke voll aufgedreht. «Jetzt bist du eine Frau, Caterina», hatte ihr

Vater zu ihr gesagt. «Und du musst aufpassen. So hübschen Mädchen wie dir können die hässlichsten Dinge geschehen.»

Er berührte ihre Arme und streichelte ihre Hände. «Lass dich umarmen, meine Kleine.» Und er hatte sie an seine Brust gezogen. Sie wusste nicht, ob sie ihn auch drücken sollte, aber die Stimme flüsterte ihr zu: *Umarme deinen Papa!* Also hatte sie es getan. Sie hatte ihn nicht gedrückt, aber die Arme um ihn gelegt. Ihr Vater stank nach Schweiß und Alkohol. Er drückte sie immer fester an sich und sagte: «Ich hab dich so lieb.» So hatte er sie noch nie umarmt, nur ein Mal vor Jahren, woran sie sich aber kaum noch erinnerte. «Du weißt ja, dass das, was Papa dir sagt, zu deinem Besten ist. Und wir beide müssen ein Geheimnis bewahren.»

«Welches?», hatte sie gefragt.

«Ein Geheimnis zwischen einem Vater und einer Tochter.» Er zwang sie, ihren Kopf an seine Schulter zu legen. Dann fiel ihr auf, dass seine muskulösen Arme nicht mehr ihren Rücken umfassten. «Du musst wissen, dass es zwischen allen Papas und ihren Töchtern ein solches Geheimnis gibt, und jetzt haben du und ich auch eins!» Die Hände ihres Vaters waren von ihrem Rücken verschwunden. Und dann spürte sie, dass etwas ganz sanft, wie ein leichter Wind, ihre Pobacken berührte. «Es ist zu deinem Besten ...», murmelte er.

«Ja, Papa.»

Von den Pobacken aus kroch der leichte Wind unter ihren Rock. «Und du musst mir vertrauen, weil ich dir beibringe, wie man es richtig macht, damit du keine Angst vor bösen Menschen haben musst.»

Caterina verstand nicht. Wovor sollte sie Angst haben? «Ja, Papa.»

Dann nahm er ihre Hand. Ermunterte sie, zu ihm aufzuschauen, damit er ihr in die Augen sehen konnte. «Vertraust du Papa?»

«Ja», hatte sie mit erstickter Stimme gesagt.

«Sehr gut, meine Kleine, sehr gut. Das wird unser Geheimnis sein.» Vorsichtig hatte er ihre Hand nach unten geführt. Immer tiefer. Bis Caterina es gespürt hatte. Sie hielt den Penis ihres Vaters in der Hand.

«Und jetzt sei brav und ...»

Caterina stürzte aus dem Schlafzimmer, während ihr Vater ihr hinterherlachte. Sie rannte ins Wohnzimmer, wo ihre Mutter auf den Fernseher starrte, dann verschwand sie in ihrem Zimmer und schloss sich ein. Sie stellte sogar einen Stuhl vor die Tür, um sich zu verbarrikadieren. Die ganze Nacht lang hatte sie geweint. Dabei wusste sie noch nicht, dass dies nicht die einzige, sondern nur die erste Nacht mit diesem Geheimnis sein würde.

Es folgten weitere drei, dann verschwand ihr Vater aus der Wohnung, nachdem er ihre Mutter so zusammengeschlagen hatte, dass sie mit einem gebrochenen Arm und zwei blauen Augen auf dem Boden lag. Daraufhin griff ein hohes Tier ein, wie ihre Mutter das formuliert hatte. Ein Freund ihres Onkels, der in Rom bei der Polizei war. Er untersagte ihrem Vater, sich seiner Tochter zu nähern. Ihm hatte Caterina zu verdanken, dass sie Jahre später selbst eine blaue Uniform trug und sich für einen Beruf entschieden hatte, auf den sie sonst niemals gekommen wäre. Kommissar Mastrodomenico, der Freund ihres Onkels, blieb ihr großes Vorbild. Inzwischen war er Polizeidirektor. Caterina hätte alles für ihn getan. Er war für sie der Rettungsring im stürmischen Meer.

Seitdem waren so viele Jahre vergangen, und nun lag ihr

Vater hier, in einem Bett auf der Intensivstation. Warum war sie hergekommen? Um ihn noch einmal zu sehen?

Sie wollte ihm in die Augen blicken, in der Hoffnung, dass es das letzte Mal sein würde und dass Gott, Jesus oder wer auch immer dort oben war, ihn für immer zu sich nahm. In diesem Moment wandte ihr Vater auf der anderen Seite der Glasscheibe den Kopf und sah sie.

Da sind sie, dachte Caterina. Diese bösen dunklen Augen, die sie bis heute in ihren Träumen verfolgten. Ihr Vater lächelte mühsam und versuchte, eine Hand zu heben. Er winkte sie zu sich. Caterina machte einen Schritt nach vorn und trat ins Zimmer. Es stank nach Desinfektionsmittel und alter Gemüsebrühe.

«Hallo», begrüßte er sie. Caterina blieb am Fußende des Bettes stehen. Sie betrachtete die weiß-blaue Decke mit dem Logo der Klinik, den Monitor mit der Anzeige für Blutdruck und Herzschlag, das Pulsoximeter am Zeigefinger ihres Vaters und die bläuliche Vene an seinem Arm, in dem die Tropfnadel steckte.

«Wie schön, dass du hergekommen bist. Du bist groß geworden.»

«So ist das, wenn man erwachsen wird.»

Guido Rispoli presste die Lippen zusammen. «Gibst du mir einen Schluck Wasser?», fragte er dann.

«Nein», antwortete Caterina und rührte sich nicht.

«Muss ich die Schwester rufen?»

«Von mir aus.»

«Du weißt, dass ich morgen …»

Caterina hob die Hand, um ihn zu unterbrechen. «Sei still! Und damit das klar ist: Ob du stirbst oder nicht, geht mich nichts an. Vor ein paar Jahren noch hätte ich dir den Tod gewünscht, aber heute ist mir das, ehrlich gesagt, scheißegal. Als damals alles anfing, hab ich mir vorgeworfen, deine Liebe nicht zu verdienen. Stell dir das mal vor! Du warst ein widerlicher Vater, das wollte ich dir noch gern sagen. Ich habe so viele Jahre darüber nachgedacht, hab versucht, eine Entschuldigung zu finden, eine Erklärung für all das, aber schließlich ist mir klar geworden, dass du einfach nur ein kranker Mensch bist. Und damit meine ich nicht dein Herz, denn du hast nie eins gehabt. Du hast mir das Leben zur Hölle gemacht, du hast mir Dinge angetan, für die zu büßen ein Leben nicht reicht, und dir ist nicht einmal in den Sinn gekommen, dich bei mir zu entschuldigen. Nie! Und jetzt liegst du hier in diesem Bett, schwebst zwischen Leben und Tod und willst die Sache mit mir klären? Wie willst du das machen? Kannst du mir das mal sagen?»

Ihr Vater antwortete nicht. Er schloss die Augen, und eine Träne lief ihm langsam über die Wange bis zu seinen Lippen.

«Weißt du, wie oft ich dich gebraucht hätte. Weil ich dir vertraut habe. Wie konntest du nur? Sag mir das bitte: Wie konntest du nur?»

Ihr Vater antwortete nicht.

«Und mehr haben wir uns nicht zu sagen, scheint mir. An deiner Beerdigung werde ich nicht teilnehmen. Und falls du überlebst, dann halte dich von mir fern.»

«Bist du nur hier, um mir all diese furchtbaren Vorwürfe zu machen?»

«Das ist nichts im Vergleich zu dem, was du gemacht hast. Nein, ich bin aus einem anderen Grund hier.» Sie ging zwei Schritte auf ihren Vater zu und beugte sich vor, um ihm direkt in die Augen schauen zu können. Sie musterte sie aufmerksam.

«Was soll das, Caterina?»

«Du hast ganz normale Augen, weißt du das? Ich sehe die Hornhaut, die dunkle Pupille, die braune Iris mit gelblichen Einsprengseln ... Und was sind das für rote Dinger? Kapillargefäße? Nein, warte, ich glaube, die heißen retinale Blutgefäße, ja. Ziemlich rot in der Lederhaut.» Sie richtete sich wieder auf. «Das sind alles in allem ganz normale Augen. Nichts Besonderes. Und auch nicht wirklich schön. Sie sind ganz anders als meine. Nichts in diesem Gesicht erinnert mich an meines. Das sind ängstliche Augen, weißt du das? Gut, dass du Angst hast. Sie ist angeblich eine gesunde Sache, die Angst. Ich weiß das, denn ich hab verdammt lange mit ihr gelebt. Weißt du, was das Positive an alldem ist? Wenn du während der Operation stirbst, merkst du es gar nicht, weil du unter Narkose bist. Genieß die Anästhesie; ob sie kurz oder lang ist, hängt von dem Chirurgen ab und davon, ob du Glück hast. Aber Glück hast du schon immer gehabt, oder?»

Sie drehte sich um und verließ den Raum. Das Geräusch, das den Herzschlag anzeigte, war rasend schnell geworden. Draußen vor dem Krankenhaus brach sie in Lachen aus. Sie hatte Lust, im Pub ein Glas Bier trinken zu gehen. Ein dunkles Bier. Ein Guinness. Denn von diesen Augen würde sie in Zukunft nicht mehr träumen.

Rocco öffnete die Schachtel vom Vortag. Der Kebab war trocken, und ihn aufzuwärmen würde die Sache auch nicht viel besser machen. Außerdem roch er verdorben. Er leerte die Schachtel in den Mülleimer und beschloss, sich zum Abendessen auf eine Flasche Rotwein zu beschränken, da er keine Lust hatte, die Wohnung noch mal zu verlassen. Er machte es sich auf dem Sofa bequem und schaltete den Fernseher ein. Während er von einem Sender zum nächsten switchte, streichelte er Lupa, die ihr Futter schon verspeist hatte und glücklich vor sich hin döste. Schließlich wandte er sich von den üblichen Sendern ab und dem mysteriösen Fernsehdschungel zu. Dokumentationen, unbekannte Filme, Bräute, die um die schönste Hochzeit wetteiferten, Leute, die auf einem Berggipfel kochten, eine barbusige junge Frau, die den Zuschauer einlud, eine bestimmte Nummer zu wählen und ihm dafür erotische Abenteuer versprach, ein Fußballspiel in irgendeiner Provinzliga.

«Scheiße!» Er schlug sich mit der Hand an die Stirn. «Ich bin ein Idiot! Komm, Lupa!» Rocco stand auf und verließ die Wohnung.

Er klopfte an Gabrieles Tür, die der Junge ein paar Sekunden später öffnete. *«Buonasera.»*

«Hast du Internet?»

«Ja.»

«Und hast du einen Computer?»

«Auch.»

«Ich brauche dich.» Gefolgt von seinem Hund, trat Rocco ein. «Ist deine Mutter da?»

«Nein, die bleibt auch diese Nacht noch in Mailand. Haben Sie schon gegessen?»

«Ja.»

«Ich auch. Hab mir Pasta mit Pesto gemacht.»

«*Sticazzi*, Gabriele. Los, gehen wir an den Computer.»

Gabriele machte Rocco ein Zeichen, ihm bis zur letzten Tür am Ende des Flurs mit den grau-braunen Wänden zu folgen. Die Wohnung war aufgeräumt, minimalistisch, leer, beinahe wie in Japan, und das Zimmer des Jungen war genau das Gegenteil. Darin sah es aus wie auf einem Schlachtfeld. Auf dem

Boden lagen Socken, einzelne Schuhe und Marvel-Comics, auf dem ungemachten Bett eine elektrische Gitarre und Hüllen von Videospielen. Ein kleines Regal enthielt Schulbücher und ein paar noch eingeschweißte Romane. In einem anderen, viel größeren Regal standen, in einer Reihe und penibel geordnet, Hunderte DVDs. Dem ersten Blick nach schien es sich ausschließlich um Horrorfilme zu handeln. Auf einem chinesischen Möbelstück befand sich eine Stereoanlage, die von mehreren Stapeln CDs umringt war. Auf dem Schreibtisch prangte ein funkelnagelneuer Laptop. «Sorry wegen der Unordnung.»

In der Luft hing ein Duftgemisch aus süßlichem Gummigeruch, Achselschweiß und feuchtem T-Shirt. Rocco eilte zum Fenster hinüber, um es zu öffnen. Es ging auf einen Innenhof hinaus. «Ist Ihnen warm?»

«Nein. Hier stinkt's wie im Pumakäfig. Los, fang an.»

«Wonach suchen wir?», fragte Gabriele und setzte sich an den Schreibtisch. Rocco nahm sich einen Stuhl und ließ sich neben dem Jungen darauf nieder. «Anzeigen von Escort-Damen in Aosta.»

Gabriele sah ihn erstaunt an.

«Nicht für mich, du Idiot. Fang an.»

«Sicher? Na gut, im Googeln bin ich Weltmeister, wissen Sie?»

Der Junge bearbeitete die Tastatur. Öffnete die erste Seite. «Hier. Was suchen wir?», fragte Gabriele und studierte das Angebot. «Escort, Sadomaso, Männer für Männer, Männer für Frauen, trans?»

«Nimm ‹Escort› und ‹trans›. Und vergiss Frauen und Männer.»

«Suchen wir eine Schwuchtel?»

«Wir suchen eine Trans-Frau, du Dummkopf.»

«Und wen genau?»

«Das geht dich nichts an.»

«Aber wissen wir den Namen?»

«Ja, aber das bringt nichts, weil die fast alle einen falschen Namen benutzen. Also leg los. Wir fangen bei A an. Lady Angela zum Beispiel. Doppelte Penetration und so weiter. Das da ist ein Trans-Typ. Ist eine Handynummer angegeben?»

«Also ich finde den ziemlich hässlich.»

«Gabriele, wir sind nicht auf der Suche nach einer netten Abendbegleitung, verstanden?»

Rocco griff zu seinem Handy und gab die Nummer von Lady Angela ein. «Hallo?», fragte eine rauchige, tiefe Stimme. Rocco beendete das Gespräch. «Gut, Lady Angela ist es nicht.»

«Warum?»

«Weil sie noch lebt. Weiter.»

«Hier, Contessina Barbara. Aber wenn Sie mich fragen, ist das keine echte Gräfin.»

«Was du nicht sagst!»

Gabriele zuckte mit den Schultern. Rocco schnaubte. «Gib mir die Nummer.»

Sie riefen auch bei Contessina Barbara an. Die Stimme eines Anrufbeantworters sagte: «*Ciao,* ich bin etwas ganz Besonderes, raffiniert, kapriziös. Hier bei mir findest du alles, was du willst, und ich bin geil. Ich warte in der Via Edelweiss auf dich, abends bis einundzwanzig Uhr … *Ciao* …»

Rocco notierte die Adresse. «Gut, Via Edelweiss, das überprüfen wir später. Mach weiter.»

«Soll das heißen, dass ich bei den Ermittlungen helfen darf?»

«Nein, das heißt, dass ich kein Internet habe und dich ausnutze. Du bist nur ein Mittel zum Zweck, ein verlängerter Arm, nicht mehr als ein Objekt. Los, jetzt die da … Brenna … Sag mir die Nummer.»

Rocco rief Brenna an. Auch diesmal meldete sich ein Anrufbeantworter: «*Ciao,* ich bin Brenna.» Mit slawischem Akzent. Rocco konzentrierte sich aufs Zuhören. «Ich bin zu allem bereit. Und ich warte bis Freitag in der Via Larsinaz auf dich.»

So machten sie noch eine gute halbe Stunde auf verschiedenen Websites weiter. Nachdem sie auch die Extremen durchgegangen waren, hatte Rocco achtzehn Adressen und ein knallrotes Ohr. Gabriele lehnte sich auf dem Stuhl zurück. «Ich hätte nicht gedacht, dass es hier in Aosta so viele Prostituierte gibt. Und was bitte ist *Golden Shower*?»

«Etwas Ekliges.»

«Und doppelte Penetration?»

«Auch.»

«Und was bedeutet *Padding*?»

«Gabriele, du bringst mich durcheinander. Frag das doch deine Mutter.»

«Alles klar. Sind wir fertig?»

«Nein. Jetzt öffne mal einen Stadtplan von Aosta, und such die Via Fallère bitte. Von dort aus berechnen wir die Entfernung zu jeder dieser Adressen, um herauszufinden, welche am nächsten liegen. Beeil dich, ich will ins Bett.»

«Kann ich auch diese Nacht bei Ihnen schlafen?»

«Mal sehen, wie du dich anstellst. Fangen wir mit Contessina Barbara an: Via Edelweiss.»

Nur drei der Adressen lagen in der Nähe des Take-aways *L'Anello di Giada*. Die von Brenna in der Via Larsinaz, die von

Sonya in der Via Brean und die von Jesica (mit einem s) in der Via Capitano Chamonin.

«Sehr gute Arbeit, Gabriele. Du bist echt klasse, besser als die meisten meiner Agenti.»

«Dann darf ich bei Ihnen schlafen.»

«Darfst du. Aber nur auf dem Sofa und nicht mitten in der Nacht wieder in mein Bett schleichen. Du stinkst und trittst um dich, und ich brauche Erholung.»

V

Die Sonne war gerade aufgegangen, und die Luft war klar und frisch. Arjan Vlora lehnte sich an eine Pinie, um sich eine Mütze Schlaf zu gönnen. Die Herde graste gemächlich auf der noch taufeuchten Wiese, und seine beiden Maremmanos überwachten die Weide, indem sie im leichten Trab umherliefen und sich unter die Schafe mischten. Er hatte die Hunde zu Ehren von zwei Fußballspielern aus seiner albanischen Heimat Bogdani und Berisha genannt.

In der Ferne hörte Arjan die Kühe auf der Pontina-Ebene. Um die Zeit waren schon einige Pendler unterwegs, aber das war nicht mehr sein Problem. Mit der Stadt hatte Arjan nichts mehr am Hut. Schon seit Jahren arbeitete er für einen Gutshof in Castel di Decima, was er niemals freiwillig aufgeben würde. Die Schafe auf die Weide bringen, die Milchkanister aufladen, sich um die Pfirsich- und die Mandelbäume kümmern, den Käse bei der Reifung kontrollieren und die Schafe hereinholen. Ein angenehmes Dasein. Vor allem für jemanden wie ihn, der 1994 zusammen mit vielen anderen verzweifelten Menschen aus Fier in Albanien nach Italien gekommen war, ohne zu wissen, was ihn hier erwartete. Letztlich hatte er Glück gehabt. Er hatte den einzigen Job gefunden, den er gut machen konnte, eine Arbeit auf dem Land. Und mit dem Geld, das Alessio De Sisti ihm gab, beinahe achthundert Euro im Monat plus Kost und Logis, würde er in nicht einmal zwei Jahren das Haus der Balajs kaufen können, um eine Familie zu gründen. Es hatte eine Weile gedauert, aber letztendlich hatte Italien ihm eine Zukunft geboten. Er schloss die Augen, und die Geräusche der Straße rückten in weite Ferne. Was blieb, waren nur die klingenden Glocken der Tiere und Berishas Bellen.

Aber der Hund bellte zu heftig.

Arjan öffnete die Augen wieder. Berisha kläffte in der hohen Tonlage, die Alarm anzeigte, und nicht in der tiefen Tonlage, mit dem der Hund etwas verteidigte. Da er seit sechs Jahren mit den beiden Hunden zusammenlebte, wusste Arjan sofort, dass etwas nicht stimmte. Er sah sich mit suchendem Blick um, ohne Berisha zu entdecken. Das Bellen kam vom Rand der Weide, aus den Brombeerhecken, deren Früchte Arjan am Ende des Sommers gern pflückte, um Marmelade daraus zu machen. Er richtete sich auf und bemerkte den heftig wedelnden Schwanz des Hundes, während der Rest des Körpers von den Sträuchern verdeckt wurde. Berisha reagierte nicht auf sein Pfeifen. Bogdani kam heran und lief zu Berisha. Dann verschwand auch er mit wedelndem Schwanz zur Hälfte in dem Gestrüpp. «Aber was ist denn los? Bery! Bogda! Hierher!» Arjan pfiff erneut. Doch lediglich eines der alten Schafe hob kauend den Kopf, sah kurz zu ihm herüber und wandte sich dann wieder der Wiese zu.

«Bery! Bogda! Hierher!»

Nichts. Die Hunde bewegten sich keinen Zentimeter. Vielleicht hatten sie eine Schlange gefunden. Oder einen Fuchs. Aber um diese Tageszeit waren keine Füchse unterwegs. Es konnte höchstens ein toter Fuchs sein, der überfahren und dann von dem erschrockenen Autofahrer ins Gebüsch geworfen worden war. Aber eigentlich achteten die Hunde nicht auf Aas, Schlangen oder Katzen. Berisha und Bogdani hüteten die Schafe. Das hatten sie schon immer getan, und darin waren sie hervorragend. Nichts konnte sie ablenken. Schon gar keine Schlange oder der Kadaver irgendeines Waldtieres, das in der Nacht verendet war. Arjan stand auf. Nun konnte er besser sehen. Die beiden Hunde steckten mitten im Gebüsch am Rand der Wiese, direkt neben dem Zaun, der an einigen Stellen kaputt war und repariert werden musste. Er ließ das kleine Radio und die Tasche zurück, die er immer bei sich trug, und machte sich schnaubend auf den Weg. Ein paar Schafe gingen zur Seite, um ihn durchzulassen. «Bery! Bogda! Schluss jetzt!» Arjan überquerte praktisch die ganze Weide und kam schließlich bei den Hunden an. «Warum, zum Teufel, bellt ihr so?»

Zuerst dachte er, es wären nur ein paar Kleider, doch dann sah er, dass aus dem Ärmel der Jacke eine Hand hervorschaute. Arjan spürte einen Adrenalinstoß, der dafür sorgte, dass sich sämtliche Haare seines Körpers aufrichteten, und sein Herz raste.

«Verdammt, was ...»

Dort im Gebüsch lag ein Mann. Quer über den Hals verlief ein sauberer, präziser Schnitt, der beinahe wie ein Grinsen aussah.

«Dreqi ta haje!», fluchte Arjan auf Albanisch.

VI

Als Rocco und Italo an Brennas Tür in der Via Larsinaz klopften, war es halb acht am Morgen. Aus der Wohnung war kein Geräusch zu hören, nichts regte sich. Ein Auto fuhr mit hoher Geschwindigkeit vorbei, und auf einem der Balkone bellte ein Hund. Rocco sah sich um. Die mehrstöckigen Gebäude um sie herum sahen alle gleich aus, selbst die Haustüren waren identisch. Keiner der Bewohner war zu sehen. Rocco drückte noch einmal auf die Klingel.

«Es ist noch früh. Um die Zeit wird sie schlafen», sagte Italo.

«Dann muss sie, verdammt noch mal, aufwachen.» Rocco hielt die Klingel mindestens zehn Sekunden gedrückt.

«Vielleicht haben wir ja auch beim ersten Versuch gleich ins Schwarze getroffen.»

«Wir müssen die Tür wohl aufbrechen, scheint keiner da zu sein.»

Doch das war nicht nötig, denn plötzlich rührte sich etwas an der Tür. «Wer ist da?», fragte eine leise, kaum hörbare Stimme.

«Polizei. Öffnen Sie!»

Wenige Sekunden später wurde der Schlüssel im Schloss umgedreht. Ein Riegel wurde zur Seite geschoben, und endlich öffnete sich die Tür, und Brenna stand vor ihnen. Sie hatte platinblondes Haar, das ihr an der Stirn klebte. Ihr Gesicht, das bereits einige chirurgische Eingriffe hinter sich hatte, war verschwitzt und voller Flecken. Sie trug ein Superman-

T-Shirt und eine Jogginghose. Mit den dunklen Schatten unter den Augen und den aufgespritzten Lippen sah sie aus, als hätte ihr gerade jemand ins Gesicht geschlagen. «Was ist? Ich hab eine Genehmigung. Soll ich sie holen?»

«Nein. Kennen Sie diese Person?» Rocco hielt Brenna das Foto von Juana auf dem Autopsietisch hin. Brenna betrachtete es mit müden Augen. «Ist das nicht die aus der Zeitung?»

«Ja. Kennen Sie sie? Haben Sie sie schon mal gesehen?»

«Nein, das schwöre ich. Ansonsten wäre ich zu Ihnen gekommen, um es zu melden. Sie ist tot, wurde stranguliert, richtig?»

Diesmal antwortete Italo: «Ja. Haben Sie vielleicht einen Kunden, den Sie für fähig halten, so etwas zu tun?»

Brenna lächelte. Fuhr sich mit der Hand übers Gesicht. «Wollen Sie einen Kaffee? Jetzt kann ich eh nicht mehr schlafen.» Sie trat zur Seite, um die beiden Polizisten eintreten zu lassen.

Brenna führte sie in die kleine, gemütliche Küche. Eine dreifarbige Katze strich an Roccos Bein vorbei. «Das ist Felix … er ist sehr anhänglich, aber streicheln Sie ihn bloß nicht, sonst werden Sie ihn nicht mehr los. Möchten Sie Zucker?»

«Nein danke, ist prima so», entgegnete Rocco. Brenna stellte die Tasse vor ihm ab, setzte sich und richtete sich das Haar. Ihre Miene war angespannt. «Sie sind wegen einer Anzeige hier, oder?»

«Brenna, es interessiert mich einen Scheiß, wie Sie sich Ihren Lebensunterhalt verdienen. Ich bin nicht von der Sittenpolizei, sondern ich suche einen Mörder», sagte Rocco, und das Gesicht der Prostituierten entspannte sich sichtlich.

«Seit ich die Nachricht gelesen habe, kriege ich das nicht mehr aus dem Kopf. Mir könnte schließlich das Gleiche passieren.»

«Apropos, Sie kennen nicht zufällig», Italo nahm sein Notizbuch und las: «Jesica mit einem s oder Sonya? Jesica wohnt in ...»

«Ja, ich kenne sie. Sie wohnt in der Via Capitano Chamonin gleich hier in der Nähe. Ich habe sie gestern noch gesehen, und wir haben über die Arme gesprochen, die im Fluss gefunden wurde.»

«Dann sind Sie gar keine Ausländerin?»

«Doch. Ich komme aus Bratislava. Aber am Telefon übertreibe ich den Akzent. Das gefällt den Leuten.» Brenna biss in ein Schokoladenplätzchen. «Aber solche Kunden habe ich noch nie gehabt. Obwohl mir schon seltsame Fälle untergekommen sind. Jemand, der sich als Zimmermädchen verkleidet hat, oder einer, der unbedingt ein Strap-on wollte.»

Italo war anzusehen, dass er damit nichts anfangen konnte, aber Rocco beruhigte ihn: «Erklär ich dir später.»

«Und natürlich das Übliche, Handschellen, Peitschen und so. Aber es war bei allen nur ein Spiel. Am Ende haben wir immer gelacht.»

«Sie sind Expertin in solchen Dingen?»

«Ziemlich.» Brenna aß das Plätzchen auf. «Ich mache das jetzt seit fünfzehn Jahren. Alle möglichen Praktiken, und ich bin nicht billig.»

«Das heißt?»

«Angefangen bei hundert Euro für eine kurze Begegnung bis zu mehr als fünfhundert für die ganze Nacht. Vor allem, wenn ich zu jemandem nach Hause oder in ein Hotel kommen soll, dann steigt der Tarif.»

«Stellen Sie Rechnungen aus?», fragte Rocco, und Brenna erstarrte.

«Bitte?»

«War nur ein Witz», beruhigte Rocco sie. «Üben Sie Ihren Job im Schlafzimmer aus?»

«Nein, dort drüben. Im ehemaligen Wohnzimmer. Möchten Sie es sehen?»

«Warum nicht?», meinte Rocco.

Sie standen auf und gingen durch den kleinen Flur in einen komplett mit rotem Teppich ausgelegten Raum. Ein unangenehmer Geruch nach Deodorant mit Rosenduft stieg ihnen in die Nase. An den Wänden hing das Arbeitsgerät: Peitschen, Bambusstäbe, Handschellen, Ketten, Ledermasken. Auf einem kleinen Tisch war eine stattliche Sammlung Dildos zu bewundern. «Das also ist mein Arbeitszimmer.»

«Schön. Ich sehe gar kein Fax.»

Brenna lachte.

«Danke, ich begleite Sie zur Tür.»

«Würdest du für die hundert Euro ausgeben?», fragte Italo, als sie zum Auto zurückkehrten.

«Sie macht immerhin guten Kaffee.»

«Und jetzt?»

«Jetzt besuchen wir Sonya. Wenn Jesica mit einem s gestern noch gelebt hat, können wir uns die sparen. Und das Auto können wir uns auch sparen, weil die Via Brean keine fünf Minuten entfernt ist.»

Unterwegs sagte keiner von ihnen ein Wort. Rocco betrachtete die Straßen und Häuser, Italo fixierte den Bürgersteig. Er wusste, dass man seinen Chef, wenn er schwieg, nicht stören sollte. Beinahe konnte er das Rumoren der Gedanken in Roccos Kopf hören. Schließlich erreichten sie die Via Brean.

«Wir müssen zu Nummer 12, oder?», fragte Rocco mit Blick auf die Hausnummern.

«Ja, genau. Aber findest du das nicht seltsam, Rocco?»

«Was?»

«Wir versuchen die Identität einer Person zu klären, die nicht mal selbst wusste, wer sie war.»

«Bist du denn von deiner Identität überzeugt?»

Italo kratzte sich am Kopf. «Ich denke schon.»

«Weißt du alles über dich?»

«Ich weiß ziemlich viel.»

«Ziemlich viel ist nicht alles. Es ist bei Weitem nicht genug.»

Sie kamen zum Haus mit der Nummer 12, wo sie, wie in Sonyas Anzeige angegeben, an der Sprechanlage bei Studio M klingelten. Niemand reagierte.

«Die schläft wahrscheinlich auch noch.»

«Möglich.» Rocco klingelte erneut. «Das Studio M befindet sich in Wohnung drei.» Er trat ein paar Schritte zurück, um das Gebäude zu betrachten. Ein Haus mit zwei Stockwerken, umgeben von weiteren Wohnhäusern und ein paar Geschäften.

«Nichts, Rocco, die reagiert nicht.»

Rocco klingelte bei einer anderen Wohnung. Nach wenigen Sekunden war eine weibliche Stimme zu hören: «Ja?»

«Questura von Aosta, öffnen Sie die Tür.»

Auf der anderen Seite der Verbindung blieb es still.

«Signora, haben Sie mich verstanden?»

«Und wer versichert mir, dass Sie wirklich von der Polizei sind?»

Rocco verdrehte die Augen. «Oh, Mann! Kommen Sie raus und sehen Sie sich die Uniform meines Kollegen an.»

Einige Sekunden später erschien die weißhaarige Frau, die dem Namen an der Sprechanlage nach Signora Cosma hieß, am Fenster. Italo stand mit ausgebreiteten Armen auf dem Bürgersteig, damit sie ihn begutachten konnte.

«In Ordnung, aber sind Sie wegen mir hier?»

«Nein. Öffnen Sie, Signora!»

Nachdem Rocco und Italo die Frau endlich überzeugt hatten, betraten sie das Gebäude. Sie stiegen lediglich zwei Stufen hinauf und standen gleich darauf vor der Tür von Wohnung drei. Italo drückte auf die Klingel. Niemand öffnete. Er klingelte erneut.

Wie bei den in Mailand typischen *Case di Ringhiera* war das Haus von einer Galerie umgeben, von der aus man die Wohnungen betrat. Außerdem gab es Fenster, durch die man ins Wohnungsinnere schauen konnte. Rocco spähte durch das Fenster in Wohnung drei, konnte aber im Dunkeln nichts darin erkennen. Er klopfte an die Scheibe. Daraufhin wurde zwar nicht die Tür von Wohnung drei, aber die von Wohnung zwei geöffnet, in der ein frisch gestylter junger Mann erschien. Beim Anblick der beiden Polizisten schreckte er zurück. «*Salve*, kennen Sie die Person, die hier wohnt? Sonya?», fragte Rocco.

Der junge Mann blickte abwechselnd auf Rocco und Italo, als erwarte er, dass sie ihre Waffen ziehen und ihn erschießen würden.

«Ja ... Das heißt, ich kenne sie nicht», antwortete er unsicher. «Ich bin ihr hin und wieder mal begegnet.»

Sie hielten ihm das Foto der Toten hin. «Ist sie das?»

Der junge Mann erbleichte. «Mein Gott, ja. Was ist passiert?»

Rocco steckte das Foto wieder ein. «Sieht so aus, als hätten wir sie gefunden, Italo. Ruf in der Questura an. Ich will Caterina und Casella hier haben und die Gambino mit ihrer ganzen Mannschaft.»

«Verstanden.»

«Und Sie können vorerst gehen.»

«Aber was ... passiert denn jetzt?», fragte der junge Mann.

Erst da konzentrierte Rocco seine Aufmerksamkeit auf das Gesicht des Jungen. Die großen dunklen Augen waren weit geöffnet, der kleine Mund verschwand fast unter der großen Nase, und die Ohren standen deutlich vom Kopf ab. Rocco teilte ihn der Art der Lemuren zu. Denn genau wie diese auf Madagaskar lebenden Primaten bewegte er sich hastig und schien zwischen Angst und Neugier hin- und hergerissen.

«Nichts Gutes. Auf Wiedersehen.»

Der Lemure huschte eilig davon. Rocco dagegen steckte eine Hand in die Hosentasche und zog sein Schweizer Messer hervor. Denn es gab keine Hoffnung mehr, dass Sonya oder Juana die Tür öffnen würde.

VII

Arjan hatte die Hunde ins Gehege gesperrt und erklärte Ispettore Morganti, an einen Baum gelehnt, zum dritten Mal, wie er die Leiche gefunden hatte. Die Schafe grasten ungerührt vor sich hin, und immer mal wieder hob das eine oder andere den Kopf und schaute zu ihnen herüber. Zwei Männer von der Spurensicherung, die trotz der inzwischen spürbaren Hitze Kapuzen trugen, untersuchten in einer Entfernung von etwa hundert Metern die Blätter und Äste im Gebüsch. Der Gerichtsmediziner beugte sich über die am Boden liegende Leiche. Vicequestore Bonanni stand daneben und las abwesend die Nachrichten auf seinem Handy. Auf der Straße machten die Polizeiautos dem Leichenwagen Platz.

«Was soll ich Ihnen sagen, Bonanni? Die Todesursache war ein tiefer Schnitt am Hals.»

«Mhm», entgegnete der Vicequestore, ohne den Blick vom Display seines Handys abzuwenden.

«Und er ist nicht hier umgebracht worden», ergänzte Spartaco Pichi, der Gerichtsmediziner, den alle Uccio nannten.

«Da bin ich auch schon drauf gekommen. Schließlich ist hier nirgendwo Blut zu sehen. Ausweise?»

«Nichts dergleichen. Keine Dokumente, keine Brieftasche, keine Uhr.»

Endlich wandte Bonanni sich von seinem Handy ab. «Sicher?»

«Hundertprozentig.»

«Sieht also nach einer Abrechnung aus.»

«Scheint so.»

Uccio fummelte in der Innentasche der Jacke herum. «Hier ist eine Quittung ... Schauen wir uns die mal an.» Er hielt sich den Zettel vor die Augen. «Bar Mastrangeli, Via Vitellia 31 ... Da hat er einen Kaffee getrunken. Vom Datum her vor zwei Tagen.»

«Bleibt offen, wann genau sie den um die Ecke gebracht haben.» Bonanni steckte das Handy wieder in die Tasche.

«Das weiß ich auch nicht. Aber ich nehme ihn mit in die Gerichtsmedizin und kann es dir vielleicht anschließend sagen.»

«Morganti!», rief der Vicequestore dem Ispettore zu.

«Wirf den Motor an, wir fahren zurück ins Büro. Seid ihr mit dem Schäfer fertig?»

Der Ispettore nickte und setzte sich in Bewegung.

«Gerade mal neun Uhr. Uccio, du rufst mich an?»

«Klar. Wird sicher nicht leicht, herauszufinden, wer das ist.»

«Du solltest uns nicht unterschätzen.»

VIII

Juanas Wohnung war so gut wie leer. Abgesehen von drei alten Möbelstücken gab es dort nichts: kein Buch, kein Regal, keinen Fernseher. Boden und Wände waren nackt, und in der Küche fand sich nur ein einsamer Löffel an der Spüle. Im Schlafzimmer lag eine Matratze auf dem Boden, der Schrank stand offen und war ebenfalls leer. Rocco ging ins Wohnzimmer. In der Mitte des Raumes wies das Parkett eine andere Farbe auf. Dort musste ein Teppich gelegen haben. Dem Haken an der Decke nach zu urteilen, hatte direkt darüber eine Lampe gehangen. Und drei kleine Nägel an den Wänden ließen darauf schließen, dass dort irgendwelche Bilder gewesen waren.

Italo erschien in der Tür. «Was haben wir?»

«Nichts. Gar nichts. Sieht aus, als sollte die Wohnung neu vermietet werden. Statten wir dem Eigentümer mal einen Besuch ab und fragen ihn. Wann kommen die anderen?»

«Sind unterwegs.»

Rocco schnüffelte. «Was riechst du?»

«Ich? Nichts. Was riechst du?»

«Blumen. Aber kein echter Blumenduft. Irgendwas Chemisches.»

«Mich gruselt es hier.»

«Mir geht das alles nur auf den Sack.» In der Küche gab es eine Glastür. Rocco öffnete sie und fand sich auf einer kleinen gefliesten Terrasse wieder, die von einem niedrigen Zaun umgeben war. Ein paar Blumentöpfe mit vertrockneten Zweigen standen herum. An der Wand befand sich ein tropfender Wasserhahn. Die Terrasse ging auf einen Parkplatz hinaus, auf dem nur wenige Autos standen. Italo war an der Tür stehen geblieben. «In Ordnung, Italo, warten wir draußen auf die anderen.»

Sie gingen zurück zum Eingangsbereich. Rocco studierte die Briefkästen. «Gut, insgesamt acht Wohnungen. Ich höre mich mal bei den Mietern um. Mal sehen, ob uns das weiterbringt. Ich beginne im zweiten Stock, bei Signora Cosma.»

In diesem Moment wurde die Haustür von außen geöffnet, und der Lemure erschien wieder. «Ich hab was vergessen», erklärte er und eilte zu seiner Wohnung. Zwei Minuten später war er wieder da und zeigte Rocco und Italo sein Handy. «So, die Dinger sind ja heutzutage überlebenswichtig.»

«Entschuldigung, dürfte ich Sie nach Ihrem Namen fragen?», erkundigte sich Rocco.

«Wen? Mich?»

«Sie können mir gern auch den Namen Ihrer Großmutter oder Ihres Vaters geben, aber im Moment wäre mir der Ihre lieber.»

«Sicher. Ivano Petrulli.»

«Gut, Ivano. Waren Sie vor drei Tagen, also am Sonntagabend, zu Hause?»

Ivano kniff nachdenklich die Augen zusammen. «Sonntag?»

«Sonntag.»

«Ich denke, nicht. Nein, am Sonntagabend war ich nicht zu Hause. Ich war mit meiner Verlobten zusammen, in Saint-Vincent. Und hab bei ihr übernachtet.»

«Und Montag?»

«Auch am Abend?»

Rocco nickte,

«Da war ich bei meiner Familie in Cogne. Sie wohnen dort.»

«Übernachten Sie nie hier?»

«Hin und wieder schon. Letzte Nacht zum Beispiel.»

Dem jungen Mann war anzusehen, dass er es eilig hatte, Rocco jedoch hatte alle Zeit der Welt. «Wissen Sie, welchem Beruf Sonya nachgegangen ist? Oder besser gesagt, Juana?»

«Ich denke schon. Sie hat Kunden empfangen.»

«Sind Sie mal bei ihr gewesen?»

«Ich? Niemals! Ich steh nicht auf so was.»

«Was meinen Sie mit ‹so was›?»

«Na ja, solche ... Transgender.»

«Haben Sie sich mal mit Ihrer Nachbarin unterhalten?»

«Also ... Die wenigen Male, wenn wir uns begegnet sind, haben wir uns gegrüßt. Aber warum stellen Sie mir all diese Fragen? Ich muss los.»

«Weil sie ermordet wurde.»

Der Lemure erbleichte. «Oh, Madonna ...»

«Ja. Schrecklich, nicht? Da wird Ihre Nachbarin umgebracht, und Sie haben nichts gemerkt.»

Ivano zuckte mit den Schultern, als wolle er sich entschuldigen. «Aber ich hab auch nicht ... Ich schwöre, dass ...»

Rocco hob abwehrend die Hand, um den Mann zu unterbrechen. «Geben Sie meinem Kollegen Ihre Kontaktdaten und die Telefonnummern von Ihrer Verlobten und Ihren Eltern. Sie wissen ja, wie das läuft. Wenn Sie sagen, dass Sie nicht zu Hause waren, müssen wir das überprüfen.»

«Schon in Ordnung», entgegnete der Lemure mit einem nervösen Blinzeln.

«Also», meinte Italo, der Stift und Notizbuch schon bereithielt.

«Warten Sie, die Telefonnummer meiner Eltern weiß ich nicht auswendig.»

«Schauen Sie in Ihrem Handy nach», schlug Italo ruhig vor.

«Ach ja, stimmt, ich bin ein Idiot.»

Signora Cosma war klein und hager. In ihrer Wohnung stand auf jedem Möbelstück eine Uhr, ein gerahmtes Foto oder eine Porzellanfigur auf einem kleinen Deckchen. Die glänzenden Holzmöbel und falschen Perserteppiche passten perfekt zu ihrem pastellfarbenen Kostüm und der Perlenkette, die sie trug. Nur ihre leicht bläuliche Haarfarbe, um die sie jeder alte Sex-Pistols-Fan beneidet hätte, fiel aus dem Rahmen. Sie hatten es sich im Wohnzimmer bequem gemacht, und die Hausherrin hatte Rocco gleich einen Tee angeboten, den er höflich ablehnte. Auf dem niedrigen Couchtisch lagen eine Rätselzeitschrift, ein Bleistift und ein Radiergummi.

«Haben Sie Juana, die Mieterin von Wohnung drei, gekannt?»

Das auch mit siebzig Jahren noch glatte Gesicht verzog sich zu einer faltigen Grimasse. «Ich bitte Sie! Wissen Sie, wie oft ich mich beim Hauseigentümer beschwert habe? Dieser Kerl, oder wie immer man ihn auch bezeichnen sollte, hat Kunden in seiner Wohnung empfangen. Glauben Sie mir, das ständige Kommen und Gehen war ausgesprochen störend.»

Auf einem Tischchen neben dem Sessel stand ein Foto, das einen Mann in Uniform zeigte. «Wohnen Sie hier allein?»

«Ich bin seit sechs Jahren Witwe. Und dieser Kerl kann froh sein, dass mein Mann nicht mehr lebt, denn er hätte ihn mit einem Tritt in den Hintern nach draußen befördert!»

«Wenn ich Sie nach dem letzten Sonntagabend frage, können Sie sich da an irgendwas erinnern?»

Giulia Cosma biss sich auf die Lippe und blickte zu Boden. «Sonntag … Da bin ich um sieben vom Bridge gekommen. Dann habe ich zu Abend gegessen, ein wenig ferngesehen und bin zu Bett gegangen.»

«Sie haben nichts Außergewöhnliches gesehen oder gehört?»

«Was hätte ich denn hören sollen?»

«Juana wurde ermordet», sagte Rocco ohne Umschweife. Er achtete genau auf die Reaktion seines Gegenübers. Für einen Moment blitzte in den Augen der alten Frau ein raubtierhaftes Leuchten auf. «Das tut mir leid», sagte sie und fasste sich an die Perlenkette. «Sind Sie sicher, dass er hier im Haus ermordet wurde?»

«Ja, hier im Haus.»

«Gibt es Beweise, Spuren, irgendwas, das darauf hinweist?»

«Signora, die Fragen stelle ich.»

«Entschuldigen Sie.» Die Frau verzog den Mund zu einem Lächeln, während ihr Blick kalt und distanziert blieb. «Mein Mann war Carabiniere, was in so vielen Jahren Ehe ein wenig auf mich abgefärbt hat.»

«Haben Sie in den Tagen danach etwas Ungewöhnliches bemerkt?»

«Zum Beispiel?»

«Leute, die kommen und gehen, jemand, der die Wohnung betreten hat?»

«Wie sollte ich? Nein, nichts, obwohl … wenn ich jetzt so darüber nachdenke, war es ungewohnt ruhig. Ja, ruhig. Offensichtlich hat sich das unter den Kunden schnell herumgesprochen.»

«Meinen Sie das ironisch?»

«Das würde ich mir, wenn es um den Tod geht, niemals erlauben.»

«Haben Sie ein Auto?»

«Ja.»

«Steht es auf dem Parkplatz hinter dem Gebäude?»

«Sicher. Er gehört zum Haus. Aber dort parken nur wenige Fahrzeuge. In diesem Gebäude sind ja nur fünf Wohnungen vermietet, die alle demselben Eigentümer gehören. Außer mir und diesem Kerl da unten sind das Ivano, ein netter Junge, und hier auf der Etage zwei andere Mieter. Signor Fabiani, der um diese Zeit im Büro ist, und daneben Signor Bernardo Valenti, aber der ist fast nie da. Er hat einen Sohn in Turin.»

«Und jetzt? Ist Signor Valenti jetzt zu Hause?»

«Das weiß ich nicht.»

«Wissen Sie, wo Signor Fabiani arbeitet?»

«Im Zentrum, in der Via Aubert. Er ist Steuerberater.»

«Hatte Juana ein Auto?»

«Ja. Einen funkelnagelneuen Toyota. Ein Zeichen, dass die Geschäfte gut liefen.»

«Das Angebot richtet sich nach der Nachfrage.»

Giulia Cosma sah Rocco verständnislos an.

«Gut, ich danke Ihnen. Das Gespräch mit Ihnen war sehr aufschlussreich.»

«Semper fidelis.»

«Äh, ja», meinte Rocco. «Wir alle gehorchen moralischen Gesetzen, der eine mehr, der andere weniger. Aber wissen Sie, was das Beunruhigende dabei ist, Signora Cosma?»

«Nein.»

«Wie unterschiedlich diese Gesetze ausgelegt werden. Auf Wiedersehen.»

An der nächsten Tür war nur ein Kratzen zu hören. Als Rocco zum zweiten Mal klingelte, fing ein Hund an zu bellen. Ein hohes Bellen, das eher nach einem Lama klang. Dann schob drinnen jemand einen Riegel zurück, und die Tür ging auf. «Bitte?»

Ein schmales Gesicht mit Tränensäcken unter den Augen, die so dick waren wie Tischtennisbälle. Ein ungepflegter Bart und nur noch wenige weiße Haare auf dem Kopf. Die große Nase, die nicht zu dem mageren Gesicht passte, war mit roten Äderchen überzogen. Rote Couperose-Flecken zierten die eingefallenen Wangen. Der Mann trug einen fusseligen Wollpullover, und zwischen seinen Füßen, die in Pantoffeln steckten, sah die Schnauze eines Spitzes hervor.

«Bernardo Valenti?», fragte Rocco.

«Ja, das bin ich.»

«Vicequestore Schiavone.»

Das Gesicht des Mannes hellte sich auf. «Bitte, bitte, kommen Sie rein!» Er riss die Tür auf. «Keine Sorge, der Hund tut nichts. Aber was ist los?» Der Spitz beschnüffelte Roccos Schuhe. «Platz, Anubis, platz! Entschuldigen Sie ...»

«Ich habe auch einen Hund.»

«Ah, deshalb. Der Hund des Signore gefällt dir, was, Anubis? Bitte!»

Die gesamte Wohnung war mit hellem Tannenholz verkleidet, was einem das Gefühl gab, sich in einer Berghütte zu befinden. «Entschuldigen Sie die Unordnung, aber was ist passiert? Ich habe Geräusche im Treppenhaus gehört und mich ein wenig erschreckt. Möchten Sie vielleicht einen Kaffee?»

«Nein, Signor Valenti, vielen Dank.»

Der Hausherr machte Rocco ein Zeichen, auf einem Samtsessel Platz zu nehmen. Rocco ließ, als er sich setzte, einen schnellen Blick durchs Wohnzimmer wandern und musste lächeln. Signor Valenti legte offensichtlich nicht viel Wert auf eine wohnliche Atmosphäre. Wie bei Rocco gab es auch hier kaum Bilder oder Bücher. Das Mobiliar wirkte unpersönlich, wahrscheinlich war die Wohnung möbliert vermietet worden. Allerdings war Rocco sich sicher, dass in den Regalen in der Küche und im Schrank ein stattlicher Alkoholvorrat aufbewahrt wurde. «Also, Signor Valenti, haben Sie Juana Perez, die Frau, die unten im Haus gewohnt hat, gekannt?»

«Warum sprechen Sie in der Vergangenheit?»

Die rechte Hand des Mannes zitterte, und in den Mundwinkeln hatte sich ein wenig weißer Speichel angesammelt. «Wir haben ihre Leiche in der Dora gefunden.»

Bernardo fuhr sich mit der Hand übers Haar. «Nein! Das darf nicht wahr sein!»

«Doch …» Rocco breitete hilflos die Arme aus.

«Früher oder später musste das passieren. Sind Sie sich sicher, dass Sie keinen Kaffee möchten?»

«Nein danke.»

«Dann vielleicht einen Tee? Einen Kräutertee? Oder ein Bier?»

«Nein, alles bestens.»

«Wenn Sie erlauben, hole ich mir schnell ein Glas Wasser.» Der Mann verließ mit eiligen Schritten den Raum. Der Spitz dagegen blieb auf seinem weichen Kissen sitzen und musterte Rocco mit leichtem Schwanzwedeln. Nach zehn Sekunden kam Signor Valenti zurück und leckte sich über die Lippen. «Entschuldigen Sie, so ein Durst … Wie ist sie gestorben? Hat Sie sich umgebracht?»

«Sie wurde ermordet.»

Bernardo Valenti schlug die Hände zusammen, faltete sie vor der Brust und schüttelte sie wie im Gebet. «Die arme Juana, die Arme!»

«Warum haben Sie gesagt, dass das früher oder später passieren musste?»

«Sie ahnen nicht, wie oft ich mit ihr geredet habe, um sie davon zu überzeugen, einen anderen Weg einzuschlagen. Wissen Sie, was das für ein hässliches Leben ist? ‹Juana, dieser Beruf ist sehr gefährlich, wie man weiß›, hab ich immer gesagt.»

Rocco schlug die Beine übereinander. «Haben Sie am Sonntagabend oder an den darauffolgenden Abenden nichts gehört?»

«Was soll ich gehört haben?» Valenti setzte sich auf den Sessel Rocco gegenüber.

«Ein Kommen und Gehen?»

Der Mann dachte nach und tastete dabei nach seinem Puls. «Nein, nichts. Wurde sie denn in ihrer Wohnung umgebracht?»

«So, wie es aussieht, ja.»

«Das ist furchtbar.»

«Ja. Die Wohnung ist fast vollkommen leer. Waren Sie mal drin?»

«Nein. Niemals.»

Rocco stand auf. Der Spitz knurrte. «Auf Wiedersehen. Wenn ich Sie noch mal brauche, finde ich Sie hier?»

«Wo sollte ich wohl sonst sein?»

«Darf ich Sie nach Ihrem Beruf fragen?»

«Ich war Buchhalter. Aber inzwischen bin ich in Pension.»

«Wie lange leben Sie schon in Aosta?»

Der Mann sah nachdenklich an die Decke. «Ziemlich lange.»

«Herzlichen Glückwunsch», sagte Rocco und wandte sich der Tür zu.

«Wozu?»

«Dass es Ihnen gelungen ist, den Akzent loszuwerden. Das ist etwas, woran ich oft denke, wissen Sie? In Rom, wo ich herkomme, verliert niemand seinen Akzent, egal, ob er aus Neapel oder Turin stammt. Auch nach Jahren nicht. Wissen Sie, warum? Weil es in Rom niemanden interessiert, woher man kommt. Man wird einfach in die Gemeinschaft aufgenommen. In den Städten im Norden hab ich dagegen festgestellt, dass die Leute schon nach wenigen Jahren versuchen, den lokalen Dialekt zu übernehmen. Vielleicht um sich zu verstecken.»

«Zu verstecken?», fragte Valenti.

«Um sich zu tarnen und um akzeptiert zu werden. Wo sind Sie geboren?»

Valenti lächelte. «Sie haben ein feines Gehör. Dann kennen Sie sicher den Spruch *‹A' Pullecenella 'o vedono sulo quanno va 'ncarrozza›*.»

«Ah, Pulcinella. Neapel also?»

«Avellino, um genau zu sein.»

Rocco stand in der Mitte des zum Gebäude gehörenden Parkplatzes, konnte aber keinen funkelnagelneuen Toyota entdecken. Er ging zu dem niedrigen Zaun, der Juanas Terrasse abgrenzte, und stieg hinüber zu den Blumentöpfen und dem tropfenden Wasserhahn. Von dort aus trat er erneut in die Wohnung und betrachtete noch einmal das trostlose Wohnzimmer mit den drei hellen Flecken an den Wänden, wo die

Bilder gehangen hatten. Dann schaute er nach oben auf den Lampenhaken, der dieselbe Farbe hatte wie die Zimmerdecke. In diesem Moment kamen zwei Agenti der Spurensicherung ins Zimmer.

«Salve», begrüßten sie Rocco. «So sieht man sich wieder.»

«Ja.» Rocco zog den einzigen Stuhl im Raum unter den Haken, kletterte hinauf und begutachtete ihn. An dem gekrümmten Teil des Metalls waren keine Farbspuren.

«Überprüfen Sie etwas, Dottore?», fragte einer der Agenti im Overall.

«Nein, schon gut.» Rocco stieg wieder von dem Stuhl hinunter. «Ich hab mich nur gefragt, wozu ein Haken in der Decke dienen soll, wenn kein Kabel und keine Lüsterklemme vorhanden sind, um eine Lampe anzuschließen.»

«Meine Oma hängt in ihrem Haus auf dem Land immer Salamis zum Trocknen an die Decke», meinte der andere Agente von der Spurensicherung. «Aber im Keller.»

«Für einen Kühlraum ist dieses Zimmer aber nicht kalt genug», entgegnete sein Kollege.

In diesem Moment erschien Michela Gambino in der Tür. Sie trug auch diesmal einen ausgeleierten Pullover, aus dem ihr langer, dünner Hals herausragte, hatte ihre Kleidung aber mit einem Paar geblümten Gummistiefeln aufgepeppt. «He, ihr könnt hier nicht einfach reinspazieren und meinen Tatort verunreinigen», schrie sie Rocco an.

«Ich hab überhaupt keine Spuren hinterlassen.» Rocco zeigte die Handschuhe, die er extra angezogen hatte. «Außerdem gibt es hier nicht viel zu finden, die haben die ganze Wohnung ausgeräumt.»

«Alles weg?»

«Alles. Bis auf diese wenigen Möbelstücke.»

Die Kriminaltechnikerin rieb sich die Hände. «Wunderbar! Das riecht eindeutig nach einer Verschwörung.»

Rocco sah sie an. «Du bist echt anstrengend, weißt du das? Was ist denn daran wunderbar?»

«Und du bist ziemlich schwer von Begriff. Wie kommt das wohl? Ist das Opfer nach seinem Tod noch mal umgezogen? Überleg mal, was in den letzten drei Monaten passiert ist.»

«Lieber nicht.»

«Margaret Thatcher ist gestorben und einen Monat später Andreotti. Sagt dir das nichts?»

«Sie waren beide steinalt!»

«Abgesehen davon?»

«Hör mal, Michela, darf ich ganz offen zu dir sein? Es interessiert mich einen Scheiß, ob sie gestorben sind, weil in China ein Schmetterling die Flügel bewegt hat oder weil ein Maori mit seinem Kanu untergegangen ist. Schick mir einfach deinen Bericht.» Rocco ging an ihr vorbei zur Tür.

«Nur ein Wort noch, Schiavone: *Datagate!* Denk mal drüber nach.»

Rocco schlug sich mit der Hand vor die Stirn. «Schon klar!»

«Weißt du, dass wir in der Questura überwacht werden?», rief sie ihm nach. Rocco grinste beim Gedanken an den Kaugummi, den er an der Tür der Kollegin angebracht hatte. «Tatsächlich?»

Michela zog den Pullover aus, unter dem sie ein T-Shirt trug, und band ihn sich um die Hüften. Rocco hatte richtig gelegen. Sie war schlank und gut trainiert. «Wir werden überwacht, sage ich dir. Ich hab Beweise dafür!», erklärte sie stolz, während sie sich das Haar zurückstrich. Rocco wandte sich um, um sein Grinsen zu verbergen, und ging davon.

«Manchmal reicht ein einziges Haar.»

Als Rocco und Italo an der Tür der Kanzlei Tax Force in der Via Aubert klopften, war es bereits spät am Morgen. Die Tür wurde ihnen von einer schlicht gekleideten jungen Frau mit langem schwarzem Haar und einer Brille mit dicken Gläsern geöffnet. «Ja?»

«Vicequestore Schiavone. Wir möchten zu Dottor Fabiani bitte.»

Die Sekretärin ließ sie eintreten, ohne eine Miene zu verziehen. Im Wartezimmer standen zwei Ledersessel mit Metallgestell. Ein paar hässliche Ölgemälde an den blauen Wänden machten den Raum nicht heimeliger. «Signor Fabiani telefoniert gerade.»

«Scheißegal», sagte Rocco. «Sagen Sie ihm Bescheid, wir haben nicht den ganzen Morgen Zeit.»

Die Sekretärin verschwand eilig hinter einer glänzenden Holztür.

Rocco trat ans Fenster und trommelte mit den Fingerspitzen gegen die Scheibe. Draußen trottete ein Hund ohne Halsband über die Straße.

«Guten Morgen. Womit kann ich Ihnen dienen? Ich bin Diego Fabiani.» Der Mann trat vor und schüttelte Italo die Hand. Rocco blieb am Fenster stehen.

«Guten Tag, Vicequestore.» Der Steuerberater war um die vierzig, hatte einen Kinnbart und trug ein Hemd, dessen Kragen so hoch geschlossen war, dass es wie eine medizinische Halskrause aussah. An den Hemdaufschlägen glitzerten zwei Manschettenknöpfe.

«Am Sonntagabend wurde Juana Perez ermordet, die im selben Haus wie Sie gewohnt hat. Haben Sie sie gekannt?»

Fabiani schluckte. «Ermordet?»

«Genau das habe ich gesagt. Haben Sie sie gekannt?»

«Ich? Ja, also ich bin ihr ein paarmal begegnet. Ich glaube, sie hat noch nicht sehr lange dort gewohnt.»

«Waren Sie am Sonntagabend zu Hause?»

«Am Sonntag? Nein, da war ich hier in der Kanzlei.»

«Am Sonntag?», hakte Italo nach.

«Äh ja. Ist gerade viel zu tun. Am 16. läuft die Frist für die Steuererklärung ab. Das ist für uns eine sehr arbeitsreiche Zeit.»

«Ist Ihnen in den Tagen danach etwas aufgefallen?»

«Zum Beispiel?»

«Unruhe, Geräusche ...»

«Im Haus?»

«Gut geraten.»

«Nein. Nichts. Warum fragen Sie?»

Rocco sah Italo an. «Warum frage ich das, Agente Pierron?»

«Weil die Wohnung ausgeräumt wurde, was keinem aufgefallen zu sein scheint», beeilte Italo sich zu sagen.

«Genau. Die Wände des Hauses scheinen sehr dick zu sein. Stammt das Gebäude aus der Bronzezeit?»

Diego Fabiani zuckte mit den Schultern, da er offensichtlich nicht wusste, was er darauf sagen sollte.

«Sie wissen es nicht? Pierron, vielleicht sollten sich sämtliche Bewohner des Hauses in der Via Brean 12 Hörgeräte anschaffen.»

Italo grinste. Fabiani verstand noch immer nicht. «Um besser zu hören, Dottor Fabiani», erklärte Italo.

«Sehen Sie, Dottor Fabiani, das ist doch sehr seltsam. In der Wohnung von Juana Perez wurde höchstwahrscheinlich ein Mord begangen, und dann wurde die Wohnung ausgeräumt, aber weder Sie noch Signora Cosma noch Bernardo Valenti oder der Lemure ...»

«Der Lemure?», fragte Italo.

«Ja, der, der sein Handy in der Wohnung vergessen hatte.»

«Ach ja, der Sohn des Anwalts. Ivano Petrulli», sagte Italo.

«Genau, Petrulli. Jedenfalls hat keiner irgendwas gehört. Möchte niemand von Ihnen der Polizei helfen?»

«Ich schwöre, Commissario …»

«Vicequestore.»

«Ja, Entschuldigung, Vicequestore. Ich habe wirklich nichts mitbekommen. Ich habe früh am Morgen das Haus verlassen und war den ganzen Tag im Büro. Und am Abend war ich dann so müde, dass ich geschlafen habe wie ein Stein. Es tut mir leid.»

Der Mann wirkte aufrichtig bestürzt, dass er nicht helfen konnte.

«Aber Sie versichern mir, dass Sie mich sofort kontaktieren, wenn Ihnen noch etwas einfällt, und wenn es nur eine Kleinigkeit ist. Sagen Sie: Ich schwöre!»

«Ich schwöre», entgegnete Fabiani zögernd.

«Sehr gut. Pierron? Dann lassen wir den Herrn jetzt in Ruhe arbeiten und durchsuchen weiterhin den Müll nach irgendeinem Hinweis. Auf Wiedersehen, Dottor Fabiani.»

D'Intino und Deruta warteten vor der Questura auf ihn. Sie sahen aus wie zwei Wachtposten. Rocco versuchte, sich zu verdrücken, doch D'Intino hatte ihn bereits gesehen. «Dottore!», schrie er.

Rocco verdrehte die Augen. «Dotto', wir haben alles gemacht, was Sie gesagt haben. Dreizehn Trams haben wir gefunden.»

Rocco hatte längst vergessen, was er den beiden aufgetragen hatte.

«Sehr gut. Und was ist das Ergebnis?»

«Dass keiner die Leiche kennt», entgegnete Deruta traurig. Nun musste Rocco sich schnell entscheiden. Entweder musste er zugeben, dass während der Abwesenheit der beiden die Ermittlungen bereits deutlich vorangeschritten waren, oder er gab ihnen etwas anderes zu tun. Allerdings fiel ihm im Moment nichts ein.

«Sehr gute Arbeit. Ich bin inzwischen schon ein wenig vorangekommen und habe erfahren, dass die Tote Juana Perez hieß und Argentinierin war. Also was ist jetzt eure Aufgabe?»

«Keine Ahnung», entgegneten beide unisono.

«Ihr ruft bei der Questura Centrale, bei der Botschaft und beim Konsulat an, um in Erfahrung zu bringen, ob sie eine Aufenthaltsgenehmigung hatte, wie lange sie schon in Italien gelebt hat, also im Grunde alles, was ihr herausfinden könnt.»

Die beiden Agenti sahen ihren Chef erschreckt an.

«He? Was ist? Männer, das ist eine ganz große Sache! Möglicherweise hat Juana Perez mit Drogen gehandelt.»

«Aber», begann D'Intino. «Meinst du das ernst?»

«Du sollst mich nicht duzen, D'Intino!»

«Entschuldigen Sie. Aber meinen Sie das ernst?»

«Sehe ich so aus, als würde ich Witze machen? Das ist top secret. Verstanden?»

«Verstanden. Wir sollen keinem davon erzählen.»

«Sehr gut, Deruta! Den Ball schön flach halten. Und jetzt an die Arbeit. Ihr seid unbezahlbar.» Die beiden Agenti wandten sich völlig perplex gleichzeitig um und gingen davon. Rocco folgte ihnen zum Büro der Agenti. Dort traf er Antonio Scipioni an, der am Computer saß.

«Anto', hast du noch Kontakt zu deinem Freund bei der Telefongesellschaft?»

«Ja. Warum?»

Rocco zog einen Zettel aus der Tasche. «Notier dir diese Nummer, das ist die von Juana Perez. Ich brauche eine Liste der Anrufe.»

Sein Kollege schnaubte und sah sich um. «Weiß der Staatsanwalt Bescheid?»

«Noch nicht.»

«Rocco, mein Kontaktmann sagt, dass das illegal ist.» Scipioni senkte die Stimme. «Und dass der Staatsanwalt informiert sein muss, um ...»

Rocco unterbrach ihn und legte ihm beruhigend eine Hand auf die Schulter. «Anto', ich weiß. Aber er muss uns diesen Gefallen einfach noch tun. Das ist nicht legal und nicht ungefährlich, aber sehr wichtig.»

Antonio Scipioni nickte.

«Wenn er Probleme kriegt, kümmern wir uns drum», fügte Rocco hinzu.

«Könnten Sie mir vorab eins noch erklären?»

«Ja?»

«Warum heimlich?»

«Ich habe meine Gründe. Wenn wir die Staatsanwaltschaft alarmieren, läuft das Ganze über den normalen Dienstweg. Aber ich brauche die Informationen jetzt. Klar?»

Antonio schien nicht sehr überzeugt und erhob sich. «Ich schaue, was ich tun kann. Aber nicht von hier aus ...»

Lupa starrte drohend auf den Teppich im Büro des Staatsanwalts. Sie hatte mit diesem Stück Stoff aus Wolle und Seide noch eine Rechnung offen und würde sich zu gern draufstürzen, aber sie wusste, dass ihr Herrchen das ausdrücklich verboten hatte: «Nein!» Und diesen kurzen, entschiedenen Befehl befolgte sie immer. Nach *Futter* und *Lupa* war *nein* das dritte Wort, das sie gelernt hatte. Das vierte Wort war *Liebe*, was bedeutete, dass sie mit dem Schwanz wedeln und ihrem Herrchen möglichst durchs Gesicht lecken musste, um ihn daran zu erinnern, dass sie ein wehrloser Welpe war.

Baldi saß lächelnd in seinem Sessel und spielte mit einem Stift. Das Foto seiner Frau stand wieder auf dem Schreibtisch. «Sicher, dass der Hund mir nicht den Teppich ruiniert?»

«Nur die Ruhe, Dottor Baldi. Wenn ich es ihr verbiete, hält sich Lupa daran. Sie gehorcht auf drei Worte: ‹Lupa›, ‹Futter› und ‹nein›.» Das vierte, das wichtigste Wort, verschwieg Rocco.

«Schön, ich kenne jede Menge Leute, die bei keinem dieser Worte gehorchen würden. Also, berichten Sie mir.»

«Ich gehe davon aus, dass Juana Perez in ihrer Wohnung umgebracht wurde. Sie war nackt. Bevor sie in den Fluss geworfen wurde, haben sie ihr etwas angezogen. Und sie haben sie dort abgelegt, um uns auf eine falsche Fährte zu locken. Worauf ich mir allerdings noch keinen Reim machen kann, ist, warum sie die Wohnung des Opfers ausgeräumt haben.»

Der Staatsanwalt stand auf. «Sehr gut. Haben Sie schon irgendwelche Schlüsse daraus gezogen?»

«Ja, aber es ist noch zu früh, um darüber zu sprechen.»

Baldi trat ans Fenster. «Auch nicht mit mir?»

«Doch. Mit Ihnen teile ich alles.»

«Na bitte!»

Rocco bemühte sich, sein plötzlich schneller schlagendes Herz zu beruhigen, und atmete tief durch, bevor er weitersprach: «Die Tatsache, dass sie die Kleider und alle anderen

Besitztümer des Opfers haben verschwinden lassen, legt nahe, dass sie etwas verbergen wollen. Vielleicht nicht die Identität des Opfers, aber sie wollen irgendetwas verschleiern. Doch wie wir wissen, können auch Dinge etwas erzählen; selbst Böden und Wände können etwas erzählen, wenn man die Sprache beherrscht. Sie haben uns also eine Leere hinterlassen, die wir entschlüsseln müssen. Das bringt mich auf den Gedanken, dass Juana möglicherweise eine Verbindung zu einer Person hatte, die im Dunkeln bleiben will. Mehr wissen wir bis dato nicht, auch nicht, wer diese Person sein könnte.»

Baldi drehte sich abrupt um. «Sie denken an irgendein hohes Tier?»

«Vielleicht. Oder wir haben es mit einem sehr sorgfältigen Mörder zu tun, der jegliche Spuren beseitigt, damit man ihm nicht auf die Schliche kommt. Aber daran habe ich meine Zweifel. Denn selbst wenn Juana erst seit Kurzem in diesem Haus gewohnt hat, hatte sich in ihrer Wohnung doch bestimmt einiges angesammelt. Das kann einer allein wohl kaum weggeschafft haben. Deshalb überzeugt mich diese Hypothese nicht. Dazu kommt, dass in dem Haus keiner was gehört haben will, dabei ist es schlicht unmöglich, dass jemand all diese Dinge lautlos weggebracht hat. Selbst wenn der Mörder die Terrassentür benutzt hat und besonders umsichtig ans Werk gegangen ist. Vielleicht mitten in der Nacht, bei abgestelltem Motor und so weiter. Können Sie sich das vorstellen? Ich nicht. In einer Stadt, in der sich - anders als ich vor ein paar Monaten noch gedacht hab - alle nur zu gern in fremde Angelegenheiten einmischen, bleibt so etwas doch nicht unbemerkt! In der Straße, der Via Brean, stehen jede Menge Wohnhäuser. Und dann soll jemand einen halben

Umzug durchgezogen haben, ohne dass irgendwer davon was mitgekriegt hat?»

«Stimmt. Und dass dieser jemand alles verschwinden lässt, deutet darauf hin, dass sich etwas Kompromittierendes unter Juanas Sachen befunden haben muss. Ein Geschenk? Ein Kleidungsstück? Eine Nachricht?»

«Wenn der Mörder ein Stammkunde war oder eine Beziehung mit Juana hatte, wäre das durchaus denkbar. Lupa, nein!», rief Rocco den Hund zurück, der gierig auf die Fransen des Teppichs zusteuerte. «Wir sollten das Handy der Toten untersuchen.»

Die Spitze des Kugelschreibers zerbrach zwischen Baldis Fingern und färbte sie tintenschwarz. «Was für eine Sauerei! Schauen Sie sich das an ...»

Rocco reichte ihm ein Papiertaschentuch, doch Baldi wischte sich die Hände lieber an ein paar Blättern Papier ab, die auf seinem Schreibtisch lagen. «Einer meiner Berichte», sagte er zu Rocco. «Das hat mir gerade noch gefehlt. Haben Sie die Nummer des Opfers?»

Rocco zog den Zettel mit der Nummer aus der Tasche und gab ihn dem Staatsanwalt.

«In Ordnung, Schiavone, ich mache mich gleich an die Arbeit. Dann haben Sie schon bald die Genehmigung.»

«Danke.» Rocco stand auf.

«Bleibt noch das Rätsel um die aus der Wohnung verschwundenen Dinge des Opfers. Haben Sie dafür schon eine Erklärung?»

«Noch nicht. Ich werde mit dem Hauseigentümer reden, der weiß sicher mehr.»

«Das stimmt nicht. Sie haben bereits eine Theorie im Kopf, wollen sie aber - wie üblich - nicht mit mir teilen.»

«Lieber nicht. Sonst ende ich noch wie die Gambino.»

«Was hat denn die Kollegin von der Spurensicherung damit zu tun?»

«Einiges. Komm, wir gehen, Lupa!»

Carlo Berthod wohnte in Chenoz, hatte aber ein Geschäft in Courmayeur. Auf Roccos Anweisung hin parkte Caterina den Wagen mitten in der Fußgängerzone. Lupa blieb auf dem Rücksitz liegen. Sie waren noch nicht ganz ausgestiegen, als bereits ein Ordnungshüter heranstürzte, um die Gesetzesbrecher zu verwarnen.

«Entschuldigen Sie, hier dürfen Sie nicht ...»

«Wir brauchen nicht lange, Kollege», sagte Rocco und zeigte sein Dienstabzeichen. «Übrigens würde ich mal ein Auge auf den blauen Alfa werfen, der gerade auf den Platz fährt.»

Der Polizist und Caterina drehten sich gleichzeitig um. «Warum?», fragte der Kollege von der städtischen Polizei.

«Man weiß ja nie ...», entgegnete Rocco und machte sich, gefolgt von Caterina, auf den Weg zu Berthods Geschäft. Der Polizist ging kopfschüttelnd davon.

«Warum hast du ihm gesagt, er soll den Wagen kontrollieren?»

«Weil er uns meiner Meinung nach gefolgt ist», sagte Rocco ruhig.

«Wirklich?» Caterina kniff misstrauisch die Augen zusammen.

«Möglich.» Sie betraten das Sportgeschäft, das den Namen Mont Blanc trug. Der Preis einer rosafarbenen Windjacke im Schaufenster war so hoch wie das halbe Monatsgehalt eines Arbeiters. Innen war das Geschäft komplett mit Holz verkleidet, wie im Büro der Psychiaterin duftete es auch hier nach Zimt. Sofort eilte eine junge Frau auf sie zu. «Guten Tag, was kann ich für Sie tun?», fragte sie mit strahlendem Lächeln.

«Wir suchen nach Carlo Berthod, ihm gehört der Laden, richtig?»

«Darf ich fragen, wer ...»

«Vicequestore Schiavone, Questura von Aosta.»

Zwei leuchtend rote Flecken erschienen auf den Wangen der Frau. «Ja, sofort», stotterte sie, wandte sich um und verschwand hinter einer Trennwand aus Stoff und dunklem Holz.

«Warum reagieren die Leute immer so, wenn wir sagen, dass wir von der Polizei sind?»

«Wir sind unbequeme Zeitgenossen, Caterina.»

Der Geschäftsinhaber näherte sich, gefolgt von der Verkäuferin, mit eiligem Schritt. Er riss sich mit einer energischen Geste die Brille von der Nase und streckte die Hand aus, um die Roccos zu schütteln. Der Mann trug einen schönen leuchtend roten Pullover und eine blaue Hose. «*Salve*, Berthod», stellte er sich vor.

«Schiavone. Das ist Viceispettore Rispoli. Wie geht es Ihnen?»

«Gut. Sehr gut, was führt Sie zu mir?»

«Wir sind wegen einer Mieterin von Ihnen hier. Ihr Name ist Juana.»

Der Hochmut im Gesicht des Mannes verschwand wie eine Wolke im Wind. Berthod wandte sich seiner Verkäuferin zu und schickte sie mit einem strengen Blick fort. «Juana ... Juana ...»

«Die Trans-Frau, die Wohnung drei in der Via Brean gemietet hat. Das Haus gehört Ihnen.»

«Ah, ich verstehe. Er hieß Perez, meine ich. Ja. Aus Argentinien, richtig? Was hat er angestellt?»

«Warum sprechen Sie in der Vergangenheit?»

«Bitte?»

«Warum haben Sie gesagt ‹er hieß› statt ‹er heißt›?»

«Ich bitte Sie, warum diese sprachlichen Spitzfindigkeiten?»

«Die können sehr aufschlussreich sein.»

«Also Juana Perez. Was ist passiert?»

«Sie hat sich ermorden lassen.»

Berthod legte entsetzt eine Hand vor den Mund. «Eine hässliche Geschichte. Ich hab es gewusst.»

«Was haben Sie gewusst?»

«Dass diese Leute früher oder später immer so enden ... Prostituierte, Homosexuelle, immer in Verbrechen verwickelt.»

«Wir haben einen Kriminologen vor uns, Caterina. Sind Sie ein Kriminologe?»

«Nein. Aber mit meinen zweiundsechzig Jahren habe ich einiges an Lebenserfahrung.»

«Wenn Sie so viel Lebenserfahrung haben, dann können Sie mir doch bestimmt ein Dokument vorlegen, das die legale Vermietung bestätigt.»

«Bitte?»

«Sie haben die Vermietung ja sicher vorschriftsmäßig gemeldet, oder?»

«Sie sind doch nicht von der Steuerfahndung, oder?», entgegnete der Mann abwehrend.

«Hören Sie, Signor Berthod, es ist mir scheißegal, wenn Sie die Wohnung schwarz vermietet haben. Ich will nur wissen, wann Sie sie vermietet haben und welche Personalien die Mieterin angegeben hat. Möchten Sie mir sofort sagen, was

Sie wissen, oder soll ich mit einem Durchsuchungsbeschluss wiederkommen?»

«Gut, bitte haben Sie ein wenig Geduld, ich …»

«Hab ich nicht.»

«Bitte, Dottore?»

«Ich habe keine Geduld.»

«Ich will nur das Heft holen, in dem ich solche Dinge notiere … Warten Sie kurz.» Berthod hetzte zur Kasse hinüber. In diesem Moment betraten zwei Kunden den Laden, ein Mann und eine Frau, die von Kopf bis Fuß in teure Markenkleidung gehüllt waren. Die Verkäuferin trat zu ihnen. Rocco stieß Caterina in die Seite.

«Siehst du die beiden mit den Logos auf den Klamotten?»

«Klar.»

«Kannst du mir mal erklären, warum die Leute freiwillig die Marke der Kleidung zur Schau tragen, die sie anhaben? Wenn ich mit den Initialen des Herstellers aus Swarovski-Steinen rumlaufen soll, würde ich Geld dafür verlangen.»

«Es geht doch darum, zu zeigen, dass man es sich leisten kann.»

Mit eiligen Schritten kehrte Carlo Berthod zu Rocco und Caterina zurück. «Also hier … sofort.» Er leckte sich den Finger an und blätterte in dem Heft.

«Tun Sie das bitte nicht!», rief Rocco aus.

«Bitte?»

«Bitte lecken Sie sich nicht die Finger, um die Seiten umzublättern. Wenn ich das sehe, wird mir kotzübel.»

«Entschuldigung. Also … hier: Juan Pedro Perez, genannt Juana.» Berthod zwinkerte Rocco zu.

«Was ist?», fragte dieser.

«Juan Pedro … Das ist der männliche Name.»

«Schon kapiert, Signor Berthod.»

«Und dann hat er seinen Namen in Juana geändert. Also den Vornamen. Den Nachnamen hat er behalten.» Berthod kicherte. Rocco sah Caterina an. Sollten sie sich Sorgen um die geistige Gesundheit des Geschäftsinhabers machen?

«Berthod, mein lieber Freund, muss ich Sie daran erinnern, dass eine Frau gestorben ist, damit Sie mit den Albernheiten aufhören? Also, ich höre.»

Der Blick des Mannes kehrte zum Heft zurück. «Also, Juana oder Juan Pedro wurde am 10. Mai 1982 in Rosario, Argentinien, geboren. In dem Jahr, in dem wir die Fußballweltmeisterschaft gewonnen haben.»

Rocco seufzte. Er konnte sich nur mühsam beherrschen, dem Mann keine reinzuhauen. Berthod fuhr fort: «Ich habe ihm die Wohnung im April vermietet.»

«Vor zwei Monaten … gut. Hat sie pünktlich ihre Miete bezahlt, wenn auch schwarz?»

«Hat sie.»

«Waren Sie in der Zeit, in der Juana dort gewohnt hat, mal in der Wohnung?»

«Um Himmels willen!» Berthod hob abwehrend die Hände.

«Gut. Caterina, nicht vergessen: Geld stinkt nicht! Also weiter: Dann wissen Sie wohl auch nicht, mit wem Juana sich getroffen hat, ob sie Freunde hatte oder sonst etwas aus ihrem Leben, oder?»

«Dottore, ich glaube, Juana hat sich prostituiert. Sie hat in der Wohnung Kunden empfangen.»

«Sind Sie sicher?»

«Wenn ich Ihnen das doch sage.»

«Ist Ihnen bewusst, dass Sie damit gleich mehrere Straftaten begangen haben?»

«Ich?»

«Nein, mein Großvater! In die Richtung sollten wir mal ermitteln, richtig, Kollegin?»

«Allerdings.»

«Und vielleicht finden wir in der Wohnung ein paar Drogen, dann kommt noch diese Straftat dazu.»

«Ich vermiete die Wohnungen nur. Was der Mieter darin macht, ist seine Sache.»

«Sie haben eine Wohnung schwarz an jemanden vermietet, der daraus ein Bordell gemacht hat. Und Sie haben das gewusst. Waren Sie am Gewinn beteiligt?»

«Aber erlauben Sie mal!»

«Steigen Sie mal von Ihrem hohen Ross herunter, Berthod. Sie sind nicht in der Position, um sich aufzuregen oder mir zu drohen. Sie sollten lieber hoffen, dass die beiden hervorragenden Polizisten hier, also die Signorina und ich, ein Auge zudrücken. Und, sagen wir, dafür müssen Sie sich schon ein bisschen anstrengen.»

Carlo Berthod nickte. «Verstanden. Das hätten Sie ja auch gleich sagen können. Wie viel wollen Sie?»

Rocco musterte den Geschäftsinhaber mit durchdringendem Blick. «Und jetzt kommt noch versuchte Bestechung eines Beamten hinzu. Berthod, da hat sich einiges angesammelt, um Sie vor Gericht zu bringen.»

«Jetzt verstehe ich gar nichts mehr! Wer hat Sie geschickt?»

Rocco kniff misstrauisch die Augen zusammen. «Wer uns geschickt hat? Haben Sie nicht mehr alle Tassen im Schrank, oder wollen Sie die Sache noch schlimmer machen?»

In diesem Moment schaltete sich die Verkäuferin ein. «Signor Berthod, was kostet die rosa Windjacke?»

«Fünfhundertachtzig Euro.»

Die junge Frau verschwand, und der Geschäftsinhaber wandte sich wieder Rocco zu. «Sie behandeln mich, als wäre ich der Mörder. Dann ist jetzt wohl der Moment gekommen, um hier einiges klarzustellen.»

«Jetzt ist wohl der Moment gekommen, in dem er mich kennenlernen wird», sagte Rocco leise zu Caterina, die daraufhin lächelte, während die beiden Kunden in ihrer Markenkleidung das Gespräch mit entsetzten Gesichtern aus der Ferne verfolgten.

«Ich bin ein ehemaliges Mitglied des Stadtrats und ein ehrlicher Bürger, der seine Steuern bezahlt.»

«Also?»

Berthod fuhr fort, ohne auf Roccos Kommentar einzugehen. «Ich bin Mitglied im Rotary Club und engagiere mich für wohltätige Zwecke. Meine Familie lebt schon seit ewigen Zeiten in Courmayeur und hat sehr einflussreiche Freunde. Verstanden? Ganz oben!»

Caterina konnte sich nicht zurückhalten: «Sie meinen, auf dem Mont Blanc?»

«Strengen Sie einfach Ihre grauen Zellen ein bisschen an», fuhr Rocco ungerührt fort. «Irgendein Hinweis auf einen Kunden oder Freund der verstorbenen Signora Juana Perez? Denken Sie gut darüber nach.»

«Ich habe Ihnen nichts weiter zu sagen. Für weitere Auskünfte können Sie sich an meinen Anwalt wenden.»

«In Ordnung, Signor Berthod. Aber eine Frage können Sie mir sicher auch ohne Ihren Anwalt noch beantworten: Haben Sie die Wohnung renoviert, bevor Sie sie an Juana Perez vermietet haben?»

«Sicher. Es ist die Pflicht des Eigentümers, die Wohnung sauber und tadellos zu übergeben.»

«Sehr gut. Ich mag Leute, die sich an die Regeln halten!», rief Rocco aus. Dann flüsterte er Caterina etwas ins Ohr und streckte Berthod anschließend die Hand hin. «Hinterlassen Sie den Namen Ihres Anwalts in der Questura. Signor Berthod, ich sage Ihnen mal etwas von Mann zu Mann: Sie sind da in eine Sache reingeraten, der Sie nicht gewachsen sind. Auf Wiedersehen, und halten Sie sich bereit, falls wir noch Fragen haben. Gehen wir, Caterina, oder willst du dir vorher noch eine rosa Windjacke ansehen?»

«Ich hatte ganz vergessen, wie unterhaltsam es ist, mit dir unterwegs zu sein.»

«Und dir steht das Lächeln viel besser als die Trauermiene der letzten Tage.»

Rocco und Caterina saßen bereits wieder im Auto. «Außerdem lernst du viel, wenn du mit mir unterwegs bist, richtig?»

Die Straße war voller Touristen. Elegante, wohlhabende Menschen. Ältere Leute, die mit ihrem weißen Haar versuchten, wie junge Leute auszusehen, und Frauen mit extrem gelifteten Gesichtern.

«Zum Beispiel?»

«Dass man solche Typen aus der Reserve locken muss, weil sie ihr Leben lang immer weich gebettet waren und beim geringsten Gegenwind ins Straucheln geraten.»

«War das bei Berthod der Fall?»

«Meiner Meinung nach ja. Und jetzt kannst du noch etwas lernen.»

«Ich bin ganz Ohr.»

«Das Ohr brauchst du gar nicht. Schau dir mal die Leute an, die hier im Zentrum umherflanieren. Weißt du, woran man erkennt, dass sie Geld haben?»

«Nein, woran?»

«Sie haben nichts Auffälliges an, aber ihre Schuhe sind handgefertigt und ihre Pullover aus Kaschmir. Diejenigen, die bis hin zur Unterhose ihre Markenkleidung zur Schau tragen, tun nur so, als ob sie Geld hätten. Und die kaufen sich auch rosa Windjacken.»

«Ich hab verstanden, was du mir gesagt hast, aber nicht, was du mir sagen willst.»

Rocco lachte. «Du hast doch die beiden gesehen, die nach uns in das Geschäft gekommen sind.»

«Ja. War an denen was Ungewöhnliches?»

«Die haben nicht da hingepasst; die waren nicht von hier. Und was Berthod angeht: Was ist dir an ihm aufgefallen?»

«Dass er ein aufgeblasener Spinner ist?»

«Nicht nur das, Cateri'. Aber jetzt will ich erst mal wissen, ob es Neuigkeiten über das Handy des Opfers gibt. Bringen wir die Pferde zurück in den Stall. Aber unterwegs halten wir bei *Dolce Voglia* an und gönnen uns ein Cremeteilchen.»

«Wie kommt es, dass du die kennst?»

«Ich informiere mich.»

Rocco brauchte unbedingt eine Dusche. Der Tag war lang und anstrengend gewesen. Lupa hatte bereits ihr Futter verschlungen und verlangte nach mehr. Er stellte sie mit einem Stück trockenem Brot zufrieden, das sie unzerkaut hinunterschlang. Dann begann er sich auszuziehen und drehte in der Dusche das Wasser an. Es war kalt. Während Rocco darauf wartete, dass es warm wurde, betrachtete er seinen nackten Oberkörper im Spiegel. Er sah müde aus. Tag für Tag, Woche für Woche, Jahr für Jahr nagte die Zeit an ihm, was man seiner Haut und den Muskeln anmerkte. Er betrachtete sich im Profil. Auch das Bild gefiel ihm nicht. Er hatte einen Rettungsring, und sein Bauch hing über dem Gürtel. Er dachte daran, wie sein Körper mit zwanzig ausgesehen hatte. Schlank und rank, obwohl er damals gegessen hatte wie ein Scheunendrescher. Jetzt zeichnete sich um die Augen herum ein Netz aus kleinen Falten ab, und an den Schläfen hatte sich eine ganze Menge Haare verabschiedet. Aber was brachte es, hier zu stehen und das Elend zu betrachten, das Stück Fleisch, das nur mit medizinischem Beistand jung blieb? Er hatte immer über die Frauen gelästert, die sich unters Messer legten, um die Zeit künstlich aufzuhalten und ihre faltige, verdorrte Haut straffen zu lassen. Jetzt verstand er sie allmählich.

«Das geht allen so, du kannst die Zeit nicht aufhalten.»

Da ist sie, Marina, neben dem Fenster. Ich weiß, dass sie da ist.

«Na endlich. Also brauche ich jetzt einen Spiegel, um dich zu sehen.»

«Spiegel lügen nie, wie du wissen solltest. Das weiß man doch aus den Märchen.»

«Warum kommst du nicht mehr?»

«Weil sich die Zeiten ändern, Rocco. Ich weiß das. Und du weißt es auch.»

«Schau dir an, was aus mir geworden ist, Mari'. Sieh dir diese Wampe an, ein richtiger Bierbauch! Gut, dass dir dieses Elend erspart geblieben ist. Du hättest es fertiggebracht, mich zu verlassen.»

Marina lacht.

«Meine Großmutter hat immer gesagt, dass die Zeit einem die Zähne ins Fleisch gräbt. Während wir nicht mehr sind als das Bellen eines Hundes. Schon seltsam, nicht? Weißt du, wie ich die Sache sehe? Das ist, als wärst du auf einer Rolltreppe, und keiner weiß, wann sie endet, aber auf einmal ist es vorbei, und das war's.»

Und schon ist sie wieder weg. Es war nur ein Moment, ein flüchtiger Schatten, eine Welle im Meer. «Deine Rolltreppe war viel zu kurz, Amore mio.»

Sie ist nicht mehr da. Und das Wasser ist immer noch kalt.

Ein eindeutiges Zeichen, dass der Boiler kaputt war. Fluchend ging Rocco mit nacktem Oberkörper in die Küche und von dort aus raus auf den Balkon. Er spürte sofort die Kälte im Nacken. Das Display des Boilers zeigte einen rot leuchtenden Buchstaben an, der wie ein S aussah.

«Was, zum Teufel, soll das bedeuten?»

Dass der Boiler nicht funktionierte. Rocco drückte auf der Resettaste herum. Nichts passierte. «Verdammte Scheiße!», beschimpfte er den Metallkörper, der aussah wie ein Mensch im Raumanzug. Gleichzeitig klingelte jemand an Roccos Wohnungstür. «Zur Hölle, wer ist das denn?» Er ging wieder ins Haus und öffnete die Tür. Davor stand Gabriele mit düsterem Gesichtsausdruck. «Was willst du?»

«Es ist da was passiert.» Der Junge hielt Rocco ein Blatt Papier hin.

«Was ist das?»

«Bitte lesen Sie.»

«Kannst du Boiler reparieren?»

«Meiner macht auch ständig Zicken. Wenn Sie möchten, werfe ich mal einen Blick drauf.»

«Draußen auf dem Balkon an der Küche», sagte Rocco und begann den Text auf dem Blatt zu lesen, während Gabriele in der Wohnung verschwand. Es war ein Brief von der Schule. «Gabriele, was hast du jetzt wieder angestellt?»

«Ich werde zum Direktor zitiert», rief Gabriele vom Balkon herüber. «Morgen muss ich mit einem Elternteil da aufkreuzen oder mit jemandem, der meine Eltern vertritt.»

«Ich wiederhole: Was hast du angestellt?»

«Fertig. Funktioniert wieder!» Gabriele war mit einem breiten Lächeln in die Wohnung zurückgekehrt. «Sie müssen die Resettaste mindestens fünf Sekunden lang drücken.»

«Was hast du angestellt. Zum dritten Mal!»

«Ich hab nur das gemacht, was Sie mir gesagt haben, und bin zu Diego gegangen. Ich hab ihm zuerst in die Eier getreten und ihm dann einen Schlag mit Thors Hammer in den Nacken verpasst, und damit war er reif fürs Krankenhaus.»

«Ach du Sch… Jetzt sag nicht, du hast das in der Schule gemacht.»

«Doch, im Klassenzimmer.»

«Gabriele, du bist ein Vollidiot! Solche Sachen macht man außerhalb der Schule, irgendwo auf der Straße.»

«Das haben Sie nicht erwähnt.»

Rocco knüllte das Schreiben zusammen. «Was bist du? Ein Roboter, der mit geschlossenen Augen das macht, was man ihm sagt? Da hättest du von allein drauf kommen müssen. Du hast doch ein Gehirn zwischen den Ohren, oder ist da nur Stroh drin?»

Gabriele ließ den Kopf hängen. Das Haar fiel ihm in die Augen. «So weit habe ich nicht gedacht.»

«Du bist echt ein Vollpfosten!» Rocco ging ins Badezimmer. Gabriele folgte ihm. Rocco setzte sich auf die geschlossene Toilette und begann sich auszuziehen. «Ich muss jetzt duschen, warte bitte draußen.»

Gabriele verschwand hinter der Tür.

«Kannst du mir mal sagen, wie du auf diese Idee gekommen bist?»

«Ich musste was tun, oder? Haben Sie doch gesagt. Also hab ich mir gedacht: Die Schule ist fast vorbei, jetzt oder nie, sonst macht der immer weiter damit. Diego muss nämlich auch eine Ehrenrunde drehen und ist dann garantiert wieder in meiner Klasse.»

Rocco stellte sich unter den warmen Strahl und begann sich zu waschen. «Wenn du meinst.» Gabriele war wieder ins Badezimmer gekommen. Rocco konnte seine korpulente Gestalt durch das milchige Plastik der Duschkabine sehen.

«Aber wollen Sie denn gar nicht wissen, was nach der Schlägerei passiert ist?», hörte er den Jungen sagen.

«Sie haben dich zum Direx geschickt.»

«Das heißt ‹Schulleiter›», korrigierte Gabriele ihn.

«In Ordnung, wie immer der auch heißt. Und?»

«Nein, vorher. Denn das Ganze ist genau so abgelaufen, wie Sie vorhergesagt haben. Die beiden Freunde von Diego sind abgehauen. Einer von beiden hat mir ausrichten lassen, dass wir doch schon immer Freunde waren und dass er eigentlich auf meiner Seite ist und nicht auf der von Diego.»

«Sehr gut.»

«Und Serenella hat mir eine SMS mit einem Foto von ihrem küssenden Mund geschickt.»

«Wer ist Serenella?»

«Ein Mädchen aus einer anderen Klasse. Sie ist blond und steht auf Metallica.»

«Dann sind wir auf dem richtigen Weg.» Rocco drehte das Wasser ab. «Gib mir mal den Bademantel», forderte er Gabriele auf und streckte eine Hand aus der Kabine. Gleich darauf verließ er, in den Bademantel gehüllt und ansonsten tropfnass, die Duschkabine. Gabriele hockte am Waschbecken. «Raus, sonst zieh ich den wieder aus!», befahl Rocco, und der Junge gehorchte.

«Insgesamt hast du dich also gut geschlagen. Du hast zwar

den falschen Ort und die falsche Zeit gewählt, aber das Ergebnis kann sich sehen lassen. Ich bin stolz auf dich. Und jetzt sag mir, warum du mit dem Wisch von der Schule zu mir gekommen bist.»

«Ich muss morgen mit einem Elternteil zum Schulleiter.»

«Hast du mal daran gedacht, dass du eine Mutter und irgendwo wahrscheinlich auch einen Vater hast?»

«Nein.»

«Nein, was?»

«Meine Mutter ist immer noch in Mailand. Und mein Vater ist irgendwo im Ausland.»

«Dann sag deiner Mutter, dass sie den Direx anrufen und mit ihm reden soll, wenn sie wieder in Aosta ist.»

Gabriele antwortete nicht. Er sah Rocco zu, der sich mit einem Handtuch das Haar trocken rieb.

«Und?»

«Meine Mutter darf das nicht erfahren.»

«Bitte?»

«Dass ich mich geprügelt hab. Sonst schickt sie mich zu den Patern, und das ist das Letzte, was ich will.»

Rocco sah den Jungen an. «Heißt das, dass ich da hingehen soll?»

«Sie könnten sagen, dass Sie der Mann meiner Mutter sind und mein Vormund.»

«Was erzählst du denn da? Dein Vormund? Du weißt doch nicht mal, was das bedeutet!»

Gabriele holte tief Luft. «‹Vormundschaft bezeichnet die gesetzlich geregelte rechtliche Fürsorge für eine unmündige Person, der die eigene Geschäftsfähigkeit fehlt, sowie für das Vermögen dieser Person.› Hab ich im Online-Lexikon gelesen.»

«Aber abgesehen davon, dass du die Definition auswendig gelernt hast, weißt du auch, was das bedeutet?»

«Nein.»

«Es bedeutet, dass deine Eltern zwar getrennt sind, aber gesund und munter und in Freiheit. Sie haben ein gemeinsames oder geteiltes Sorgerecht, solange du noch minderjährig bist. Ich bin weder dein Vater noch deine Mutter, sondern dein Nachbar und werde mich nicht mit diesem Scheiß befassen.» Rocco verließ das Badezimmer.

Gabriele folgte ihm. «Das heißt, Sie kommen nicht mit?»

«Genau.»

«Bitte!»

«Ich hab Nein gesagt.»

«Die schmeißen mich raus.»

«Schlimmer, als es schon ist, kann es ja wohl kaum noch werden. Du musst das Jahr doch eh wiederholen, oder?»

«Natürlich kann es noch schlimmer werden. Wenn die Schule mich rausschmeißt, komme ich auf eine katholische Schule zu den Patern.»

«Weißt du was? Das würde dir mal ganz guttun.»

Gabriele ließ sich aufs Sofa fallen und begann Lupa zu streicheln. «Aber ich glaube nicht an Gott.»

«Und?»

«Wenn mich einer nach der Dreifaltigkeit oder nach der Unbefleckten Empfängnis fragt, was antworte ich dann? Denn wenn ich ehrlich antworte, schmeißen sie mich sicher auch da wieder raus, und dann zwingt meine Mutter mich zum Arbeiten. An einer Tankstelle oder um beim Friseur die Haare zusammenzukehren. Hören Sie, der Schulleiter ist gar nicht so übel.»

«So allmählich gehst du mir gewaltig auf den Sack. Morgen

werde ich als Erstes bei achten Grades den kaputten Boiler eintragen, wenn man schon halb ausgezogen im Badezimmer steht. Und wenn das im Winter passiert, dann steigt das direkt zum neunten Grad auf.»

«Echt jetzt, neunten Grades?»

«Ich hab nicht mit dir geredet.»

«Machen wir es so: Sie kommen morgen mit zum Schulleiter, und ich mache dann für einen Tag alles, was Sie wollen.»

«Manchmal bist du echt dämlich.»

«Stimmt. Das sagt meine Mutter auch.»

«Also kriegt sie doch was mit.»

«Bitte! Ich will nicht zu den Patern. Die schneiden mir die Haare, und ich muss eine Krawatte und Lederschuhe anziehen. Das will ich nicht! Bitte, bitte, bitte!»

«Du bist eine unerträgliche Nervensäge! Schön, ich geh mit. Aber das wirst du teuer bezahlen.»

«Ich bin zu allem bereit», meinte Gabriele. «Was soll ich tun?», fragte er und schlug die Hacken zusammen.

«Das weiß ich noch nicht. Ich muss noch drüber nachdenken, aber es wird etwas sein, was dir nicht gefallen wird. Und weil ich jetzt Hunger und nichts Essbares im Haus hab, gehen wir ins *Grottino* und gönnen uns *Pasta con le Vongole*. Einverstanden?»

«Klar. Ich zahle.»

«Das ist ja wohl das Mindeste.»

IX

Uccio Pichi war völlig fertig. Seine Augen brannten, und die Schmerzen in den Schultern waren unerträglich. Zum Glück hatte er einen Freund, der als Physiotherapeut arbeitete. Dem würde er bald mal wieder einen Besuch abstatten. Er wusste natürlich, dass es bei mehreren eingeklemmten Wirbeln mit zwei Massagen nicht getan war. Aber es linderte die Schmerzen zumindest für ein paar Tage. Allerdings wohnte sein Freund im Süden von Rom, und vom Norden der Stadt aus dorthin zu gelangen, war ziemlich aufwendig. Er hatte schon das Mittagessen sausen lassen, und an Abendessen war auch nicht zu denken. Auf seinem Autopsietisch lag ein Toter mit aufgeschlitzter Kehle. Er begann ihn zu entkleiden, während sein Assistent an dem kleinen Schreibtisch vor dem Computer saß und mit vor Müdigkeit halb geschlossenen Augen wartete. «Also schreib mit: Der Tote trug beim Eintreffen im Autopsiesaal eine hellbraune Regenjacke der Marke Old Eastern ...»

Der junge Assistent hackte auf der Tastatur herum. Uccio steckte die Jacke in eine durchsichtige Plastiktüte. Dann schnitt er das Hemd auf. «... ein weißes Hemd unbekannter Marke mit auffälligen Blutflecken.» Auch das zweite Kleidungsstück verschwand als Beweisstück in einer Tüte. «Und nun zu den Schuhen. Marke Alexander, die Sohlen mit Schlamm beschmutzt ... schwarze Baumwollsocken.» Er verstaute auch Letztere sicher und betrachtete die Füße des Toten. «Deutlich sichtbare Mykose unter dem Nagel des rechten dicken Zehs. Das brauchst du nicht aufzuschreiben, aber mach dir eine Notiz für die Untersuchung. Wenden wir uns der Hose zu. Ein Gürtel aus braunem Leder mit einem kaum noch erkennbaren Markenzeichen auf der Rückseite. Cremefarbene Hose der Marke ... mhm ... Rock irgendwas ... schreib Rock Pünktchen, Pünktchen, Pünktchen. In den Taschen ...» Der Gerichtsmediziner steckte eine Hand in die rechte Hosentasche: «Leer.» Dann nahm er sich die linke Tasche vor. Sein Gesicht hellte sich auf. «Warte. Da ist was ...» Es war ein Stück kariertes Papier mit irgendeinem Gekritzel. «Gut, was ist das?» Eine Telefonnummer. «Gut, sehr gut ...» Uccio trat von dem Untersuchungstisch zurück und ging zum Telefon hinüber. «Ich bin's, Uccio Pichi, bitte geben Sie mir Vicequestore Bonanni.» Er wartete und blickte seinen Assistenten an. «Das ist ein interessantes Detail, Ugo, sehr interessant.» Der Angesprochene nickte. Etwas anderes konnte er nicht machen, da er von Geburt an stumm war. Seit zwei Jahren war die einzige Stimme, die in der Gerichtsmedizin zu hören war, die Uccios, und ganz allmählich nahm seine Psyche dabei Schaden. Um die schwer lastende Grabesstille zu durchbrechen, redete Uccio ununterbrochen. Zu Hause verhielt er sich genauso. Dabei lebte er nicht allein. Seit drei Jahren wohnte Spartaco Pichi mit einer Frau zusammen. Wenn man allerdings sämtliche Gedanken laut aussprach, auch die geheimsten und intimsten, konnte das unangenehme Momente heraufbeschwören. Aber er konnte nicht anders, selbst wenn er wusste, dass damit die Tage dieser Beziehung gezählt waren.

«Was ist, Uccio?» Die Stimme des Vicequestore auf der anderen Seite der Leitung klang müde und gelangweilt.

«Also: Die unbekannte Leiche hatte einen Zettel in der Tasche. Mit einer Handynummer.»

«Super!» Bonanni wirkte mit einem Schlag hellwach. «Das ist doch schon mal ein Anfang. Her damit!»

X

Sie warteten auf den Nachtisch. Gabriele war aufgestanden, um zur Toilette zu gehen. Rocco spielte mit einem Zahnstocher herum. Er hielt ihn zwischen Daumen und Zeigefinger und versuchte alle Informationen, die sich im Laufe des Tages angesammelt hatten, im Kopf zu sortieren. Dabei drückte er mit beiden Fingern zu, um das Stäbchen zu zerbrechen. Die spitzen Enden bohrten sich in seine Fingerkuppen. Für einen Moment ließ er den Fall um Juana Perez, der ihm wie alle Mordfälle zehnten Grades auf den Sack ging, außer Acht, um sich auf die dämliche Sache zwischen seinen Fingern zu konzentrieren. Die Angelegenheit wurde zu einem Kampf zwischen ihm und dem Zahnstocher. Er erhöhte den Druck, ertrug den Schmerz, und schließlich zerbrach das Stäbchen. An seinen Fingern blieben zwei rote Stellen zurück. Rocco betrachtete sie und schloss die Augen. In diesem Zustand traf Gabriele ihn an, als er von der Toilette zurückkam. Der Junge dachte, er sei eingeschlafen, und setzte sich leise. Doch Rocco öffnete die Augen wieder und griff nach seinem Handy, ohne den Jungen eines Blickes zu würdigen. Er gab eine Nummer ein. «Albe'?»

Der Gerichtsmediziner antwortete mit vollem Mund: «Nein, kommt gar nicht infrage. Du gehst mir jetzt nicht auf den Sack.»

«Hör mal, eine Sache. Die kleinen blauen Flecken oberhalb der Fußknöchel ...»

«Sprichst du von Juana?»

«Genau. Diese Punkte. Können die von einem Stock stammen?»

Für ein paar Sekunden war nur ein undeutliches Brummen zu hören. «Entschuldige, ich musste erst mal schlucken. Ja, von einem Stock, eher noch von einer Stange. Die Flecken sind kreisrund. Warum?»

«Danke. Ganz langsam beginnt der Schleier sich zu heben.»

«Könntest du mir einen Gefallen tun? Schreib alles auf, was dir in den Sinn kommt, und teil es mir mit, wenn ich nicht gerade esse oder mich ausruhe. So könnten wir es hinkriegen, den gegenseitigen Respekt in unserer Beziehung zu wahren.»

«Was isst du?»

«Ich habe mir mit Mozzarella überbackenen Spinat gemacht. Und du?»

«Spaghetti alle Vongole.»

«Du willst mir doch nicht weismachen, dass du in der Lage bist, Pasta mit Venusmuscheln zu kochen?»

«Ich bin im Restaurant.»

«Was für ein schönes Leben! Mit einer Frau?»

Rocco sah Gabriele an. «Nein, mit einem dicken Jugendlichen mit jeder Menge Pickel und Problemen, der Heavy Metal hört und wahrscheinlich sitzen bleiben wird, und jetzt wollen sie ihn auch noch rausschmeißen, weil er einem Arschloch namens Diego die Fresse poliert hat.»

«Na, da geht der Abend doch wie im Flug vorbei, oder? Bring ihn mal mit zu mir, vielleicht tut ihm das gut.»

«Dieser Junge hat mehr Probleme als Haare auf dem Kopf, mein Freund, da möchte ich ihn nicht noch zusätzlich traumatisieren.»

«Schön zu wissen, dass du meine Arbeit als mögliches Trauma ansiehst.»

«Warum, was ist es sonst?», beendete Rocco das Gespräch. Gabriele sah ihn an. «Bin ich der Dicke mit den Pickeln, der Heavy Metal hört?»

«Siehst du hier noch andere?»

Der Junge sah sich um. «Nein. Also steht das jetzt fest: Morgen gehen Sie mit mir in die Schule, um mit dem Schulleiter zu reden.»

«Ja. Und dafür tust du auch was für mich. Früher oder später wird mir schon was einfallen. Aber bist du dir sicher, dass deine Mutter wirklich in Mailand und nicht mit einem Liebhaber durchgebrannt ist?»

«Ich hab heute Nachmittag noch mit ihr telefoniert. Sie ist in Mailand.»

Rocco goss sich ein Glas Wasser ein. «Bist du nie sauer auf sie?»

«Nein. Sollte ich?»

«Nein. Wie ich gesagt habe: Deine Mutter arbeitet sich kaputt, und du solltest auch deine Pflicht tun, also lernen, um ihr das Leben leichter zu machen.»

In diesem Moment erklang Beethovens Hymne an die Freude, Roccos persönlicher Klingelton. Er ging ran, ohne aufs Display zu schauen: «Was ist, Albe'?»

«Mit wem spreche ich?», fragte eine ernste Stimme am anderen Ende der Leitung.

«Nein, mit wem spreche ich?», entgegnete Rocco.

«Vicequestore Bonanni, Questura von Spinaceto, Rom, sagen Sie mir jetzt, mit wem ich spreche?»

«Vicequestore Schiavone, Questura von Aosta. Kennen wir uns?»

Stille.

«Pronto?», fragte Rocco.

«Sie sind ein Kollege?»

«Warum rufen Sie an?»

«Wir haben eine Leiche gefunden, in Castel di Decima. Ohne Papiere, aber mit einem Zettel in der Tasche. Und darauf steht Ihre Nummer.»

Rocco bedeckte sein Gesicht mit der freien Hand. Gabriele beobachtete ihn schweigend. Der Kellner brachte den Nachtisch und verschwand wieder, ohne ein Wort zu sagen. Der Junge griff mehr aus Reflex als aus Appetit nach dem Löffel und schob sich die Schokolade in den Mund. In seinen Augen standen Fragezeichen.

Grau im Gesicht, brachte Rocco mühsam ein paar Worte hervor: «Bonanni, wie groß ist der Tote?»

«Warten Sie ... Ein Meter dreiundsiebzig.»

Rocco seufzte erleichtert. Denn dann konnte es keiner seiner Freunde sein.

Rocco hatte Gabriele mit einem Comic-Heft auf dem Schlafsofa geparkt und ihm Lupa zur Gesellschaft dagelassen. Dann hatte er sich in sein Schlafzimmer zurückgezogen. Nachdenklich schaute er auf sein Handy. Er musste wieder nach Rom. Zumindest so lange, bis die Geschichte mit Enzo Baiocchi ausgestanden war. Denn das mit dem Toten sah ziemlich nach Baiocchi aus. Und wenn der selbst der Tote war? Rocco wünschte es ihm. Sebastiano ging nicht ans Telefon. Sein Handy war ausgeschaltet. Rocco gab Brizios Nummer ein. Der meldete sich beim dritten Klingeln. «Brizio, ich bin's.»

«Was ist los, Rocco?» Die warme, angenehme Stimme seines Freundes entspannte ihn ein wenig.

«Hör mal, wo ist Seba?»

«Ich hab ihn ein paar Tage lang nicht gesehen. Was ist passiert?»

«In Castel di Decima wurde eine Leiche gefunden. Keine Papiere. Aber der Tote hatte einen Zettel mit meiner Handynummer in der Tasche.»

Brizio hörte zu.

«Aufgeschlitzte Kehle.»

Rocco bekam mit, dass Brizio sich eine Zigarette anzündete. «Denkst du an Enzo Baiocchi?»

«Genau. Sie schicken mir morgen früh ein Foto in die Questura, aber ich verspreche mir nicht viel davon.»

«Ziemlich seltsam. Angenommen, es ist Baiocchi. Dann passt das mit der durchgeschnittenen Kehle nicht. Seba hätte ihm zwei Kugeln in die Brust gejagt.»

«Das hab ich auch gedacht. Und Seba hätte ihm auch nicht meine Nummer in die Tasche gesteckt. Er hätte mich selbst angerufen, um mich darüber zu informieren, oder wäre sogar hergekommen, um mich feierlich zum Essen einzuladen.» Rocco legte sich aufs Bett.

«Aber bist du dir sicher, dass Baiocchi damit zu tun hat?»

«Das hat er, das hab ich im Gefühl.»

«Du glaubst, er hat diesen Mann umgebracht und ihm deine Nummer in die Tasche gesteckt?»

«Ich weiß nicht. Das ergibt auch keinen Sinn, Brizio.»

«Stimmt. Vielleicht war es jemand, der aus irgendeinem Grund mit dir sprechen wollte.»

Rocco blickte zur Decke. «Vielleicht ...»

«Hast du Furio schon angerufen?»

«Nein.»

«Dann übernehme ich das. Was willst du machen? Herkommen?»

«Weiß ich noch nicht.»

«Ich meine, dienstlich.»

«Brizio, egal, was ich mache, die kriegen hier alles mit. Frag mich nicht, warum, aber so ist es. Vielleicht sehen wir uns bald in Rom.»

«Bis dahin hör ich mich mal um. Ganz schön scheiße, das Ganze.»

«Das kannst du laut sagen. Mehr als zehnten Grades, mein Freund.»

Rocco beendete das Gespräch. Die Tür ging auf. Mit geschlossenen Augen kam Gabriele wie ein lebender Toter ins Zimmer und kroch unter die Decke. Kurz darauf sprang auch Lupa aufs Bett. Rocco bekam leuchtende Augen bei dem Gedanken, dass es jemanden gab, der ihn für einen rettenden Anker hielt, für eine schützende Mauer. Er strich Gabriele übers Haar, ohne zu merken, dass er wach war. Als der Junge die Berührung spürte, lächelte er und kuschelte sich ein.

XI

«Endlich lernen wir uns kennen!», sagte der Schulleiter, stand auf und ging Rocco mit ausgestreckter Hand entgegen. «Gabriele ist jetzt schon seit drei Jahren an dieser Schule, und wir sind uns noch nie begegnet.»

Rocco schüttelte ihm die Hand. «Ja, aber ich bin nicht Gabrieles Vater.»

Das Lächeln auf den Lippen des Schulleiters erstarb. «Ah.»

Rocco warf dem Jungen einen düsteren Blick zu. «Ich bin der ... also der Lebensgefährte seiner Mutter.» Er biss sich auf die Lippe, ein eindeutiges Zeichen dafür, dass er gerade gelogen hatte. Was dem Schulleiter nicht aufzufallen schien, denn er beschränkte sich auf ein weiteres «Ah».

«Und weil seine Mutter ... also ...»

Gabriele kam ihm zu Hilfe: «Laura.»

«Laura ...», sagte Rocco, «also weil sie dienstlich in Mailand ist, bin ich jetzt hier.» Er breitete entschuldigend die Arme aus.

«Bitte nehmen Sie Platz, denn ich ...»

«Entschuldigen Sie, aber ich kann nicht lange bleiben. Ich muss in zehn Minuten in der Questura sein. Ich bin Polizist, Vicequestore Schiavone.»

Das Lächeln kehrte auf die Lippen des Schulleiters zurück. «Ah. Gut. Sehr gut. Dann komme ich gleich zur Sache. Gabriele war gestern in eine Schlägerei verwickelt. Ihnen ist sicher bewusst, dass ich als Schulleiter disziplinarische Maßnahmen ergreifen muss.» Rocco nickte. «In diesem Fall würde ich ihn normalerweise für ein paar Tage von der Schule verweisen. Da die Ferien bevorstehen, wäre für Gabriele das Schuljahr hiermit zu Ende.» Rocco nickte. «Außerdem ist mir bekannt, dass der Junge das Schuljahr wegen ungenügender Leistungen ohnehin wiederholen muss. Daran ändert auch sein schlechtes Betragen nichts.» Rocco schwieg weiterhin. «Daher denke ich, dass es an der Familie ist, dafür zu sorgen, dass er sich mehr anstrengt und gewisse Dinge nicht mehr vorkommen.»

«Verstanden, Gabrie'? Du musst das Jahr wiederholen. Vielen Dank, Herr Schulleiter, Ihre Worte waren klar und deutlich.» Rocco schüttelte dem Mann die Hand und wandte sich zur Tür.

«Ich hoffe, dass so etwas nicht noch mal passiert.»

«Keine Sorge, der Junge hat seine Lektion gelernt, stimmt's, Gabriele?»

«Und ich hoffe, dass Sie und seine Mutter ihn mehr unterstützen, also seine Hausaufgaben kontrollieren und mit ihm lernen, um die Wissenslücken zu schließen.»

Rocco blieb an der Tür stehen. «Gabriele, geh schon mal raus, und nimm Lupa mit. Ich muss noch ein paar Worte mit dem Schulleiter wechseln.»

«Aber ...»

«Wenn ich sage, geh schon mal raus, was solltest du dann tun?»

«Rausgehen.» Gabriele griff nach Lupas Leine und verschwand.

«Mein lieber Herr Direktor.»

«Schulleiter.»

«Schulleiter», korrigierte Rocco sich. «Wir werden auf jeden Fall darauf achten, dass Gabriele von nun an mehr für die

Schule tut, denn er ist ein Faulpelz, und das nicht zu knapp.» Der Schulleiter nickte zufrieden. «Allerdings möchte ich zu der Sache noch ein paar Worte sagen. Gabriele ist ein sehr höflicher, freundlicher, zuvorkommender, sensibler Junge. Er hat nicht viel auf dem Kasten, aber er ist ehrlich und aufrichtig. Dieser Diego, den er geschlagen hat, hat ihn mehrere Jahre lang zusammen mit zwei Kumpanen innerhalb und außerhalb der Schule gequält, und Gabriele hat sich nie verteidigt. Er hat versucht, mit ein paar Lehrern darüber zu reden, was nichts gebracht hat. Also wenn Sie mich nun berechtigterweise an meine väterlichen Pflichten erinnern, möchte ich Ihnen auch die Ihren als Direktor, Pardon, Schulleiter ins Gedächtnis rufen. In dieser Schule werden Kinder gemobbt, Dottore, und Sie haben nichts getan, um das zu verhindern. Und das, was mich auf die Palme bringt, ist, dass ein guter, gehorsamer Junge, auch wenn er wie Gabriele keine Leuchte ist, als der Schuldige bestraft wird, wenn er sich gegen das Mobbing wehrt. Daher fordere ich Sie auf, besser im Auge zu behalten, was in Ihrer Schule vorgeht, auch außerhalb der Schulzeiten. Denn ansonsten besteht die Gefahr, dass Sie wegen ein paar Übeltätern die besten Kinder verlieren. Haben Sie diesem Diego auch mal den Kopf gewaschen?»

«Wissen Sie, Commissario ...»

«Vicequestore.»

«Pardon, Vicequestore. Diego ist ein schwieriger Schüler. Er hat schon drei Jahre verloren.»

«Ist Ihnen bewusst, dass er Gabriele regelmäßig verprügelt hat?»

«Mir? Nein, ich weiß, dass er zur Gewalttätigkeit neigt und ...»

«Sehen Sie, Dottore, es passiert immer wieder, dass die

schlimmsten Übeltäter frei herumlaufen und das Gesetz die bestraft, die sich nicht wehren können. Und wissen Sie was? Ich hab genug davon. Das mag nach Stammtischgeschwätz klingen, ist aber die Realität. Und an dieser Schule passiert in gewissem Sinne das Gleiche. Diego wird geschont, weil er ein schwieriger Schüler ist, und bei Gabriele wird hart durchgegriffen. Hier wird mit zweierlei Maß gemessen, und das geht mir auf den Sack. Gabriele hat es verdient, aus der Schule zu fliegen und sitzenzubleiben. Aber ich will, dass der andere genauso bestraft wird.»

«Der andere musste ins Krankenhaus», sagte der Schulleiter ruhig.

«Und meinen Sie nicht, dass er das verdient hat. Ich habe nicht den Eindruck, dass Gabriele einen kleinen, unschuldigen Schüler mit Nickelbrille geschlagen hat, der sich nicht wehren kann, oder?»

Rocco legte die Hand auf die Klinke und öffnete die Tür. «Ach ja, und damit das klar ist: Ich werde mit Gabriele lernen und dafür sorgen, dass er fleißiger ist, aber ich hab ihm auch beigebracht, zurückzuschlagen, wenn er angegriffen wird. Nur dass dieser Vollpfosten das auf dem Schulgelände getan hat.»

«Das ist es, was Sie Ihrem Sohn beibringen?»

«Wenn er mein Sohn wäre, hätte er bessere Noten, und dieser Diego hätte schon am ersten Schultag einpacken können. Aber ich werde daran arbeiten, Gabriele zu einem Musterschüler zu machen. Wenn Sie erlauben.»

Gabriele wartete im Gang auf ihn. «Und?», fragte er, während er Rocco die Leine wiedergab.

«Du hast es ja gehört. Du musst das Schuljahr wiederholen.»

«Aber denken Sie das wirklich über mich?»

Rocco blieb stehen. «Was?»

«Dass ich ein sehr höflicher, freundlicher, zuvorkommender, sensibler Junge bin?»

«Hast du gelauscht?»

«Ja.»

«Ich denke nur, dass du nicht viel ...»

«Auf dem Kasten hast.»

«Genau.» Rocco setzte sich wieder in Bewegung.

Gabriele folgte ihm glücklich. «Was heißt denn ‹nicht viel auf dem Kasten haben›, Rocco?»

Das Foto zeigte einen etwa dreißigjährigen Mann mit einem Schnurrbart und einem kleinen Bärtchen am Kinn. Schwarzes Haar, schmales Gesicht. Rocco war es gewohnt, die Gesichter von Toten zu sehen, die nicht mehr viel mit lebenden Menschen zu tun hatten, und dieses Gesicht sagte ihm gar nichts. Er gab dem Questore das gerade ausgedruckte Foto zurück.

«Nie gesehen.»

«Haben Sie schon eine Hypothese?», fragte Corsi, während er die Bürotür öffnete. Rocco und Lupa folgten ihm.

«Nein, habe ich nicht.»

«Er hatte keine Papiere, nichts außer einem Zettel mit Ihrer Nummer in seiner Tasche.» Sie gingen die Treppe hinunter. Unterwegs begegnete ihnen Italo Pierron, der sie militärisch grüßte.

«Warum sollte ein Mann, den Sie gar nicht kennen, Ihre Nummer dabeihaben? Heutzutage speichert man Nummern doch gleich im Handy.»

«Es sei denn, man will keine Spur hinterlassen und ruft

nicht über das eigene Telefon an und ohne die Nummer zu speichern.»

«Das stimmt, Schiavone. Allerdings ist das Handy des Opfers nicht gefunden worden.» Sie gingen durch den Flur. Lupa überprüfte jede Ecke. «Durchgeschnittene Kehle. Sieht nach einem Hinterhalt aus, oder?»

«Der Mörder hat sicherlich überraschend zugeschlagen, das schon.»

Die beiden verließen das Gebäude und standen nun auf dem Parkplatz. «Sie werden sicher verstehen, dass ich als Erstes an Enzo Baiocchi gedacht habe. Und ich glaube nicht, dass ich damit total danebenliege.»

Rocco breitete hilflos die Arme aus. «Vielleicht ja, vielleicht nein. Nach zwanzig Jahren im Polizeidienst in Rom hat man viele Feinde. Das wissen Sie genauso gut wie ich.»

«Es kommt aber doch sehr darauf an, wie man sich solche Feinde macht.» Corsi lächelte breit. «Aber kommen wir zu uns. Ich höre, dass Sie wieder im Einsatz sind.»

«Genau, Dottore.»

«Gut. Sehr gut. Gibt es etwas Neues über Juana Perez' Handy?»

«Noch nicht. Auch auf den Bericht der Spurensicherung warte ich noch.»

Wie auf Kommando traf Michela Gambinos Auto mit lautem Klappern auf dem Parkplatz ein. Diesmal trug sie eine abgetragene Strickjacke über einem Poloshirt mit dem Logo eines Fitnesscenters. Ihre lederne Tasche rutschte zu Boden, und sie ging in die Knie, um sie aufzufangen.

«Ist sie gut, Ihrer Meinung nach?»

«Ich glaube, ja, Dottor Corsi. Aber ein wenig seltsam.»

«Wer ist das nicht?»

Kurz darauf stieß die Gambino zu ihnen. «Guten Tag, Questore, *Salve*, Schiavone!»

«Dottoressa, haben Sie irgendwas Interessantes für uns?»

«Wissen Sie zufällig, ob Juana Perez geritten ist?»

Die beiden Männer wussten nicht, was sie auf diese Frage antworten sollten.

«Na schön, lassen wir das. Ansonsten haben wir einiges gefunden ...» Sie nahm etwa ein Dutzend Beweismitteltüten aus der Tasche. «Hier, vor allem das ... Und ein kleines Stück Pappe, wahrscheinlich von einer Medikamentenpackung. Man kann nur ‹Ox› darauf lesen Oxi-irgendwas ...»

Rocco und der Questore begutachteten nacheinander das Beweisstück.

«Und dann diese anderen Spuren, sehen Sie? Haare. Das könnten Pferdehaare sein, oder sie stammen von einem anderen Haustier. Mäuse und Füchse kann ich allerdings ausschließen.»

«Füchse?», fragte Corsi.

«Ja, Füchse. An einem Tatort in der Nähe von Benevento haben wir mal Spuren von Füchsen gefunden. Das war allerdings auf dem Land.»

«Dottoressa Gambino», sagte Corsi, «Juana Perez hat in der Stadt gewohnt. Ist es da nicht recht ungewöhnlich, an einen Fuchs zu denken? Es sei denn ...» Corsi drehte sich zu Rocco um. «War Dottor Schiavone vor Ort?» Er wies auf Lupa, die sich auf dem Boden zusammengerollt hatte. «Mit seinem Saint-Rhémy-en-Ardennes?»

«Nein ...»

«Was, das ist dein Hund?» Michela Gambino verdrehte die Augen.

«Ja. Ist das verboten?»

«Und er wohnt bei dir, in deiner Wohnung?»

«Wo denn sonst?»

«Ach du Scheiße! Weißt du, wie viele Haare von dem Vieh du an dir hast?»

«Sie ist kein Vieh, sondern heißt Lupa», berichtigte Rocco. Lupa vergrub ihre Schnauze unter den Vorderpfoten. Ihr Überlebensinstinkt warnte sie, dass sie der Grund für die Aufregung war, und sie wusste, dass es in diesem Fall das Beste war, sich zerknirscht und reumütig zu zeigen.

«An den Schuhen, der Hose, dem Pullover, überall Haare! Ein ganzes Fell! Und das verteilst du überall! Dabei hab ich dir extra gesagt, dass du den Fundort der Leiche nicht verschmutzen sollst!»

Rocco biss sich schuldbewusst auf die Lippe. «Tut mir leid», meinte er, «ich werde in Zukunft umsichtiger sein.»

«Ihr beide, du und dein Hund!»

«Jetzt ist aber mal genug! Willst du mir noch weiter auf mein Fortpflanzungsorgan gehen, oder dürfen wir uns wieder der Arbeit zuwenden?»

Corsi griff ein, bevor die unschöne Debatte ganz aus dem Ruder lief. «Danke, Dottoressa Gambino, Sie sind wirklich eine hervorragende Ermittlerin.»

«Das weiß ich, Dottor Corsi, das weiß ich, und deshalb werden sie mich kaltmachen», sagte Michela plötzlich wieder ganz ruhig. Die beiden Männer sahen sie, angesichts des unerwarteten Gemütswechsels, perplex an.

«Leute, die gut sind, sind Störenfriede, wussten Sie das nicht? Denn die Wahrheit ist oft unbequem. Wenn hier eine mächtige Hand im Spiel ist, die diesen Mord zu verantworten hat, dann werden wir, Sie, ich und die ganze Questura, mit unseren Ermittlungen nicht weit kommen, glauben Sie mir.»

«Eine mächtige Hand? Warum das?», erkundigte sich der Questore.

Michela Gambino nahm die Brille ab. «Weil es eine Handvoll Personen gibt, die im Hintergrund die Fäden ziehen.»

Corsi und Rocco wechselten einen Blick. Rocco versuchte seinem Vorgesetzten zu signalisieren, dass es das Beste wäre, das Gespräch hier zu beenden, doch Corsi ging nicht darauf ein. Michela Gambino sah sich vorsichtig um, als wäre ihnen ein Kommando des Mossad auf den Fersen, und erklärte dann mit gedämpfter Stimme: «Es ist ja kein Geheimnis, dass die Welt vom Club der Dreihundert regiert wird. Wollen Sie wissen, wer das ist?»

«Ich nehme an, die Ährenleserin von Sapri hat nichts damit zu tun», meinte Rocco in Anspielung auf das berühmte Gedicht von Luigi Mercantini. «Das waren doch auch dreihundert, oder?»

«So naiv können Sie doch nicht sein», entgegnete die Kollegin mit einem wissenden Lächeln. «Die Dreihundert ... wollen Sie das jetzt wissen, oder nicht?»

Corsi breitete hilflos die Arme aus. «Wenn Sie denken, dass es wichtig ist, aber fassen Sie sich kurz.»

«Ja, sonst sind wir am Ende völlig überrascht, dass schon wieder Weihnachten ist», fügte Rocco hinzu.

«Also soll ich Ihnen jetzt sagen, wer das Oberhaupt der Dreihundert ist?»

«Ja, los, sagen Sie es.»

«Königin Elisabeth II. von England.»

«Die ist das?», fragte Corsi und sah sich suchend auf dem Parkplatz um, in der Hoffnung, dass der Agente mit dem Wagen oder irgendjemand sonst auftauchen würde, um ihnen diese Frau vom Hals zu schaffen.

«Ja, die viel bewunderte alte Dame. Außerdem stecken Rothschild, Rockefeller, König Carl Gustaf von Schweden und Gorbatschow mit drin.»

«Gorbatschow auch?»

«Sehen Sie, Dottore, Sie wären entsetzt, wenn ich Ihnen noch mehr dieser Geheimnisse enthülle ...» Sie machte eine effektvolle Pause.

Rocco versuchte, die Gelegenheit zu nutzen, und öffnete den Mund, um die Sache zu beenden, doch die Frau war nicht zu bremsen: «Alles lässt sich mit dem Club der Dreihundert erklären: der Krieg im Irak, der 11. September, die Finanzkrise, Putin und die Oligarchen, Kim Jong-un, alles!» Michela Gambinos Blick war anzusehen, wie leidenschaftlich sie bei der Sache war.

Rocco lächelte. «Schon klar.»

«Völlig klar», meinte Corsi. Endlich hielt das Auto mit Casella am Steuer neben ihnen. «Da ist ja mein Wagen. Danke, Dottoressa, ich bin sehr froh, dass Sie jetzt zu uns gehören. Eine so effiziente und fähige Kollegin wie Sie hat uns gefehlt.» Der Questore machte sich davon und überließ Rocco seinem Schicksal.

«So, Rocco, jetzt kennst du einen Teil der Wahrheit. Und wenn du die Welt nun mit diesem Wissen im Kopf betrachtest, wirst du sie mit anderen Augen sehen. Aber sag mir nachher nicht, ich hätte dich nicht gewarnt.»

«Nein, Michela, ich werde mich daran erinnern.» Er drehte sich um, um wieder ins Gebäude zu gehen.

«Schiavone!»

«Was ist?»

«Das nächste Mal überlässt du den Tatort erst einmal uns. Das ist besser so.»

Rocco hatte noch weitere drei Male versucht, Sebastiano zu erreichen, doch sein Telefon war nach wie vor ausgeschaltet. Auch von Brizio gab es nichts Neues. Roccos Gedanken kreisten unaufhörlich um den Toten in Castel di Decima. Er musste etwas unternehmen, noch länger hier in Aosta zu hocken und auf den Bericht der Spurensicherung oder die Auswertung von Juanas Handy zu warten, war reine Zeitverschwendung. Gerade im richtigen Moment kam Caterina ins Zimmer. Als Lupa sie sah, sprang sie vom Sessel und lief ihr freudig entgegen. «Caterina! Neuigkeiten?»

«Von Antonio haben wir noch nichts gehört. Ich hab in der Zwischenzeit Material über Berthods andere Mieter in der Via Brean zusammengesammelt.» Sie legte den Aktenstapel auf den Schreibtisch, auf dem bereits jede Menge anderer Krempel lag.

«Fantastisch. Hör mal, ich brauche dich. Könntest du Lupa für eine Weile nehmen?»

Caterina schnaubte und verdrehte die Augen. «Schon wieder? Was ist passiert?»

«Eine hässliche Geschichte in Rom. Du wirst es in Kürze erfahren, es ist kein Geheimnis.»

«Wieder Baiocchi?»

«Ich glaube, ja.»

«Ist das eine offizielle Dienstreise oder halb offiziell? Ich meine, weiß Corsi es?»

«Er weiß es nicht.»

Caterina schüttelte den Kopf. «Und wahrscheinlich willst du nicht, dass ich mitkomme und dich unterstütze, oder?»

«Genau.»

«Und wenn sie nach dir fragen?»

«Dann sagst du, dass ich Fieber habe.»

«Fieber? Das hatten wir schon.»

«Ein Verwandter, der im Sterben liegt?»

«Du hast keine Verwandten, das wissen alle, Rocco.»

«Irgendeine Havarie? Ein Wasserrohrbruch zum Beispiel, weshalb ich nicht wegkann?»

«Nein. Aber was ist mit dem Psychiater in Turin?»

«Ich habe keinen Psychiater in Turin.»

«Ich meine diesen Berlingeri, den Ehemann von der Tombolotti. Du bist zu ihm gefahren, um mit ihm über das Opfer zu sprechen, das sich möglicherweise an ihn gewandt hat. Und wenn nicht, behaupten wir das einfach. Du hast ihn hinzugezogen, damit du dir ein allgemeines Bild von Juana Perez' körperlicher und psychischer Verfassung machen kannst, um mit den Ermittlungen voranzukommen.»

«Berlingeri ist, glaube ich, in den USA», sagte Rocco nachdenklich.

«Seit wann machst du dir über so was Gedanken? Ich behaupte das einfach, und du siehst zu, dass du nicht zu lange wegbleibst.»

Rocco blickte seiner Kollegin tief in die Augen. «Danke, Caterina, wie immer. Italo hat keine Ahnung, was er aufgegeben hat.»

Caterina stemmte die Hände auf den Schreibtisch. «Was, bitte, hat Italo damit zu tun?»

«Natürlich hat er damit zu tun.»

«Du kannst einfach nicht aufhören, dich in mein Privatleben einzumischen, oder?»

«Ich behandle alle meine Mitarbeiter gleich. Wusstest du zum Beispiel, dass D'Intinos Mutter aus Molisane stammt, während er selbst in den Abruzzen geboren ist?»

«Welche Rolle spielt das denn jetzt?»

«Überhaupt keine, ist nur Ablenkung.» Rocco stand auf und ging zu Lupa hinüber. «*Ciao*, meine Süße. Und wenn du schön lieb bist, bringe ich dir aus Rom ein Geschenk mit.»

«Rocco?»

«Was ist?»

«Pass auf dich auf. Der Typ läuft da draußen noch frei herum.»

Als Rocco die Treppe hinunterging, hatte er ein leichtes Lächeln auf den Lippen. Er wusste, was der Grund dafür war, dass er plötzlich Schmetterlinge im Bauch hatte, und schämte sich ein wenig dafür. Aber zugegebenermaßen hatten Caterinas letzte Worte ihm gutgetan. «Du bist schlimmer als ein verliebter Schüler!», sagte er zu sich selbst. Dabei fiel ihm ein, dass er Gabriele eine Nachricht hinterlassen musste, damit er wusste, dass er die kommende Nacht nicht bei ihm verbringen konnte.

XII

Das Tuch verschwand und enthüllte eine Leiche, die aussah, als wäre sie aus Wachs. Die Schnitte waren bereits alle wieder zugenäht worden. Dennoch hatte der Körper nichts Menschliches mehr an sich. Er war zum Objekt geworden, und Rocco konnte sich kaum vorstellen, wie diese Materie, die nur noch vage anthropomorphe Formen hatte, vor drei Tagen noch durch die Gegend gelaufen war und gelacht hatte und irgendwann einmal ein pausbäckiges Neugeborenes in den Armen seiner Mutter gewesen war. Dergleichen passierte ihm immer öfter, auch beim Metzger. Wenn er die offenen Rinderviertel mit ihren Knochen sah, hatte er Probleme, sich auszumalen, dass das Tier einmal auf der Weide gestanden, Gras gefressen und mit dem Schwanz Fliegen verscheucht hatte.

«Du wirst langsam alt», sagte Uccio Pichi.

Rocco stand da und starrte auf den gepeinigten Körper dieses namenlosen Mannes. «Ich hätte gedacht, dass man sich mit zunehmendem Alter an gewisse Dinge gewöhnt. Doch stattdessen ...»

«Weißt du, was mir aufgefallen ist? Das kann von der Laune abhängen.» Uccio trat vom Autopsietisch zurück und griff nach einer Flasche Wasser, die auf einer Konsole stand. «Wenn ich nicht gut drauf bin, tut mir das Arbeiten gut. Wenn ich dagegen glücklich bin, verdirbt es mir die Laune.»

Rocco löste den Blick von der Leiche. «Das heißt also, wenn du traurig bist, hilft es dir, einen menschlichen Körper aufzuschneiden?»

«Genau. Und ich denke dabei, dass glücklicherweise nicht ich dort liege.»

«Wenn du meinst. Ich dagegen glaube, dass bei mir einfach nichts mehr reinpasst. Wie auch immer …» Rocco machte Uccio ein Zeichen, dass er den Toten wieder bedecken sollte. «… zeigst du mir die Kleidung?»

«Komm.» Sie gingen ins angrenzende Arbeitszimmer hinüber. In dem Raum befand sich ein Regal voller Schachteln und medizinischer Fachbücher. Ein durchdringender Geruch nach Moschus und Reinigungsmittel stieg ihnen in die Nase, wie Rauch aus einem Kamin einem in die Kleidung dringt. Auf einem riesigen Tisch in der Mitte lagen die Sachen des Opfers. Rocco begutachtete sie aufmerksam. «Hatte er etwas unter den Nägeln? Hautreste, Stofffasern …»

«Nichts. Was dafür spricht, dass es ein Überraschungsangriff war. Vielleicht von hinten. Jedenfalls hat er sich nicht verteidigt.»

«Die Zähne.»

«Ordentlich gepflegt. Gesund.»

Die fremden Kleidungsstücke sagten Rocco nichts. «Alles Zeug, wie man es überall findet.»

«Ja», bestätigte Uccio. Rocco nahm die Schuhe und betrachtete sie. «Das sind sehr gute Schuhe, wie sie leider in Dutzenden Geschäften verkauft werden.» Er stellte sie zurück auf den Tisch und griff dann nach dem Gürtel. «Hintendrauf ist ein Logo.» Rocco zeigte es Uccio.

«Ja, ist mir auch aufgefallen. Ich hab's fotografiert und zur Questura geschickt. Aber ich verspreche mir nicht viel davon.»

Rocco stemmte die Hände in die Hüften und schüttelte den Kopf. «Wer bist du?»

«Und warum hatte er deine Nummer in der Tasche?»

«Zeig mir mal den Zettel.»

«Die Zettel», sagte Uccio und ging zum Regal, um eine kleine Kiste zu holen.

«Warum ‹die Zettel›?»

«In der Hosentasche war der mit deiner Nummer und in der Jacke eine Quittung.»

Rocco nahm die beiden Tütchen aus der Schachtel. Seine Telefonnummer stand auf einem karierten Stück Papier. Dann wandte er sich der Quittung zu.

«‹Bar Mastrangeli, Via Vitellia 31.›»

«Ja.»

«Das ist im Monteverde-Viertel», meinte Rocco.

«Ach ja?»

«Das ist ganz in der Nähe von meiner Wohnung hier in Rom.»

Die beiden sahen sich an.

Keine zehn Minuten später stand Rocco vor dem Haus in Trastevere, in dem Sebastiano wohnte. Er klingelte an der Sprechanlage, hatte aber wenig Hoffnung, dass sich jemand melden würde. In dem Moment tauchte Signora Letizia auf, Sebas betagte Nachbarin aus dem Erdgeschoss. «Wer ist da?»

«Signora Letizia, ich bin's, Rocco.»

«Was machst du denn hier?»

«Ich suche Sebastiano.»

«Ich hab ihn schon eine Weile nicht gesehen. Willst du nachsehen?»

«Wenn Sie mir die Tür öffnen, ja.»

Die Alte verschwand in ihrer Wohnung. Kurz darauf summte es an der Tür. «Jetzt mach ich mir Sorgen», sagte die

Frau zu Rocco, «ich hab auch schon gedacht, dass ich lange nichts von ihm gesehen oder gehört hab. Seit die arme Adele nicht mehr lebt, ist er nicht wiederzuerkennen.»

«Ich versuche schon seit Tagen, ihn zu erreichen, aber er geht nicht ans Telefon.»

«Komm rein.» Die Frau trat zur Seite.

Rocco ging hinüber zu dem kleinen Balkon vor der Küche. In der Wohnung roch es nach Frittierfett. «Wie geht es Sabatino?»

«Morgen muss er zum Arzt, seine Leberwerte überprüfen lassen. Er hat sich gerade ein wenig hingelegt. Bitte, komm rein.»

«Signora Leti, Sabatino muss morgen zum Bluttest, und Sie machen Frittiertes?»

«Aber richtig lecker», meinte die Frau mit einem spitzbübischen Lächeln. «Äpfel, Kohl und Kabeljau mit Püree.» Sie öffnete das Fenster. Rocco trat auf den kleinen Balkon, der nach hinten hinausging. Er kletterte auf das Geländer und von dort aus auf die Trennwand.

«Sei vorsichtig, Rocco, tu dir nicht weh.»

Rocco griff nach dem Geländer des Balkons darüber und zog sich hoch, bis er rittlings auf der Brüstung saß. So gelangte er auf Sebastianos Balkon. Die Balkontür war geschlossen, und die Wohnung lag im Dunkeln. Rocco nahm sein Schweizer Taschenmesser und brauchte nur eine Minute, um die Tür zu öffnen. Er trat ein und schaltete das Licht an. Die Wohnung war aufgeräumt. Das Bett gemacht, die Küche sauber. Sebastiano hatte Dutzende Fotos von Adele aufgestellt. Auf einem war sie am Meer zu sehen und lächelte mit vom Wind zerzaustem Haar in die Kamera. Es stand auf einem Möbelstück im Wohnzimmer hinter einem Blumentopf mit Veilchen. In der Schublade der Kommode im Eingangsbereich fand Rocco die Ersatzschlüssel von Sebastianos V-Strom 650, seinem Suzuki-Motorrad, aber der Originalschlüssel fehlte. Rocco brauchte gar nicht erst in der Tiefgarage am Vicolo del Cinque nachzusehen. Sein Freund war weggefahren. Und sein Handy war ausgeschaltet, und das konnte nur zwei Dinge bedeuten: Entweder wollte er nicht gefunden werden, oder er war nicht mehr in dieser Welt.

Rocco ging über die Wege des Friedhofs, während die untergehende Sonne die Dächer der Grabkapellen in ein orangefarbenes Licht tauchte. Er ließ die Pinien hinter sich. Die Grabsteine, die sich vor ihm in zwei Reihen erstreckten, verloren sich in der abschüssigen Wiese. In der Ferne standen ein Mann und eine Frau mit gesenkten Köpfen. Er passierte die dritte Reihe und erreichte das Grab seiner Frau. Die Blumen waren frisch, Laura und Camillo, ihre Eltern, mussten vor Kurzem hier gewesen sein. Am Fuß des marmornen Grabsteins mit dem Namen und den Daten lag noch immer das Notizheft, das Rocco dorthin gelegt hatte. Das, in dem Marina die schwierigen Worte notiert hatte, die ihr aufgefallen waren. Es war ein wenig aufgequollen und verblichen, und der Stift war verschwunden.

«*Ciao*, Mari' ... Hier bin ich.»

Er stellte die Margeriten, die er mitgebracht hatte, neben die Blumen von Laura und Camillo in die Vase. Dann blätterte er in dem Notizheft. «Hast du etwas hinzugefügt?» Beim Anblick von Marinas kleiner, präziser Handschrift zog sich sein Herz zusammen. An einigen Stellen war die Schrift nicht mehr zu erkennen, vor allem am Rand der Seiten, aber vieles war noch gut lesbar. Sein Blick fiel auf das Wort *Eonismus*.

Transvestitismus hatte Marina dazugeschrieben, ***abgeleitet vom Namen des Chevalier d'Éon Charles de Beaumont, der gern Frauenkleider getragen hat.***

«Das passt», sagte Rocco. «Also weißt du es. Du weißt, was in meinem Leben passiert ...»

Das folgende Wort war noch kryptischer: *Epakte.* Zahl der Tage vom letzten Neulicht des Mondes im alten Jahr bis zum ersten Januar des neuen Jahres oder der Unterschied zwischen dem Mondjahr und dem Sonnenjahr.

«Das verstehe ich nicht, Marina. Kannst du es mir erklären? Was willst du mir sagen?»

Machte sie sich über ihn lustig? Was hatten denn der Mond und die Sonne damit zu tun? Aber Marina redete nie einfach ins Blaue hinein. Rocco legte das Notizheft zurück. «Hier passieren gerade einige wirklich hässliche Dinge, *Amore mio.* Ich bin umgeben von Schatten. Sie sind überall, und ich bekomme keinen zu fassen. Du musst wieder zu mir kommen, vielleicht hin und wieder, nicht immer. Du warst jetzt schon so lange nicht mehr da.» Er sah nach oben. Am dämmernden Himmel stand bereits der Mond. Die Sichel zeichnete sich ab wie weißer Puderzucker. In dem Moment verstand er und lächelte. «Ich soll warten? Gut, dann warte ich.» Er warf Marina eine Kusshand zu und erhob sich.

Zu Adeles Grab waren es nur wenige Schritte. Wie versprochen war sie ganz in der Nähe von Marina begraben worden. Sebastiano hatte ein Foto ausgewählt, auf dem sie lachte. Diese beiden Grabsteine markierten die Wunde in Roccos Herzen. Und sie hörte nicht auf zu bluten. Marina und Adele, die an seiner Stelle gestorben waren. Zwei Mal war er verschont worden, was schlimmer war, als tot zu sein.

Auf Adeles Grab standen keine frischen Blumen. Der

Strauß in der roten Glasvase war bereits vertrocknet. Das war kein gutes Zeichen, Sebastiano war eine Weile nicht hier gewesen. Rocco tauschte den verwelkten Strauß gegen einen Azaleenzweig aus. Dann ging er zu Marinas Grab zurück und warf seiner Frau noch eine Kusshand zu. Außer ihm war kein Mensch mehr auf dem Friedhof. Er musste sich beeilen. Jetzt begann die Zeit, in der die Lebenden auf dem Friedhof nicht mehr erwünscht waren. Wenn der Mond und die Nacht die Schatten vertrieben, schlugen sie den Takt ohne Sonnenuhr und ließen alle Farben verblassen.

Auch spät am Abend gab es in der *Trattoria Roma Sparita* für sie noch etwas zu essen. Während sie auf die Pasta warteten, zog Rocco das Foto des Toten hervor und zeigte es Brizio und Furio.

Furio schüttelte den Kopf. «Noch nie gesehen.» Er gab Rocco das Bild zurück.

«Ich auch nicht.»

Rocco steckte das Foto wieder ein. «Und seit wann habt ihr Seba nicht gesehen?»

«Eine Weile. Drei Tage vielleicht?», wandte Brizio sich an Furio, der bestätigend nickte.

«Er war nicht mal bei Adele auf dem Friedhof.» Rocco sah seine Freunde an. «Was ist bloß los?»

«Ich denke schon seit gestern drüber nach», meinte Brizio und trank einen Schluck Wein. «Die Sache ist doch so: Wenn Enzo Baiocchi mit dem Ganzen zu tun hat, wie du vermutest, warum hat er dann diesen Kerl umgebracht? Was hat das mit Enzo und dir zu tun?»

«Das passt tatsächlich nicht ins Bild», meinte Rocco.

«Außerdem hat die Polizei gesagt, dass er nicht am Fundort der Leiche in Castel di Decima getötet, sondern dorthin gebracht wurde.»

«Und er wurde im Gebüsch versteckt.»

«Das heißt, der Mörder muss ein Auto gehabt haben. Hat Baiocchi eins?»

«Vielleicht hat er das Auto des Opfers benutzt. Aber das sind alles nur Vermutungen», erklärte Rocco. Im selben Moment kam der Kellner. «Bitte sehr, dreimal *Cacio e Pepe.* So lecker, dass man Tote damit wecken könnte.»

«Das wär's. Dann könnte er uns jetzt alles erzählen», rief Furio aus.

«Wer?», fragte der Kellner.

«Nichts, Aldo, vergiss es.» Rocco schenkte sich ein Glas Wein ein.

«Wie ihr wollt. Guten Appetit.»

Sie warteten, bis der Kellner wieder weg war. «Hört mal. Enzo Baiocchi ist allein und wird von uns und von der Polizei gesucht, seit er aus dem Gefängnis von Velletri ausgebrochen ist. So weit ist alles klar, oder?»

«Ich denke, ja, Rocco», entgegnete Brizio mit vollem Mund.

«Gut. Was also macht er so allein? Er kann sich ja nicht die ganze Zeit verstecken. Enzo Baiocchi ist kein Flüchtiger von der 'Ndrangheta. Er ist ein einsamer Wolf ohne Unterstützung.»

Furio und Brizio kauten und dachten nach. Der Juniabend schenkte ihnen eine sanfte Brise, die durch das Efeu an der Mauer fuhr und mit ihren Haaren spielte.

«Und was machst du in so einem Fall? Du stiehlst ein Auto, und dann? Du würdest doch sicher versuchen, über die Grenze zu kommen.»

«Aber dafür musst du dir Papiere beschaffen.»

«Also brauchst du Geld. Und worin ist Enzo Baiocchi besonders gut?» Roccos Freunde schwiegen. «Ich sag es euch: Er überfällt Tankstellen.»

«Tankstellen?»

«Genau. Mal abgesehen von dem Toten, von dem wir nicht wissen, wer er ist, wohin würdet ihr gehen, wenn ihr Enzo wärt?»

«Nach Slowenien. Sobald ich Papiere habe, ab nach Slowenien. Und dann findet mich keiner mehr.»

Rocco nickte. «Was ist mit der Schweiz?»

«Nein. Zu gefährlich. Auf jeden Fall Slowenien», fügte Furio hinzu.

«Nehmen wir mal an, Seba hat das irgendwie rausgekriegt und ist Enzo gefolgt. Und wohin wohl?»

Brizio schüttelte den Kopf. «Das ist alles zu vage, Rocco. Solange wir keinerlei Spur haben, ist das alles zu vage.»

«Erinnert ihr euch an das Nummernschild von Sebas Motorrad?»

«So'n Kram merk ich mir nicht», meinte Brizio.

«Was willst du damit?», fragte Furio.

«Wenn er damit unterwegs ist, könnten sie ihn irgendwo erfasst haben: bei einer Geschwindigkeitskontrolle oder auf der Autobahn, irgend so ein Scheiß könnte uns doch weiterhelfen, oder?»

«Zu vage», meinte Brizio wieder.

«Verdammt, jetzt reicht's mir! Mit irgendwas muss ich doch anfangen!», schimpfte Rocco laut.

«Mit dem Geld», sagte Brizio.

«Und das heißt?»

«Wenn Seba weggefahren ist, braucht er Geld, und er ist bei

derselben Bank wie ich. Und zufällig bin ich mit dem Direktor befreundet.»

«Und was willst du machen?», fragte Furio.

«Ich werde morgen mit ihm reden. Wenn Seba am Geldautomaten war, wissen die das. Ist doch logisch, oder?»

«Es ist auf jeden Fall schon mal was», meinte Rocco. «Und ich versuche es mit dem Nummernschild.»

Als Rocco die Wohnung betrat, schlug ihm ein so muffiger, staubiger Geruch entgegen, dass er sofort die Balkontür aufriss. Der Zitronenbaum blühte gerade und stand noch immer in derselben Ecke. Die anderen Töpfe sahen furchtbar aus. Rocco hatte noch nie einen grünen Daumen gehabt, um die Pflanzen hatte sich Marina gekümmert. Die nackten Zweige in der trockenen Erde und die verwelkten Blätter, die niemand aufgesammelt hatte, schienen ihm vor allem eins zu sagen: dass die Monate vergingen und die Jahreszeiten sich abwechselten und es an ihm war, mitzuhalten, weil sonst nur trockene Äste übrig blieben, die gerade noch als Brennholz taugten. Früher hatte diese Terrasse in allen Farben geleuchtet, und wenn die Sonne darauf schien, waren die Blumendüfte schier explodiert. Bougainvilleen, Chinesischer Sternjasmin, Petunien, Blauregen und andere Gewächse, deren Namen Rocco nie gelernt hatte. Violett mischte sich mit Rosa und wurde zu Karminrot, Weiß gepaart mit Blau und Gelb. Sie schienen an Leuchtkraft miteinander zu wetteifern wie ein Feuerwerk, das jedes Jahr im Mai farbenfroh erblühte und mit Beginn der ersten Kälte bis zum nächsten Frühling Schutz suchte.

Doch jetzt war hier nichts mehr. Nur der Zitronenbaum stand allein zwischen den anderen Töpfen, als würde er ihn ansehen, ohne ihn zu erkennen. Rocco setzte sich auf die schmiedeeiserne Bank, die früher von Glyzinien umrankt war. Er baute sich einen Joint und rauchte, während er die Lichter am Himmel betrachtete. Zwei Flugzeuge flogen so aufeinander zu, als würden sie gleich zusammenstoßen, was dann zum Glück nicht passierte. Der Mond hing träge zwischen zwei Sternen. Dieser Himmel erdrückte ihn, er schien ihm die Luft zum Atmen zu nehmen. Sogar das Marihuana hatte einen widerlichen Beigeschmack. Die Plastikabdeckungen über den Möbeln in der Wohnung knisterten leise im Wind. In der Ferne rauschte der Verkehr. Rocco griff nach seinem Handy. Das bläuliche Licht des Displays erhellte sein im Schatten liegendes Gesicht.

«Cateri'? Schläfst du schon?»

«Nein, Rocco.»

«Alles in Ordnung? Wie geht es Lupa?»

«Sie ist hier bei mir. Warum hast du nicht früher angerufen. Was ist los?»

«Nichts.» Er stieß den Rauch aus. «Gibt es Neuigkeiten?»

«Hier nicht ... Wann kommst du zurück?»

«Spätestens morgen Abend.»

Für ein paar Sekunden sagte keiner von ihnen ein Wort.

«Was ist, Rocco? Was hast du?»

«Nichts. Ich wollte nur deine Stimme hören.» In der Dunkelheit beleuchtete die Glut des Joints seine Nasenspitze.

«Rocco, ich ...»

«Gute Nacht, Caterina. Wir sehen uns morgen.» Er beendete die Verbindung. Dann drückte er den Joint in einem Blumentopf aus, stand auf und ging in die Wohnung, ohne Licht anzumachen. Er wollte lieber die Schatten der Möbel betrachten und den schwachen Schein, der durch die Fenster hereinfiel. Müde war er nicht, und die dunkle Masse aus Tisch, Sofa und Fernseher wirkte bedrohlich. Es schien, als wollte sie mit ihm sprechen, ihm etwas sagen, was er nicht hören wollte. Er ging ins Schlafzimmer. Dort war es noch schlimmer. Die Matratze schien zu atmen, genau wie der leere Schrank, dessen offene Türen ihn wie ein aufgerissenes Maul zu verschlingen drohten.

Er fühlte sich hier wie ein unwillkommener Gast, den man aus Pflichtgefühl eingeladen hatte und so schnell wie möglich wieder loswerden wollte.

«Das ist nicht mehr mein Zuhause», murmelte er.

Ihm wurde plötzlich klar, dass er sich bis zu diesem Moment in einer Zeitfalte versteckt hatte. Er hatte nur so getan, als könnte er sehen, denken und weiterleben. Er hatte sich bis hierher geschleppt, in diese Wohnung, in der es keine vertraute Stimme gab, keine Farbe und keinen Geruch, der ihn zurückbrachte. Alles war verflogen, hatte sich in Luft aufgelöst und nur das Skelett der Dinge hinterlassen, die er einmal gekannt hatte. So wie ein brennendes Feuer im Kamin zu kalter, geisterhafter grauer Asche wurde. Rocco ging zurück ins Wohnzimmer, zog sich die Jacke an und verließ das Haus, um sich ein Hotelzimmer zu suchen.

XIII

Der Morgen hatte gerade erst zu dämmern begonnen. Caterina schloss fröstelnd die dicke Jacke und blickte in den Himmel. Lupa beschnüffelte träge den Gehsteig. Die von Wolken verhangene Sonne tauchte über den Gipfeln der Berge auf. Die Stadt schien noch zu schlafen. Nur ein einsames Auto auf dem Weg zur Autobahn war in der Ferne zu hören. Dann sah sie sie, sie stand an der gegenüberliegenden Straßenecke vor dem noch geschlossenen Haushaltswarengeschäft. Sie trug eine violette Jacke mit silbernen Reflexstreifen, die übliche Jogginghose und schmutzige alte Turnschuhe. Sie schaute zu ihr herüber und konnte sich offensichtlich nicht dazu durchringen, einen Schritt auf sie zu zu machen. Schließlich war es Caterina, die ihrer Mutter entgegenging. Je näher sie kam, desto deutlicher sah sie die geschwollenen roten Augen, die verrieten, dass sie in der vergangenen Nacht nicht geschlafen hatte. Sie hatte die Hände in den Jackentaschen und trat langsam von einem Bein auf das andere.

«Was willst du?», fragte Caterina.

Ihre Mutter schloss die Augen. Eine Träne lief ihr über die Wange. «Er hat es nicht geschafft», sagte sie mit rauer Stimme.

Caterina nickte. Dann wandte sie sich zu Lupa um, die endlich den richtigen Baum gefunden hatte.

«Sagst du mir nicht mal guten Tag?», rief ihre Mutter ihr hinterher, aber Caterina drehte sich nicht noch mal um. Jahrelang hatte sie sich gefragt, wie sie reagieren würde, wenn sie vom Tod ihres Vaters erfuhr. Sie hatte sich vorgestellt, dass sie erleichtert sein würde, doch stattdessen schien eine eiserne Faust ihre Eingeweide zu zerquetschen, und dass ihre Augen feucht wurden, lag nicht an der kalten Morgenluft. Es passierte einfach. Sie hätte nie gedacht, dass sie sich so fühlen würde, so zerrissen. Ihr Verstand befahl ihr, den Arbeitstag in der Questura zu beginnen, während ihr Körper nicht in der Lage schien, überhaupt irgendetwas zu tun. Tränen standen ihr in den Augen, ihre Kehle war wie zugeschnürt, und die Haut fühlte sich rau und trocken an. Eine Stimme in ihrem Inneren forderte sie dazu auf, zu duschen, sich anzuziehen und dem Hund etwas zu fressen zu geben. Sie wollte den Tod ihres Vaters nicht beweinen, aber sie musste sich dennoch den Tatsachen stellen.

«Caterina?», rief ihre Mutter. Diesmal drehte sie sich um. Sie sah klein aus, vom Alter gezeichnet, und hatte die Arme ausgebreitet. «Bitte, komm zu mir.»

«Es tut mir leid. Ich habe keine Zeit, und du kommst zu spät.»

Caterina überquerte die Straße. Lupa wartete bereits vor der Tür. Caterina steckte den Schlüssel ins Schloss, ohne sich noch einmal umzudrehen. Erst als sie im Treppenhaus war und die Tür hinter ihr ins Schloss fiel, lehnte sie sich ans Geländer und ließ sich auf die unterste Stufe sinken. Sie hätte ihren Tränen gern freien Lauf gelassen, doch es gelang ihr nicht. Der Kummer blieb ihr im Halse stecken.

Papa ist tot, dachte sie. «Warum erst jetzt?», fragte sie sich laut. «Komm, Lupa, jetzt gibt es was zu fressen.» Caterina ging die Treppe hinauf.

Nachdem sie geduscht und gefrühstückt hatte, kam ihr der Gedanke, das «hohe Tier» anzurufen, ihren alten Freund, der ihr damals geholfen hatte und dem sie so viel verdankte, einschließlich der Uniform, die in diesem Moment im Schrank hing.

«Dottor Mastrodomenico? Ich bin's, Caterina.»

«*Ciao*, Caterina, gibt es Neuigkeiten?»

«Er hat es nicht geschafft.» Am anderen Ende der Leitung blieb es still. «Er hat die Operation nicht überstanden.»

«Das ist ein schöner Tod. Wie geht es dir?»

«Ich bin okay. Entschuldigen Sie, dass ich Sie gestört habe, ich wollte nur, dass Sie es wissen.»

«Danke, Caterina. Halte mich weiterhin auf dem Laufenden ...»

«Ja, das mache ich.»

Rocco stieg am späten Vormittag am Bahnhof Turin aus dem Zug. Er hatte einen Schulfreund, der bei der Verkehrspolizei arbeitete, um Informationen zu Sebastianos Nummernschild gebeten. Dann hatte er mit seinem alten Freund De Silvestri im Commissariato des EUR-Viertels gesprochen, um in Erfahrung zu bringen, ob das Motorrad kürzlich irgendwo aufgefallen war. Außerdem hatte er ihn gebeten, zu prüfen, ob es in den letzten zehn Tagen in Rom oder der umliegenden Provinz Überfälle auf Tankstellen gegeben hatte. Von der Bank hatten sie noch nichts gehört. Also gab es vorerst keinen Grund, noch länger in Rom zu bleiben.

Der Wagen mit Casella am Steuer erwartete Rocco in der Via Nizza. Beim Einsteigen schlug ihm ein ekliger Geruch nach Chemie und Pfefferminze entgegen. «Casella, du musst dein Eau de Toilette wechseln, das hier stinkt wie der Boden im Krankenhaus», sagte er zur Begrüßung und machte es sich auf dem kaputten Sitz des Lancia bequem.

«Das bin ich nicht. Ich benutze kein Eau de Toilette. Außerdem funktioniert meine Dusche wieder. Ich hab einen neuen Boiler gekauft, der …»

«Und wo kommt dann dieser Gestank nach Minze vermischt mit hart gekochtem Ei?»

«Das muss an dem Wunderbaum liegen, mit dem D'Intino alle Dienstwagen der Questura ausgestattet hat.»

Rocco suchte mit dem Blick nach der Quelle des Gestanks, der den Innenraum des Autos verpestete. «Wo ist denn dieser Wunderbaum?»

«Er hat ihn in den Aschenbecher gesteckt.»

«Wann wird dieser Schwachkopf endlich in die Abruzzen versetzt?»

«Setzen Sie ein entsprechendes Schreiben auf, und dann ist die Sache erledigt.»

«Ja, aber es muss ein furchtbarer Ort sein, damit er jeden Tag daran denkt, was für ein schönes Leben er hier gehabt hätte, wenn er nicht so dämlich gewesen wäre.»

Casella lächelte. «Ich hätte da eine Idee.»

«Und?»

«Schicken Sie ihn nicht in die Abruzzen, die haben da schon genug Probleme, sondern nach San Severo, in die Nähe von Foggia.»

«So schlimm?»

«Das wollen Sie gar nicht wissen. Ich bin da geboren.»

«San Severo in der Provinz Foggia. Perfekt.» Rocco zündete sich eine Zigarette an. Casella verzog das Gesicht, und Rocco warnte ihn schon mal vor. «Gut möglich, dass ich auf dem Weg noch eine rauche, also konzentrier dich aufs Fahren und geh mir nicht auf den Sack.»

«Kein Problem, Dotto'. Schon gut. Wie war es mit dem Psychiater?»

«Hä?» Rocco hatte das fadenscheinige Alibi, das er mit Caterina vereinbart hatte, schon wieder vergessen.

«Sie haben sich doch mit diesem Berliguer, Berlinger oder wie auch immer getroffen.»

«Ach ja, gut. Ist irgendwas von der Staatsanwaltschaft gekommen?»

«Nicht dass ich wüsste ...»

Die Straßen waren frei, und der Wagen fuhr ungehindert durch die Viertel am Stadtrand.

«Sag mal, Casella, bist du verheiratet? Oder hast du eine Lebensgefährtin?»

«Hatte ich. Schon ziemlich lange her. Wir waren nicht verheiratet. Sie hat mich für einen Vertreter von Angelrollen verlassen.»

«Hast du gelitten?»

«Nein. Ich hab sie nicht mehr geliebt.»

«Und seitdem? Wie kommst du klar?»

Casella kratzte sich am Kopf. «Was soll ich sagen? Hier und da ein kleines Abenteuer ...»

«Bezahlst du dafür?»

«Damit eins klar ist: Ich hab noch nie auch nur einen Cent dafür ausgegeben, eine Nummer zu schieben. Das hab ich Ihnen doch schon gesagt.»

Rocco drückte die Zigarette im Aschenbecher aus. «Was hältst du von der Sache?»

«Die mit dem Trans-Typ? Och, wem es gefällt ...»

«Was denkst du, warum die die Wohnung ausgeräumt haben?»

«Dotto', was weiß denn ich? Auf einige Dinge kann ich mir einfach keinen Reim machen.»

«Versuch's mal!»

Casella dachte nach und schwieg eine Weile. Er fuhr langsamer und wischte sich über die Stirn. «Meiner Meinung nach ...», begann er schließlich leise, «gibt es da jemanden, der sich furchtbar schämt. Jemanden, der vielleicht mit einer reichen Frau verheiratet ist, die ihn, wenn sie das rauskriegt, vor die Tür setzt.»

«Und deshalb räumt er die ganze Wohnung leer? Warum haut er nicht einfach ab? Stattdessen zieht er dem Opfer was an, macht es zurecht und wirft es dann in den Fluss? Seltsam, oder? Er hätte doch einfach abhauen können, und fertig.»

«Stimmt. Und die Fingerabdrücke?»

«Du denkst also, das war irgendein Vorbestrafter?»

«Mhm, warum nicht? Und vielleicht hat er ihr etwas geschenkt, keine Ahnung, Kleider von seiner Frau zum Beispiel. Oder irgendwas von sich zu Hause.»

«Und warum hat er sie deiner Meinung nach erdrosselt?»

Casella wechselte den Gang, um schnell auf die Autobahn zu fahren. «Vielleicht weil er nicht ganz richtig im Kopf ist, ein Geisteskranker, Sie wissen schon, solche Leute, die auch auf Schläge stehen. Sie haben sich also geschlagen, und er hat's übertrieben und sie erwürgt. Wie auch immer, auf jeden Fall ist er ein Mistkerl, und wir müssen ihm das Handwerk legen.»

«Da gebe ich dir recht, Case'. Und das mit den Fingerabdrücken ist gar nicht so blöd.»

Casella strahlte. «Wirklich?»

«Wirklich.»

Als sie durch Pont-Saint-Martin fuhren, war der Himmel wolkenverhangen, und die Sonne war verschwunden.

Italo und Caterina kamen ihm gleich entgegen. Ihre Gesichter sahen noch immer müde und grau aus. Rocco hätte sie am liebsten für eine Woche ans Meer geschickt. «Dottore ... es gibt Neuigkeiten.»

«Erst mal: Wo ist Lupa?»

«Schläft in Ihrem Büro», entgegnete Caterina leise.

«Also was ist los?»

«Wir haben das Alibi dieses Ivano Petrulli überprüft, erinnern Sie sich? Der junge Mann aus dem Erdgeschoss.»

«Der Lemure, ja.»

«Der Lemure?», fragte Caterina.

«Und?»

«Er hat doch behauptet, dass er am Sonntag, dem Tag des Mordes, bei seiner Verlobten in Saint-Vincent übernachtet hat. Und jetzt ...» Italo sah in den Papieren nach. «... sagt diese Raimonda Ferretti, das ist ihr Name, dass sie am Sonntag gar nicht in Saint-Vincent war.»

«Ach, nicht?»

«Nein. Sie war in Mailand. Am Tag danach hatte sie ein Vorstellungsgespräch, deshalb hat sie dort übernachtet.»

«Dämlicher Idiot!», fluchte Rocco. «Nicht du, Italo», beeilte er sich klarzustellen, als er den Gesichtsausdruck des Agente sah. «Wie konnte dieser Petrulli so dumm sein, das als Alibi anzugeben?»

«Normalerweise übernachtet die Ferretti in Mailand bei Freunden. Aber diesmal hat sie sich ein Hotelzimmer genommen. Wenn sie gelogen hätte, hätten wir das also herausgefunden. Offensichtlich hat Ivano nichts davon gewusst, und nun ist sein Alibi futsch.»

Rocco rieb sich das Kinn. «Und am Tag danach? War er da bei seiner Familie, wie er angegeben hat?»

«Genau das ist das Problem», erklärte Italo. «Sein Vater ist Anwalt und meinte, er würde Fragen nur beantworten, wenn er in die Questura einbestellt wird.»

«Um uns zu sagen, wo sein Sohn war, will er in die Questura einbestellt werden?»

«Ja», brachte Caterina mühsam heraus und blickte zu Boden. Sie schluckte und fragte dann: «Was machen wir?»

«Wir bestellen den Sohn her. Dann kann er mit seinem Vater kommen, und wir schlagen zwei Fliegen mit einer Klappe.»

«Hör mal, Rocco.» Italo senkte die Stimme und trat näher an Rocco heran. «Antonio wartet in der Bar gegenüber auf dich. Ich weiß nicht, was los ist, aber er schien äußerst beunruhigt.»

«Beunruhigt?»

«Ja.»

«Dann mach ich mich mal auf den Weg.» Rocco schickte sich an zu gehen, hielt aber noch einmal inne und sah Caterina an. «Was hast du?»

«Nichts.»

Rocco sah sie an. «Sicher? Willst du nach Hause gehen?»

«Aber warum? Nein, ich bin hier, ich arbeite ...» Ganz langsam stiegen ihr Tränen in die Augen. Rocco streckte die Hand aus, um sie auf ihre Schulter zu legen, aber Caterina biss sich auf die Lippen und lief weinend davon. Rocco und Italo blieben verdutzt im Gang zurück.

«Was ist los?»

«Ich schwöre dir, Rocco, dass ich das nicht weiß.»

Antonio Scipioni stand an der Theke und blickte sich nervös um. Als er Rocco eintreten sah, ging er ihm entgegen. «Komm», sagte er und zog ihn mit sich nach draußen.

Der Corso Battaglione war wie immer stark befahren, als die beiden um die Ecke in eine kleine menschenleere Straße einbogen. Dort blieb Scipioni stehen.

«Kannst du mir mal sagen, was los ist?»

«Eine ganz seltsame Sache, Rocco. Mein Freund bei der Telefongesellschaft ...»

«Ja?»

«Er hat die Nummer von Juana Perez' Handy überprüft und ist auf etwas absolut Außergewöhnliches gestoßen.»

Rocco zündete sich eine Zigarette an. «Das da wäre?»

«Nichts.»

«Wie, nichts?»

«Sie hat weder telefoniert, noch wurde sie angerufen. Es gibt keinerlei Verbindungsdaten, abgesehen von deiner Nummer, als du sie im Laufe der Ermittlungen angerufen hast.»

Rocco blies eine Rauchwolke aus. «Scheiße!»

«Hast du eine Ahnung, was das bedeuten könnte?»

«Eine Ahnung, die genauso düster ist wie der Himmel heute. Auf jeden Fall darf niemand davon wissen. Nur du und ich.»

Scipioni nickte. «Aber was ist denn los?»

«Ich würde sagen, dass die Sache viel schlimmer ist, als wir gedacht haben. Auch wenn alles bereits darauf hingedeutet hat. Jetzt müssen wir unsere grauen Zellen anstrengen und genau überlegen, was wir tun.»

Rocco ging allein zur Via Brean. Der bewölkte Himmel färbte sich grau. Die Temperaturen waren gefallen, und ein leichter Wind strich durch die Häuserzeilen. Die Straße war still und menschenleer, nur wenige Autos parkten am Rand. Rocco betrachtete das Gebäude. Ein mehrstöckiges Haus wie so viele andere, einige der Fensterläden waren geschlossen und ziemlich verdreckt - ein Zeichen, dass die Wohnungen schon eine Zeit lang unbewohnt waren. An der Kreuzung mit der Via Monte Grivola lag eine Bar, dahinter eine Apotheke und ein Kleidergeschäft. Auf der anderen Seite ein Schreibwarenladen und zehn Meter weiter eine Bank. Rocco ging darauf zu und sah sich die Sache aus der Nähe an. Über dem Eingang hing eine Kamera. Sie nahm sicher nicht viel von der Straße auf, aber vielleicht hatte er Glück. Er trat ein.

Ein paar Leute standen an der Kasse Schlange, und hinter Glaswänden arbeiteten zwei Angestellte. Rocco ging auf einen der beiden zu. «*Salve.* Vicequestore Schiavone. Den Direktor bitte.»

Der Angestellte sah ihn an und erhob sich dann von seinem Stuhl. «Bitte warten Sie einen Moment, ich gebe ihm sofort Bescheid.» Er verließ seinen Arbeitsplatz. Rocco ging zum Eingang zurück, zu den beiden Fensterscheiben, die zur Straße hinausgingen. Von hier aus konnte er lediglich den Gehsteig vor dem Haus sehen, in dem Juana Perez gewohnt hatte. Nicht mal eine Minute später erschien der Direktor, ein Mann um die sechzig mit einem mexikanischen Schnurrbart, wirrem schwarzem Haar und jeder Menge Schuppen auf den Schultern des dunkelblauen Jacketts. «Dottore, was kann ich für Sie tun?»

«Die Kamera», sagte Rocco.

«Welche? Die am Eingang?»

«Genau. Haben Sie noch die Aufnahmen von Sonntagabend?»

«Das kann ich nicht sagen. Die Aufnahmen werden von einem Sicherheitsdienst gespeichert. Soll ich Ihnen die Telefonnummer geben?»

«Ich bitte darum.»

Der Direktor ging zurück in sein Büro. Rocco sah zu einem der Angestellten hinüber, der ihn beobachtete und als er seinen Blick spürte, sofort den Kopf senkte. Gleich darauf kam der Direktor mit einem Zettel in der Hand zurück. «Hier. Das ist die Nummer. Die Firma heißt Vigilpol.»

Rocco nahm den Zettel entgegen. «Danke.»

«Kann ich sonst noch etwas für Sie tun?»

«Nein. Sie waren sehr zuvorkommend», sagte Rocco mit einem Lächeln und wandte sich zur Tür.

«Ich nehme an, es geht um den Mord vor ein paar Tagen.»

«Richtig.»

Der Direktor schüttelte den Kopf. «Das ist wirklich tragisch.»

«Das stimmt», entgegnete Rocco, «ein ganz übler Sumpf, in dem wir da herumwaten.»

«Was soll ich Ihnen sagen, Schiavone?» Baldi war ungewohnt verhalten, wirkte beinahe erschrocken. Er hielt ein Blatt Papier in der Hand und konnte sich offenbar nicht dazu entschließen, es Rocco zu zeigen, der vor seinem Schreibtisch saß. «Das ist die Liste der Verbindungsdaten für die Handynummer, die Sie mir gegeben haben. Nur dass es darauf keinerlei Daten gibt.»

Rocco gab sich überrascht. «Wollen Sie mir sagen, dass von

dieser Nummer aus nicht ein Anruf getätigt wurde und niemand dort angerufen hat?»

«So sieht es aus. Genauer gesagt, verzeichnet diese Liste nur zwei Nummern. Die des Opfers und die der Questura.»

«Ja, ich habe am Dienstag dort angerufen, als wir noch dabei waren, die Identität des Opfers zu ermitteln.» Er seufzte. «Die Sache ist doch absurd, Dottor Baldi, finden Sie nicht?»

«Scheiße, das kann man wohl sagen. Die Sache stinkt gewaltig, Schiavone.»

«Wer wäre Ihrer Meinung nach in der Lage, solche Daten zu löschen?»

Der Staatsanwalt antwortete nicht. Stattdessen stand er auf. Mit langsamen Schritten ging er zum Fenster hinüber und schüttelte den Kopf. Das Licht schien ihm ins Gesicht. Er kniff ein wenig die Augen zusammen. Das Foto seiner Frau stand an dem üblichen Platz auf seinem Schreibtisch. «Mit dieser Frage tauchen wir in sehr trübe Gewässer ein, Schiavone», sagte Baldi mit deutlich gesenkter Stimme. «Für mich deutet das darauf hin, dass sie überwacht wurde. Was meinen Sie?»

«Sehe ich auch so.»

Der Staatsanwalt zupfte die Gardine zurecht und kehrte wieder zu seinem Schreibtisch zurück. Er war bleich.

«Was ist los, Dottor Baldi?»

«Zählen wir eins und eins zusammen. Die Wohnung wird ausgeräumt, ohne dass jemand etwas hört, Juana Perez' Handydaten werden gelöscht, sie wird überwacht ...»

«Dann sollten wir uns diesen Berthod noch mal genauer ansehen, den Hauseigentümer, und Giulia Cosma, Ivano Petrulli, Bernardo Valenti und Diego Fabiani.»

«Das sind sicher die Nachbarn, richtig?», meinte Baldi, der sich Notizen machte.

«Genau. Petrulli habe ich schon in die Questura bestellt, er hat ein falsches Alibi angegeben. In der Nacht des Mordes war er nicht bei seiner Verlobten.»

«Die anderen übernehme ich.»

«Was ist passiert, Rocco?», fragte Italo.

«Passiert ist, dass hier gleich richtig was los sein wird.»

Es klopfte an der Tür. «Herein!», rief Rocco. Das Gesicht von Michela Gambino erschien im Türrahmen. «Du hast mich rufen lassen? Meine Güte, das ist doch kein Büro, sondern eine Besenkammer!»

«Komm rein, Michela, bitte schließ die Tür und setz dich.»

Roccos ernster Tonfall und seine graue Gesichtsfarbe vertrieben das Lächeln von ihren Lippen. «Darf ich?», bat sie Lupa, die vom Stuhl sprang und sich unter dem Schreibtisch zusammenrollte. «Was ist los?», fragte Michela, nachdem sie Platz genommen hatte.

«Das, was ich dir jetzt sage, ist absolut vertraulich.»

Michela nickte und sah dann zu Italo hinüber, der mit einem Kopfschütteln deutlich machte, dass er nicht eingeweiht war.

«Wer ist in der Lage, die Verbindungsdaten eines Telefonanschlusses aus den Registern zu löschen?»

«Wovon sprichst du, Rocco?»

«Bitte, Michela, beantworte die Frage.»

Die Kriminaltechnikerin biss sich auf die Lippe. «Das ist nicht einfach. Man muss sich in die Computer der Telefongesellschaft hacken, und das vor allem so, dass es dort niemand merkt oder schweigt, wenn er es merkt.»

«Was jemand nur dann tun würde, wenn das von ganz oben kommt.»

«Von sehr weit oben», sagte Michela. Dann kehrte das Lächeln auf ihre Lippen zurück. «Aber ist das wirklich passiert?»

«Ja. Jemand möchte unbedingt vermeiden, dass herauskommt, mit wem Juana Perez von ihrem Handy aus telefoniert hat.»

«Ach du Scheiße!» Die Kriminaltechnikerin fuchtelte aufgeregt mit den Händen herum. «Siehst du, Rocco? Ich hab dir ja gesagt, dass wir überwacht werden. Du kannst dein Büro wiederhaben. Ich will runter ins Souterrain.»

«Ins Souterrain?», fragte Rocco.

«Genau. Da unten hat man keinen Empfang.»

Italo war inzwischen leichenblass geworden. «Entschuldigt. Entschuldigung, Dottor Schiavone», sagte er. «Wollen Sie damit sagen, dass jemand unsere Ermittlungen sabotiert?»

«Genau das.»

«Und was machen wir jetzt?», fragte Italo.

«Wir machen weiter. Michela, gibt es irgendwas Neues?»

«Ich habe die ersten drei Haare untersucht, die wir in der Wohnung gefunden haben. Es sind Hundehaare, und weißt du was? Sie enthalten rötliche Pigmente. Anders als bei ihr hier.» Sie wies mit strengem Blick auf Lupa, die fröhlich mit dem Schwanz wedelte. «Aber das ist noch nicht alles. Meine Leute sind immer noch in der Wohnung zugange und haben noch mehr Haare gefunden. Aber die alle zu untersuchen, würde eine Weile dauern.»

«Können die alle von mir sein?», fragte Rocco lächelnd.

«Wenn du dir aus Lupas Haaren – so heißt sie doch, oder? – einen Pullover gestrickt hast, dann schon.» Michela rückte näher an Lupa heran und steckte die Hände in das dichte Fell des Hundes, der dies für eine Liebkosung hielt und sich auf den Rücken drehte.

«Was machst du mit meinem Hund?», fragte Rocco. Aber Michela antwortete nicht. «Nein, auch das Fell unten am Bauch ist weiß und an einigen Stellen schwarz. Sie hat keine roten Haare.» Die Verantwortliche für die Spurensicherung stand auf. «Gut, Rocco, ich hab zwar keine DNA-Analyse gemacht, die den Steuerzahler viel Geld kosten und nicht wenig Zeit in Anspruch nehmen würde, aber ich denke, ich kann dir versichern, dass die Hundehaare aus der Wohnung nicht von dir sind. Also von Lupa, meine ich, jedenfalls hast du sie nicht mit reingeschleppt.»

«Hatte Juana vielleicht einen Hund?»

Michela zuckte mit den Schultern. «Wenn ja, dann dürfte er irgendwo im Fluss treiben ... Jetzt muss ich erst mal die anderen Haare untersuchen. Sie sind dunkler, aber wenn ich mich nicht täusche, ebenfalls Hundehaare.»

«Hatte die ein ganzes Rudel im Haus?», fragte Italo.

«Vielleicht ist es auch derselbe Hund, und er hat ein zweifarbiges Fell», wandte Rocco ein. «Ist dir übrigens der Haken an der Decke aufgefallen?»

«Ja, sehr seltsam. Da liegt kein Kabel, sodass man keine Lampe dranhängen kann, aber er wurde nach der Renovierung der Wohnung offensichtlich benutzt.»

«Sehr gut, Michela, gute Arbeit.»

Italo stieß die Luft aus, die er für einen Moment angehalten hatte. «Das ist ein schöner Schlamassel», sagte er.

«Ja. Aber eines wissen wir, nämlich, dass derjenige, der die Telefonliste gelöscht hat, dies vor meinem Anruf bei Juana Perez getan hat, also vor Dienstagabend. Das heißt, es muss gleich nach dem Mord passiert sein.»

«Und was sagt uns das?», fragte Michela.

«Dass der Mörder schnell und effektiv gehandelt hat.»

«Ich war bei Vigilpol, dieser Sicherheitsfirma, zu der du mich geschickt hast. Sie haben keine Probleme gemacht. Das sind die Aufzeichnungen der Kamera vor der Bank von Sonntagabend», sagte Caterina und winkte mit der silbrig glänzenden Disc. Die ganze Mannschaft versammelte sich vor dem Computer, während Rocco die DVD einlegte. «Hoffen wir das Beste …»

Auf dem Bildschirm war die Straße zu sehen. Oben standen das Datum und die Uhrzeit der Aufnahme. Achtzehn Uhr zwanzig. Ein paar Passanten, ein parkendes Auto, aus dem eine Frau und zwei Kinder stiegen.

Rocco, Antonio, Italo, Caterina und Casella starrten wie gebannt auf den Bildschirm.

«Spul mal ein bisschen vor», bat Rocco, und Caterina gehorchte.

Die Minuten rasten voran, und das Licht auf dem Bildschirm wurde schwächer. Menschen eilten vorbei wie in einem Slapstickfilm aus der Stummfilmzeit. Die Schatten wurden länger, während auf dem Monitor die Minuten vergingen. Dann ein Mann, der auf dem Gehsteig stand.

«Stopp!», sagte Rocco.

Zwanzig Uhr. Der Typ verharrte und betrachtete etwas, was sich vor ihm befand.

«Was macht er da?», fragte Casella, aber niemand antwortete.

Ein Afrikaner kam hinzu. Sie redeten miteinander. Der Schwarze versuchte ihm etwas zu verkaufen, doch der Mann schien nicht zuzuhören. Er nahm seine Brieftasche heraus, gab dem Händler einen Geldschein und erhielt im Gegenzug ein Päckchen, bei dem es sich offenbar um ein Paar Socken handelte. Der Afrikaner ging weiter, während der Mann dort stehen blieb und auf das gegenüberliegende Haus starrte. Dann nahm er sein Handy heraus und telefonierte.

«Sehr seltsam», sagte Antonio.

Plötzlich setzte sich der Mann abrupt in Bewegung, überquerte die Straße und verschwand vom Bildschirm.

Caterina stoppte die Aufnahme und sah Rocco an. «Es wäre gut, wenn man das Bild vergrößern könnte», sagte der.

«Das kann ich machen.» Antonio tauschte mit Caterina den Platz und spulte zu dem Moment zurück, in dem der Mann sich zur Kamera drehte, um dem Händler das Geld zu geben. Dort stoppte Antonio die Aufnahme und zoomte das Bild heran. Es war relativ dunkel. Bei jedem Heranzoomen dauerte es eine Weile, bis das Bild deutlich wurde. Schließlich war die maximale Vergrößerung erreicht. Das Gesicht lag halb im Schatten, aber an der Stelle, auf die das Licht fiel, war es recht gut zu erkennen.

«Wer bist du?», fragte Italo.

«Können wir das ausdrucken?»

Antonio antwortete erst gar nicht, sondern machte ein paar Mausklicks und richtete sich auf. Der Drucker warf das Bild von dem Gesicht des Mannes aus, Antonio nahm es und zeigte es seinen Kollegen.

«Mehr ist gar nicht nötig», meinte Casella, «ich kenne den Mann.» Er ging zu Scipioni hinüber und nahm ihm das Blatt aus den Händen. «Wo hab ich den schon gesehen?»

Alle starrten Casella an, der sich eine Hand ans Kinn legte, als ob der Kontakt seinem Gedächtnis auf die Sprünge helfen könnte. «Wo hab ich den gesehen?»

«Los, Casella!», feuerte Rocco den Kollegen an.

Plötzlich schlug sich Casella vor die Stirn und grinste. «Ja!», rief er aus. «Bei dem hab ich meinen Boiler gekauft!»

«Deinen Boiler?», fragte Italo.

«Ja, den neuen, für achthundert Euro, von Feroli, der angeblich der beste sein soll.»

«Warum hast du nicht einen von Vaillant genommen, wie ich dir gesagt habe?», fragte Italo.

«He, zum Teufel mit dem Boiler!», schrie Rocco. «Wo finden wir den Mann? Wer ist das?»

«Dem gehört das Geschäft für Sanitär- und Haustechnik in der Via Festaz», antwortete Casella.

«Es ist jetzt sieben Uhr. Das schaffen wir noch. Komm, Italo!» Rocco und Italo Pierron eilten aus dem Raum.

«Die Entscheidung liegt natürlich letztlich bei Ihnen. Aber ich rate Ihnen zu wandhängenden Sanitäranlagen, und wissen Sie, warum? Das Saubermachen wird dadurch viel einfacher.» Signora De Belli wollte lediglich in einem der vier Bäder in ihrer Zweihundert-Quadratmeter-Wohnung die Toilette und das Bidet austauschen, konnte sich aber seit Stunden nicht entscheiden. Dies war bereits der vierte Katalog, den Marco ihr zeigte, und er verlor langsam die Geduld. Aber der Feierabend nahte. Ein Klo ist ein Klo, dachte er, egal, ob es weiß, blau oder rot ist, es kommt immer der gleiche Scheiß rein. Giorgio, sein Geschäftspartner, sah mit einem Lächeln in den Augen vom Schreibtisch aus zu ihm herüber. Er freute sich, dass ihm diese Kundin diesmal erspart geblieben war. Nach den ersten Erfahrungen mit ihr hatten sie vereinbart, dass sie die De Belli immer abwechselnd betreuen würden. Zwei Wochen zuvor hatte es Andrea erwischt, den dritten Geschäftspartner, dann war Giorgio an der Reihe gewesen, der mit einer halben Stunde für einen simplen Griff davongekommen war, und nun war er dran. Die De Belli, die im Geschäft den Spitznamen «Signora Also-ich-weiß-nicht» hatte, starrte noch immer auf die Katalogseite und rümpfte die Nase. «Also ich weiß nicht ... Sehen Sie, diese modernen, leicht abgerundeten Formen überzeugen mich nicht.»

«Aber Signora, eben haben Sie mir doch gesagt, dass Sie gern ein kurvigeres Design hätten, weil Ihnen die Ecken nicht gefallen und es so besser zu dem Marmorwaschbecken passt!» Marco drückte die Daumen, dass sie Letzteres nicht auch austauschen wollte, denn das wäre der absolute Horror. Die Auswahl war riesig und würde sie wahrscheinlich bis zu den Sommerferien beschäftigen.

«Ja, das weiß ich», sagte die Kundin, «aber dieses Modell überzeugt mich nicht. Und dann noch der Preis!»

Marco lächelte. «Der preisliche Unterschied dieses Modells zu dem, das ich Ihnen bereits gezeigt habe, beträgt ungefähr zwanzig Euro.»

«Zwanzig Euro, das ist auch Geld!»

Das mochte für jemanden stimmen, der sich einschränken musste, um den Monat finanziell zu überstehen, aber nicht für Signora De Belli, die mit einem Notar verheiratet war, der dreihunderttausend Euro im Jahr verdiente.

«Dann machen wir es doch so, Signora ...» Nach zwei Stunden, in denen sie unendlich viele Bilder gesehen, Kataloge gewälzt und über ovale Formen diskutierte hatten, die vielleicht nicht so modern waren wie eckige, aber – vor allem im Fall des Bidets – sicherlich bequemer, hatte Marco nun wirklich genug. «Denken Sie in Ruhe darüber nach, welches der vielen Modelle, die Sie heute gesehen haben, Ihnen am ehesten zusagt, und dann kommen Sie wieder, und wir bringen die Bestellung auf den Weg, damit alles zu Ihrer vollsten Zufriedenheit ist.»

«Aber Sie haben mir noch gar nichts zu den Lieferzeiten gesagt.»

«So kurz wie möglich, Signora, das garantiere ich. Auf die Gefahr hin, dass ich persönlich losfahren muss, um die Ware dann auf dem Rücken hierherzuschleppen», antwortete Marco. «Glauben Sie mir, es dauert nur wenige Tage.»

«Und die Armaturen?»

Marco bekam weiche Knie. Wenn er jetzt noch anfing, die zu dem Bidet passenden Armaturen durchzugehen, würde er wahrscheinlich die Nacht im Geschäft verbringen müssen. «Nein, Signora, die Armaturen zeige ich Ihnen jetzt nicht.»

«Warum?», fragte die Kundin und richtete sich die Brille.

Weil Sie mir auf den Sack gehen und ich endlich ein Bier trinken will, hätte er am liebsten gesagt. Doch stattdessen erklärte er lächelnd: «Wie wollen Sie denn die Armaturen auswählen, wenn Sie sich noch nicht sicher sind, welches Bidet wir bei Ihnen einbauen sollen?»

Das überzeugte Signora De Belli. «Stimmt, damit haben Sie natürlich recht.»

Eine Welle der Erleichterung durchströmte Marco, die jedoch nur einen kurzen Moment andauerte, da er sah, dass draußen vor dem Schaufenster ein Polizeiauto parkte. Denn im Vergleich zu dem, was er nun befürchtete, war Signora De Belli ein angenehmer Zeitvertreib. Er begann zu zittern und wurde bleich.

«Geht es Ihnen nicht gut?», fragte die Kundin.

«Äh? Nein, alles gut. Alles in Ordnung.» Marco warf einen Blick zu seinem Kollegen hinüber, der immer noch am

Schreibtisch zu tun hatte. «Giorgio, könntest du mich kurz mal ablösen?»

Sein Kollege winkte ab.

«Bitte!»

Aus dem Wagen draußen stiegen ein junger Mann in Uniform und ein älterer mit ungekämmtem Haar, der eine Zigarettenkippe auf den Boden warf und sich streckte, während er die Schaufenster des Geschäfts betrachtete.

Die waren wegen ihm hier.

Marco ließ Signora De Belli stehen und eilte ins Lager.

Das Geschäft war hell und geräumig. An der linken Wand waren Fliesen, Sanitärkeramik und Armaturen ausgestellt, vor der Rückwand aus hellem Stein verlief über die gesamte Breite eine Verkaufstheke aus Glas und Metall. Auf der rechten Seite befanden sich zwei Schreibtische, ebenfalls aus Glas und Metall, und die Computer darauf waren von Stapeln aus Katalogen umgeben. An beiden Seiten des Eingangs standen wunderschöne gusseiserne Kaminöfen im Schaufenster. Eine ältere Dame mit einer grünen Lesebrille betrachtete konzentriert ein paar Bilder, von denen Unmengen auf der Theke verteilt waren. Ein Mann um die fünfzig mit Kinnbart und Glatze erhob sich von einem der Schreibtische und kam auf sie zu, kaum dass sie das Geschäft betreten hatten. «Was kann ich für Sie tun?», fragte er, während er ihre Hände schüttelte.

«Sind Sie Marco Rosset?»

«Nein. Marco Rosset ist mein Geschäftspartner, ich bin Giorgio Calegari. Kann ich Ihnen irgendwie behilflich sein?»

«Nein, da Sie nicht der sind, den wir suchen», entgegnete Rocco. «Wo ist Ihr Kollege?»

«Er war gerade noch hier», meinte der Geschäftsinhaber

und wandte sich zu der Kundin um, die immer noch die Bilder betrachtete. «Signora De Belli, wissen Sie, wo Marco hin ist?»

Die Frau nahm die Brille ab und sah Rocco und Italo mit zusammengekniffenen Augen an. «Wir haben uns bis vor wenigen Minuten zusammen die Kataloge angesehen, dann ist er plötzlich nach dahinten verschwunden.» Sie wies auf eine Tür aus hellem Holz, die sich hinter der Theke befand.

«Könnten Sie ihn herbitten?», fragte Rocco.

Giorgio Calegari ging und verschwand durch die Tür.

«Er ist abgehauen», flüsterte Italo Rocco zu.

«Möglich. Sieh dich mal draußen um.»

Italo gehorchte und ging zurück auf die Straße. «Brauchen Sie auch neue Sanitäranlagen?», fragte die Frau mit einladendem Lächeln.

«Nein, Signora, wir sind von der Polizei.»

«Das sehe ich, aber Polizisten benutzen doch sicher auch Sanitäranlagen?»

«Sicher, wir planschen von morgens bis abends darin herum. Aber jetzt sind wir dienstlich hier, Signora.»

Giorgio Calegari erschien wieder in der Tür. «Er ist auf der Toilette ... macht aber nicht auf und antwortet nicht.» Der Mann hob hilflos die Arme. Rocco ging zu ihm und betrat den Raum hinter dem Geschäft.

So sauber und modern es im Geschäft aussah, so düster und staubig war es im Lager. Der Raum war riesig, und die Metallregale, die darin standen, waren vollgestopft mit Rohren, Anschlüssen, elektrischen Pumpen, Schrauben und Wasserhähnen. Im hinteren Teil des Lagers führte eine kleine Treppe hinunter zur Toilette.

Rocco klopfte an die Tür: «Marco Rosset?»

Von der anderen Seite der Tür erhielt er keine Antwort.

«Was ist denn passiert?», fragte Giorgio, der sich Sorgen zu machen begann.

«Keine Ahnung, sagen Sie es mir», meinte Rocco und klopfte erneut. «Rosset, bitte öffnen Sie!»

Drinnen war die Spülung zu hören, und gleich darauf öffnete sich die Tür. Frisch wie der junge Morgen und mit einem Lächeln auf den Lippen stand ihnen Marco Rosset gegenüber. «Entschuldigen Sie. Suchen Sie mich?», fragte er, während er sich das Handy in die Tasche schob.

«Nein, ich hatte gerade nichts zu tun, und da hab ich mir gesagt: Warum vertreibe ich mir nicht die Zeit damit, an die Klotür dieses Geschäfts zu klopfen?»

Marco warf seinem Kollegen einen beruhigenden Blick zu. «Geh ruhig, Giorgio. Ich mache das hier. Wenn du dich bitte um Signora De Belli kümmern könntest?»

Der Kollege wirkte angespannt und nicht gerade überzeugt, ging aber.

«Also, was ist passiert, Dottor …?»

«Vicequestore Schiavone.»

«Gut. Und Sie haben mich gesucht?»

«Genau. Wo können wir uns unterhalten?»

Marco sah sich um. «Nicht hier im Lager, Commissario.»

«Vicequestore!»

«Ja, Entschuldigung, Vicequestore, gleich gegenüber befindet sich eine nette Bar. Denn nachdem ich Signora De Belli stundenlang einen Katalog nach dem anderen gezeigt habe, habe ich mir einen Kaffee verdient.» Marco Rosset ging lächelnd voraus.

Die Bar mit ihren falschen Brokattapeten, den weißen Tischen und den gepolsterten Stühlen erinnerte an einen Teesalon, der gern am Piccadilly Circus wäre, es aber nicht mal bis Lugano geschafft hatte. Es roch angenehm, und die junge Frau, die den Kaffee brachte, trug eine schwarze Uniform mit einer hübschen weißen Schürze. Sie stellte die Tasse neben Marco Rossets Handy, das auf dem Tisch lag, und verschwand eilig wieder.

«Sie wissen, warum wir hier sind?», fragte Rocco.

«Ich nehme an wegen meiner Diebstahlanzeige vom letzten Jahr.»

Rocco sah Italo an, der in seiner Tasse rührte. «Pierron, weißt du was davon?»

«Nein», antwortete der.

«Nein, Signor Rosset, darum geht es nicht.»

Rocco konnte die Ähnlichkeit nicht zuordnen. Etwas im Gesicht des Mannes erinnerte an einen Vogel mit einem dünnen, langen Schnabel, aber die Augen mit dem abwesenden Blick, der kleine Mund und die fliehende Kinnpartie passten nicht dazu. Der schmale Kopf schien nur dank der langen, spitzen Nase das Gleichgewicht zu halten. Erst als Rocco die kleinen, beinahe versteckten Wolfsohren betrachtete, fiel es ihm plötzlich ein. Die Nase war kein Schnabel, und Marco Rosset war kein Vogel. Er war ein *Myrmecophaga tridactyla*, auch Großer Ameisenbär genannt, der wie die Faultiere zur Gruppe der Zahnarmen zählte und in Mittel- und Südamerika heimisch war. Daher war zu erwarten, dass er den Kaffee mithilfe seiner langen, dünnen Zunge aus der Tasse saugen würde, doch er schlürfte ihn so wie die meisten Menschen.

«Ach, es geht nicht um die Anzeige? Worum dann?»

«Um eine Prostituierte, die in der Via Brean 12 tätig war.

Sie waren am Sonntagabend dort, auf dem Gehsteig vor ihrem Haus, und zwar für mehrere Minuten, und dann haben Sie an der Tür geklingelt.»

«Ich? Ich bin bei keiner Prostituierten gewesen. Ausgeschlossen!»

«Es gibt eine Filmaufnahme davon. Die Kamera vor der Bank hat Sie aufgenommen.»

«Unmöglich, Commissario ...»

«Vicequestore, bitte.»

«Entschuldigung, Vicequestore. Ich schwöre Ihnen, dass ich keine Ahnung habe, wovon Sie reden.»

Rocco setzte sich bequemer hin. «Hören Sie, Signor Rosset. Mir gefällt das auch nicht, aber es ist mein Job. Es geht um einen Todesfall.»

«Ach du Scheiße.»

«Genau. Sie sind ein ehrbarer Bürger und bezahlen Ihre Steuern. Tun Sie doch, oder?»

«Natürlich tue ich das.»

«Na bitte, dann müssen wir das nicht weiter vertiefen.»

«Ich schwöre Ihnen, Commissario, dass ...»

«Vicequestore, zum dritten Mal», korrigierte Rocco.

«Entschuldigung. Ich schwöre Ihnen, Vicequestore, dass ich nicht weiß, wovon Sie sprechen.»

«Dürfte ich Ihnen trotzdem noch ein paar Fragen stellen?»

«Sicher doch.» Rosset trank seinen Kaffee aus.

«Könnten Sie mir dann bitte, wenn Sie es für angemessen halten, sagen, was Sie am Sonntagabend in der Via Brean gemacht haben?»

Roccos sanfter, höflicher Tonfall verwunderte Italo.

«Ich habe auf einen Freund gewartet, der in der Nähe wohnt.»

«Der aber nicht gekommen ist?»

«Ja. Als mir das klar wurde, bin ich gegangen.»

Rocco sah Italo mit trauriger Miene an. «Verdammt, Agente Pierron, wir sind anscheinend auf dem Holzweg.»

«Was bleibt uns dann noch zu tun?»

«Nichts. Sie, Signor Rosset, haben nicht zufällig etwas Ungewöhnliches bemerkt? Jemanden, der aus dem Haus kam, zum Beispiel? Irgendetwas, was Ihnen aufgefallen ist?»

Rosset biss sich auf die Lippe und schüttelte dann den Kopf. «Leider nicht, tut mir leid.»

«Vielleicht fällt es Ihnen gerade nicht ein, aber bitte versprechen Sie mir, dass Sie darüber nachdenken, okay? Wissen Sie, uns Polizisten reicht manchmal ein scheinbar unbedeutendes Detail, wie ein Schatten, und wir ziehen unsere Schlüsse daraus.» Rocco senkte die Stimme, als er fortfuhr: «Ich verschweige Ihnen nicht, dass wir im Dunkeln tappen.»

Rosset war sein Bedauern anzusehen. Er schien sich schuldig zu fühlen, weil er den Ordnungskräften nicht weiterhelfen konnte. «Ja, ich denke darüber nach.»

«Geben Sie mir Ihre Handynummer. Damit ich Sie im Bedarfsfall anrufen kann?»

«Natürlich.» Rocco nahm einen Stift und schrieb die Nummer auf, die Rosset ihm diktierte. «Gut, vielen Dank. Sie waren ausgesprochen freundlich.» Rocco stand auf. «Bitte entschuldigen Sie, dass wir Sie belästigt haben. Ich hoffe, dass das nicht noch einmal vorkommen wird.»

«Ich bitte Sie, das ist doch Ihre Pflicht. Dürfte ich den Namen wissen?»

«Von wem? Der Prostituierten?»

«Ja.»

«Juana Perez.»

«Eine Spanierin?»

«Nein, Argentinierin. Auf Wiedersehen, Signor Rosset.» Rocco und Italo verließen die Bar.

Marco Rosset blieb zurück und freute sich darüber, wie leicht er davongekommen war. Das war wirklich einfach gewesen.

Zu einfach vielleicht.

«Was für ein armes Würstchen!», meinte Italo. «Der Kerl hat sicher von dem Mord gehört und sich vor Angst in die Hose gemacht.»

«Du irrst dich, Italo, er hat uns belogen.» Rocco stieg ins Auto.

«Wie, er hat uns belogen?», fragte Italo.

«Das kannst du mir glauben.»

«Tatsächlich hast du nicht mal nach dem Namen des Freundes gefragt, mit dem er verabredet war.»

«Er war nicht verabredet, sondern hat einfach nur Blödsinn erzählt. Vielleicht hat er sich auch mit jemandem abgesprochen. Auf jeden Fall weiß er was.»

Italo wartete darauf, dass Rocco mit seinen Überlegungen fortfuhr.

«Warum, meinst du, hat er sich in der Toilette eingeschlossen, als wir gekommen sind?»

«Ein dringendes Bedürfnis?»

«Mit dem Handy? Wohl kaum. Wir müssen jetzt etwas tun, Italo, das Staatsanwalt Baldi nicht gefallen wird, aber das ist nun mal eine hässliche Sache, sehr hässlich ...» Rocco nahm sein Handy und wählte eine Nummer. «Antonio? Ich bin's, dein Lieblings-Vicequestore.»

«Neuigkeiten?»

«Ja. Ich gebe dir jetzt eine Handynummer durch. Du musst noch mal mit deinem Freund von der Telefongesellschaft sprechen.» Rocco zog die Serviette hervor, auf der er die Nummer von Marco Rosset notiert hatte.

«Oje, schon wieder?»

«Ja. Wir brauchen eine Liste der Anrufe. Aber mir reichen die von heute Abend, wenn das sonst zu viel ist.»

«In Ordnung, Rocco. Aber er wird dafür sicher eine Gegenleistung erwarten.»

«Sag ihm, wir erlassen ihm alle Strafzettel von jetzt bis Weihnachten.»

«Können wir das wirklich tun?»

«Nein, aber das wissen die Leute ja nicht.»

«Gut, Rocco, verstanden. Übrigens, die Gambino sucht dich. Sie sagt, sie muss dir etwas Dringendes sagen.»

«Was denn? Dass in der Zahnpasta, die wir benutzen, winzige Strahlungspartikel sind, die den Russen vierundzwanzig Stunden am Tag anzeigen, wo wir uns befinden?»

Antonio lachte. «Nein, sie sagt, es geht um Juana Perez. Sie wartet auf dich.»

Sie parkten den Wagen vor der Questura. Es war bereits dunkel geworden. Michela Gambino wartete mit vor der Brust verschränkten Armen vor der Eingangstür. Sie sah sich um, als wäre ihr irgendein mysteriöser Feind auf den Fersen, und kam dann auf sie zu. «Da bist du ja, Rocco! Müde?»

«Todmüde. Was gibt es so Dringendes?»

Michela strich sich eine Haarsträhne hinters Ohr. «Die Haare.»

Rocco war weitergegangen. «Schon wieder?»

«Die anderen drei, die ich bisher untersucht hab, sind keine Hundehaare.»

«Sondern?»

«Jute.»

Rocco zog die Augenbrauen hoch. «Jute?»

«Sie stammen von einer Schnur aus Jute. Vielleicht hilft dir das weiter.»

Rocco nickte nachdenklich.

«Wobei ich mich frage, wozu jemand im Haus eine Juteschnur verwendet?», fuhr Michela fort. «Um sich eine Schaukel zu bauen?»

Rocco antwortete nicht und machte sich auf den Weg zu seinem Büro. Auf der Treppe im Eingangsbereich begegneten ihm D'Intino und Deruta mit müden Gesichtern und gesenktem Blick.

«Ich hab keine Zeit», sagte er abwehrend.

«Dotto', wir haben in allen Botschaften nachgefragt, wie Sie gesagt haben.»

«Und von dieser Juana Perez keine Spur», fügte Deruta hinzu. «Ich glaube, dass sie nichts mit Drogenhandel zu tun hat.»

Rocco fehlte die Zeit, um sich eine neue Aufgabe auszudenken, mit der er die beiden beschäftigen konnte. Er ging an ihnen vorbei die Treppe hinauf.

«Und was machen wir jetzt?», fragte D'Intino.

«Geht nach Hause. Ich brauche euch im Moment nicht», rief Rocco und verschwand aus dem Blickfeld der beiden.

D'Intino sah Deruta an. «Was für Manieren!», sagte er.

«Was meinst du?»

«Da schuftet man und müht sich ab, und dann? Nicht mal ein Dankeschön.»

«Lass gut sein, D'Intino, wir haben unsere Arbeit gemacht. Ich geh jetzt nach Hause und schlafe, dann kann ich morgen früh meiner Frau in der Bäckerei helfen.»

«Ach, Deruta, sind wir beide hier wirklich nützlich?»

«D'Inti', willst du die Wahrheit wissen? Ich weiß es nicht.»

Kaum war Rocco zurück in der Questura, klingelte sein Handy. Er war ziemlich erledigt, ging aber trotzdem ran. «Wer stört?», fragte er.

«Bonanni», entgegnete eine Stimme, die so müde klang, wie Rocco sich fühlte.

«Bonanni?» Rocco strich sich übers Haar.

«Der Vice? Aus Spinaceto? In Rom?»

«Ah, Bona', entschuldige, ist gerade viel los. Was gibt's?»

«Vielleicht hilft dir weiter, was wir über den namenlosen Toten in Castel di Decima herausgefunden haben.»

«Schieß los.»

«Erinnerst du dich an den Ledergürtel? Den mit dem seltsamen Logo. Wir wissen jetzt, woher der kommt.»

«Und?»

«Der Hersteller ist Mario's Pura Piel, eine große Fabrik in Honduras.»

«Honduras?»

«Ja. Wir haben dort nachgefragt. Sie stellen eigentlich gar keine Gürtel her. Nur auf Anfrage. Vor einigen Jahren haben sie mehrere Botschaften beliefert, darunter auch die italienische. Und die hat die Gürtel verschenkt, als *Cadeau*, verstehst du? Ihr in Aosta sprecht ja sicher Französisch.»

«Honduras.»

«Honduras, Schiavo', was ist?»

«Nichts, Bonanni. Ich muss drüber nachdenken. Wenn mir etwas einfällt, ruf ich dich an.»

«Dann viel Erfolg», sagte Bonanni und beendete das Gespräch.

Honduras. Roccos Gehirn lief auf Hochtouren. Juana Perez war Argentinierin. Aber was konnte das mit dem mysteriösen Toten zu tun haben, der seine Telefonnummer mit sich herumgetragen hatte? Honduras. Rocco blieb auf der Treppe stehen, ohne den Gruß eines vorbeieilenden Kollegen zu erwidern.

Honduras. Er schüttelte den Kopf. Früher oder später würde es ihm einfallen. Endlich hatte er sein Büro erreicht. Er öffnete die Tür.

Der Lemure mit Namen Ivano Petrulli war, anders als sein Vater es angedroht hatte, ohne anwaltlichen Beistand gekommen. Verwundert betrachtete er den kleinen Raum, der nicht als Büro zu taugen schien, erst recht nicht für einen Vicequestore. Rocco sah ihn schweigend an. Das künstliche Licht machte die Verwunderung des jungen Mannes noch deutlicher.

«Sie haben gelogen», war das Erste, was Rocco sagte.

Ivano Petrulli legte die gefalteten Hände in den Schoß.

«Wo waren Sie am Abend des Mordes? Denn bei Ihrer Verlobten haben Sie nicht übernachtet.»

Der junge Mann senkte den Kopf und seufzte. «Wie Sie sehen, bin ich ohne Anwalt gekommen, denn das ist eine heikle Angelegenheit.»

«Heikler als ein Mord?» Rocco öffnete, ohne vom Sessel aufzustehen, das Fenster. Dann zündete er sich eine Zigarette an.

«Stört Sie das?»

«Nein. Machen Sie nur, Sie sind hier zu Hause», entgegnete der Lemure.

«Und?»

«Ich habe keine Freundin», sagte Ivano Petrulli dann. Rocco wartete darauf, dass er fortfuhr. «Ich habe eine Beziehung, aber nicht mit einer Frau.»

«Ich verstehe. Das heißt, Sie waren bei dieser Person, mit der Sie eine Beziehung haben?»

Ivano lächelte. «Mein Vater ist ein Mann, dem, sagen wir, die Familie, die Ehre, der Beruf und solche Dinge sehr wichtig sind. Ich habe es zu Hause nicht mehr ausgehalten und deswegen die kleine Wohnung in der Via Brean gemietet, weil sie sehr günstig ist und ich dort mein eigenes Leben leben kann, weit weg von der Familie, ihren Freunden und den gemeinsamen Abendessen. Es ist nicht leicht ...»

«Das kann ich mir vorstellen.»

«Nein, das können Sie sich nicht vorstellen. Raimonda, meine Freundin, deckt mich, sie ist seit mindestens drei Jahren mein Alibi. Es tut mir leid, wenn ich mit dieser Geschichte für Verwirrung gesorgt habe, aber ich hatte Angst. Geben Sie mir eine ab?» Der junge Mann wies auf Roccos Zigarette, und der reichte ihm das Päckchen und das Feuerzeug. Ivano zündete sich eine an. «Früher oder später wäre das alles eh aufgeflogen. Und es wird Zeit, reinen Tisch zu machen. Ich bin kein Kind mehr. Es geht mir nicht so sehr um meinen Vater, er und seine Pläne für meine Zukunft sind mir egal. Ich denke an meine Mutter, die immer so viel Verständnis hat und immer bereit war, ein gutes Wort für mich einzulegen. Wenn sie davon erfährt ...»

«Hören Sie, Ivano, halten Sie mich nicht für unsensibel

oder herzlos, aber Ihre sexuellen Vorlieben interessieren mich einen Scheiß. Ich will nur wissen, ob Sie am Sonntagabend mit der Person, mit der Sie zusammen sind, in Ihrer Wohnung waren oder nicht.»

«Nein. Ich war nicht bei mir zu Hause.»

«Ah, gut. Das ist ja schon mal was. Darf ich dann vielleicht erfahren, wo Sie waren?» Rocco drückte die Zigarettenkippe im Aschenbecher aus.

«Wenn ich Ihnen das sage, bringe ich jemand anderen in Schwierigkeiten.»

«Wenn Sie es mir nicht sagen, bringen Sie sich in Schwierigkeiten.»

«Gut. Ich war in der Via Aubert.»

«Die eine lange Straße ist. Ich nehme an, dass dort mindestens dreihundert Leute wohnen. Könnten Sie etwas präziser sein?»

Ivano kratzte sich am Kopf. Er steckte sich die Zigarette zwischen die Lippen und zitterte. «Ich war bei Diego.»

«Diego Fabiani? Dem Steuerberater?»

«Genau.»

«Ihrem Nachbarn?»

«Genau.»

«Warum haben Sie sich in seinem Büro getroffen und nicht zu Hause, immerhin wohnen Sie im selben Haus?»

«Er hat mich angerufen, so um acht, und mir gesagt, ich soll zu ihm kommen. Ich war gerade vom Tennisspielen zurück und hab mich gleich auf den Weg gemacht.»

«Um acht?»

«Ich war etwa um halb neun dort. Und Sie wissen ja, wie das ist?»

«Nein, wie ist was?»

«Eins kommt zum anderen … jedenfalls sind wir dort geblieben und später zusammen essen gegangen.»

Rocco verschränkte die Arme vor der Brust. «Da wir einmal dabei sind, bleiben wir doch noch ein wenig bei der Wahrheit. In dem Haus hat ein Umzug stattgefunden, und Sie haben nichts davon bemerkt?»

«Ich schwöre, nein.»

«Was ist mit Ihren Nachbarn, abgesehen von Diego? Kennen Sie sie gut?»

«Wenig. Die Frau ist nett, freundlich, grüßt mich. Der andere, dieser …»

«Bernardo Valenti.»

«Ja, manchmal sehe ich ihn, wenn er mit seinem Hund Gassi geht oder vom Einkaufen kommt. Ich habe ein paarmal mit ihm geredet. Ich glaube, dass er Buchhalter war und jetzt in Pension ist.»

«Apropos Hund, dabei fällt mir gerade etwas ein. Wissen Sie, ob Juana Perez einen hatte?»

«Garantiert nicht.»

«Sind Sie sicher?»

«Ganz sicher. Hunde bellen, müssen nach draußen, und außerdem mochte sie Katzen. Wussten Sie das? Wenn ich morgens zu meinem Auto auf dem Parkplatz hinterm Haus gegangen bin, habe ich gesehen, wie sie kleine Schüsseln mit Katzenfutter an den Zaun auf ihrer Terrasse gestellt hat. Und es war immer eine Katze in der Nähe.»

«Danke. Kommen wir auf die Hausbewohner zurück. Was können Sie mir über Ihren Vermieter sagen?»

«Wen, Berthod? Ein Arschloch.» Ivano drückte die Zigarettenkippe im Aschenbecher aus. «Ich hab ihn über Diego kennengelernt. Er hat mir die Wohnung besorgt. Wenn wir schon nicht zusammenleben können, wollten wir zumindest Nachbarn sein.»

«Seit wann kennen Sie Diego?»

«Er ist vor zwei Jahren nach Aosta gekommen und hat hier seine Kanzlei eröffnet. Ich hab ihn im Fitnessstudio kennengelernt.»

«Was wissen Sie sonst noch über ihn?»

«Dass er aus Monferrato kommt. Seine Familie lebt dort.»

«Arbeitet er viel?»

«Ja.»

«Sind Sie oft in seinem Büro?»

«Soll ich ehrlich sein?»

«Ich bitte darum.»

«An jenem Abend zum dritten Mal in zwei Jahren. Er hat eine Sekretärin, deswegen kann ich mich nicht öfter dort sehen lassen. In einer kleinen Stadt wie dieser ist es besser, nicht aufzufallen.»

«Haben Sie sich noch nie verarscht gefühlt?»

«Ich verstehe nicht ...»

«Von Diego, meine ich. Hat er Sie jemals irgendwelchen Freunden oder Verwandten vorgestellt?»

«Nein, nie. Er ist mehr mit meinen Freunden zusammen. Er selbst hat nicht viele, glaube ich. Klienten schon.»

«Ivano, von mir wird niemand etwas erfahren. Und ich bitte Sie auch um äußerste Diskretion.»

Der junge Mann nickte.

«Ich will damit sagen, dass dieses Gespräch niemals stattgefunden hat. Sie haben mir nicht von Ihrer Beziehung erzählt, und wir vermerken in unseren Akten, dass Sie ein Alibi haben und bei Raimonda gewesen sind.»

«Warum?»

«Weil Sie da in eine Sache reingeraten sind, die für Sie eine Nummer zu groß ist. Für mich auch. Also: Je weniger Sie sagen, desto besser ist es.» Rocco beugte sich zu dem jungen Mann hinüber und sah ihm fest in die Augen. «Ivano, es geht darum, dass Ihnen nichts zustößt.»

Rocco ging durch die leeren Gänge der Gerichtsmedizin. Das Neonlicht verstärkte die Trostlosigkeit der weiß und grünlich gestrichenen Wände. Die cremefarbenen Doppel-Schwingtüren brauchten dringend einen neuen Anstrich. Schließlich erreichte er Alberto Fumagallis Büro. Er öffnete die Tür, ohne anzuklopfen. Der Gerichtsmediziner saß am Schreibtisch und blätterte im Licht einer Tischlampe in einem Buch. Der Raum war kaum größer als drei Quadratmeter und vollgestopft mit Büchern und Papierkram. Fumagalli hob den Blick und nahm die Brille ab. «Schon mal was von anklopfen gehört?»

«Hast du darüber nachgedacht?», fragte Rocco.

«Ich hab darüber nachgedacht, und ich würde sagen, du hast recht.» Er reichte Rocco das Buch, in dem er gerade gelesen hatte. «Es könnte sein … Die beiden runden Male oberhalb der Fußknöchel, die Juteschnur, die Erdrosselung. Auf jeden Fall liegst du nicht ganz falsch.»

Rocco nahm das Buch entgegen. Darin war ein Foto zu sehen. Von einer Frau, die wie eine Salami eingeschnürt war.

«Shibari oder Kinbaku», dozierte Fumagalli. «Eine erotische Fesselkunst aus Japan. Dabei fesselt man eine Person auf eine sehr komplexe Art mit Knoten, sodass ein Geflecht entsteht, das eine intensive ästhetische Befriedigung verschafft. Zumindest den Praktizierenden zufolge. Wer's mag …»

Rocco betrachtete die Bilder. Frauen, die an den Fußknöcheln und an den Handgelenken gefesselt waren, Schnüre, die mit vielen auffälligen Knoten um den ganzen Körper gewickelt waren.

«Ich bin nach wie vor der Meinung, dass Raffaels Wandmalereien oder Brancusis Skulpturen künstlerisch wertvoller sind, aber ich bin auch ziemlich altmodisch, wie du weißt, Rocco. Also der eine oder andere mag das für eine künstlerische Performance halten, aber für die meisten ist es vor allem eine sadomasochistische Praktik. Ich glaube, dass Juana Perez so etwas in der Art gemacht hat.»

«Das heißt, sie hat sich fesseln lassen.»

«Auf Wunsch des Kunden natürlich. Aber schau dir mal das Bild auf Seite dreiundvierzig an», riet Fumagalli.

Rocco blätterte in dem Buch. Eine junge Frau, die an der Decke hing. Die Handgelenke waren hinter dem Rücken festgebunden, und von dort aus war die Schnur unzählige Male um den Körper geschlungen, auch an der Kehle. Eine Stange spreizte die Beine.

«Siehst du? Etwas in der Art …», meinte Alberto.

«Und dafür nutzt man Juteseile?»

«Dem Buch zufolge ja. Auch im Internet habe ich so was gesehen. Aber wie gesagt, für mich wäre das nichts. Ich halte mich lieber an die gute alte Tradition: Ich nackt, sie nackt, und es wird gevögelt. Bei dieser Sache hier fesselt einen der Meister der Knoten, der Nawashi genannt wird. Im Fall von Juana Perez waren sicher sexuelle Motive im Spiel, anders lassen sich die durch eine Stange gespreizten Beine nicht erklären. Das dient zur möglichen Penetration, wenn der unbewegliche, wehrlose Körper erst mal an der Decke baumelt und dir ausgeliefert ist. Dazu die ganzen Knoten. Das ist eine

Technik, die auf die Zeit der Samurai zurückgeht, als es noch keine Zellen gab, um einen Gefangenen einzusperren, deshalb wurde er auf diese Art gefesselt.»

«Und in unserem Fall wurde das Opfer dabei erwürgt. Richtig?»

«Ich glaube, ja. Dergleichen habe ich zumindest schon gehört.»

«Und es erklärt das Vorhandensein des Hakens an der Decke. Ein Unfall?»

Fumagalli nickte und nahm das Buch entgegen, das Rocco ihm zurückgab.

«Und noch was: Sie hatte ein Antihistaminikum im Blut, das sie nicht lange vor ihrem Tod eingenommen haben muss.»

Rocco schloss die Augen, als wolle er sich ein Bild oder ein Wort in Erinnerung rufen. Als er sie wieder öffnete, wirkte er zufrieden.

«Wenn ich ‹Oxi› sage, fällt dir dazu etwas ein?»

«Oxi … und dann?»

«Die Gambino hat in Juanas Wohnung ein Stück von einer Medikamentenpackung gefunden.»

«Oxi … Oxi …» Fumagalli lächelte. «Oximix. Ein Antihistaminikum, das eingenommen wird, um … Warte.» Fumagalli schob den Stuhl zurück und griff nach einem Handbuch. Er leckte sich den Finger an und begann darin zu blättern.

«Bitte!»

«Was?»

«Bitte leck dir nicht die Finger an, während du die Seiten umblätterst, sonst muss ich kotzen.»

«Wir befinden uns hier unter Leichen, und du musst wegen so was kotzen?»

«Das ist eine alte Geschichte. Bitte lass es einfach.»

«Hier. Gefunden! Oximix, ein Breitband-Antiallergikum.»

«Kann man das auch bei einer Allergie gegen Hundehaare nehmen?»

«Auch, aber nicht nur. Warum? Hatte sie einen Hund?»

«Sie selbst nicht.»

Fumagalli legte das Handbuch zur Seite. «Aber eins versteh ich noch immer nicht: Warum hat der Mörder die Leiche einfach so in den Fluss geworfen und danach die Wohnung so akribisch gesäubert oder säubern lassen?»

«Panik, er wusste, dass die Sache nicht herauskommen durfte. Sie in die Dora zu werfen, hat ihm Zeit verschafft, Zeit, die er brauchte. Der Scheißkerl hat Verbündete.»

Fumagalli stand auf. «Was meinst du damit?»

«Ich meine, dass er anschließend Hilfe hatte. Und diese Helfer haben die Wohnung des Opfers ausgeräumt, ihr Auto verschwinden lassen und versucht, alles zu vertuschen. Sie haben sogar die Verbindungsdaten ihres Handys gelöscht und vermutlich auch mit den Nachbarn geredet.»

«Guter Gott», murmelte Fumagalli.

«Es würde mich nicht wundern, wenn der Mörder längst über alle Berge ist. Wir sind zu spät, verdammt!»

Drei Uhr nachts. Nichts bewegte sich. Es war absolut windstill, aber die Luft war kühl. Nur ein paar Straßenlaternen erhellten die Via Aubert. Geschlossene Geschäfte, dunkle Fenster. Der Mond verbarg sich hinter grauen Wolken. Roccos Schatten bog um die Ecke und näherte sich einem der Häuser. Dort traf er auf einen anderen im Dunkeln verborgenen Schatten: Italo.

«Komm mit.» Sie bogen in die Via Torre del Lebbroso ein

und standen schließlich hinter dem Haus in der Via Aubert. In dieser Straße ging ein leichter Wind, der die Kleidung durchdrang und vergessen ließ, dass es Mitte Juni war.

Rocco sah nach oben. «Mach mal eine Räuberleiter», sagte er, und Italo gehorchte. Rocco kletterte nach oben, bis er auf Italos Schultern stand, und griff nach dem kleinen Balkon über ihm. Mit einem Ruck zog er sich hoch und stieg dann auf das Geländer, um von dort aus auf den darüberliegenden Balkon zu klettern. Als er oben angekommen war, gab er Italo ein Zeichen, wieder zur Vorderseite des Hauses zu gehen, und der machte sich sogleich auf den Weg.

Rocco holte sein Schweizer Multifunktionsmesser hervor und begann, mit einer kleinen Metallsäge das Fenster zu bearbeiten. In der Ferne störte das Rumpeln eines Lastwagens die Stille der Nacht. Er brauchte weniger als eine Minute, um das Fenster zu öffnen. In der Wohnung schlich er auf Zehenspitzen zur Sprechanlage, drückte auf den Öffner der Haustür und entriegelte die gepanzerte Wohnungstür. Dann nahm er sein Handy und schaltete die Taschenlampenfunktion ein. Das Büro war aufgeräumt, und es roch nach Farbe. Wenige Sekunden später erschien Italo. Er schlüpfte eilig in die Wohnung und schloss hinter sich die Tür. «Ob uns jemand gesehen hat?» Das Licht des Handys erhellte sein ängstliches Gesicht. «Ich mach mir gleich in die Hose.»

Rocco gab ihm ein Zeichen, still zu sein. Sie gingen in Diego Fabianis Büro. Ein Schreibtisch und ein großes Regal mit Aktenordnern. Ein paar Urkunden an den Wänden, ein Fotokopiergerät, der ausgeschaltete Bildschirm eines Computers. «Sagst du mir wenigstens, wonach wir suchen?»

«Mach die Jalousien zu», befahl Rocco.

Italo gehorchte. Nun konnte Rocco endlich das Licht anmachen. «Irgendwann erwischen sie uns bei so was», sagte Italo.

Rocco griff nach dem erstbesten Ordner, der in Reichweite war. «Hoffentlich nicht.» Er öffnete den Ordner und grinste.

«Was hast du gefunden?»

Rocco zeigte ihm den Inhalt der Akte. Zeitungen, Zeitschriften, Klarsichthüllen. Das Gleiche in den anderen Ordnern.

«Alles Altpapier, Italo. Nichts von Belang. Jetzt wissen wir's.»

«Wissen wir was?»

«Diego Fabiani ist kein Steuerberater, sofern dies überhaupt sein richtiger Name ist.»

«Und was ist er dann?»

«Woher, verdammt, soll ich das wissen?» Rocco wies auf den Computer. Italo kam näher und schaltete ihn ein. Sie warteten.

«Er ist passwortgesichert», sagte Italo.

«Versuch es mit ‹Ivano›.»

Italo gab den Namen ein, und nichts passierte.

«Diego?»

Nichts. «Was sollen wir machen? Hierfür brauchen wir einen Hacker.»

«Okay, fahr ihn wieder runter, damit wir keine Spuren hinterlassen. Und dann gehen wir. Du durch die Haustür und ich auf dem gleichen Weg, auf dem ich reingekommen bin.»

«Und das Fenster bleibt offen?»

«Besser, als wenn die schwer gesicherte Wohnungstür offen steht, glaub mir. Wir sehen uns unten.»

XIV

Für den Rest der Nacht kam Rocco nicht mehr zur Ruhe, und erst in der Morgendämmerung gelang es ihm, seine Gedanken zu sortieren. Er stand auf, obwohl nichts Dringendes zu tun war. Nachdem er Lupa etwas zu fressen gegeben hatte, verließen sie gemeinsam das Haus. Gleich darauf meldete sich sein Telefon. Ein Anruf von Antonio Scipioni um diese Zeit war so ziemlich das Letzte, was Rocco erwartet hatte. «Ich stehe vor der Questura, und wir müssen uns dringend treffen.»

«Komm mir entgegen», sagte Rocco im Gehen. «Was ist passiert?»

«Passiert ist, dass die ganze Sache zum Himmel stinkt und ich nicht am Telefon darüber reden will.»

Rocco beschleunigte seinen Schritt. Sein Magen rumorte. Er brauchte dringend einen Kaffee. Sein Gehirn dagegen schien vollkommen blockiert und verlangte nach dem morgendlichen Ritual. Antonio Scipionis Anruf hatte ihn beunruhigt. Er sah ihn im Laufschritt herankommen, wobei er sich immer wieder umsah, als fürchte er, verfolgt zu werden. Als er Rocco erreichte, war in der kalten Luft sein Atem zu sehen. «Rocco, komm.» Scipioni nahm ihn am Arm und zog ihn mit sich in eine kleine Bar. Darin war es wärmer. Zwei Männer im Blaumann frühstückten an der Theke, aber Antonio ging nicht hinüber, um etwas zu bestellen. «Also, die Sache wird jetzt wirklich hässlich. Mein Freund hat Marco Rossets Telefonverbindungen zurückverfolgt, ziemlich weit zurück.»

«Und?»

«Zunächst mal hat er am Sonntagabend um acht bei Juana angerufen. Aber noch bemerkenswerter ist der Anruf, den er zu der Zeit getätigt hat, die du mir genannt hast. Als er sich im Lager in der Toilette eingeschlossen hat, du weißt schon. Er hat eine Handynummer angerufen, und rat mal, von wem.»

«Und?»

«Diego Fabiani.»

Rocco ging zur Theke hinüber und stützte die Ellbogen darauf. Er sah den Barista an. «Zwei Espresso bitte.» Antonio trat zu ihm. «Und das ist noch nicht alles. In den Tagen davor wurde er zweimal von derselben Nummer angerufen. Einer dienstlichen Nummer.»

«Welcher dienstlichen Nummer, Anto'?»

«Die der Präfektur von Biella.»

Rocco schloss die Augen, und das, was er vor sich sah, war ihm mehr als unheimlich. «Die Bezirksregierung», sagte er leise. «Das heißt, da stecken Politiker mit drin, Antonio, begreifst du das?»

Der Barista stellte die beiden Tassen mit dem Espresso auf die Theke.

«Das, was ich bisher begriffen habe, macht mir Angst. Aber wer ist dieser Diego Fabiani? Wieso schließt Rosset sich in der Toilette ein und ruft einen Steuerberater an?»

«Fabiani ist kein Steuerberater.» Rocco kippte den Kaffee mit einem Schluck herunter. «Fabiani spielt ein anderes Spiel, Antonio, und das Dumme ist, dass wir nicht mitspielen dürfen.»

«Ist dieser Fabiani …?»

«Ich weiß auch nicht.» Rocco sah seinen Kollegen ernst an.

«Geheimdienst vermutlich», murmelte er. Beim Verlassen der Bar griff er nach seinem Handy und wählte eine Nummer. Antonio Scipioni und Lupa folgten ihm.

«Dottore? Hab ich Sie geweckt?»

«Wecken ist gut, Schiavone, ich hab die ganze Nacht kein Auge zugetan», entgegnete Baldi. «Ich mache mir gerade einen Kaffee. Danach hätte ich Sie ebenfalls angerufen.»

«Wir müssen uns treffen, Dottor Baldi.»

«Das denke ich auch», sagte der Staatsanwalt. «Aber nicht in meinem Büro.»

«Wo Sie möchten.»

«In zwei Minuten ...» Geschirrklappern war zu hören. «Scheiße ... Verbrannt ... Okay, also, wir sehen uns in fünf Minuten vor der Kathedrale am Kryptoportikus.»

«Ich bin schon in der Nähe.»

«Gibt es da irgendwo eine Bar?»

«Ich komme gerade aus einer.»

«Bitte bringen Sie mir einen Kaffee mit.»

«In Ordnung, aber einer meiner Männer ist bei mir.»

Es folgte eine kurze Stille. «Ist er vertrauenswürdig, Schiavone?»

«Dafür leg ich meine Hand ins Feuer.»

«Bitte reden Sie nicht von Feuer, Schiavone, ich hab gerade den Espressokocher abgefackelt. Bis gleich.»

Sie warteten auf dem Platz vor der Kathedrale auf Baldi. Das von den Wolken gedämpfte Licht wirkte durchsichtig und ließ die Konturen ringsum verschwimmen wie in der Dämmerung nach Sonnenuntergang. Dabei war es noch nicht mal sieben Uhr morgens. Sie sahen Baldi im leichten Trab auf sie zukommen. Auch der Staatsanwalt blickte sich um, als befürchte er, verfolgt zu werden. Als er zu ihnen stieß, reichte Rocco ihm den Kaffee, den Baldi mit einem Schluck herunterkippte. Dann faltete er den Pappbecher zusammen und steckte ihn sich in die Tasche.

«Guten Morgen, die Herren.»

«Agente Antonio Scipioni, Dottore.»

«Warum treffen wir uns ausgerechnet hier?», fragte Rocco.

«Viel Platz, und niemand hört uns.»

Antonio Scipioni erschauderte kurz, wohl weil die Kälte ihm in die Knochen zog. Er öffnete den Mund, sagte aber nichts, sondern beschränkte sich darauf, sich mit den Händen in den Taschen umzusehen.

«Dann fange ich mal an, Dottore. Also, es besteht eine intime Beziehung zwischen Ivano Petrulli und Diego Fabiani, beide wohnen in demselben Haus wie die Tote. Und Diego Fabiani ist nicht, wie er glauben lässt, Steuerberater.»

«Was ist er dann?»

«Dazu komme ich gleich. Am interessantesten ist einer der Kunden von Juana Perez mit Namen Marco Rosset. Bei unserer Befragung hat er behauptet, nichts zu wissen. Wir haben die Telefonate dieses Mannes zurückverfolgt und festgestellt, dass er in dem Moment, als Agente Pierron und ich bei ihm aufgetaucht sind, diesen Diego Fabiani angerufen hat. Außerdem hat er zwei Anrufe von einer Stelle erhalten, die dem Ganzen ein besonderes Gewicht gibt, Dottor Baldi. Es handelt sich um die Präfektur von Biella.»

«Oh, Scheiße!», platzte der Staatsanwalt heraus.

Rocco fuhr fort: «Es ist offensichtlich, dass der Mörder Rückendeckung hat und aus den Ermittlungen herausgehalten werden soll.»

«Wie sind Sie denn an die Verbindungsdaten von diesem

Rosset gekommen?» Rocco antwortete nicht. Daraufhin fuhr der Staatsanwalt mit einem Kopfschütteln fort: «Okay, ich will es gar nicht wissen, Schiavone, ich hab nichts gehört. Ist dieser Mörder Ihrer Meinung nach ein regelmäßiger Kunde gewesen?»

«Ich denke schon. Weil ich davon überzeugt bin, dass da komplexe erotische Rituale ausgeführt wurden. Shibari. Wissen Sie, was das ist?»

Scipioni hob die Hand wie in der Schule. «Dieses japanische Zeug, bei dem es um Fesselungen geht?»

«Sehr gut. Dieses japanische Zeug. Das ist etwas sehr Spezielles, das viel Vertrauen voraussetzt. Das haben die beiden sicher nicht zum ersten Mal gemacht.»

Baldi rieb sich das Kinn. Er dachte nach. «Jetzt bin ich dran, Schiavone. Wissen Sie, warum ich die ganze Nacht nicht geschlafen hab?»

«Nein.»

«Ganz einfach: Es gibt drei Dinge, die mich beunruhigen und keinen Sinn ergeben. Erstens: Ich hab mich ein wenig über den Hauseigentümer informiert, diesen Berthod.»

«Ja, der scheint ganz weit oben gute Freunde zu haben.»

«Hat er, Dottor Schiavone. Sein Bruder ist Generale Berthod, schon mal gehört?»

«Wie sollte ich?»

«Ich schon. Er arbeitet in Rom in der Via Giovanni Lanza. Wissen Sie, was sich in der Via Giovanni Lanza befindet?»

«Die AISI», stieß Rocco hervor.

«Was ist das?», fragte Scipioni.

«Die Agenzia Informazioni e Sicurezza Interna, Italiens Inlandsnachrichtendienst», erklärte Baldi. Scipioni schluckte. «Und das ist noch nicht alles, Schiavone. Zweitens: Die Witwe

Cosma, die auch in dem Haus wohnt, hatte einen Ehemann, der bei den Carabinieri war. Antonio Cosma. Auch er hat für den Geheimdienst gearbeitet, für den SISDE. Er ist 2006 gestorben, bevor die AISI den SISDE abgelöst hat.»

«Dann ist das ein Safe House», schloss Rocco.

«Genau. Wie Juana Perez da reinpasst, wissen wir noch nicht, aber ich glaube, dass …»

«… sie jemandem gut in den Kram gepasst haben könnte», ergänzte Rocco.

«Wie meinen Sie das?»

«Ich meine, wenn jemand, von dem niemand wissen darf, in einem Safe House lebt, dann hat derjenige vielleicht gewisse Bedürfnisse. Und Berthod hatte nichts dagegen.»

«Das ist eine gewagte These. Wie lange hat Juana dort gewohnt?»

«Zwei Monate, soweit ich mich erinnere.»

«Also Sie …»

«Ich denke da an einen Mann mit einem Hund, der mit dem hiesigen Akzent spricht, aber aus Avellino kommt.»

«Bernardo Valenti?», fragte Scipioni.

«Bernardo Valenti», bestätigte Rocco.

«Und damit sind wir bei der dritten Sache, die mich beunruhigt», sagte Baldi. «Valenti ist ein Schattenmann. Angeblich hat er bei der Regionalregierung gearbeitet, nur dass es dort keine Spur von einem Bernardo Valenti gibt.»

«Wer, verdammt noch mal, ist er dann?»

«Ich weiß es nicht. Was wollen Sie machen?»

«Sie stellen mir für diesen Valenti einen Durchsuchungsbeschluss aus, und wir sorgen für richtig Unruhe. Bis dahin statte ich ihm einen Besuch ab. Vorausgesetzt, dass er noch in Aosta ist.»

Die drei Männer sahen sich an. «Damit gehen wir ein ziemliches Risiko ein», meinte Baldi.

«Machen Sie einen Rückzieher?», fragte Rocco.

«Ich? Wo denken Sie hin, Schiavone!»

Sie hielten mit zwei Fahrzeugen vor dem Haus mit der Nummer 12 in der Via Brean. Nur Rocco und Caterina stiegen aus, Italo und Antonio blieben zurück. Ein paar Passanten verfolgten neugierig, was vor sich ging. Rocco klingelte bei Valenti. Niemand meldete sich, woraufhin er auf die Klingel von Signora Cosma drückte, die tatsächlich zu Hause war. «Polizei, Signora, öffnen Sie!»

«Und wer versichert mir, dass …»

«Gehen Sie mir nicht auf den Sack, und öffnen Sie die verdammte Tür!», brüllte Rocco.

Womit er die Signora entweder so erschreckte, dass sie die Tür öffnete, oder sie hatte seine Stimme erkannt. Rocco und Caterina gingen direkt zur Wohnung von Bernardo Valenti. Sie klingelten, was im Inneren zu hören war, und klopften an die Tür. «Valenti, öffnen Sie!», schrie Rocco und hämmerte gegen die Tür. «Aufmachen!»

«Der ist nicht da.» Caterina seufzte.

«Dottore? Valenti ist in Turin bei seinem Sohn.» Signora Cosma war auf dem Treppenabsatz erschienen.

«Verdammte Scheiße!», rief Rocco aus und trommelte weiter mit den Fäusten gegen die Tür.

«Seit drei Tagen», fügte die Nachbarin hinzu. Doch Rocco wandte sich nicht mal nach ihr um. Er schnaubte und zog sein Taschenmesser heraus, um das Schloss zu bearbeiten.

«Was machen Sie denn da?»

«Signora, kehren Sie wieder in Ihre Wohnung zurück!», befahl Caterina. «Das geht Sie nichts an», fügte sie hinzu und stellte sich zwischen die Signora und ihren Vorgesetzten, der noch immer an der Tür herumhantierte.

«Warum glauben Sie mir nicht?»

«Signora, bitte!», explodierte Caterina. Diese verschwand eilig in ihrer Wohnung wie eine Schnecke, der ein neugieriges Kind gegen die Fühler gestupst hat. Endlich gab die Tür nach. Rocco betrat die Wohnung als Erster.

Die wenigen Möbel standen noch da, aber alles war leer geräumt. Das Hundekissen, der weiche Teppich im Wohnzimmer, sämtliche Einrichtungsgegenstände waren verschwunden. In der Küche fanden sich nur noch Geschirr und Gläser, und der Kühlschrank stand offen. Schränke und Kommoden im Schlafzimmer waren komplett geleert worden. Rocco schaute aus dem Fenster. Auf der Straße hatten sich inzwischen etwa ein Dutzend Neugierige eingefunden. Italo und Antonio standen neben dem Auto. «Italo!», rief Rocco.

«Ja?», entgegnete der und hob den Kopf.

«Ruf unsere Haarexpertin an.»

«Wen?»

«Die Gambino. Hol die Spurensicherung her, auf der Stelle!»

«Scheiße!», fluchte Caterina und sah sich um. «Wer würde wohl für einen Besuch bei seinem Sohn die ganze Wohnung ausräumen?»

«Wir sind zu spät, ich wusste es! Verdammt, ich wusste es!» Rocco trat gegen den Sessel, auf dem er wenige Tage zuvor gesessen und mit Valenti geplaudert hatte. «Wir hätten schneller sein müssen. Aber nein. Und jetzt haben wir den Salat. Der Mistkerl ist verschwunden.»

«Können wir ihn nicht zur Fahndung ausschreiben?»

«Wen denn? Bernardo Valenti ist nicht mal sein richtiger Name.»

«Wovor haben sie ihn denn geschützt?»

«Ich weiß es nicht, Caterina. Keine Ahnung. Komm mit!» Rocco stürzte plötzlich nach draußen.

Dort traf bereits ein Fahrzeug der Spurensicherung ein. Italo und Antonio sahen schweigend zu.

«Wieso sind die schon da?», fragte Rocco. Italo zuckte mit den Schultern. Offensichtlich wusste er nicht, was er sagen sollte. Dann breitete er hilflos die Arme aus. «Tatsächlich haben wir erst vor drei Minuten angerufen.»

Aus dem Lieferwagen stiegen zwei Agenti, die Rocco noch nie gesehen hatte. Dahinter parkte ein Lancia Delta, der noch nicht ganz stand, als Farinelli heraussprang, der Chef der Spurensicherung aus Turin. «He, Schiavone, so sieht man sich wieder!»

«Was machst du denn hier?»

«Wir sollen die Wohnung von Juana Perez untersuchen. Offenbar seid ihr allein nicht in der Lage dazu.»

Rocco sah ihn missbilligend an. «Weiß die Gambino davon?»

«Wer ist die Gambino? Du siehst wütend aus. Was ist los?»

Die beiden Agenti hatten unterdessen die weißen Overalls übergezogen und griffen nach ihren Koffern. Die Schar der Neugierigen vergrößerte sich zusehends.

«Farinelli, erklär mir, warum ihr hier seid», sagte Rocco ernst.

«Ganz einfach. Wir sollen in der Wohnung nach weiteren Spuren suchen. Offensichtlich will dein Questore mehr wissen, und wir sind halt die Besten. Und wenn du uns jetzt bitte unsere Arbeit machen lassen würdest!»

«Farinelli, ich weiß schon, wer der Mörder ist!»

«Umso besser, dann sorge ich dafür, dass du das auch wasserdicht beweisen kannst. Wenn du erlaubst ...» Farinelli ging an Rocco vorbei ins Haus.

Rocco sah seine Agenti mit großen Augen an. «Das müssen die mir erklären», meinte er, aber eher zu sich selbst.

Es war ein ruhiger Moment, da keine Kunden im Geschäft waren. Giorgio hatte einen Ortstermin auf einer Baustelle in Châtillon, und Andrea hatte sich den Tag freigenommen. Marco Rosset las gerade Zeitung, als hinter ihm plötzlich die Tür zum Lager geöffnet wurde. «Aber was ...»

Rocco Schiavone trat ins Geschäft, gefolgt von einer Kollegin. «Darf ich Ihnen Viceispettore Rispoli vorstellen? Wie geht es Ihnen?»

«Gut ... Sind Sie durchs Lager reingekommen?»

«Damit Sie sich nicht wieder auf dem Klo einschließen und Ihre Freunde anrufen, Rosset.»

Der Sanitärhändler sah sich um wie eine Maus in der Falle.

«Rosset, ich weiß alles. Ich weiß, dass Sie bei Juana Perez gewesen sind und etwas gesehen haben. Und jetzt möchte ich wissen, was.»

«Nichts!»

«Wollen Sie lieber mit zur Questura kommen?»

«Nur mit meinem Anwalt!»

«Den können Sie von dort aus anrufen. Hängen Sie ein Schild an die Tür, dass das Geschäft bis auf Weiteres geschlossen ist, denn die Sache wird eine Weile dauern. Und dann kommen Sie mit.»

«Tun Sie lieber, was er sagt», fügte Caterina hinzu.

«Ich habe nichts damit zu tun, verdammt noch mal!», rief Rosset aus.

«Wenn Sie nichts damit zu tun haben, können Sie ja mit uns reden.»

«Ich habe Ihnen nichts zu sagen.»

«Caterina, während ich Signor Rosset mit zur Questura nehme, könntest du so freundlich sein und zu ihm nach Hause fahren? Sag bitte seiner Frau Bescheid, dass ihr Mann in einen Mord an einem Transmenschen verwickelt ist, aber bald wieder daheim sein wird.»

Caterina lächelte und ging in Richtung Tür.

«Wohin geht sie?», fragte Rosset.

«Zu Ihnen nach Hause. Die Adresse hast du, Cateri'?»

«Via Frazione Gioannet.»

«Warten Sie, wo gehen Sie hin?», schrie Marco Rosset.

«Hab ich Ihnen doch gerade gesagt: zu Ihrer Frau. Oder soll ich sie lieber anrufen? Aber eine solche Nachricht überbringt man besser persönlich. Am Telefon ist der Schock vermutlich zu groß. Meine Kollegin ist, was das angeht, sehr zartfühlend, stimmt's?»

«Stimmt», entgegnete Caterina. «Ich werde sehr taktvoll sein.»

«Ich habe doch gesagt, dass ich nichts sagen kann!» Rosset stand inzwischen der Schweiß auf der Stirn.

«Dann brauchen Sie sich doch keine Sorgen zu machen.»

«Wenn Sie zu meiner Frau gehen, dann ...»

«Sitzen Sie in der Scheiße, ich weiß. Aber auf die Dauer lässt sich das eh nicht vermeiden, spätestens wenn wir im Beisein Ihres Anwalts mit Ihnen gesprochen haben.»

Rosset brach in Tränen aus. «Das ist ein Albtraum!», sagte er schluchzend. «Ich habe nichts getan.»

«Rosset, ich biete Ihnen gerade einen Ausweg an. Die anderen werden nicht so freundlich sein.»

«Hätte ich es mir doch anders überlegt! Warum bin ich bloß dorthin gegangen, warum?»

Rocco wechselte einen ernsten Blick mit Caterina, die wieder zu ihnen trat. «Kommen Sie, Rosset, das ist doch nichts Schlimmes. So etwas kann doch passieren. Es ist doch nur menschlich, dass man sich nach Gesellschaft sehnt.»

«Ich wollte das eigentlich gar nicht. Ich wollte wirklich nicht. Warum? Warum?» Rosset nahm das Taschentuch entgegen, das Caterina ihm reichte, und putzte sich die Nase. «Ich war gerade ins Haus gegangen. Ins Erdgeschoss. Die Tür war angelehnt. Ich wollte gleich wieder gehen. Aber dann hab ich durch das Fenster zur Galerie hineingesehen. Und da war sie, gefesselt, hing an der Decke wie ein ... wie ein Schinken. Weiß wie ein Laken. Ihr lief Spucke aus dem Mund ... Und die Augen ... Die Augen starrten ins Leere. Oh Gott, das werde ich niemals vergessen!»

«Was haben Sie noch gesehen?»

«Durch die Tür kam ein Hund. Ein kleiner, ein Spitz, und hat angefangen zu bellen. Da bin ich abgehauen. Bin die Straße entlanggelaufen und wusste nicht, was ich tun sollte. Ich hatte Angst. Ich wollte zur Polizei gehen, ich schwöre es, ich hab darüber nachgedacht.»

«Hätten Sie das mal getan ... Weiter.»

«Ich bin nach Hause gegangen und hab mich ins Bett gelegt. Aber an Schlaf war nicht zu denken. Um sechs Uhr morgens hat dann das Telefon geklingelt.»

«Wer hat angerufen?»

«Er hat es nicht gleich gesagt, sondern nur dass wir uns treffen müssen. Dass es für mich besser wäre. Ich hatte

Angst. Ich wusste nicht, wer er war, aber er hat mir gesagt, dass er zur Polizei gehört, dass ich nichts zu befürchten hätte. Also bin ich am nächsten Tag hingefahren.»

«Wohin?»

«Nach Biella. In die Präfektur oder vor die Präfektur. Dort hat der Mann auf mich gewartet.»

«Welcher Mann?»

«Der, der mich angerufen hat. Er hat sich mir nicht vorgestellt, sondern mir nur eine Handynummer gegeben. Und er hat mir gesagt, dass, wenn ich Probleme mit ...»

«Mit?»

«Mit der Questura hier bekomme, dass ich dann diese Nummer anrufen soll. Er war freundlich, hat mir aber gedroht, dass es ein böses Ende nehmen würde, wenn ich auch nur ein Wort über die Sache verliere. Und jetzt hab ich Angst. Verstehen Sie? Was für Leute sind das?»

Rocco ließ den verängstigten Rosset an der Theke stehen und ging ein paar Schritte auf und ab. Es sah aus, als wollte er so das Geschäft ausmessen. «Alles wegen einer Dummheit», murmelte er, was niemand verstand.

«Haben Sie mir die Wahrheit gesagt, Rosset?»

«Ich schwöre es. Keine Ahnung, wie ich da wieder rauskomme. Ich wusste nicht, wen ich um Hilfe bitten sollte.»

«Darüber hätten Sie an jenem Sonntagabend nachdenken sollen. Anstatt sich vor Angst in die Hose zu machen, weil Ihre Frau von diesem Mist erfahren könnte, hätten Sie zu uns kommen sollen, und alles wäre viel einfacher gewesen. Stattdessen haben Sie geschwiegen, damit Ihre heile Welt keinen Riss kriegt. Und jetzt schauen Sie sich an, was draus geworden ist. Gehen Sie nach Hause, und stellen Sie sich krank. Keine Ahnung, was ich Ihnen sonst raten soll, weil auch ich jetzt nicht mehr weiß, was ich machen soll. Wir werden lieber durch den Hinterausgang verschwinden, damit sie nicht gleich wissen, dass wir hier gewesen sind. Komm, Caterina, hier gibt's nichts mehr für uns zu tun.» Sie gingen auf die Tür zum Lager zu.

«Sie wollen mich einfach hierlassen?»

«Würden Sie sich in der Questura sicherer fühlen?»

«Ja.»

«Sie können ja wohl schlecht bei uns einziehen.»

«Hier hab ich zu viel Angst. Bitte lassen Sie mich nicht allein.»

Rocco schnaubte. «Cateri', bring ihn ins Büro.»

«Und wohin gehen Sie?», fragte Caterina.

«Ich werde Fabiani einen Besuch abstatten. Diesem Stück Scheiße, ich werde ihn an den Haaren herbeischleifen!» Rocco verließ den Raum.

Rocco bog in die Via Trottechien ein und warf einen Blick auf das Theater. Die Plakate kündigten den Auftritt eines Comedian an, dessen Namen er noch nie gehört hatte. In den Fenstern des Gebäudes spiegelte sich eine Gestalt. Ein Mann, der auf dem Gehsteig stand, zündete sich eine Zigarette an und sah zu ihm herüber. Rocco blieb mitten auf der Straße stehen und drehte sich um. Der Mann war etwa fünfzig Jahre alt, hatte weißes Haar und trug einen blauen Anzug. Er warf das Streichholz auf den Boden und lächelte ihn an. Dann kam er ihm entgegen. Gebräuntes Gesicht und eine platte Nase. «*Salve*, Schiavone, wie geht's?»

«Geht so. Und Ihnen?»

«Mir geht's sehr gut. Haben Sie fünf Minuten?»

Er trug einen Trauring am Ringfinger und einen geflochtenen Silberring am Zeigefinger. Das Jackett war an einer Stelle direkt über dem Herzen leicht ausgebeult. «Kommt drauf an», entgegnete Rocco.

«Nur ein kleiner Plausch, Sie können mir doch sicher fünf Minuten von Ihrer wertvollen Zeit widmen.»

Aus seinen Worten war kein Dialekt herauszuhören. Er hörte sich an wie ein Radiomoderator mit perfekter Aussprache und verstellter Stimme. «Normalerweise rede ich nicht mit Unbekannten. Haben Sie einen Namen?»

«Wozu?»

«Es gefällt mir nicht, dass Sie meinen Namen kennen und ich keine Ahnung habe, wer Sie sind.»

«Paolo? Carlo? Wie Sie möchten.»

«Na schön ...» Sie setzten sich in Bewegung.

«Wie läuft es mit dem Toten, der Ihre Handynummer in der Tasche hatte?», fragte der Mann.

Rocco blieb stehen. «Das heißt, Sie wissen etwas darüber?»

«Einiges. Aber nichts, was Ihnen weiterhelfen würde. Ich weiß nicht, wer der Tote in Castel di Decima war. Sagen wir, das fällt nicht in meinen Zuständigkeitsbereich.»

Rocco holte tief Luft. «Und wo möchten Sie, Paolo und Carlo, jetzt diese fünf Minuten verbringen?»

«Gehen wir ein paar Schritte?»

«Die berühmten paar Schritte.»

Sie wandten sich in die Richtung der Via Aubert. «Gehen wir zum ‹Du› über? Ist besser, oder nicht?», schlug der Mann vor.

«Gehen wir zum ‹Ihr› über, Paolo und Carlo. Was, zum Teufel, wollt ihr?»

Der Mann lachte. Ein falsches Lachen. So künstlich wie die Stimme. «Du bist ein harter Brocken, Rocco. Aber das hab ich gewusst. Und du hältst nicht viel von guten Manieren. Sag mir doch mal, was in Rom so läuft?»

«Weiß ich nicht, ich lebe in Aosta.»

«Und gefällt dir die Stadt?»

«Kommt zur Sache, mir geht das Ganze schon jetzt tierisch auf den Sack.»

«Gut, wenn du das vorziehst.» Dort, wo die Straße nur noch eine schmale Gasse war, blieben sie stehen. Der Mann warf seine Zigarette weg. «Du weißt nicht, wann es an der Zeit ist aufzuhören ...»

«Nein, wenn ihr es mir nicht freundlich erklärt.»

«Also erkläre ich es dir freundlich. Du hast gute Arbeit geleistet, hast deine Pflicht getan und dir dein Gehalt redlich verdient, aber jetzt reicht's.»

«Wer ist Bernardo Valenti?»

«Verstehst du es nicht, oder willst du es nicht verstehen?»

«Letzteres.»

Der Mund des Mannes zuckte. «Er ist jemand, der einen kleinen Unfall hatte, aber jetzt ist alles wieder in Ordnung.»

«Das sieht Juana sicher anders.»

«Sollten wir uns um einen halben Mann Sorgen machen?»

«Schon wieder diese Geschichte von Männern und halben Männern. Ihr wollt einfach nicht kapieren, dass ihr eine Frau getötet habt. Das geht nicht in euer Hirn, oder?»

Eine Frau mit einem Kinderwagen ging an den beiden mitten auf der Straße stehenden Männern vorbei. Rocco wartete, bis sie weit genug weg war, bevor er weitersprach. «Und ja, ich mache mir Sorgen. Seht ihr, Paolo und Carlo, Juana Perez hat durch die Schuld eures Freundes Valenti ihr Leben verloren, und das ist etwas, was mich stört.»

«Das war ein Unfall, wie du vermutlich weißt. Sie haben ein paar Spielchen getrieben und …»

«Dann erklären wir das dem Richter, und die Sache ist vom Tisch. Sicher, da wäre noch die Beseitigung der Leiche, aber mit einem guten Anwalt kommt er mit wenigen Jahren davon. Zumindest wenn dieser Valenti kein Wiederholungstäter ist. Oder ist er vielleicht einer?»

Der Mann zündete sich eine weitere Zigarette an. «Siehst du, Rocco, ich könnte dir ohne Weiteres das Leben zur Hölle machen, wie du sicher weißt. Und das würde mir leidtun, weil wir beide letztendlich in derselben Mannschaft spielen, du und ich. Nur hat der Trainer gerade entschieden, dich auszuwechseln, und du musst auf der Bank sitzen bleiben. Du bist raus aus dem Spiel. Verstanden?»

«Sicher. Aber das würde ich lieber persönlich vom Trainer hören.»

Der Mann lachte. «Anscheinend hast du noch immer nicht kapiert, wer der Trainer ist. Meinst du, er hat Zeit, mit dir zu reden? Mit einem Vicequestore der Polizei in Aosta? Ich habe dich für schlauer gehalten, Rocco. Als jemand, der dich im Grunde schätzt, sage ich dir Folgendes und das in einer Sprache, die du verstehst: Verpiss dich und halte dich da raus!»

«Das ist ja rührend. Ihr wollt mir zeigen, wer von uns beiden den Längeren hat, aber diese Frage stellt sich nicht. Das hat nichts mit mir und euch zu tun, Paolo und Carlo, sondern damit, dass ich wissen will, wer Bernardo Valenti ist. Vorher höre ich nicht auf.»

«In Ordnung, weil du mir im Grunde ganz sympathisch bist. Valenti ist ein Vögelchen, das gern herumzwitschert, und im Moment ist sein Gezwitscher für uns in vielerlei Hinsicht sehr wertvoll. Das muss reichen.»

«War er bei der Mafia?»

«Das muss reichen.»

«Ist er ein Kronzeuge? Geht es darum?»

«*Minchia!* Es reicht!»

«Ah, dann bist du Sizilianer. Catania?»

«Fick dich! Wenn du mich das nächste Mal siehst, bist du dran.»

«Was du nicht sagst! Warum legst du nicht die Waffe weg, die du unter dem Jackett trägst, und wir bringen die Sache gleich hier zu Ende.»

Der Mann schüttelte den Kopf. «Du bist immer noch der kleine Junge aus Trastevere, Rocco. Wann und wie die Sache endet, entscheiden wir. Falls du zu Fabiani willst, spar dir die Mühe. Ich bezweifle, dass du ihn antreffen wirst. Genieß Aosta, Schiavone, und konzentrier dich darauf, am Leben zu bleiben, das ist ja ohnehin schon eins deiner Probleme. Und dem Klempner kannst du sagen, dass er beruhigt nach Hause gehen kann. Er hat nichts zu befürchten, wir sind schließlich keine Mörder.»

«Ach nein?»

«Nein. Übrigens ist der Mörder von Juana Perez ein gewisser Paul De Vries, ein Serientäter, den wir vor zwei Tagen an der Grenze geschnappt haben. Ich sag es dir, damit du dich nicht total blamierst, obwohl du ja dran gewöhnt bist.»

«Paul De Vries?»

«Belgier. Ein Mistkerl.»

«Und wenn der euch verpfeift?»

«Wohl kaum. Er ist bei einem Schusswechsel ums Leben gekommen.»

«Und ihr seid keine Mörder?»

Der Mann antwortete nicht. Er drehte sich um und ging davon.

«Aber ihr habt trotzdem einen Fehler gemacht, Paolo und Carlo.»

Der Angesprochene blieb stehen und wandte sich langsam um. «Stimmt. Wir hätten Juan Pedro Perez nicht in dieses Haus lassen dürfen. Das ist aus dem Ruder gelaufen. Aber hinterher ist man immer schlauer, nicht wahr?»

Rocco sah dem Mann nach, bis er in die Via Aubert einbog und aus seinem Blickfeld verschwand. Er ballte die Fäuste und hätte am liebsten ein Fenster eingeschlagen, gegen ein Auto getreten oder einen ganzen Häuserblock abgefackelt. Er wandte sich um und ging, rauchend wie ein Schlot, zur Questura zurück.

Rocco öffnete die Tür zu seiner Besenkammer und blieb wie angewurzelt stehen. Sie war leer. Kein einziges Möbelstück war mehr darin, nicht mal der Schreibtisch. Das Plakat mit den Dingen, die ihm auf den Sack gingen, war ebenfalls verschwunden. Und keine Spur von Lupa. «Italo!», rief er. «Caterina? Antonio? Irgendjemand da?»

In dem Moment tauchte Casella auf. «Dotto' ... Haben Sie's schon gesehen?»

«Was? Wo ist denn jetzt mein Büro? Auf der Straße?»

«Aber nein, es ist wieder da, wo es war, am alten Ort.»

«Das heißt, ich hab mein Büro wieder?»

«Ja, Deruta und D'Intino haben alles rübergebracht. Auch Lupa, die aus irgendeinem Grund D'Intino ins Bein gebissen hat.»

«Weil sie intelligent ist und ihr Revier verteidigt.»

«Kommen Sie. Ich begleite Sie. Ach ja, das ist für Sie.» Casella übergab ihm einen Umschlag, den Rocco gleich öffnete. Er enthielt eine handschriftliche Notiz des Questore mit der Aufforderung, zur Pressekonferenz zu kommen. Das habe oberste Priorität.

Schade, dachte Rocco, er hätte vorher gern noch ein paar Dinge geklärt.

«Und wo ist der Klempner, dieser Rosset?»

«In Ihrem Büro. Er wartet auf Sie.»

Sie gingen die Treppe hinunter. «Und die Gambino?»

«Die ist jetzt im Untergeschoss neben der Garage und ist sehr zufrieden. Gibt's was Neues?»

«Frag lieber nicht, Casella.»

«In einer halben Stunde beginnt die Pressekonferenz zum Fall Juana Perez. Was machen Sie? Gehen Sie hin?»

«Diesmal ja, Casella, auf jeden Fall!»

Sie hatten Roccos altes Büro erreicht. Das Plakat mit den Dingen, die ihm auf den Sack gingen, hing wieder an seinem Platz. Rocco musste mindestens ein Dutzend Dinge hinzufügen, aber das konnte warten. Als er die Tür öffnete, hörte er: *«Scopa!»*

An seinem Schreibtisch saß D'Intino, der mit Rosset Karten spielte. Als sie ihn erblickten, sprangen sie auf. Deruta war auf dem Sofa neben Lupa eingeschlafen. «Deruta!», schrie Rocco, und der Angesprochene schreckte hoch. «D'Intino! Was soll das? Habt ihr mein Büro mit einer Kneipe verwechselt?»

«Wir mussten doch irgendwie die Zeit totschlagen, Dotto'. Ich war gerade am Gewinnen, als Sie ...»

«Raus hier! Raus! Du auch, Deruta, los!» Rocco scheuchte die beiden aus dem Raum. «Los, los, aber dalli!»

Rosset war bleich geworden.

«Sie auch, raus hier, ich will Sie nie mehr wiedersehen!»

«Aber ...»

«Weg hier! Kehren Sie zu Ihrer Frau zurück und gehen Sie mir nicht mehr auf den Sack!», brüllte Rocco. Mit kleinen, schnellen Schritten eilte Rosset zur Tür. «Aber wenn ich ...»

«Was habe ich Ihnen gesagt? Gehen Sie!» Rocco knallte die Tür hinter sich zu und sank in den Sessel. Lupa, in Alarmbereitschaft, sah ihn mit aufgestellten Ohren an. Rocco nahm den Schlüssel und öffnete die Schublade. Dann ging er zum Fenster hinüber und zündete sich einen Joint an. Die Aussicht war die gleiche wie vorher, die Berge waren noch da, und der Himmel war wie immer wolkenverhangen und verhüllte die Sonne. «Was für ein Scheißleben!», fluchte er. In dem Moment ging die Tür auf, und Rocco schaffte es gerade noch, den Joint aus dem Fenster zu werfen. Dann drehte er sich um. Es war der Questore. Corsi wirkte angespannt, bleich, und sein Anzug sah aus, als hätte er ihn schon die ganze Woche an. Die Krawatte, die sonst immer perfekt saß, war geöffnet, genauso wie der oberste Hemdknopf.

«Haben Sie meine Nachricht erhalten?» Seine Stimme klang rau.

«Ja, hab ich. Aber können Sie mir erst mal sagen, was Farinelli und sein Team in der Via Brean zu suchen hatten?»

«Wir haben einen abschließenden Beweis gebraucht.»

«Ich verstehe nicht.»

«Gleich bei der Pressekonferenz werden Sie es verstehen. Nur eine Sache noch: Halten Sie sich an die Fakten, die ich vorbringen werde.»

«Was ist mit Ihren moralischen Grundsätzen, Dottore?»

«Ich weiß nicht, wovon Sie reden. Wie ich Ihnen schon

einmal erklärt habe, diene ich dem Staat, Schiavone, und das sollten Sie auch tun.»

«Wissen Sie, wie mir das am ...»

«Wie bitte? Das ist eine Sache, die eine Nummer größer ist als wir, Schiavone, viel größer. Und auch mit Ihrer Sturheit können Sie das nicht ändern. Diesmal ist das Gewicht auf der anderen Seite der Waage tonnenschwer, und ich befehle Ihnen, sofort mit zur Pressekonferenz zu kommen und aufmerksam zuzuhören, was ich, der Leiter dieser Questura, den Journalisten sagen werde.»

Er ist wirklich außer sich, dachte Rocco. Er hat von Journalisten gesprochen und nicht von «Pressefuzzis».

«Ich werde so aufmerksam zuhören wie möglich. Aber ich sehe die Sache in einem anderen Licht.»

«Und das heißt?»

«Sie, Dottore, verstecken sich hinter einer Mauer aus Schwachsinn und falschem Pflichtbewusstsein. Wissen Sie, was das aus uns macht?»

«Sagen Sie es mir.»

«Wir sind schlimmer als Bernardo Valenti. Er ist schuldig, und durch seine Flucht gesteht er das auch ein. Wir dagegen waschen unsere Hände in Unschuld und berufen eine Pressekonferenz ein.»

«Glauben Sie, dass mich die Sache glücklich macht? Ich bin nur bereit, Juana Perez zu opfern, weil die Sache zu groß für uns ist und das Leben mehrerer Leute davon abhängt.»

«Sie haben recht. Juana Perez ist in dem Ganzen lediglich eine Schachfigur, die geopfert werden muss.»

«Genau so ist es. Und ich bitte Sie, meinem Rat zu folgen. Denn ich habe keine Lust darauf, weitere Leichen aus dem Fluss zu fischen!» Die Augen des Questore waren feucht und gerötet. Die Hand, die noch immer auf der Türklinke lag, zitterte. «Doch trotz allem schätze ich Sie und will nur Ihr Bestes, das können Sie mir glauben. Und ich bitte Sie, dass auch Sie ...»

Die beiden Männer blickten sich an. Und zum ersten Mal sah Rocco seinen Vorgesetzten in einem anderen Licht. Auch er würde sein Leben gern gegen ein anderes eintauschen. «Darf ich wenigstens wissen, was an diesem Valenti so Besonderes ist?»

«Er hat besonderen Wert für ein paar Oberstaatsanwälte, Rocco. Aber das hast du nicht von mir.» Corsi war zum «Du» übergegangen, vielleicht aus Versehen, vielleicht aber auch, weil er von Lügen und Ausflüchten die Nase voll hatte.

«Das hab ich nicht von dir», sagte Rocco seufzend. «Aber diesen Scheißtag werden wir so schnell nicht vergessen, Andrea.»

«Den werden wir nicht vergessen, Rocco.» Der Questore sah sich im Raum um und verzog das Gesicht zu einem schiefen Lächeln. «*Promissio boni viri est obligatio.* Ein Ehrenmann steht zu seinem Wort. Jetzt tun Sie das auch!»

«Inwiefern?»

«Kaffeepads und die entsprechende Maschine zu organisieren. Wir sehen uns in zehn Minuten im großen Saal, Dottor Schiavone!» Andrea war wieder verschwunden, und Dottor Corsi, der Chef der Questura von Aosta, war zurück.

Jede Menge Journalisten waren gekommen. Hinter dem Rednertisch saß der Questore, daneben Farinelli, mit ernster Miene und einer Plastikmappe vor sich. Baldi stand, sein Jackett über dem Arm, mit gesenktem Blick in einer Ecke. Unter den Achseln waren auf seinem Hemd Schweißflecken zu sehen.

Seit Rocco hereingekommen und sich hinten im Saal einen Platz gesucht hatte, hatte er ihm nur einen kurzen Blick zugeworfen. Er sah aus, als würde er sich schämen, an diesem Ort zu sein, und für das, was er gleich zu hören kriegen würde. Willkommen im Club, dachte Rocco.

«Die Ermittlungen im Fall Juana Perez, im Prostituiertenmilieu unter dem Namen Sonya bekannt, sind abgeschlossen», begann Corsi, während die Journalisten fleißig mitschrieben. «Der mysteriöse Mörder wurde enttarnt. Es handelt sich um Paul De Vries, einen bekannten italienisch-belgischen Kriminellen, den wir an der Grenze festgenommen haben und der anschließend bei einem Schusswechsel ums Leben gekommen ist. Die Spurensicherung aus Turin hat in der Wohnung von Juana Perez Fingerabdrücke des Serienmörders gefunden und konnte den Verdacht dadurch untermauern.»

Farinelli ergriff das Wort. Während er sprach, blickte er auf die Mappe vor sich und nicht ins Publikum. «Das war nicht wirklich schwer», begann er. «Denn mein Team hat am Tatort zahlreiche Spuren gefunden. Der Abgleich mit den Proben des polizeibekannten Täters, der zur Tatzeit in einem Apartment in Châtillon untergekommen war, war positiv.»

«Außerdem», fuhr Corsi fort, «wurden nach dem Fluchtversuch und der Schießerei mit den Grenzbeamten bei Paul De Vries diverse persönliche Gegenstände des Opfers gefunden.»

Angrisano hob die Hand. «Was hatte er für ein Motiv?»

«Ein erotisches Spiel mit tödlichem Ausgang. Paul De Vries war diesbezüglich kein unbeschriebenes Blatt. Wenn Sie sich seinen Werdegang anschauen, werden Sie sehen, dass er bereits 1998 und 2005 aktenkundig geworden ist und wegen Vergewaltigung verhaftet wurde.»

Der eine oder andere Journalist warf einen Blick auf die Unterlagen, die der Questore verteilt hatte.

«In die Ermittlungen waren auch Criminalpol und die Antimafia-Polizei DIA eingebunden, und wie Sie sehen, war diese Zusammenarbeit von Erfolg gekrönt. Daher möchte ich mich bedanken ...»

Rocco hörte nicht mehr zu. Er betrachtete die sich Notizen machenden Journalisten, die Fernsehkameras mit den rot leuchtenden Aufnahmelichtern und Baldi, der den Kopf an die weiße Wand gelehnt hatte. Die ganze Veranstaltung schlug ihm auf den Magen, und er war kurz davor, die Hand zu heben und seine Version zu erzählen. Doch dann überlegte er es sich anders. Er suchte Farinellis Blick, der jedoch den Kopf konsequent gesenkt hielt und konzentriert auf seine Aufzeichnungen starrte.

Du bist ein Arschloch, dachte Rocco und beschloss, den Raum zu verlassen. Was ihm am meisten zu schaffen machte, war das Gespräch, das er nun mit seinem Team führen musste, das genau wie er die Wahrheit kannte, die jedoch nicht die passende Wahrheit war. Einmal mehr fühlte er sich schmutzig und müde, als wäre er zerknittert und voller Schlamm. Der Frust, versagt zu haben, vermischte sich mit dem toxischen Gefühl, zum x-ten Mal auf der Suche nach giftigen Schlangen durch einen Sumpf gewatet zu sein. Aber das war nicht der richtige Moment für Selbstmitleid. Er musste dafür sorgen, dass sein Team aus dieser ganzen Sache heil herauskam, so wie Corsi es mit ihm getan hatte.

«Staatsräson» war das Wort, das ihm immer wieder durch den Kopf ging.

Ja, er würde ihnen reinen Wein einschenken und Klartext reden. Seine Leute waren jung und würden bestimmt wütend werden, Antonio Scipioni würde vielleicht laut herumschreien, aber sie hatten noch einen langen Weg vor sich. Und früher oder später war auch für sie der Moment gekommen, eine große Schaufel voller Scheiße zu schlucken.

«Was?» Caterina riss ungläubig die Augen auf, da sie nicht glauben konnte, was sie gerade gehört hatte.

«So ist es, Viceispettore. Und daran wird sich nichts ändern.»

Antonio schüttelte den Kopf, Italo dagegen starrte zu Boden.

«Aber ... also Rocco, wir wissen doch, dass ... Wir vier kennen die Wahrheit. Warum können wir nicht ...»

«Weil es so ist, weil wir nicht zählen! Weil du für einen miesen Lohn diesen Job machst und diese Kröte schlucken musst, ohne aufzumucken. Glaubst du, dass sich irgendjemand für dein schlechtes Gewissen interessiert, Caterina? Oder dafür, dass du dich schämst, Italo? Oder für deine Wut, Antonio? Oder für meine? Das Spiel ist aus, die Kollegen haben den Täter erwischt, und wir müssen uns damit zufriedengeben.»

«Wissen wir denn wenigstens, wer dieser Valenti ist?», fragte Italo leise.

«Ein Zeuge im Schutzprogramm. Mehr weiß ich nicht, aber sie wollen ihn nicht opfern.»

«Wenn er jemand ist, der uns Informationen über die Camorra oder die Mafia, also über die Organisierte Kriminalität liefert, dann hilft uns das immerhin ...»

«Was redest du da für einen Scheiß, Italo?», explodierte Antonio. «Weil er ein Zeuge in welchem Fall auch immer ist, kommt er einfach so mit einem Mord davon?»

«Rein technisch gesehen, hat er sie nicht ermordet. Sie ist bei einem Sexspiel gestorben, das sie gemeinsam durchgeführt haben.»

«Er hat sie in den Fluss geworfen!», schrie Antonio. «Ein normaler Mensch macht so was nicht!»

«Ein normaler Mensch nicht. Ein Arschloch von der Camorra offenbar schon.»

«Dann war's das jetzt also, Rocco?» Antonio atmete heftig. «Sag mir einfach nur, ob es das jetzt war.»

Rocco senkte den Kopf. «Ja, das war's.» Die anderen schwiegen. «Ich darf euer Leben nicht aufs Spiel setzen, Antonio. Das kann und will ich nicht.»

«Und ich weiß nicht, ob ich überhaupt noch mit dir arbeiten will», entgegnete Scipioni.

«Du kannst jederzeit gehen. Allerdings wird dieser Haufen Scheiße nur der erste von vielen in deiner beruflichen Laufbahn sein. Ich kann euch nur raten, euch an solche Dinge zu gewöhnen.»

«Alles in allem haben wir also verloren.»

«Antonio, das ist kein Spiel. Dabei kann man nicht verlieren oder gewinnen. Das ist das Leben», meinte Caterina, die, beinahe ohne es zu wollen, ausgesprochen hatte, was sie dachte.

«Meiner Meinung nach steht es unentschieden», sagte Italo. Aber niemand lächelte.

«Erinnerst du dich noch an den Moment, als du mir die Verbindungsdaten von Rossets Handy gegeben hast, Antonio?»

«Natürlich erinnere ich mich.»

«Woran hast du dabei gedacht?»

«An alles Mögliche. Dass das eine gefährliche Sache ist, dass wir alle in Gefahr sind und dass ...»

«Stopp, das reicht. Du hast dir vor Angst in die Hose gemacht. Und ich genauso. Das ist normal. Aber ich will ganz offen sein und bitte dich, mir zu glauben. Wenn es nur von mir abhinge, von mir allein, würde ich dafür sorgen, dass Bernardo Valenti in der Hölle landet. Aber es hängt nicht von mir allein ab. Das wisst ihr genauso gut wie ich. Ich hoffe, ich habe euch klar genug gemacht, warum wir die Finger von dieser Sache lassen müssen.»

«Deswegen bin ich nicht zur Polizei gegangen.»

«Du bist ein Staatsdiener. Und ich würde sagen, der Staat hat ziemlich deutlich gemacht, was er von dir will. Egal, ob dir das gefällt oder nicht. Dienst ist Dienst.»

«Ich erkenne dich gar nicht wieder», sagte Antonio.

«Gewöhn dich dran. Ich bin kein Superheld, nicht mal ein Held. Ich bin ein ganz normaler Mensch, Antonio, mehr nicht. Und normale Menschen müssen kapieren, wann sie verloren haben. Willst du diesem Valenti dein Leben lang erfolglos hinterherjagen, dir den Arsch aufreißen und dich kaputtmachen? Willst du die Wahrheit wissen? Wenn sie Bernardo Valenti nicht mehr brauchen, servieren sie ihn dir auf einem Silbertablett. So ist das oft mit Vater Staat. Er ist viel verlogener als du und ich.»

«Aber wozu sind wir dann überhaupt Polizisten?»

«Weil wir nichts anderes haben, weil wir versuchen, unser Bestes zu tun und unseren Beitrag zu leisten. Und der Beitrag, den sie dir jetzt abfordern, ist, schön brav zu sein und die Sache zu schlucken. Sie sitzen ganz einfach am längeren Hebel.»

«Das gefällt mir nicht, das gefällt mir überhaupt nicht.»

«Mir auch nicht, Antonio. Wir sind da in etwas reingeraten, was zu groß für uns ist und wobei sie uns nicht mitspielen lassen.»

«Stell dir vor, wir sitzen alle im Schützengraben», meinte Caterina, «und der Feind greift an. Er massakriert uns. Aber wenn sich einer opfert, können die anderen überleben. Würdest du das tun?»

«Wenn es so wäre. Aber ich traue der ganzen Sache nicht», entgegnete Antonio. «Ich traue ihr nicht, denn wenn ich im Schützengraben sitze, weiß ich, wer der Feind ist. In unserem Fall sind da nur Schatten. Ich wäre gern der General, denn dann ...»

«Unter diesen Voraussetzungen wirst du niemals der General sein, Anto'!», sagte Rocco und stand auf. Er sah Lupa an, die sofort verstand und schwanzwedelnd zu ihrem Herrchen herüberkam. «Leute, ich mag euch, und diesen Tag werde ich nie vergessen. Passt auf euch auf, geht in Deckung und versucht zu überleben. Ich kann nicht noch mehr Tote verkraften, die auf mein Konto gehen. Ich werde jetzt zu Ettore gehen und irgendwas Hartes trinken. Etwas sehr Hartes. Und ich würde mich freuen, wenn ihr mitkommt.»

Als Rocco aus seinem Büro trat, sah er Michela Gambino, die vor dem Getränkeautomaten stand und einen Kaffee schlürfte. Sie sahen sich einen Moment in die Augen. Dann nickte sie. Mehr war nicht nötig, und Rocco begann, sie in einem anderen Licht zu sehen.

Er spazierte allein durch das historische Zentrum und sah sich die Menschen an. Lupa traf auf einen Boxer und spielte ein paar Minuten mit ihm. Was für ein schönes Leben: Man schnuppert ein bisschen, um festzustellen, mit wem man es zu tun hat, teilt ein paar Pfotenhiebe aus, um zu erkunden, wie gefährlich oder verspielt der neue Freund ist, bellt einmal und trollt sich dann nach Hause, wo der Napf mit dem

Fressen steht, und am Abend geht man noch mal kurz Gassi. Am liebsten hätte Rocco sein Gehirn mit einem Lappen bearbeitet und alles weggewischt, was sich in den letzten Tagen dort angesammelt hatte. Zwei Kinder spielten Fangen. Vier Männer mit weißen Bärten und Bergwandererkluft saßen mit einem Glas Weißwein an einem Tisch und unterhielten sich leise. Ein Mann grüßte ihn im Vorbeigehen mit einem Lächeln, das Rocco zurückgab, ohne zu wissen, wer der Mann war. Und an der Ecke zur Via Croix de Ville sah er die Buccellato vor einem Schaufenster stehen, die, sobald sie ihn sah, lächelnd auf ihn zukam.

«*Salve,* Schiavone, wieder ein Erfolg?»

«Scheint so. Aber diesmal ist das nicht mein Verdienst.»

«Sind Sie noch sauer auf mich?»

«Die Dinge ändern sich.»

«Aber die Menschen nicht.»

«Nein, auch die verändern sich.»

Die Journalistin sah ihn ernst an. «Das, was in der Via Brean passiert ist, ist eine absurde Geschichte.»

«Nicht wirklich. Ein Mord, ein Schuldiger, und der Fall ist gelöst.»

«Ich soll für die Zeitung darüber berichten. Möchten Sie irgendwas hinzufügen, was mein Exmann ausgelassen hat?»

«Nein. Seine Schilderung war ziemlich lückenlos.»

«Aber nicht unbedingt überzeugend», wandte die Journalistin ein.

«Ach, nicht? Und wenn ich Ihnen sage, dass hier der Geheimdienst seine Finger im Spiel hat? Dass sie den Mörder haben verschwinden lassen und dass, wenn die Sache rauskommt, die Sicherheit nicht weniger Menschen auf dem Spiel steht?»

«Denken Sie, das würde ich einfach so schlucken?»

«Nein, das würden Sie sicher nicht schlucken. Wobei mir einfällt, dass ich wirklich Durst habe. Auf Wiedersehen, Signora Buccellato.»

Rocco ging direkt weiter zur Piazza Chanoux. Als er Ettores Bar betrat, freute er sich, Italo und Antonio zu sehen, die auf ihn warteten. Er nahm sich einen Stuhl und setzte sich zu seinen Männern.

«Aber das geht heute auf deine Rechnung», sagte Antonio.

«Klar. Was möchtet ihr?»

«Rum?», meinte Antonio. «In heißer Schokolade.»

«Gute Idee. Für mich auch», sagte Italo.

«Wenn schon Rum, dann richtig. Wir nehmen einen dreißig Jahre alten Zacapa Royal!»

«Ach komm!»

«Es gibt was zu feiern, Antonio.»

«Und was?»

«Die Niederlage. Nur so lebt man richtig, finde ich.» Rocco stand auf, um zu bestellen. Doch nach zwei Schritten blieb er stehen. «Und Caterina?»

«Sie wollte nicht mitkommen. Hat einen Anruf gekriegt, und weg war sie», antwortete Italo.

«Was ist denn mit ihr?», fragte Rocco.

«Ich weiß es nicht. Ich versteh's nicht, und unter uns gesagt, hab ich langsam die Nase voll.»

Allein in der Gerichtsmedizin betrachtete Rocco den Sarg, in dem Juana Perez lag, die nun zu ihren Eltern nach Rosario in Argentinien überführt werden sollte.

«Ciao», sagte er leise und klopfte ans helle Holz. «Jetzt

kommst du nach Hause. Entschuldige, Juana, mehr konnte ich nicht tun. Gute Reise.»

Fumagalli wartete im Gang auf ihn. «Und? Hast du recht behalten?»

«Absolut. Wir waren zu spät.»

«Wer steckt dahinter?»

«Wir», meinte Rocco. «Ich, du, die Questura, die Staatsanwaltschaft, alle.»

«Könntest du ein bisschen deutlicher werden?»

«Eine Hand wäscht die andere. Besser?»

«Nein, nicht besser, du Mistkerl, absolut nicht. Und was wirst du machen?»

«Ich? Nichts, was soll ich tun, Alberto? Keine Ahnung, wo sie das Stück Scheiße jetzt versteckt haben. Oder unter welchem Namen. Wenn er überhaupt noch in Italien ist.»

«Sollen wir zusammen was trinken gehen?»

«Ich hab schon mit meinen Männern etwas getrunken, und mir dreht sich alles. Ich will nur noch nach Hause. Schlafen, wenn es mir gelingt.»

Fumagalli schlug ihm ermutigend auf die Schulter. «Mach's gut.»

«Du auch, pass auf dich auf.» Rocco ging durch den langen Gang davon.

«Ach, Rocco.»

«Was?»

«Aber wir waren auch diesmal ziemlich gut, oder?»

«Ariconsolamose co' l'ajetto», entgegnete Rocco.

«Würdest du bitte Italienisch reden? Das ist eine Sprache, die dir wahrscheinlich fremd ist, aber in ganz Italien gesprochen wird, damit wir uns trotz der enormen anthropologischen und sozialen Unterschiede verständigen können.»

«Das ist so eine Redensart, die man nicht wörtlich übersetzen kann. Es heißt so viel wie: ‹Das ist ein schwacher Trost.› Danke, Alberto.»

«Schon gut.»

Rocco löste Lupas Leine, die er an eine Bank gebunden hatte, und ging zum Ausgang.

Er stand draußen neben seinem Lancia Delta und wartete auf ihn. Rocco hatte keine Lust, mit ihm zu sprechen, sondern wollte nur noch ins Bett und die Augen schließen, aber Farinelli steuerte entschlossen auf ihn zu. Rocco hob abwehrend die Hände. «Es interessiert mich nicht. Was du mir auch sagen willst, es interessiert mich nicht.»

«Hör mir zu. Es ist nicht meine Schuld. Ich hatte keine Wahl.»

«Ja, ich weiß. Was willst du? Absolution? Dann such dir einen Priester.»

«Ich will nur, dass du Bescheid weißt. Sie haben mich angerufen. Ich hab mir das nicht ausgesucht, verstehst du? Und denk nicht, dass mir das leichtgefallen ist.»

«Die Gambino hat sich geweigert, scheint mir.»

«Falsch. Die Gambino haben sie gar nicht erst gefragt.»

«Du hast keine Spuren in der Wohnung gefunden, richtig?»

«Doch, hab ich. Die Übereinstimmung mit denen von De Vries beträgt zehn Prozent.»

«Das glaub ich dir nicht. Außerdem sind zehn Prozent gar nichts.»

«Aber ich kann auch in Zukunft ruhig schlafen, genau wie du und deine Leute.»

«Damit hast du recht. Ich würde nur gern den wahren Namen von Bernardo Valenti wissen.»

Farinelli lächelte. «Den wirst du bestimmt bald in der Zeitung lesen, denke ich. Ich fahre zurück nach Turin. Du hast ja jetzt deine eigene Spurensicherung hier in Aosta, und wir werden uns wohl nicht so schnell wiedersehen. Lass dir sagen, dass es ein Albtraum war, mit dir zu arbeiten, aber du bist ziemlich clever.» Farinelli hielt Rocco die Hand hin. Der schüttelte sie nicht.

«Dürfte ich wissen, wer dir den Befehl gegeben hat?»

«Warum?»

«Wenn sie dich kontaktiert haben, bedeutet das, dass sie dir vertrauen konnten. Und wenn die dir vertrauen konnten, haben du und ich uns nichts mehr zu sagen. Und diesen Blödsinn, von wegen, dass du es für deine Familie getan hast, für deine Frau, um weiterhin ruhig zu schlafen, kannst du jemand anderem erzählen. Farine', mit dir zusammenzuarbeiten, war ein Albtraum, aber ich hätte nicht gedacht, dass du so ein riesiges Stück Scheiße bist.»

Rocco ging über den baumbestandenen Platz in Richtung Straße. Er hörte das Motorgeräusch von Farinellis Wagen, der kurz darauf nur wenige Zentimeter entfernt an ihm vorbeifuhr. Rocco sah dem Auto nach, bis die Rückleuchten von der Dunkelheit der Nacht verschluckt wurden. Der angenehme Nachgeschmack des Rums war verschwunden.

Der Wind war abgeflaut und hatte eine drohende graue Wolkenschicht über der Stadt zurückgelassen. Der erste Tropfen klatschte Rocco mitten ins Gesicht.

«Sehr witzig», murmelte er. Er ließ den Parkplatz hinter sich und machte sich zu Fuß auf den Weg nach Hause. Die Scheinwerfer der Autos und das Licht der inzwischen geschlossenen Geschäfte erhellten den Regen. Er ging schneller. Lupa trottete, in ihre Welt aus Düften versunken, neben ihm her, um dann an den Reifen eines parkenden Alfa zu pinkeln. Sie überquerten zusammen den Platz und gelangten zur Via Aubert. Rocco sah hinauf zu Fabianis Kanzlei. Kein Licht in den Fenstern. Dann entdeckte er Caterina. Sie stand vor der Kirche und unterhielt sich mit einer alten Frau. Rocco blieb stehen, um sie zu beobachten. Seine Kollegin schwieg und starrte die Frau mit großen Augen an. Sie wirkte angespannt wie die Saite einer Violine, beinahe aggressiv. Die andere verhielt sich wie eine Schildkröte, die mit eingezogenem Hals unter ihrem Panzer Schutz sucht. Beim Reden breitete sie die Arme aus, als wolle sie Caterina um Entschuldigung bitten. Rocco begriff, dass er gerade einen sehr privaten Moment miterlebte, nahm Lupa an die Leine, die ansonsten garantiert zu Caterina hinübergelaufen wäre, und bog in die nächste Gasse ab. Das war zwar ein kleiner Umweg, aber sicher besser so. Die schmale Straße war dunkel und menschenleer. Er ging an einem Hotel vorbei und auf die Querstraße zu, die zurück zur Hauptstraße führte. Caterina war ihm ein Rätsel. Sie sprach nie über private Dinge in ihrem Leben, aber man musste kein Psychologe sein, um zu erkennen, dass irgendetwas sie quälte. Seit Kurzem wirkte sie vollkommen verändert, genauer gesagt, seit ihrem freien Tag. Er würde gern mit ihr reden, herausfinden, ob er ihr helfen konnte, aber er hatte eingesehen, dass diese Hilfe nicht erwünscht war, und die Hand in der Tasche gelassen, anstatt sie helfend auszustrecken. Er bog ab, um wieder auf die Hauptstraße zurückzukehren. Die Kirche lag inzwischen hinter ihm, sodass er Caterina nicht mehr in die Quere kommen konnte. Aber plötzlich stand sie direkt vor ihm mitten auf der Straße.

«Caterina!», sagte er überrascht.

«Buonasera», entgegnete sie. Lupa lief gleich zu ihr und sprang sie an. «Was machst du in dieser dunklen Gasse?», fragte sie, während sie Lupa streichelte.

«Ich wollte mir noch ein bisschen die Beine vertreten, bevor ich nach Hause gehe.»

Caterina blickte die Straße hinab in Richtung Kirche. «Von der Questura aus ist das aber ein ziemlich umständlicher Weg, oder?»

«Die Arbeit verdirbt dich, meine Liebe. Auf einmal erscheint dir alles verdächtig.»

«Was wäre falsch daran? Ich habe mich nur gewundert, dass du durch dunkle Gassen schleichst, statt auf direktem Weg nach Hause zu gehen. Weichst du mir aus?»

«Na gut, ich habe gesehen, dass du mit einer Frau gesprochen hast, und hielt es nicht für angebracht, euch zu unterbrechen.»

Caterina wandte sich dem Hund zu. «*Bella* Lupa, gehen wir, damit du etwas zu fressen bekommst?»

Rocco zog an der Leine, weil Lupa von einem Parkverbotsschild wie magnetisch angezogen wurde.

«Ich bin auf dem Weg nach Hause», sagte er. «Wenn du möchtest, gehen wir ein Stück zusammen.»

Caterina nickte, und sie näherten sich der Via Croix de Ville. Der Regen hatte nachgelassen. Es fielen nur noch einzelne Tropfen.

«Antonio hat gesagt, dass der Rum hervorragend war.»

«Du hättest auch kommen können.»

«Ich musste ... ein kleines Problem lösen.»

Sie gingen schweigend weiter.

«Ich danke dir, Rocco», sagte sie nach einer Weile und fuhr sich mit der Hand durchs nasse Haar.

«Wofür?»

«Dass du keine Fragen stellst.»

«Es ist dein Leben, Caterina. Das geht mich nichts an.» Er zündete sich eine Zigarette an.

«Manchmal gibt es Dinge, die hauen einen ziemlich um. Aber man steht immer wieder auf, oder?»

«Das denkst du. Ich sehe das anders.»

Ein junger Mann, der aus einem Pub kam, nickte Caterina grüßend zu.

«Rocco, das, was heute passiert ist ... Ich glaube, dass jeder von uns eine Weile brauchen wird, um das zu verdauen.»

«Ja, und vielleicht verdauen wir es nie. Hängt davon ab, wie man das Leben sieht.»

«Und du, wie siehst du es?»

«Ich hatte schon als Kind oft das Gefühl, mich im Vorzimmer des Todes zu befinden. So wie ein Thunfisch in der Tonnara, weißt du? Ganz egal, wie schlimm die Tortur beim Fangen ist, wie sehr sie sich winden und zappeln, am Ende landen sie alle in der Falle, um in Dosen verpackt zu werden. Und bei uns ist es genauso. Egal, welche Entscheidung wir im Leben treffen, am Ende landen wir alle an derselben Stelle: in der Dose oder besser Kiste. Wir reden uns ein, dass wir eine Wahl haben, aber unser Weg ist vorbestimmt, davon bin ich fest überzeugt. Denk nur an das, was heute passiert ist.»

Caterina sah ihn an. «Das ist aber eine brutale Sicht auf die Dinge.»

«Aber so ist es. Und alles andere sind nur kurze Atempausen, ein Kuss, sich bis über beide Ohren zu verlieben, aber ansonsten ist der Weg immer derselbe, denn es gibt nur einen.»

«Ich hätte dich gern kennengelernt, als du noch ein Kind warst. Weißt du, wie ich mir dich vorstelle? Ein stilles Kind mit wenigen Freunden, nicht sehr gehorsam.» Zum ersten Mal seit Tagen lächelte Caterina aufrichtig.

«Du irrst dich. Ich war ein sehr aufgewecktes Kind. Und auch wenn du es nicht glaubst, hatte ich viele Freunde. Und ich war sehr gehorsam und bin sogar gern in die Schule gegangen.»

«Und was ist dann passiert?»

«Ich hab begriffen, dass das, was ich fühlte, wahr ist. Dass das Leben zwar schön ist, aber eben auch zum Sterben schön.»

«Tja, damit hast du wohl recht. Willst du wissen, wer die Frau war, mit der ich eben gesprochen hab?»

«Wenn du es mir erzählen möchtest. Ansonsten vergiss es.»

«Das war meine Mutter. Wir reden schon seit Jahren nicht mehr miteinander oder nur ganz selten, und eben heute Abend. Ich hab dir ja gesagt, dass ich nicht aus einer Bilderbuchfamilie komme. Sie ist nie eine gewesen. Und ich hab von alldem die Nase voll. Also lass uns was trinken gehen. Du schuldest mir noch einen Rum. Schaffst du das noch?»

Rocco kniff Caterina in die Wange. «Du unterschätzt mich, meine Liebe.»

Irgendwann hatten sie aufgehört, die Gin Tonics zu zählen. Rocco war warm, und er hatte den Eindruck, schlechter zu sehen, aber es war ein angenehmes Gefühl. Er hatte an diesem Tag mehr Alkohol getrunken als in den letzten drei Monaten. Sie spazierten ein wenig unsicher durch die Straßen des historischen Zentrums, auf dem nassen Pflaster spiegelte sich das Licht der Straßenlaternen. Sie lachten über jeden Blödsinn, der ihnen über die Lippen kam. Wie zwei Taucher, die in einer Grotte unter dem Meeresspiegel eine Luftblase gefunden hatten und sich die Lungen mit Sauerstoff füllten.

«Das, was du vorhin über das Leben gesagt hast.» Caterina griff nach Roccos Arm. «Meiner Meinung nach stimmt das nicht. Zumindest sehe ich das anders. Wir wissen, dass wir nur eine begrenzte Zeit zur Verfügung haben, und wir sollten das Beste daraus machen.»

«Dieses Thema ist mir zu kompliziert angesichts der Menge Gin Tonics, die ich intus habe.»

«Nein, ich meine das im Ernst. Wir wissen alle, wo wir am Ende landen werden, aber bis dahin, finde ich, sollten wir das Leben leben, oder?»

«Sicher. Das ist klar. Allerdings habe ich nicht den Eindruck, dass du das tust.»

Caterina blieb stehen und sah ihn an. «Warum sagst du das?»

«Weil du noch nicht mal dreißig Jahre alt bist und alles Mögliche tun könntest. Doch stattdessen: Schau dich an. Du arbeitest wie ein Tier, hast eine Vergangenheit hinter dir, der du dich nicht stellen kannst, die dir aber schwer auf der Seele liegt, und es gelingt dir nicht, die Altlasten loszuwerden. Du wolltest zur Polizeihochschule gehen, doch stattdessen bist du hier und arbeitest an deinem Studienabschluss. Außerdem verplemperst du deine Abende zusammen mit einem alten Elefanten, der auf dem direkten Weg ist, seine Knochen neben denen seiner Vorfahren zur Ruhe zu betten.»

«Du hast eine Menge richtiger Dinge gesagt, Vicequestore Schiavone, aber in einem irrst du dich.»

«Ach ja?»

«Du bist kein alter Elefant, und ich verplempere meine Abende nicht.» Langsam näherte sie ihr Gesicht dem Roccos und küsste ihn.

Er schmeckte eine Mischung aus Alkohol und Minze und

war versucht zurückzuweichen, weil er wusste, dass es falsch war, aber Caterinas Zunge war warm, und ihre Körper schienen perfekt miteinander zu harmonieren.

Du solltest das nicht tun, Rocco, das ist nicht richtig, dachte er. Sie könnte deine Tochter sein.

Er löste seine Lippen von den ihren und schaute in ihre großen Augen, die stärker zu strahlen schienen als die Straßenlaternen. Ihre weiche Haut, die weißen Zähne. Sie hatte das Haar zurückgestrichen, ihre Stirn war glatt, die Lippen feucht und dunkel.

«Scheiß drauf!», sagte er, umfasste sie, so fest er konnte, und fuhr damit fort, sie zu küssen.

XV

Rocco schreckte aus dem Schlaf. Er rieb sich die Augen. Neben ihm lag Caterina und schlief, wobei eines ihrer Beine aus dem Bett hing. Er erinnerte sich genau an das, was passiert war, aber alles war ein wenig verschwommen, vom Alkohol vernebelt. Er hatte Caterinas Körper nicht so genossen, wie er es sich gewünscht hatte. Nun konnte er sie in Ruhe betrachten, im milchigen Morgenlicht, das durch das Fenster hereinfiel.

Sie war wunderschön.

Das Gesicht ans Kissen geschmiegt, schlief Caterina tief und fest. Er konnte nicht widerstehen und streckte die Hand nach ihr aus, er wollte ihre seidene Haut berühren, die Wärme ihrer Beine, ihrer Schenkel unter seinen Fingern spüren. Doch nach wenigen Zentimetern hielt er inne. Er wollte sie nicht wecken, sondern sie stattdessen noch eine Weile betrachten. Blonde Haarsträhnen lagen auf dem Kissen und bedeckten einen Teil ihres Gesichts, aber es schien, als ob sie lächelte. Er ließ den Blick auf ihrem Hals ruhen, wo das Haar leichter zu sein schien, wie Seidenfäden. Das war die Stelle, die er bei Frauen am meisten liebte. Der Hals und die Stellen hinter den Ohren. Als Jugendlicher hatte er sich geschämt, so etwas seinen Freunden zu gestehen, die nur über Titten, Hintern und Schenkel sprachen. Damals hatte er nicht gewagt zu sagen: «Mich machen ihr Nacken und die Stellen hinter den Ohren verrückt!» Damit hätte er sich zu Tode blamiert.

Vorsichtig näherte er sich Caterina und gab ihr einen sanften Kuss, wobei seine Lippen ihre Haut kaum berührten. Sie duftete nach Blumen, vielleicht war es aber auch ihr Deo. Unter den Achseln roch sie dagegen herb, säuerlich. Er hatte Lust, sie noch einmal zu lieben, aber das Licht draußen vor dem Fenster sprach eine eindeutige Sprache: Es musste bereits nach acht Uhr sein.

Lupa hatte auf dem Sofa im Wohnzimmer geschlafen. Kaum dass sie ihn sah, streckte sie sich und folgte ihm in die Küche. Rocco füllte den Napf mit Trockenfutter und gab Thunfisch aus der Dose dazu. Während sein Hund fraß, ging er duschen.

Der Boiler funktionierte. Rocco genoss lange den warmen, behaglichen Strahl, ordnete seine Gedanken und gab sich den Erinnerungen an die vergangene Nacht hin. Er bekam eine Erektion, die er ignorierte, denn es war nicht der richtige Moment. Schließlich kehrte er ins Wohnzimmer zurück und rieb sich mit dem Handtuch das Haar trocken, als plötzlich die Hymne an die Freude aus seinem Handy erklang. Rocco beeilte sich ranzugehen und stieß sich das Schienbein an einem niedrigen Schrank im Eingangsbereich.

«Verdammte Scheiße!», fluchte er zwischen den Zähnen.

«Rocco? Alles in Ordnung?»

«Verdammt, wer ist dran?»

«Ich bin's, Brizio!»

Rocco ließ sich aufs Sofa fallen. «Ich hab mich nur dämlich gestoßen. Scheiße, tut das weh!»

«Das tut mir leid, Rocco.»

«Mir auch. Warte, ich stelle dich auf Lautsprecher und massiere mir das Bein ... Was ist, Brizio?»

«Also.» Die Sirene eines Krankenwagens übertönte die Stimme seines Freundes und hallte im Raum wider.

«Ich verstehe kein Wort, ich höre dich nicht!»

«Jetzt?»

«Ja. Wo bist du?»

«In Testaccio. Der Lärm kommt von einer Demonstration. Also, ich bin in der Bank gewesen. Mein Freund war so nett, mir weiterzuhelfen.»

Rocco betrachtete sein Bein. Er hatte bei dem Stoß eine ganz schöne Schramme abbekommen.

«Seba hat sechshundert Euro abgehoben und den Geldautomaten benutzt.»

«Wo?»

«In Foligno. Das ist in Umbrien.»

«In Umbrien? Kennt er da jemanden?»

«Soweit ich weiß, nicht.»

«Hast du eine Landkarte?»

«Die vom Automobilclub.»

«In Ordnung, danke, wichtige Nachricht. Mach's gut.»

«Was machst du? Kommst du?»

«Ich muss erst noch was überprüfen. Bleib an der Sache dran.»

Ein lautes Hupen war durch den Lautsprecher zu hören. «Was? Ja, ich bleib dran. Zumindest, wenn sie mich hier nicht überfahren. Lass von dir hören!», beendete Brizio das Gespräch.

Rocco öffnete eine Kommodenschublade und nahm einen bereits fertigen Joint heraus. Er musste die Spinnweben des Alkohols aus seinem Gehirn vertreiben und die grauen Zellen in Bewegung bringen. Er rauchte und blickte aus dem Fenster. Nebel hing über dem Platz, durch den man das Gebäude gegenüber und die geöffnete Bar nur erahnen konnte. Zwei Kinder, die Fangen spielten, wurden von den weißen Schwaden verschluckt. Nach dem dritten Zug griff Rocco nach seinem Handy und rief Alfredo De Silvestri an, der gleich beim ersten Klingeln ranging.

«Alfredo? Ich bin's, Schiavone!»

«Dottore, warten Sie.» Entfernt war das Geräusch eines Druckers zu hören, das plötzlich leiser wurde – ein Zeichen, dass Alfredo De Silvestri die Tür geschlossen hatte. «Jetzt können wir reden. So, wie sich Ihre Stimme anhört, ist es dringend.»

«Ist es, Alfredo. Bist du sogar heute im Kommissariat?»

«Ich hab Dienst.»

«Hör zu: Du musst für mich dringend etwas herausfinden. Es geht noch mal um die Sache mit den Tankstellen. Ich muss wissen, ob es irgendwelche Anzeigen bei Tankstellen an der Staatsstraße gegeben hat. Nicht bei den großen, nimm die kleineren ins Visier.»

«Wo genau?»

«Ich würde sagen, nördlich von Rom, Via Salaria, Via Flaminia.»

«Wie viel Zeit hab ich?»

«Gar keine!»

«Wie immer. Verstanden. Ich melde mich, so schnell ich kann.»

Rocco löschte die Zigarettenkippe unter dem Wasserhahn in der Spüle und warf sie in den Mülleimer. Dann zog er sich an. Sein Bein tat weh, aber er wollte nicht daran denken. Er versuchte erneut, Sebastiano zu erreichen, dessen Handy jedoch noch immer ausgeschaltet war. Wenn er recht hatte und sein Freund Enzo Baiocchi auf den Fersen war, dann war es schmerzlich, dass er ihn nicht eingeweiht hatte. Denn im Grunde, so viel war Rocco inzwischen klar geworden, vertraute Sebastiano ihm nicht mehr. Wenn das nicht so wäre, hätte er ihn angerufen und sich nicht ohne ihn auf den Weg gemacht. Dass Sebastiano auch Brizio und Furio nicht mehr zu trauen schien, machte es nicht besser. Er hatte sich offenbar entschieden, die Sache allein durchzuziehen. Und der Gedanke, dass sein Freund irgendwo da draußen allein auf fremdem Terrain unterwegs war, möglicherweise mit einer Waffe, war beängstigend.

Rocco ging aus der Wohnung, ließ die Tür offen und klopfte an der Tür der Nachbarn. Nachdem er eine halbe Minute gewartet hatte, erschien das verschlafene Gesicht von Gabriele. «Ah, Rocco, wie geht's? Haben Sie gesehen, dass …»

«Du schuldest mir noch einen Gefallen, erinnerst du dich?»

«Hä? Ja, klar, dass …»

«Du hast doch WLAN, oder?»

«Sicher», lautete die Antwort.

«Meinst du, dass das in meiner Wohnung auch funktioniert?»

«Bestimmt. Das ist eine gute Verbindung.»

«Dann leih mir deinen Laptop.»

Gabriele sah ihn an, ohne sich zu rühren.

«Was davon hast du nicht verstanden?»

«Wenn Sie nach etwas suchen, kann ich Ihnen helfen.»

«Nein, Gabriele, besser, du bleibst zu Hause.»

Der Junge verschwand, um kurz darauf mit dem Computer zurückzukommen. «Hier, ich habe ihn schon eingeschaltet. Um ins Internet zu kommen, brauchen Sie das Passwort.»

«Und wie lautet das?»

«*Hey teacher leave the kids alone*, alles zusammengeschrieben.»

«Bravo. Gar nicht mal blöd.»

«Da Sie schon wach sind, kann ich Musik anmachen?»

«Ich bringe dich um.»

«Aber warum? Sie sind doch wach.»

«Ich ja ...»

Ein schelmisches Lächeln erschien auf den Lippen des Jungen. «Sie sind nicht allein.»

«Gabriele, du lernst es nie, oder?»

«Was? Mich um meinen eigenen Scheiß zu kümmern? Wer weiß! Wie wär's mit ein bisschen Iron Maiden?»

«Die sind furchtbar.»

Anstatt einer Antwort wies Gabriele auf sein T-Shirt mit dem Logo der Band. «Ich such auch ganz sicher ein langsames Stück raus.»

«Wenn ich gleich jaulende Gitarren und Gegröle höre, komme ich wieder, und du bist ein toter Teenager.» Rocco war im Begriff, in seine Wohnung zurückzukehren.

«Ach, vielleicht freut es Sie zu hören, dass die Sache jetzt offiziell ist. Wegen dem Schulverweis und allem muss ich das Jahr auf jeden Fall wiederholen.»

«Das tut mir leid, aber das war eine Chronik des angekündigten Todes. Hast du es deiner Mutter schon gesagt? Ach nein, die ist sicher in Turin oder Mailand oder Bergamo auf Dienstreise.»

«Nein. Sie ist hier und frühstückt gerade. Ja, ich hab's ihr gesagt. Wissen Sie, wie sie reagiert hat?»

«War sie wütend?»

«Nein. Sie hat den Kopf geschüttelt und gesagt: ‹Gabriele, Gabriele, was hab ich getan, um das zu verdienen?›»

«Sie hat mein vollstes Verständnis», entgegnete Rocco und ging zurück in seine Wohnung.

Rocco setzte sich mit dem Laptop an den Tisch im Wohnzimmer und gab das WLAN-Passwort ein. Er sah sich auf einer Italienkarte an, wo in Umbrien sich Foligno befand. Zwischen Spello und Spoleto. Direkt an der Staatsstraße. Was machte Sebastiano ausgerechnet dort? Rocco verfolgte die Straße vorbei an Terni bis nach Rimini und weiter Richtung Norden. Wie angekündigt, hatte Gabriele Musik angemacht. Ein schrecklicher Song drang durch die Wände in seine Wohnung. *Murders in the Rue Morgue.* Die üblichen wilden Gitarrenklänge, die Gabrieles Gehör schädigten, und ohrenbetäubendes Schlagzeuggetrommel. Rocco verzog das Gesicht, unternahm aber nichts, unter anderem weil sich sein Handy meldete. Er ging ran und stellte auf Lautsprecher, um weiterhin die Karte studieren zu können.

«Ja.»

«Dottore, ich bin's, De Silvestri.»

«Schnell wie der Blitz. Was gibt's?»

«Also, ich weiß nicht, ob Ihnen das weiterhilft, aber es gibt zwei Anzeigen: eine von einer Tankstelle an der Via Flaminia auf der Höhe von Sacrofano. Die andere an der Via Salaria, in Monterotondo.»

«Ist bekannt, was genau passiert ist?»

«In Sacrofano haben sie die Zapfsäule für die Selbstbedienung rausgerissen. In Monterotondo dagegen ... Warten Sie, ich hab hier eine Kopie der Anzeige.»

Rocco hörte Papierrascheln. «Also: ‹Ich, Ermanno Pioli, und so weiter und so weiter.› Ja, hier, ein Mann hat vollgetankt und dann den armen Pioli niedergeschlagen, sodass er das Bewusstsein verloren hat. Er ist später mit einem Schädeltrauma und leerer Kasse wieder zu sich gekommen.»

«Dann hat dieser Ermanno Pioli dem Täter ins Gesicht gesehen?»

«Scheint so.»

«Gibt es an der Tankstelle Kameras?»

«Nein, davon steht hier nichts.»

«Und wahrscheinlich hat der Mann sich auch das Kennzeichen nicht gemerkt.»

«Er konnte zumindest das Auto beschreiben, war wohl ein weißer Fiat Cinquecento.»

«Ein weißer Fiat Cinquecento ... Na toll. Könntest du noch was für mich herausfinden? Das wäre allerdings recht mühselig.»

«Sie wollen wissen, wie viele weiße Cinquecentos in den letzten drei Wochen hier in Rom gestohlen gemeldet wurden?»

«Woher weißt du das?»

«Dottore, das ist das Auto, das in Rom und der ganzen Provinz am häufigsten gestohlen wird. Allein hier im EUR-Viertel waren es neun Stück in nicht mal einem Monat.»

«Dann ist der Kerl echt ausgebufft, wenn ich das richtig sehe», meinte Rocco.

«Wer?»

«Der Dieb. Wenn er ein Auto gewählt hätte, das nicht so oft gestohlen wird, wäre es leichter, ihm auf die Spur zu kommen, oder?»

«Stimmt, daran hab ich noch gar nicht gedacht. Man könnte sagen, er tarnt sich.»

«Ja, er tarnt sich. Und das spricht für meinen Verdächtigen. Gut, Alfredo, bitte gib mir die genaue Adresse der Tankstelle.»

«Via Salaria Monterotondo, bei Kilometer 32 und 300.»

Rocco notierte die Standortdaten auf einem Zettel. «Schön, Alfredo, danke.»

«Keine Ursache. Wenn es etwas Neues gibt, melde ich mich.»

«Ich verlass mich drauf.»

Rocco beendete das Gespräch und betrachtete die Karte auf dem Bildschirm. Die Via Salaria führte nach Rieti, von dort war es nicht mehr weit bis zur Staatsstraße 3 Richtung Norden. Das war der Weg nach Slowenien. Er klickte auf die Grenze, und die Straße wurde eine blaue Linie von Rom nach Friaul. Das konnte eine erste Spur sein. Er hörte ein Geräusch und drehte sich um. Vielleicht war Caterina aufgewacht. Auf Zehenspitzen ging er ins Schlafzimmer und sah, dass sie noch im Bett lag. Sie hatte sich zugedeckt und schlief noch immer tief und fest. Daher beschloss er, ihr eine Nachricht zu hinterlassen und sich zusammen mit Lupa auf den Weg zu machen.

Um fünf Uhr am Nachmittag war er da. Lupa hatte die ganze Fahrt über gedöst. Am Mittag hatte Caterina angerufen und sich beschwert, dass er einfach verschwunden war, aber auch wegen praktischer Dinge wie: welches Fenster sie schließen sollte, wo Lupa steckte und, vor allem, wohin er wollte. Rocco hatte gelogen und ihr erzählt, dass er in Mailand wäre, um einen lieben Freund zu besuchen, den er lange nicht mehr gesehen hatte. Caterina schien das geschluckt zu haben und hatte sich mit einem Kuss verabschiedet. Die ganze Fahrt über dachte er an die Nacht mit ihr. Er stellte sich jede Menge Fragen: darüber, was aus der Sache werden sollte, ob er es als ein angenehmes kleines Abenteuer sehen oder ob mehr daraus werden konnte. Ob sie es bei der Arbeit verschweigen oder darüber reden sollten, sodass nach und nach alle Bescheid wussten? Was wollte er? Welche Antwort würde er auf die Frage geben, die er, wenn es um komplizierte Liebesdinge ging, immer seinen Freunden stellte: Kannst du dir vorstellen, lange Zeit von ihr getrennt zu sein? Konnte er sich vorstellen, lange Zeit von Caterina getrennt zu sein? Er wusste es nicht. Wahrscheinlich wäre es besser gewesen, sich gar nicht erst in diese Lage zu bringen und sich das Leben leichter zu machen, soweit man in seinem Fall überhaupt von einem leichten Leben sprechen konnte. Andererseits hatte er sich seit Monaten genau danach gesehnt, sie nicht aus den Augen gelassen, immer wieder provoziert. Caterina war jetzt ein Teil seines Lebens. Er dachte an das beinahe alberne Geplänkel zwischen ihnen in der Questura oder während der Ermittlungen. Es war lustig gewesen, voller Zweideutigkeiten und Andeutungen auf etwas, das vielleicht eines Tages geschehen konnte. Und jetzt war es geschehen. Würde daraus eine Beziehung werden, oder war er damit zu voreilig?

Nein, er konnte das nicht machen. Sie war nicht für ihn bestimmt. Auf der Höhe von Roncobilaccio dachte er an Marina, an ihr Lächeln und ihre Melancholie. Er hatte sich in dieser Erinnerung eingeschlossen. Und nun hatte sich ein Fenster geöffnet, und Caterina war aufgetaucht. «Lupa, was, verdammt, soll ich machen?» Aber der Hund stellte nicht mal die Ohren auf.

Es war eine Tankstelle mit nur zwei Zapfsäulen, eine mit Bedienung und eine mit Selbstbedienung. Eine freie Tankstelle, die nicht zu den großen Ölkonzernen gehörte und deshalb andere Preise bieten konnte. Brizios Range Rover stand neben dem Gebäude, in dem sich die Kasse befand. Rocco und Lupa stiegen aus dem Wagen, und der Hund nutzte die Gelegenheit, um sein Geschäft zu erledigen. Brizio kam hinter einem Busch hervor und knöpfte sich die Hose zu. «*Ciao,* Rocco», sagte er und kam auf ihn zu.

«Willst du mich jetzt etwa umarmen?», fragte dieser mit Blick auf Brizios Hände.

«Ich hab mich gerade mit einem Blatt abgewischt.»

«Dann lass gut sein. Ich mag dich trotzdem. Ist er hier?»

«Nein, nur seine Frau. Er ist zu Hause. Sagt, dass ihm noch immer schwindelig ist.»

«Und wo wohnt er?»

«Gleich hier.» Brizio wies auf ein kleines Haus direkt hinter den Zapfsäulen. Sie gingen zu der rot gestrichenen Gartentür, an der, mit rostigem Draht befestigt, ein alter Briefkasten hing, und stiegen hinüber. Sofort begannen drei winzig kleine Hunde wie wild zu bellen. Lupa erschreckte sich und blieb zurück.

«Komm, Lupa, die tun dir nichts», meinte Rocco, aber Lupa fürchtete sich vor dem kleinen Rudel, das sich ihr inzwischen genähert hatte. Die drei Kleinen begannen an ihr zu schnüffeln, was Lupa mit eingezogenem Schwanz über sich ergehen ließ. Doch schon einen Augenblick später verschwanden alle vier zum Spielen in den Garten.

«Sie mögen sich», kommentierte Brizio.

Das Haus war unverputzt. Ein durchsichtiges grünes Kunststoffdach überdeckte den Bereich vor der Haustür, und hinterm Haus war ein niedriger altersschwacher Zaun zu sehen. Ein leises Glucken wies auf das Vorhandensein von Hühnern hin. Die Tür war abgenutzt, und auf der rechten Seite stand auf einem Klingelschild aus Plastik der Name des Bewohners. Sie klingelten, und kurz darauf wurde die Tür geöffnet.

«Wer sind Sie?»

«Ermanno Pioli?»

«Der bin ich.» Der Mann war nicht größer als ein Meter sechzig und hatte weißes Haar. Sein Bart war struppig, und er trug eine Pyjamahose und ein Baumwollunterhemd. Dazu alte Pantoffeln aus rissigem Leder. Eine dicke Warze zierte seine rechte Wange. «Wer sind Sie?»

«Vicequestore Schiavone von der Staatspolizei.»

Der Mann nickte und ließ sie eintreten. «Es geht um den Überfall, richtig?»

«Genau», meinte Brizio, der hinter Rocco ins Haus ging.

Es roch feucht, und die rote Tapete in dem kleinen Eingangsbereich löste sich an einigen Stellen von der Wand. «Kommen Sie rein, und machen Sie es sich bequem», sagte der Mann und bat sie ins Wohnzimmer. Hier war alles blitzsauber. Die Kissen auf den geblümten Sofas waren noch in Zellophan verpackt, und die Marmorplatte des Couchtischs war auf Hochglanz poliert. Über einer Kommode mit einer Platte aus dem gleichen Material hing ein riesiger Spiegel mit Goldrahmen. In der Mitte stand eine Vase aus Zinn mit Plastikrosen. «Bitte setzen Sie sich.» Der Hausherr wies auf die Stühle und nicht auf die Sofas, die offensichtlich nur Schauwert hatten. «Kann ich Ihnen etwas anbieten?»

«Wasser bitte», meinte Rocco.

«Für mich nichts», entgegnete Brizio.

«Gut ... Ich bin gleich wieder da.» Der Mann verschwand hinter einer Tür. Hier war die Tapete in einem matten Blauton gestrichen, und an den Wänden hingen gerahmte Deckel von Pralinenschachteln mit italienischen Sehenswürdigkeiten: dem Golf von Neapel, den Drei Zinnen von Lavaredo und dem Canal Grande. Über dem Fernseher war eine postmoderne Madonna als Silberprägung zu bewundern.

Ermanno kam mit einer Glasflasche mit orangefarbenen Streifen und einem Glas zurück. «Hier, dummerweise haben wir kein Mineralwasser mehr.»

«Macht nichts, Signor Pioli», sagte Rocco.

«Es sind ja schon ein paar Tage vergangen. Der Überfall war letzten Dienstag. Der Mann ist ausgestiegen, hat getankt, und als ich mich zur Zapfsäule umdrehe, spür ich plötzlich einen heftigen Schmerz am Kopf. Ich bin zu Boden gegangen und hab gesehen, dass er eine Pistole in der Hand hatte. Er hat noch mal zugeschlagen, und danach ... alles schwarz. Als ich wieder zu mir gekommen bin, lag ich im Krankenhaus.»

«Hören Sie, ich zeige Ihnen jetzt ein Foto. Sind Sie in der Lage, den Verbrecher wiederzuerkennen?»

«Er hatte eine Sonnenbrille und eine Wollmütze auf, was mir gleich komisch vorgekommen ist. Schließlich haben wir Juni.»

Rocco griff in seine Tasche, nahm seine Brieftasche heraus und öffnete sie.

«Trägst du ihn immer bei dir?», fragte Brizio.

«Ja», bestätigte Rocco lächelnd und zog das Foto von Enzo Baiocchi heraus. «Das ist schon ein paar Jahre alt», erklärte er, als er es dem Mann gab.

Der nahm das Bild entgegen und betrachtete es. «Schwierig», meinte er. «Die Augen hab ich ja nicht gesehen.»

«Warten Sie.» Rocco nahm einen Stift aus der Tasche, malte dunkle Brillengläser auf das Foto und gab es dem Mann zurück.

Der lächelte. «Schon besser», sagte er belustigt und zeigte seine Zahnlücken. «Ich würde sagen, ja, das könnte er sein. Könnte sein, ja. Aber ... Nein, nein, er könnte es sein.»

«Ihre Frau hat nichts gesehen?»

«Nein, meine Frau war im Haus.»

«Wie viel Geld hat er gestohlen?»

«Etwa zweihundert Euro.»

«Damit kommt er nicht weit», meinte Brizio.

«Eben. Deshalb hat er wieder zugeschlagen, Brizio, glaub mir.»

Rocco behielt recht. Diesmal brauchte Alfredo De Silvestri nicht mal eine halbe Stunde, um die Anzeigen von Tankstellen an der Staatsstraße 3 durchzugehen. In Scheggia an der Grenze zur Region Marken hatte ein weiterer Überfall stattgefunden. «Er lässt Brotkrümel zurück», meinte Brizio, an seinen Range Rover gelehnt, «wie in dem Märchen, wie heißt das noch mal ...?»

«Der Däumling», antwortete Rocco. «Wie spät ist es?»

«Sechs», sagte Brizio. «Was machen wir jetzt?»

«Du fährst zurück nach Rom und sagst Furio Bescheid.»

«Und wohin willst du?»

«Ich muss was überprüfen. In Velletri.»

«In Velletri?»

Eine weitere Stunde im Auto. Rocco kämpfte mit seinen Augenlidern, die ständig zufallen wollten, und sein Rücken tat höllisch weh. Sein Hinterteil hatte sich bereits der Form des Sitzes angepasst. Als das Gefängnis in Sichtweite kam, ging gerade die Sonne unter. Er parkte den Wagen, sorgte dafür, dass Lupa draußen ihr Geschäft erledigte, und ließ sie anschließend bei leicht geöffneten Fenstern im Auto zurück. «Ich bin gleich wieder da, schön brav sein», sagte er und ging auf das Gefängnisgebäude zu.

«Sieh mal an, wer da kommt. Wie geht's, Rocco?» Francesco Selva, der Gefängnisdirektor, war auch zu dieser späten Stunde noch im Dienst, wirkte aber, als wäre er gerade erst eingetroffen. Frisch wie der junge Morgen, leicht gebräunt und perfekt frisiert, verbreitete er den Duft von Aftershave. Sie gaben sich die Hand. «Was gibt's? Wieder Enzo Baiocchi?»

«Wie immer.»

«Was für ein Scheißkerl.» Selva strich sich kurz durchs Haar. «Und was kann ich für dich tun?»

«Ich wüsste gern, ob du dich an jemanden erinnerst, der viel Kontakt mit ihm hatte.»

«Hier drinnen? Wenn das einer weiß, dann Luciano Domizi, einer der Aufseher. Er ist so gut wie in Rente, aber über unsere Gäste weiß er alles.»

«Wo kann ich ihn finden?»

«Komm mit. Er ist unten im Büro. Er ist ein guter Kerl, aber ein bisschen schroff. Nach dreißig Jahren hier kann man ihm das nicht verübeln.»

Die Büros waren menschenleer. In einem kleinen Raum mit rissigen Wänden saß ein Mann mit einem Schnurrbart und Bürstenhaarschnitt. Er ordnete gerade einen Stapel Dokumente. Als Selva und Rocco eintraten, hob er nicht mal den Blick. «Lucia', das ist Vicequestore Schiavone, er würde gern mit dir reden.»

«Moment, ich hab nur zwei Hände!» Der Mann schob die fertig sortierten Dokumente in eine Mappe. Dann sah er auf. «Du bist Schiavone, den der Mistkerl Baiocchi umbringen wollte?»

«Höchstpersönlich.»

Luciano blickte auf die Uhr an der Wand. «Ich bin gerade auf dem Sprung nach Hause. Machen wir's kurz.»

«Das geht ratzfatz. Hören Sie, Luciano ...»

«Wir sollten uns duzen. Das mit dem ‹Sie› krieg ich nicht

hin. Ich bin kein feiner Herr wie Sie, der in die Schule gegangen ist. Ich arbeite mit denen hier …» Er hob die klobigen, dunklen Hände.

Selva quittierte die wenig diplomatischen Reaktionen seines Mitarbeiters mit einem Lächeln.

«In Ordnung, Lucia'», fuhr Rocco fort. «Vielleicht kannst du mir helfen. Als Baiocchi hier war, gab es da jemanden, mit dem er öfter zusammen war?»

Luciano stand auf. Er war ziemlich übergewichtig und schnaufte schon bei einer so einfachen Bewegung. «Da gab es zwei. Einer ist noch hier drin, Damiano Mezzi, erinnerst du dich, *Diretto'*?»

Selva nickte. «Ja, der sitzt noch eine Weile. Ist ein Wiederholungstäter. Raub, Diebstahl und fahrlässige Tötung. Gute Führung, er macht sich hier im Gefängnis nützlich.»

Rocco rieb sich nachdenklich das Kinn. «Und der andere?»

«Der andere ist seit sechs Monaten draußen. Mino Coppetti. Der kennt die Gefängnisse von halb Italien. Er meint, dass es in Velletri nicht übel ist.» Luciano lachte. «Daran werd ich mich nie gewöhnen. Die Gefangenen halten das für eine Art Hotel. Sie beurteilen das Essen, die Räume, die Toiletten. Einer schlimmer als der andere. Diese Mistkerle!»

«Coppetti. Was ist seine Spezialität?»

«Fälschungen. Aber er hat auch ein paar Raubüberfälle auf dem Konto, um nicht aus der Übung zu kommen.»

«Und mit diesem Coppetti war Baiocchi befreundet?»

«Die waren ein Herz und eine Seele.»

«Und er ist draußen.»

«Hab ich doch gesagt! Bist du taub? Seit sechs Monaten. Der hat seine Strafe abgesessen.»

«Erinnerst du dich, von wo dieser Coppetti kommt?», fragte

Rocco Selva, da ihm der alte Aufseher ziemlich auf die Nerven ging.

«Nein, keine Ahnung.»

«Dann frag doch mich! Bin ich dir nicht gut genug?», wandte Luciano ein. «Aus Cividale del Friuli. Wenn der mit seiner Mutter telefoniert hat, hast du kein Wort verstanden. Die reden echt komisch da.»

«Die sprechen dort Furlanisch, Luciano», erklärte der Direktor.

«Kann ich die Adresse von diesem Typen haben?»

«Darum kümmere ich mich, Rocco», meinte Selva. «Danke, Luciano, du hast uns sehr geholfen.»

«Bitte, Direttore. Ah, Schiavone, wenn du Enzo erwischst, sorg dafür, dass er nicht wieder herkommt.»

«Wenn es nach mir ginge, würde ich ihn dort lassen, wo ich ihn finde», entgegnete Rocco.

«Du gefällst mir, Vicequestore», sagte Luciano und lächelte endlich.

Auf die unangenehmen Seiten des Lebens konnte man problemlos verzichten. Rocco war nach der Zeit in Aosta keinen dichten Verkehr mehr gewohnt. Und nun kehrte er nach Rom zurück, eingepfercht zwischen anderen Autos und mit ständigem Rücklicht vor den Augen. Er steckte in einer riesigen Masse aus Metall, Plastik und Glas fest, die sich alle zehn Minuten einen halben Meter vorwärtswalzte. Er musste immer wieder an Bernardo Valenti denken und an das Gesicht mit der schiefen Nase von Carlo und Paolo. Die Sache brannte ihm noch immer unter den Nägeln, aber immerhin hatte er den Fall trotz der Vertuschungen gelöst. Das war ein Sieg, auch wenn die Ermittlungen blaue Flecken hinterlassen hatten, die so schnell nicht abheilen würden. Im Radio spielten sie gerade *El día que me quieras*, einen argentinischen Tango, und Rocco musste mitten im Stau an die Leiche Juanas im Wasser der Dora denken. Außerdem war da noch der Tote in Castel di Decima und das letzte Telefongespräch mit Bonanni.

Honduras.

Wieso schien ihm das so vertraut? Die Erkenntnis traf ihn wie ein Blitz. Die präkolumbianischen Statuen! Die Drogenhändler-Bande um Enzos Bruder Luigi hatte das Kokain in Gestalt von falschen präkolumbianischen Statuen nach Italien geschmuggelt. Und zwar aus Honduras. Ein Zufall? Konnte sein. Damals hatten sie am Hafen von Civitavecchia die römischen Händler festgenommen, aber nicht die Drahtzieher dahinter. Hatte die Leiche, die in Castel di Decima gefunden worden war, etwas damit zu tun? Und wenn ja, warum? War der flüchtige Enzo Baiocchi in diesen Mord verwickelt und womöglich sogar das Bindeglied zu den Drogengeschäften?

Auf der Höhe von Ciampino dachte er ernsthaft darüber nach, die Strada Provinciale zu verlassen und zum erstbesten Hotel zu fahren, statt in seiner Wohnung in Rom zu übernachten. In dem Moment meldete sich sein Telefon. Die Nummer kannte er. Er stellte die Lautsprecherfunktion ein. «*Ciao*, Caterina!»

«*Ciao*, Rocco. Wo bist du?»

«Auf dem Weg nach Varese.»

«Der Questore sucht dich. Ich habe ihm gesagt, dass du eine Pause brauchst, und er hat das klaglos hingenommen.»

«Gut so. Je weniger ich ihn sehe, desto besser.»

«Ich würde gern mit dir reden.»

«Bist du zu Hause?»

«Ja.»

«Aber ich möchte das nicht am Telefon besprechen.»

«Ich auch nicht. Wusstest du übrigens, dass Baldi einen kleinen Rachefeldzug gestartet hat?»

«Das heißt?»

«Er hat sich die Konten von diesem Berthod angesehen, dem Hauseigentümer.»

«Dann macht ihm die Sache wohl genauso zu schaffen wie uns.»

«Er wird dich sicher anrufen.»

«Hat er schon, aber ich wollte nicht mit ihm reden.»

«Kommst du bald zurück?»

«Ich weiß nicht. Wahrscheinlich schon.»

«Was gibt es Schönes in Varese?»

«Keine Ahnung. Ich war noch nie da.»

«Soll ich nachkommen?»

«Lass gut sein, Caterina.»

Sie schwiegen kurz. «Also dann sehen wir uns, wenn du wieder hier bist. Geht es Lupa gut?»

«Die Arme. Sie schläft auf dem Rücksitz.»

«Fühl dich umarmt, Rocco. Ciao.»

Auf der Höhe der Ringstraße ließ der Verkehr nach, und Rocco beschloss, bis nach Trastevere zu fahren und sich dort ein Hotelzimmer zu suchen. Nachdem er geduscht und Lupa etwas gefressen hatte – Hundefutter aus einer Drogerie mit Haute-Couture-Preisen –, ging er zum Treffen mit seinen Freunden. Sie warteten auf der Piazza Sant'Egidio auf ihn. Vielleicht weil der ganze Ärger noch so frisch war, erzählte Rocco ihnen die ganze Geschichte von Juana Perez. Bevor er fertig war, hatte jeder von ihnen schon zwei Gläser Bier getrunken. Der einzige Kommentar kam von Furio. «Diese Mistkerle!», meinte er und bestellte die dritte Runde.

«Womit fangen wir an?», fragte Brizio dann, während er sein Bier schlürfte.

«Da gibt es einen Typen, mit dem Enzo öfter zusammen war. Ein gewisser Coppetti aus Cividale del Friuli.»

«Was hat der damit zu tun?»

«Wenn wir richtigliegen, ist Baiocchi jetzt zu ihm unterwegs. Von dort ist es nicht weit nach Slowenien, und sein alter Freund kann ihn vielleicht mit den nötigen falschen Papieren versorgen.»

«Und wenn wir uns irren?»

«Dann geht er uns durch die Lappen», meinte Rocco.

«Habt ihr irgendwas über den namenlosen Toten rausgekriegt?»

«Sein Gürtel kam aus Honduras. Die Dinger wurden von der Botschaft verschenkt.»

Die beiden Freunde sahen Rocco fragend an.

«Ja, ich musste auch erst eine Weile drüber nachdenken, aber dann bin ich bei dem Drogenhandel von 2007 gelandet, an dem dieser widerliche Luigi Baiocchi beteiligt war.»

«Trinken wir darauf, dass er irgendwo in der Hölle schmort», sagte Brizio und hob sein Glas.

«Genau. Also in dieser Drogensache waren die Statuen aus Kokain, erinnert ihr euch? Und die kamen aus Honduras.»

«Das scheint mir ein wenig weit hergeholt», wandte Furio ein. «Was willst du machen?»

«Ich schau kurz in der Botschaft vorbei, um mich zu informieren. Und danach fahren wir auf dem schnellsten Weg nach Cividale.»

Furio schnaubte, und Brizio biss sich auf die Lippe. «Haben wir eine Adresse von diesem Coppetti?»

«Im Gefängnis haben sie mir eine alte Adresse gegeben, die der Mutter, die aber schon eine Weile tot ist. Hört euch mal um. Der Kerl ist in der Fälscherszene sicher nicht unbekannt. Und ich werde meine Freunde aus dem Kommissariat um Hilfe bitten.»

«In Ordnung. Und jetzt gehen wir was essen», schlug Furio vor. «Mein Magen hängt mir schon in den Kniekehlen.»

Rocco legte das Geld auf den Tisch, und zusammen gingen sie zu ihrem Stammrestaurant. «Seba hat immer noch sein Handy ausgeschaltet», meinte Brizio.

«Ja. Ich hab inzwischen aufgegeben, ihn erreichen zu wollen.»

«Apropos Handy», meinte Furio und zündete sich eine Zigarette an, «mir leuchtet noch immer nicht ein, wieso der Tote deine Nummer in der Tasche hatte …»

Das Zimmer war klein, nicht wirklich sauber und hing voller hässlicher Bilder. Rocco musste sie erst umdrehen, um schlafen zu können. Er schloss die Fensterläden und grüßte dabei seine Stadt und sein Viertel. Dann ging er zum Zähneputzen ins Bad. Dabei entdeckte er sie im Spiegel. Sie war weit weg, und ihr Gesicht wirkte müde und verschwommen. Sie sah ihn nicht an, sondern blickte zur Seite, als ob es im Zimmer etwas Interessanteres gäbe.

«Ich geh nicht mehr nach Hause, Marina. Dort fühl ich mich nicht wohl. Lieber nehm ich mir ein Hotelzimmer. Ich denke ernsthaft darüber nach, die Wohnung zu verkaufen. Sie ist immer noch einen Haufen Geld wert. Vielleicht finde ich hier in Trastevere etwas anderes. Mir reicht etwas Kleines.»

Das Gesicht verschwand. Rocco spuckte die Zahnpasta ins Waschbecken und spülte sich den Mund. Das Wasser in Rom schmeckte nach Kalk. Dann kehrte er ins Zimmer zurück. Obwohl er sicher war, dass er die Fensterläden geschlossen hatte, standen sie nun wieder offen, genau wie das Fenster. Es berührte ihn sehr, als er am Himmel zwischen den schmutzigen Wolken einen einzigen hell leuchtenden Stern sah. Der Mond war nur ein silberner Strich. «Auch dir eine gute Nacht, *Amore mio.*»

XVI

Der Presseattaché der honduranischen Botschaft wirkte abgehetzt. Im dunkelblauen Leinenanzug, das Einstecktuch in der gleichen Farbe wie die Krawatte, sah er eher aus wie ein Bräutigam auf seiner Hochzeit. «*Buongiorno*, ich bin Alejandro Giménez», stellte er sich vor und schüttelte Rocco die Hand. «Was kann ich für Sie tun?» Sein Italienisch war perfekt.

«Sie sollten die Stadtverwaltung um einen Besucherparkplatz bitten», meinte Rocco. «Das ist ja ein Albtraum.»

Giménez lächelte. «Das ist das Schöne an einem Job im Ausland, und das einzig Schöne, glauben Sie mir: Wir haben reservierte Parkplätze. Möchten Sie einen Kaffee oder einen Tee?» Giménez wies auf eine Treppe, die in den ersten Stock führte. Eine Sekretärin in einem roten Kleid, die an einem Schreibtisch direkt unter der Treppe saß, lächelte.

«Nein, danke.»

«Also ...» Der Pressechef rieb sich die Hände, «bleiben wir hier im Vestibül, oder sollen wir in mein Büro gehen?»

«Ich fühl mich wohl hier.»

«Dann profitieren wir doch von diesen äußerst bequemen Polstermöbeln da drüben.» Giménez führte Rocco in eine Ecke, wo neben einem Fenster zwei rote Sessel und ein niedriger Tisch im Licht standen.

«Am Telefon sagten Sie, es ginge um diese Gürtel ...»

«Genau. Können Sie mir da weiterhelfen? Ich weiß, dass der Hersteller ...»

«Mario's Pura Piel. Der beste in unserem Land.»

«Genau. Er soll für die Botschaft Gürtel produziert haben.»

«Das habe ich bereits überprüft. Tatsächlich hat die Botschaft dort vor zwei Jahren eine gewisse Anzahl davon bestellt, um sie zu verschenken.»

«Darf ich fragen, an wen?»

Giménez hob hilflos die Arme. «Sie dürfen, aber das ist schwer zu beantworten. Das war kein kostspieliges Geschenk. Also wurden die Gürtel vermutlich oder sogar ganz sicher an Personen verschenkt, die mit der Botschaft zusammengearbeitet haben. An Journalisten zum Beispiel, an Blumenlieferanten oder an Leute vom Catering.»

Rocco steckte die Hand in die Tasche und zog ein Foto des Toten aus Castel di Decima heraus. «Haben Sie diesen Mann schon mal gesehen?»

«Das Bild hat man mir schon gezeigt, Dottor Schiavone. Nein, ich weiß nicht, wer das ist. Ich habe den Mann noch nie gesehen. Er hat so einen Gürtel getragen, richtig?»

«Genau.»

«Das muss trotzdem nicht heißen, dass der Mann aus meinem Heimatland stammt. Sie wissen doch, wie das mit solchen Dingen ist. Man verschenkt sie gern weiter.»

«Das stimmt. In Pisa landen nach Weihnachten die schlimmsten Geschenke in einer Verlosung, sie nennen das Schrotttombola oder so ähnlich.»

Giménez lachte. «Das trifft auf den Gürtel sicher nicht zu. Mario's Pura Piel stellt sehr gute Ware her.»

«Da habe ich keine Zweifel. Aber vielleicht ist er wirklich weiterverschenkt worden. Dabei fällt mir ein: Wie viel, glauben Sie, könnte ein solcher Gürtel kosten?»

«Na ja, die werden handgefertigt. Auch wenn sie alle gleich aussehen, sind es Einzelstücke. Vierzig Euro etwa?»

«Ist das eine Frage?»

«Nein, das ist keine Frage. Ich würde sagen, um die vierzig Euro.»

«Daraus könnte man vielleicht schließen, dass jemand, der, sagen wir, nicht sehr reich ist, ein solches Geschenk kaum weiterverschenken würde, oder?»

«Daran habe ich noch nicht gedacht. Ja, könnte sein.»

«Durchdenken wir das Ganze mal gemeinsam: Ich erhalte von der Botschaft dieses Geschenk, weiß aber nicht, was ich damit machen soll, weil ich ziemlich reich bin. Also gebe ich es jemandem, der es zu schätzen weiß. In unserem Fall dem Toten. Selbst wenn wir davon ausgehen, dass er Honduraner ist, kann er den Gürtel nicht in einem Geschäft gekauft haben. Denn, wie Sie mir gesagt haben, stellt Mario's Pura Piel normalerweise keine Gürtel her.»

«Nein, genau, Ihre Überlegung ist durchaus plausibel.»

«Und können Sie mir, so ins Blaue gesprochen, jemanden nennen, der diesen Gürtel erhalten und vielleicht weiterverschenkt haben könnte?»

«Warten Sie.» Giménez stand abrupt auf. Es war ihm sicher nicht angenehm, Rocco Rede und Antwort zu stehen, was er jedoch gut zu überspielen wusste. «Carmen!», rief er nun aus. «Unser wandelndes Gedächtnis.» Die Sekretärin in dem roten Kleid kam zu ihnen. Der Presseattaché redete mit ihr. Sie hörte lächelnd zu und ging dann die Treppe hinauf. Giménez wandte sich an Rocco. «Wenn es etwas gibt, wird Carmen es sicher finden.»

«Waren Sie im Jahr 2007 schon hier?», fragte Rocco.

«Nein, zu der Zeit war ich am Konsulat in Turin. Warum?»

«Nichts. Ich habe mich nur nicht an Sie erinnert. Ich war mal wegen einer hässlichen Drogengeschichte im Hafen von

Civitavecchia hier in der Botschaft. Aber wir konnten nichts herausfinden.»

«Eine hässliche Drogengeschichte?»

«Ja. Wir haben eine Lieferung abgefangen, die aus Ihrem Land kam. Sie hatten das Kokain zu präkolumbianischen Statuen verarbeitet.»

Die Miene des Presseattachés verdüsterte sich.

«Habe ich etwas Falsches gesagt?»

«Nein ... aber Sie können sich sicher vorstellen, dass es nicht angenehm ist, so etwas zu erfahren. Drogen aus Südamerika oder aus Honduras?»

«Aus Ihrem Land.»

«Wir können ja wohl kaum alle Honduraner im Auge behalten oder alle Italiener, die mit meinem Land zu tun haben. Allein in Rom sind das Tausende.»

«Ich weiß. Wir haben die Ermittlungen schließlich eingestellt. Damals haben wir mit einem Kollegen von Ihnen gesprochen. Besser gesagt, mit jemandem aus dem Büro des Vizekonsuls, soweit ich mich erinnere. Warten Sie, der Name war ... Juan González irgendwas ...»

Giménez schnalzte mit der Zunge. «Juan González Barrio. Nein, er war nicht aus dem Büro des Vizekonsuls. Er hatte mit kleinen und mittelgroßen Unternehmen zu tun.»

«Ist er noch hier?»

«Um Gottes willen!», sagte Giménez und hob abwehrend die Hände. «Schon seit Jahren nicht mehr.»

«Wissen Sie, was er jetzt macht?»

«Nein, das weiß ich nicht. Wir haben keine Verbindung mehr zu ihm. Meines Wissens ist er zurück nach Honduras gegangen. Ich erinnere mich, dass er eine sehr schöne Frau hatte, aber an mehr nicht. Und da wir gerade von schönen

Frauen reden.» Giménez wandte sich zu Carmen um, die gerade die Treppe wieder herunterkam. Sie übergab dem Presseattaché eine schmale Mappe. «Da haben wir es. Es geht nichts über eine gute Sekretärin. Alles dort, wo es sein soll. Also, die Bestellung wurde im Jahr ... 2010 aufgegeben, vor drei Jahren demnach. Stopp, es hat vorher schon mal eine gegeben, aber das war im Jahr 2001. Zu lange her, oder? Ja, der Lederwarenhersteller hat uns fünfunddreißig Gürtel, hundertfünfzig Portemonnaies und hundertfünfzig Brieftaschen geliefert. Allerdings sind hier keine Empfänger der Geschenke verzeichnet.» Giménez senkte das Blatt. «Tut mir leid.»

Rocco sah zu der Sekretärin hinüber, die an ihren Schreibtisch unter der Treppe zurückgekehrt war. Ihre Blicke begegneten sich, und sie senkte den ihren nicht.

«Na gut, es war einen Versuch wert.»

«Ich versichere Ihnen, dass, wenn ich irgendeine Spur finde ...»

«Lassen Sie es mich wissen. Sie können sich auch an Vicequestore Bonanni wenden, meinen Kollegen hier in Rom. Wobei mir mein Gefühl sagt, dass wir nichts mehr voneinander hören werden.»

«Seien Sie doch bitte nicht so pessimistisch.»

«Ich bin realistisch, Dottor Giménez.» Rocco stand auf und streckte dem Mann die Hand entgegen. «Es war mir eine Freude.»

«Ganz meinerseits, Dottor Schiavone. Und überlegen Sie sich mal, ob Sie mein Heimatland nicht kennenlernen möchten. Es ist wunderschön dort.»

«Das bezweifle ich nicht. Vor allem, wenn die Frauen dort so sind wie Carmen.»

Die Sekretärin lächelte errötend.

Nicht dass Rocco Schiavone ein profunder Kenner der weiblichen Natur wäre, aber der menschlichen schon. Er war in der Lage, in den Augen einer Person zu lesen und ihre Gesten zu deuten. Aus dem, wie jemand ging oder blickte, bis hin zu der Art und Weise, wie er oder sie sich übers Haar strich, zog er oft nützliche Schlüsse. Dann gab er der jeweiligen Person zehn Minuten, was genügend Zeit war, um eine Entscheidung zu treffen und entsprechend zu handeln. Diesmal ging er in eine Bar gegenüber der Botschaft und setzte sich an einen der Tische, die neben den parkenden Autos auf dem Gehsteig standen. Er bestellte einen Espresso und behielt das Fenster im Erdgeschoss im Auge. Carmen hatte nach drei Minuten hinausgeschaut, und nach sieben Minuten sah er sie aus der Tür treten. Sie hob ihr Kinn, ihr Haar wehte im Wind, vielleicht hatte sie auch ihr Make-up ein wenig aufgefrischt. Dann überquerte sie die Straße und kam auf ihn zu. Sie betrat die Bar, grüßte mit einem leichten Kopfnicken und lächelte. Das Lächeln schien ihre bevorzugte Waffe zu sein. Rocco stand auf und folgte ihr nach drinnen. Er ging zur Kasse und bezahlte den Kaffee. Dann lehnte er sich abwartend an die Theke. «*Buongiorno,* Carmen», sagte Rocco.

«*Buongiorno,* Dottor Schiavone.»

«Ein wunderbarer Tag, finden Sie nicht?»

Carmen lachte. Draußen verdüsterten graue Wolken die Stadt. «Da hat es schon bessere gegeben.»

«Sie sind das wandelnde Gedächtnis der Botschaft, wie ich gehört habe.»

Die Frau antwortete nicht. Sie steckte die Hand in die schwarze Tasche, die sie unterm Arm trug, und zog ein Blatt Papier heraus. «Das ist die Liste der Leute, die den Gürtel erhalten haben. Vielleicht hilft Ihnen das weiter.»

Rocco nahm das Papier entgegen, ohne einen Blick darauf zu werfen. «Und wenn Signor Alejandro das herausfindet ...»

«Wäre nicht schlimm. Aber er muss, um Ihnen derartige Informationen zu geben, an zu vielen Leuten vorbei, die etwas dagegen haben könnten.»

«Sie sind keine Italienerin, aber Sie sprechen unsere Sprache hervorragend.»

«Ich bin seit zwanzig Jahren hier», entgegnete Carmen. «Das ist lange genug, um eine Sprache zu lernen.»

«Warum helfen Sie mir?»

Sie trank mit einem letzten Schluck den Saft aus, den sie sich bestellt hatte. «Nehmen Sie es mir nicht übel, wenn ich nicht direkt darauf antworte. Sagen wir, auf der Liste stehen Namen von unangenehmen Menschen, mit denen ich gearbeitet habe und die mich schlecht behandelt haben, und ich kann es nicht erwarten, dass sie dafür bezahlen.»

«Könnten Sie nicht etwas genauer sein?»

«Nein. Unter anderem, weil ich Ihnen nichts gegeben und nichts gesagt habe.»

«Warum vertrauen Sie mir?»

«Man erkennt es an Ihren Augen. Bis bald, Dottor Schiavone.» Carmen wandte sich um und verließ die Bar.

Rocco entfaltete das Blatt Papier. Etwa ein Dutzend Namen standen darauf. Er verdrehte die Augen. Nun musste er erneut nach der Nadel im Heuhaufen suchen. Alle Personen, die auf der Liste standen, hatten für die Botschaft gearbeitet: der frühere Presseattaché, ein Fotograf, zwei Kabinettssekretäre. Doch der zehnte Name sorgte dafür, dass sich die Haare in Roccos Nacken aufrichteten.

Es war der von Juan González Barrio.

Rocco war so in Gedanken, dass er sich irgendwann auf der Piazza del Popolo wiederfand, mit dem Blatt Papier in der Hand wie ein Wünschelrutengänger auf der Suche nach Wasser. Und Wasser gab es in den Brunnen auf dem Platz natürlich genug. Wieso hatte González Barrio diesen Gürtel gewollt? Und war das derselbe Gürtel, den der Tote in Castel di Decima getragen hatte? Rocco kam nicht weiter, es gelang ihm nicht, seine Gedanken zu sortieren und in geordnete Bahnen zu lenken. Seine Erinnerungen vermischten sich mit wilden Spekulationen. Er versuchte, sich die Ermittlungen in dem Fall mit den präkolumbianischen Statuen ins Gedächtnis zu rufen, die Festnahme in Civitavecchia, das Möbelhaus, die Nigerianer, aber er schaffte es nicht. Gesichter, Worte, Geräusche, alles verschwamm ineinander. Er schloss die Augen und versuchte die Stadt auszublenden, den Lärm des Verkehrs und der redenden Menschen. Wo war der Schlüssel? Und wo war Sebastiano? Dann fiel ihm wieder ein, dass er Lupa im Auto gelassen hatte. Es war an der Zeit, dass sie an die frische Luft kam.

Mit dem Hund an der Leine spazierte er bis zur Villa Borghese. Der Himmel war immer noch grau, und Taxis schwirrten umher wie Meteoriten. Auf dem Viale del Muro Torto dagegen verharrte die Blechlawine unbeweglich. Während Lupa sich mit dem Gras beschäftigte, betrachtete Rocco die stehenden Autos. Ein grüner Wagen, der enorme Abgaswolken in die Luft blies, weckte seine Aufmerksamkeit. Er erinnerte ihn an den von Michela Gambino, der Kriminaltechnikerin mit den Verschwörungstheorien. Und das wiederum brachte ihn auf eine Idee.

Rocco hatte in dem Laden zwanzig Minuten angestanden und war nun endlich an der Reihe.

«Ich brauche ein neues Handy. Ein einfaches. Mit Karte und neuer Nummer.»

«Irgendwelche Vorlieben?»

«Das, was am wenigsten kostet», entgegnete Rocco. Der Verkäufer öffnete eine kleine Vitrine und nahm ein schwarzes Telefon heraus. «Hier. Das ist eine sehr gute Marke, nichts Besonderes, aber …»

«Ich nehme es. Und die Nummer?»

«Möchten Sie einen Vertrag oder eine Prepaid-Karte?»

«Prepaid, bitte.»

Der Verkäufer öffnete eine Schublade und hantierte mit Handyhüllen und Akkus. Lupa hatte sich hingelegt und genoss den kühlen Marmorboden. Rocco wusste nicht, ob Michela Gambino ihn mit ihrer Paranoia angesteckt hatte, aber er hielt es für einen klugen Schachzug, sein altes Handy im Hotel zu lassen und unterwegs das neue zu benutzen.

«Hier, da ist ein Guthaben von zehn Euro drauf und …»

«Laden Sie hundert.»

Der junge Mann sah Rocco irritiert an. «Das ist teurer als das ganze Handy.»

Rocco nickte. «Mag sein … kann ich damit meine Mails abrufen?»

«Sicher. Soll ich Ihnen das einrichten?»

XVII

Brizio scherte sich herzlich wenig um die Höchstgeschwindigkeit von hundertdreißig Kilometern auf italienischen Autobahnen. Rocco, der auf dem Beifahrersitz saß, schaute aus dem Fenster. Furio auf dem Rücksitz streichelte den Hund.

«Der Volvo ist gar nicht so schlecht», meinte Brizio mit einem Blick auf das Armaturenbrett. Sie hatten sich für Roccos Auto entschieden, um die Sitze in Brizios Rover nicht mit Hundehaaren zu beschmutzen. «Klar, der Rover ist eine andere Nummer, aber der Volvo fährt gut.»

Keiner sagte etwas darauf.

«Redet mit mir, sonst schlafe ich ein.»

«Du gibst einen guten Entertainer ab», meinte Furio. «Wie lange ist es noch bis ins Friaul?»

«Was weiß ich! He, Rocco, warum machst du so ein langes Gesicht?», fragte Brizio. «Woran denkst du?»

«Ich muss euch noch etwas über diese Liste sagen, die ich aus der Botschaft habe.»

«Geht es um die Geschichte mit dem Gürtel?»

«Einer von denen, die ihn als Geschenk bekommen haben, ist González Barrio.»

Brizio suchte im Rückspiegel Furios Blick, der jedoch starrte auf Roccos Kopfstütze. «Wer ist das?», fragte er.

«Er hat in der honduranischen Botschaft gearbeitet und war für die Beziehungen zu kleinen und mittelgroßen Unternehmen zuständig.»

«Ich kann dir immer noch nicht folgen», meinte Brizio.

«Ich hatte 2007 mit ihm zu tun und fand ihn eigentlich ganz in Ordnung. Ein bisschen arrogant, aber in Ordnung. Nur als ich heute seinen Namen erwähnt habe, ist Alejandro Giménez ganz grau im Gesicht geworden.»

«Okay, vielleicht bist du ihm auf den Sack gegangen», vermutete Brizio.

«Mag sein, aber die Botschaft will offenbar nichts mehr mit ihm zu tun haben.»

«Möglicherweise war er bestechlich oder ein Schmarotzer.»

«Oder er hatte mit schmutzigen Dingen zu tun», meinte Rocco, «die Botschaft hat davon erfahren und ihn rausgeschmissen.»

«Mhm», machte Furio, der nun Lupas Ohren massierte. «Ist das nicht ein bisschen weit hergeholt?»

«Auf jeden Fall hatte er in seinem Job mit viel Geld zu tun. Und was macht so jemand mit einem solchen Gürtel?»

«Man schenkt ihn irgendeinem armen Schwein.»

«Das denke ich auch.» Rocco griff nach seinem neuen Handy. Brizio warf einen Blick darauf und konnte sich einen Kommentar nicht verkneifen. «Wahnsinn! Da hast du dir aber ein Wunderwerk der Technik andrehen lassen. Das hält höchstens zwei Tage.»

«Länger brauch ich es auch nicht. Wie macht man das noch mal, wenn man die Nummer unterdrücken will?»

«Raute, 31, Raute. Aber warum?», fragte Furio.

«Je weniger Leute diese Nummer kennen, desto besser.» Rocco tippte die erwähnte Tastenfolge, gab eine Nummer ein und wartete.

«Was soll diese ganze Geheimniskrämerei», fragte Brizio.

«Hast du Angst, abgehört zu werden?»

«Ich sag's dir gleich, Furio ... Pronto? Uccio? Ich bin's, Rocco!»

«Oh, das war Gedankenübertragung. Seit Stunden versuche ich dich zu erreichen, aber dein Handy war ausgeschaltet. Es gibt gute Neuigkeiten, mein Freund. Was den Toten in Castel di Decima angeht. Ich hatte da so eine Ahnung, hab die Sache überprüft und tatsächlich ins Schwarze getroffen.»

«Schieß los!»

Furio und Brizio versuchten mitzuhören. Rocco kam ihnen entgegen und schaltete die Lautsprecherfunktion ein.

«Also ich habe den digitalen Fingerabdruck zur Polizei in Tegucigalpa geschickt.»

«Wo, zum Geier, ist das?», fragte Brizio leise.

«Honduras», flüsterte Rocco. «Alles klar, Uccio, und?»

«Sie haben ein paar Tage gebraucht und dann eine Übereinstimmung gefunden, mit einem Mann namens Rubén Montoro. Ich schick dir das Foto per SMS, dann wirst du es sehen. Er ist es, Rocco!»

«Rubén Montoro? Und wer ist das?»

«Der Sohn eines Sizilianers und einer Honduranerin. In seiner Heimat wird er wegen einiger Verbrechen gesucht. Ich glaube, die waren richtig glücklich über unsere Leiche hier.»

«Rubén Montoro. Und seit wann ist er in Italien?»

«Sie haben das überprüft, aber keinerlei Spuren gefunden. Es ließ sich weder nachweisen, wann er eingereist, noch, ob und wann er ausgereist ist. Möglicherweise hatte er eine doppelte Staatsbürgerschaft, zwei Ausweise, falsche Dokumente, was weiß ich? Aber wenn du möchtest, schicke ich dir seinen beeindruckenden Lebenslauf per Mail. Dann bist du auch über seine Vorstrafen im Bilde. Zum Lesen brauchst du aber mindestens eine halbe Stunde.»

«Gut, Uccio, dann schick mir auch das Foto von Rubén Montoro per Mail.»

«Wenn es was Neues gibt, melde ich mich wieder. Ich tue mein Bestes!», sagte Uccio und beendete das Gespräch.

«Erklärst du mir das mit dem Handy?», fragte Brizio.

«Das habe ich, damit sie mich nicht orten können.»

«Wer?»

«Ich hab doch gesagt: Jemand ist hinter mir her. Und je weniger der weiß, desto besser ist es.»

«Dann gib uns mal diese Nummer», meinte Brizio, «wir dürfen sie doch anrufen. Oder traust du uns nicht?», fügte er grinsend hinzu.

Roccos Handy verkündete, dass eine Mail angekommen war. Uccio hatte Wort gehalten. Das Fahndungsfoto ließ keinen Zweifel. «Scheiße, das ist er! Der Tote von Castel di Decima», sagte Rocco.

«Und was hat der mit Enzo Baiocchi zu tun?»

«Das ist die entscheidende Frage, und allmählich komme ich der Antwort näher. Brizio, halt an der nächsten Tankstelle mal an, sonst mach ich mir in die Hose!»

«Super!», jubelte Brizio, der eine Schwäche für Autoraststätten hatte.

Während Brizio die Regale plünderte und Furio, an eine Bank gelehnt, wartete, griff Rocco in der Nähe der Toilette nach seinem Handy. «Carmen, ich bin's, Schiavone, erinnern Sie sich?»

«Natürlich. Kann ich Ihnen helfen?»

«Bestimmt. Haben Sie den Namen Rubén Montoro schon mal gehört?»

Es folgte eine kurze Stille. «Ja, der Name ist mir nicht neu. Sind Sie in Rom?»

«Nein, ich bin unterwegs.»

«Rufen Sie mich an, wenn Sie wieder in der Stadt sind. Wir müssen uns unterhalten, aber nicht am Telefon.»

«Sicher. Sagen Sie mir nur, ob ich auf dem richtigen Weg bin.»

«Nicht am Telefon», wiederholte Carmen und beendete das Gespräch. Rocco blieb mit dem Handy in der Hand stehen.

Brizio, der sich mit Schokolade, einem Stoffball und anderem Spielzeug eingedeckt hatte, kam zu ihm. «Ich bin fertig, gehen wir?»

«Erklär mir mal, was du mit dem Stoffball willst. Und hier eine Eisenbahn aus Plastik.»

«Für Stellas Neffen. Jedes Mal, wenn er mich sieht, fragt er: ‹Hast du Tommy ein Geschenk mitgebracht?› Deshalb hab ich den kleinen Zug mitgenommen. Schön, oder?»

«Du wärst ein guter Vater», sagte Rocco lächelnd.

«Bist du verrückt? Ich? Du kennst mich doch! Nein, Rocco, es gibt Dinge, die man besser sein lässt.»

«Wie meinst du das?»

«Na, wegen der DNA, das hat Stella mir erklärt. Ich habe die meines Vaters, und du erinnerst dich an Papa, oder?»

«Kaum.»

«Logisch, er war ja auch öfter im Gefängnis als zu Hause. Genau wie Großvater. Und sein Vater vor ihm. Eine missratene Sippschaft. Deshalb will ich der Letzte sein. Es wird Zeit, dieser Tradition ein Ende zu machen.»

«Du bist aber pessimistisch. Das Kind könnte doch nach Stella kommen.»

«Glaub ich nicht. Der faule Apfel setzt sich immer durch. Probier es aus und leg ihn zu den anderen in den Korb. Nach zwei Tagen kannst du alle wegschmeißen. Und mit der DNA ist das genauso.»

«Hat Stella dir das gesagt?»

«Nein, da bin ich von allein draufgekommen.»

Um acht Uhr abends kamen sie in Cividale an. Die Gegend wirkte wie ausgestorben. Schließlich gelang es ihnen, ein Hotel zu finden, in dem Hunde erlaubt waren. Es war sauber und gemütlich. An der Rezeption lagen jede Menge Prospekte, die die Schönheit des Ortes priesen, aber keiner der drei kam auf den Gedanken, sich einen zu nehmen. Rocco hielt sich nicht lange auf. Während seine Freunde duschten, verließ er das Hotel. Von der Via San Lazzaro bis zur Piazza Armando Diaz waren es nur fünf Minuten, wie der hilfsbereite Mann an der Rezeption ihm erklärte, der ihm dazu noch einen bunten Stadtplan mitgab. Rocco ging über den Ponte del Diavolo und betrachtete das Wasser des Natisone. Die Häuser auf den steilen Felsen boten einen spektakulären Anblick. Schade, dass keine Sonne scheint, dachte er. Andererseits war er ja nicht als Tourist hier.

Beim Betreten des Kommissariats hielt ihn ein Agente auf. «Vicequestore Schiavone», stellte Rocco sich vor.

«Zu wem wollen Sie?»

«Zu Vicequestore Cascone.»

«Sie haben Glück, er ist noch im Büro.» Der Mann griff nach dem Telefon. «Dottore? Hier ist Vicequestore Schiavone, Questura von …?» Er sah Rocco fragend an.

«Aosta.»

«Aosta und möchte zu Ihnen ... In Ordnung, richte ich aus.» Der Agente legte auf. «Sie können gleich raufgehen.»

«Vielen Dank.»

Nicht mal eine Minute später sah er sich einem Mann gegenüber, der ein Model von Giorgio Armani hätte sein können: noch keine vierzig Jahre alt, groß, blond, breite Schultern. Unter einem offenen Cardigan trug der Schönling ein T-Shirt mit V-Ausschnitt und dem Porträt von Jimi Hendrix. Um den Hals hatte er mehrere Ketten aus irgendwelchen getrockneten Samen. Sein Gang war federnd, und seine Füße steckten in alten schwarzen Turnschuhen. Er sah müde aus und hatte dunkle Ringe unter den Augen. Aber auch das stand ihm. Das einzige Element, das auf den Mailänder Catwalks stören würde, war die Nase, die ihm irgendein Mistkerl gebrochen hatte. «Augusto, angenehm», sagte er und streckte zur Begrüßung die Hand aus.

«Rocco Schiavone.»

«Was führt dich hierher?», fragte der Mann und legte Rocco die Hand in den Rücken, während sie auf den Ausgang zusteuerten.

«Wohin gehen wir?», fragte Rocco.

«Ich weiß nicht, wie es dir geht, aber ich hab ziemlichen Durst und bin todmüde. Genau der richtige Zeitpunkt für ein Bier.»

Sie verließen das Kommissariat und gingen zu einer Bar auf der Piazza. «Hör mal, Augusto, die Sache ist ganz einfach. Ich bin auf der Suche nach einem gewissen Mino Coppetti hier aus der Gegend.»

Roccos Gegenüber kniff nachdenklich die Augen zusammen. «Hilf mir ein bisschen auf die Sprünge.»

«Also seine letzte Adresse war das Gefängnis in Velletri. Vorstrafen für Raub, Fälschungen und zwei versuchte Morde, etwa neunundfünfzig Jahre alt.»

Augusto kratzte sich am Kopf. Dann öffnete er die Tür der Bar und ließ Rocco eintreten. An den holzverkleideten Wänden standen jede Menge Tische, und zwei junge Frauen von etwa zwanzig Jahren bedienten an der Theke. Das Durchschnittsalter der Gäste lag unter dreißig. Kaum waren sie eingetreten, grüßte Augusto mit lauter Stimme: «Grazia und Stefania, Augusto ist da!»

«Na endlich», entgegnete eine der beiden.

«Für mich und meinen Freund ein Bier», sagte Augusto. Eine Fahrstuhlmusik mit falschen orientalischen Klängen malträtierte die Trommelfelle. «Komm, Rocco, setzen wir uns.» Augusto ging zwischen den jungen Leuten hindurch, die bunte Getränke in den Händen hielten und sich lautstark unterhielten, und ließ sich an einem Tisch im hinteren Teil des Lokals nieder.

«Also, Mino Coppetti. Mir sagt der Name nichts. Hast du ein Foto oder so was?»

«Nein.»

«Na, dann ist es ja gut, dass ich ein Ass im Ärmel habe.» Augusto zwinkerte Rocco zu. Dann griff er nach seinem Handy und gab eine Nummer ein. «He, Dario, ich bin's, dein Vicequestore. Tu mir den Gefallen und schau mal im Archiv nach, ob wir etwas über einen gewissen Mino Coppetti haben, neunundfünfzig Jahre, ist dringend!» Nachdem Augusto das Handy wieder eingesteckt hatte, meinte er: «Praktisch, wenn der Sklave immer zur Stelle ist. Agente Dario Esposito. Er ist seit zwanzig Jahren hier und ein wandelndes Lexikon. Dario ist zwar nicht der Hellste, aber er findet alles. Wenn ich zu

Hause mal nach etwas suche, ruf ich ihn an, und er findet es. Wenn man so jemanden hat, braucht man keine Frau. Erzähl mal, wie läuft es so in Aosta?»

«Die nächste Frage bitte!»

«Hier habe ich es echt gut getroffen. Im Juli sind es zwei Jahre, die ich hier bin. Und soll ich dir was sagen? Ich möchte nirgendwo anders sein.»

Eine der beiden jungen Kellnerinnen brachte das Bier. «Bitte schön. Wollt ihr ein paar Chips dazu?»

«Nein, Stefa', wer will denn Chips? Geh Grazia holen und leistet uns ein wenig Gesellschaft.» Augusto lächelte die junge Frau an.

«Und wer bedient dann an der Theke? Du vielleicht?» Die junge Frau wandte sich um und kehrte an ihren Arbeitsplatz zurück. Im vollen Bewusstsein, dass Augusto und Rocco ihr auf den Hintern starrten.

«Madonna», brummte Augusto. «Jetzt weißt du, warum es mir hier so gut gefällt.» Er trank einen Schluck Bier. «Ahhh, das Bier kannst du allerdings vergessen. Entschuldige, du hast nicht zufällig ein Kondom?»

Rocco sah seinen Gesprächspartner ernst an. «Warum sollte ich?»

«Wenn nicht, muss ich zur Apotheke gehen, und ich hab kein Geld dabei.»

«Nein, Augusto, ich habe kein Kondom.»

«Über Aids wird gar nicht mehr gesprochen, aber das ist immer noch ein Thema. Ich finde, wir sollten nicht immer auf die Journalisten hören. Das ist wie mit der Mode, oder? Wenn etwas gerade out ist, liest du nichts mehr darüber in der Zeitung. Aber die Sache ist noch lange nicht gegessen, richtig? Lieber immer mit Kondom. Und das nicht nur wegen der Krankheiten wie Hepatitis, sondern auch, um sich andere Schwierigkeiten vom Hals zu halten. Hast du Kinder?»

«Nein, Augusto.»

«Und bist du verheiratet?»

«Augu', ich bin nicht hier an den Arsch der Welt gefahren, um mit dir Smalltalk zu machen. Ich suche jemanden.»

«Ja. Wie heißt er?»

«Mino Coppetti», sagte Rocco nachdrücklich. Die Fähigkeit, sich zu konzentrieren, schien bei Vicequestore Cascone niedriger als bei einem siebenjährigen Kind.

«Und bist du sicher, dass er hier in der Gegend ist?»

«Nein.»

«Dürfte ich wissen, warum du ihn suchst?»

«Nein.»

«Es ist toll, sich mit dir zu unterhalten.» Augusto hob sein Glas. Rocco seufzte, stand auf und legte einen Zwanzig-Euro-Schein auf den Tisch. «Mach's gut, Augusto.»

«Okay? Du gehst schon?»

«Ich habe keine Zeit, mein Junge. Grüß Grazia und Stefania von mir und sag ihnen, dass das Bier etwas zu bitter ist.» Damit ließ er den Kollegen mit einem beunruhigten Gesichtsausdruck am Tisch sitzen.

Doch Rocco ging nicht zurück ins Hotel, sondern zum Kommissariat, wo er erneut auf den Agente am Eingang traf. «Könnten Sie Agente Dario Esposito für mich anrufen?»

Der Mann wählte auch diesmal eine Nummer und reichte Rocco den Hörer. «Bitte?»

«Esposito, ich bin Vicequestore Schiavone von der Questura in Aosta. Haben Sie gute Nachrichten für mich?»

«Tun Sie mir den Gefallen und kommen Sie her, Dottor Schiavone. Ich sitze hier am Computer und ...»

«Bin schon unterwegs.» Rocco gab dem Agente den Hörer zurück. «Im Erdgeschoss?»

«Ja, immer geradeaus.»

Esposito wartete an der Bürotür auf ihn. Er hatte die fünfzig schon vor einer Weile überschritten, und sein Haar war so tiefschwarz gefärbt, dass einige Strähnen bläulich wirkten. Er hatte buschige Augenbrauen und auf den Wangen einen grauen Bartschatten.

«Dario Esposito, Dottore», begrüßte er Rocco mit einem leichten Nicken. «Der Vicequestore hat mir gesagt, dass Sie Mino Coppetti suchen, aber die einzige Spur, die ich gefunden habe, ist die der Lebensgefährtin. Es gibt noch eine alte Adresse von der Mutter, die ist aber schon seit Jahren tot. Die Eigentümer kümmern sich jetzt selbst um das Haus.»

Sie traten in das sparsam möblierte Büro. Neben dem Schreibtisch und dem Computer stand rechts an der Wand ein riesiger Karteischrank aus Metall. Daneben hingen ein gerahmtes Bild des Erzengels der Gerechtigkeit und zwei Kinderzeichnungen. «Die Lebensgefährtin dagegen, Mariella Carimini, lebt noch hier. In Bottenicco. Via dei Gelsi. Sie müssen an der Villa dei Claricini vorbeifahren, und dann ist es die erste ... oder die zweite rechts.»

«Wohnt sie schon immer dort?»

«Seit 1978.»

Rocco steckte sich eine Zigarette zwischen die Lippen, die er jedoch nicht anzündete. «Gibt es noch andere Verwandte? Von ihm oder der Lebensgefährtin?»

«Die Carimini hat nur noch eine Schwester, Renata, aber sie reden schon seit Jahren nicht mehr miteinander. Die Schwester ist mit einem Postamtsleiter verheiratet, und die beiden haben nur wenig mit Mariella und ihrem missratenen Mann zu tun.»

«Wissen Sie etwas über Mino Coppetti?»

«Sicher. Ein echter Hurensohn. Und ein guter Freund von zwei anderen alten Bekannten: Renato und Carmelo Sabatini. Zwei Brüder, die grenzüberschreitend gedealt haben.»

«In Slowenien?»

«Ja.»

«Was ist mit ihnen passiert?»

«Carmelo habe ich festgenommen, im Jahr 2010, und soweit ich weiß, sitzt er in Poggioreale ein. Renato ist vor zwei Jahren gestorben.»

«Danke, Esposito, Sie waren mir eine große Hilfe.»

«Nichts zu danken, ich habe nur meine Pflicht getan. Erlauben Sie mir eine neugierige Frage?»

«Wenn Sie mir auch eine erlauben.»

«Na sicher. Ich würde gern wissen, was einen Vicequestore aus Aosta hier in diese Gegend verschlagen hat.»

«Ich bin hinter einem Verbrecher her, der vor einiger Zeit aus dem Gefängnis ausgebrochen ist.»

«Coppetti?»

«Nein, einem Freund von ihm. Und jetzt bin ich dran. Warum sagt Ihr Vicequestore, dass Sie nicht der Hellste sind?»

Esposito grinste. «Weil ich mich auf sein Niveau herablassen muss, wenn ich mit ihm reden will. Das ist wie immer eine Frage der Größe: Er steht über mir, sowohl was die Körpergröße angeht als auch seinen Job. Offenbar hat er Probleme damit, aber das ist mir herzlich egal.»

«Sie könnten zu mir nach Aosta kommen.»

«Dotto', in ein paar Jahren kehre ich nach Acciaroli zurück. Dort liegt mein Boot. Danke und auf Wiedersehen.»

XVIII

Während Rocco mit Furio und Brizio am Frühstückstisch saß, rief er bei Alfredo De Silvestri an. «Falls es Sie interessiert: Wir haben einen weiteren Tankstellenüberfall. In Mortegliano, in der Nähe von Udine.»

«Das sind gute Neuigkeiten, Alfre'. Wieder das gleiche Schema?»

«Genau. Der Tankwart ist angegriffen und niedergeschlagen worden. Wie er sagt, mit dem Griff einer Pistole. Dottore?»

«Ja, Alfredo.»

«Wen suchen Sie eigentlich?»

Rocco schluckte einen Bissen seines Cornettos hinunter. «Vergiss es, Alfredo. Das ist eine lange Geschichte.»

«Na schön. Rufen Sie an, wenn noch was ist.»

Rocco dankte ihm, legte sein Handy auf den Tisch und sah seine beiden Freunde an. «Mortegliano.»

«Ist das weit von hier?», fragte Furio, während Brizio sich auf die Brüste der Kellnerin konzentrierte.

«Nein. Und ich denke, wir sind auf der richtigen Spur.»

«Das denke ich auch. Machen wir uns auf den Weg zu dieser Mariella. Sag mal, Rocco, kann man den Ordnungshütern hier vertrauen?»

«Ich denke, schon.»

«Und wie willst du vorgehen?»

«Wenn die Frau etwas über ihren Mann weiß, wird sie das sicher nicht ausplaudern. Brizio!», rief Rocco seinen Freund zur Ordnung, der sofort den Blick von der Kellnerin abwandte. «Krieg dich mal wieder ein! Oder muss ich erst Stella anrufen?»

«Nein, nein, ich hör ja zu.»

«Natürlich», meinte Furio.

«Also, wenn diese Mariella etwas weiß, wird sie freiwillig nichts sagen. Deshalb machen wir es so: Ihr seht euch ein wenig im Haus um, und ich sorge in der Zwischenzeit dafür, dass sie sich vor Angst in die Hose macht, und dann schauen wir, wie sie reagiert.»

«Alles klar. Jetzt trink mal deinen Kaffee, Brizio, wir haben schon acht Uhr.»

In dem Garten waren sämtliche sieben Zwerge versammelt, einschließlich Schneewittchen. Zusammen mit zwei Flamingos, die ihre Farbe verloren hatten, und einem Bambi, dem ein Bein fehlte, standen sie aufgereiht um einen Brunnen, an dem ein kleiner Engel direkt aus seinem Piepmatz Wasser pieselte. Das zweistöckige Haus war babyrosa gestrichen. Zwei Säulen aus falschem Marmor bewachten die Eingangstür, die sich unter einem schützenden Dach aus Metall und Glas befand. Es glänzte messingfarben in der Sonne. Sämtliche Blumen waren vertrocknet. «Ja?», meldete sich eine Frauenstimme an der Sprechanlage.

«Mariella Carimini?»

«Ja?»

«Vicequestore Schiavone. Öffnen Sie!»

Rocco ging durch das kleine Gartentor aus schwarzem Metall in den Garten. Während er an den sieben Zwergen vorbeilief, erschien die Frau an der Tür. Sie war deutlich über sechzig und hatte einen Kochlöffel in der Hand, den sie schwang, als wolle sie damit zuschlagen. Auf ihrem violetten, mit Strasssteinen verzierten Shirt war die Aufschrift *Best girl in town* zu lesen. Ihr Haar war kurz und blondiert, und sie trug eine Brille mit Metallgestell auf der Nase. Mariella Carimini war spindeldürr und lächelte nicht, sondern wirkte besorgt. «Was ist los?»

«Los ist, dass ich mir den Arsch aufreiße, um Ihren Mann zu finden. Wo ist er?»

Die Augen hinter den Brillengläsern wurden größer. «Keine Ahnung ... Außerdem ist er nicht mein Mann; wir sind nicht verheiratet.»

«Scheißegal», meinte Rocco. «Das heißt, er wohnt nicht hier?»

«Nein. Mino und ich haben uns getrennt.»

«Was ich Ihnen nicht glaube. Wo, zum Teufel, steckt er, Signora?», schrie Rocco. «Ich bin nicht Hunderte Kilometer gefahren, um mich verarschen zu lassen. Wann haben Sie ihn zum letzten Mal gesehen?»

«Ich weiß nicht ... Das ist Monate her ...»

«Und wo war das?»

«In Neapel.»

Die Antwort kam viel zu schnell, zu überstürzt. Sie log. «In Neapel? Und was hatte er in Neapel verloren?»

«Ich weiß es nicht. Wie gesagt: Wir haben keinen Kontakt mehr.»

«So ein Schwachsinn!», meine Rocco. «Diesmal hat Ihr Mann sich in ernste Schwierigkeiten gebracht, wissen Sie das?» Die Frau schüttelte den Kopf. «Dann wissen Sie es jetzt. Und wenn Sie auch wissen, wo er ist, Signora Carimini, dann buchten wir Sie ein, und zwar auf Nimmerwiedersehen.»

«Aber warum? Was hat er angestellt?»

«Das geht Sie einen Scheiß an! Wenn ich wissen will, wo er ist, müssen Sie mir das sagen. Und wenn nicht, gehe ich davon aus, dass Sie mir etwas verschweigen oder ihn verstecken. Und dann geht's ab, direkt in den Bau. Verstanden?»

«Ich schwöre, dass ich nichts weiß. Dieser Mistkerl!» Die Frau schlug die Hände vors Gesicht. «Ich verspreche Ihnen, dass ich mich melde, sobald ich etwas von ihm höre.»

«Und wer soll das glauben?»

«Sie. Oder nicht?»

«Genau, ich glaub Ihnen nicht. Ich komme mit einem Gerichtsbeschluss wieder und stelle Ihr Haus auf den Kopf, bis ich was gefunden habe. Und dann schleppe ich Sie in Ketten ins Gefängnis. Das schwöre ich Ihnen. Sie haben einen Riesenfehler gemacht! Sie hätten mit mir zusammenarbeiten sollen!» Rocco wandte sich um und ging zu dem niedrigen Tor zurück. Neben dem Bambi blieb er stehen. «Und entsorgen Sie gefälligst diesen Plastikmüll. Sehen Sie nicht, dass da ein Bein fehlt?» Er knallte das kleine Tor hinter sich zu und verschwand aus dem Sichtfeld von Mariella Carimini, die sofort wieder ins Haus ging.

Vom Eingangsbereich aus eilte sie direkt in die Küche und nahm das Telefon von der Anrichte aus schwarzem Marmor. «Pronto? Pronto, Mino? Sie suchen nach dir ...», sagte sie. «Die Polizei. Nein, bleib, wo du bist, ich komme zu dir. Ganz ruhig ... ja, ich mach schnell, aber ein bisschen Zeit musst du mir schon geben!» Die Frau beendete das Gespräch und ging ins Wohnzimmer, um sich eine Strickjacke überzuziehen. Dabei fiel ihr nicht auf, dass das hintere Fenster offen stand.

Sie verließ das Haus und stieg in ein kleines japanisches Auto.

Rocco wartete etwa zweihundert Meter entfernt im Wagen. Brizio zündete sich eine Zigarette an. Lupa wedelte mit dem Schwanz. «Da ist sie!», sagte Furio.

Sobald die Frau um die Ecke gebogen war, nahm Rocco die Verfolgung auf. Sie durchquerten Cividale, dann fuhr Mariella Cariminis Mitsubishi Richtung Ponte San Quirino.

«Das läuft ja wie am Schnürchen», meinte Furio.

«Aber sie könnte ein bisschen schneller fahren», sagte Rocco, der immer so viel Abstand hielt, dass mindestens ein Wagen zwischen ihnen fuhr, um nicht aufzufallen.

«Der Typ versteckt sich doch nicht ohne Grund», schloss Brizio. «Wir müssen nur noch rausfinden, wieso.»

«Habt ihr noch mal versucht, Sebastiano zu erreichen?»

«Gestern Abend war sein Handy immer noch ausgeschaltet. Du, Furio?»

«Bei mir das Gleiche», entgegnete Furio, während er mit einem Wecker aus Messing herumspielte.

«Und das da?»

«Hübsch, nicht?»

Rocco verdrehte die Augen.

«Sie sollte wohl unbedingt merken, dass ihr im Haus wart?»

Wenig später ließen sie auch Ponte San Quirino hinter sich. Brizio verfolgte die Strecke auf dem Handy. Nach einer Weile erreichten sie den Ortsteil Clenia, wo Mariella anhielt und in ein Lebensmittelgeschäft ging. Rocco hielt in einer Entfernung von etwa fünfzig Metern. Von dort aus beobachteten sie, wie die Frau mit einer Tüte wieder herauskam und an einem Automaten Geld holte. Wenige Minuten später saß sie wieder im Auto. Rocco blieb an ihr dran. Mariella verließ den kleinen Ort und nahm eine Straße, die in einen Wald führte. Keine Menschenseele war zu sehen, sodass Rocco einen größeren Abstand halten musste.

«Wir befinden uns auf der Via del Klančič», sagte Brizio. Furio sah durch das Fenster nach draußen. Sie waren irgendwo mitten im Wald. Das dichte Laub hielt die Sonnenstrahlen ab, sodass nur wenig Licht zwischen den Ästen hindurchfiel. Die Straße wand sich wie eine Schlange durch das Gestrüpp.

«Schön, was, Lupa?», sagte Furio. «Du würdest sicher gern durch den Wald toben.»

«Wo, zum Geier, sind wir hier?», war dagegen Brizios Kommentar.

Rocco konzentrierte sich auf den Weg, aber hinter der nächsten Kurve war Mariellas Mitsubishi verschwunden.

«Verdammt, wo ist die hin?»

Rocco fuhr noch langsamer. Auf der linken Seite ging eine schmale unbefestigte Straße ab. Rocco bremste. «Hier ist sie abgebogen», meinte er.

«Und wir? Folgen wir ihr?»

«Nein. Hier können ja kaum viele Häuser sein. Lass mich mal die Karte sehen, Brizio.» Roccos Freund reichte ihm sein Handy. Die Schotterstraße führte von dem kleinen Dorf über einen Hügel in einen anderen winzigen Ort namens San Pietro al Natisone. «Das Versteck ist gut gewählt, weil man nach zwei Seiten abhauen kann, aber wir sind zu dritt. Wisst ihr, was wir machen? Einer von uns wartet in San Pietro, die anderen beiden in Clenia. Dann wissen wir auf jeden Fall, wo sie langfahren.»

«Sollen wir nicht gleich zuschlagen?»

«Nein, wir warten erst mal ab, ob sich was tut», sagte Rocco. «Wenn einer von beiden abhaut, hängen wir uns dran.»

«In Ordnung. Bring uns zu dem Dorf zurück, Furio und ich warten dort.» Rocco legte den Rückwärtsgang ein und fuhr seine Freunde wieder nach Clenia. Dort würden sie in einer Bar mit Blick auf die Straße Wache halten. «Kommt nicht auf die Idee, eure Handys auszuschalten!», sagte Rocco zum

Abschied. Dann fuhr er mit quietschenden Reifen zurück. Er folgte der kurvigen Straße durch den Wald, ließ die Einfahrt hinter sich, die Mariella genommen hatte, und erreichte schließlich San Pietro al Natisone. Dort hielt er vor einem schönen Restaurant, das direkt an der Via del Klančič lag, und stieg mit Lupa an der Leine aus. Und dann sah er es.

Es war hinter einem riesigen moosbewachsenen Felsen versteckt. Sebastianos Motorrad.

Rocco blickte sich um. Hier gab es nicht viel: ein Geschäft, in dem Computer repariert wurden, etwas weiter hinten eine Paninoteca und direkt gegenüber eine Bar mit Tabakladen. Rocco ging dort hinüber, öffnete die Tür und sah ihn an einem Tisch in der Ecke sitzen. Er blickte aus dem Fenster und kaute langsam an einer Brioche. In seinem Bart hingen kleine Stückchen vom Zuckerguss, und sein müdes Gesicht war von Falten zerfurcht. Sein Haar war ungewaschen, und er trug eine Motorradjacke aus rot-blauem Leder. Als Sebastiano aufsah und seinen alten Freund in der Tür erkannte, verzog er keine Miene, sondern blieb einfach sitzen und kaute weiter. Er schien weder überrascht noch erfreut, ihn zu sehen. Rocco setzte sich wortlos an seinen Tisch. «Ich hab dich gesucht», meinte er schließlich.

«Und gefunden.»

«Ist er hier?», fragte Rocco.

«Ich glaube, ja.» Sebastiano trank einen Schluck Milchkaffee.

«Wie bist du hergekommen?»

«Auf Umwegen.»

Dass Sebastiano Rocco nicht ansah, tat ihm weh. Sein Freund wirkte wie eine Zeitbombe, die jeden Moment hochgehen konnte, und Rocco musste versuchen, den Sprengsatz zu entschärfen. Was im Film immer so leicht aussah, aber im Leben wesentlich schwieriger war.

«Würdest du mich bitte ansehen?», forderte er.

Endlich wandte Sebastiano den Kopf. Seine Augen waren gerötet und wirkten müde.

«Ich bin bei dir, Seba.»

«Aber ich will allein sein.»

«Brizio und Furio sind in Clenia, falls das Arschloch über die andere Seite abhauen will.»

«Ich bin seit zwei Tagen hier, und sie haben nicht ein Mal das Haus verlassen.»

«Aber ich habe sie ein bisschen aufgescheucht.»

Sebastian fuhr sich mit der Hand durchs Haar. «Ich war im Wald. Hab da geschlafen.»

«Man riecht's.»

«Möchten Sie was bestellen?» Die fremde Stimme des Barista ließ Rocco zusammenfahren. «Nein, danke.» Der Mann lächelte und ging wieder. Zwei Spielautomaten und ein unablässig blinkender Flipper waren im Raum. In einer Ecke stand ein staubiger Billardtisch.

«Warst du am Haus?»

«Ja. Eine Holzhütte mitten im Wald.»

«Was meinst du, warum die sich da verstecken?»

«Der Mistkerl braucht Papiere. Die macht so eine blöde Tussi, die aber erst morgen wiederkommt.»

«Eine blöde Tussi?»

«Sie nennen sie Mélie Copete, und ich hab zwei Stunden gebraucht, um zu kapieren, dass das Amelia Coppetti ist. Und sie hat auch einen Decknamen: Falcon. Muss wohl irgendein Messer sein.»

«Dürfte ich wissen, wie du auf diesen Ort gekommen bist?»

«Erinnerst du dich an Flavio Buglioni? Der, der ihm die Pistole verkauft hat?»

«Und?»

«Ich habe mich auf die Lauer gelegt und ihn mir geschnappt. Er hat gleich ausgepackt. Enzo war am Tag davor bei ihm und wollte Papiere, aber Flavio konnte ihm keine besorgen.»

«Und sonst?»

«Sie haben über Slowenien gesprochen. Und dass er von dort aus abhauen will. Das hatte ich sowieso schon vermutet. Aber um rumzureisen oder irgendein Flugzeug zu nehmen, braucht man einen Ausweis.»

«Und dann?»

«Hab ich mich schlaugemacht. Hier in der Gegend gibt es zwei gute Fälscher. Einen in Udine und die Coppetti, Minos Cousine.»

Rocco schüttelte den Kopf. «Aber wie bist du drauf gekommen, dass sich Baiocchi die Papiere hier machen lassen will. Das wäre doch auch irgendwo unterwegs möglich gewesen, in Ancona zum Beispiel.»

«Du warst in Velletri, oder?»

«Woher weißt du das?»

«Weil ich meine Informationen auch von dort habe. Du kriegst sie vom Direktor, ich von der stillen Post im Gefängnis ... Aber wie du siehst, war ich vor dir hier. Und weißt du, warum? Weil mir das hier am Herzen liegt. Ich will diesen Mistkerl unbedingt erledigen», erklärte Sebastiano und sah dann wieder aus dem Fenster.

«Bist du nicht zu mir gekommen, weil du das Ganze allein durchziehen willst oder weil du mir nicht mehr vertraust?», fragte Rocco unvermittelt.

Sebastiano knirschte mit den Zähnen. «Du und ich sind schon seit einer Ewigkeit Freunde», sagte er dann. «Deswegen ist allein die Frage für mich schon ein Schlag ins Gesicht. Ich vertraue dir, das weißt du, aber wann kapierst du endlich, dass das was Persönliches ist?»

«Als es um Luigi Baiocchi ging, warst du an meiner Seite.»

«Zum Glück, sonst hättest du dir das Hirn weggepustet.»

«Warum darf ich dann nicht bei dir sein?»

«Du hast dich verändert», meinte Sebastiano.

«Ich?»

«Ja. Vielleicht weil du älter geworden bist oder wegen der alten Geschichten.»

«Es tut mir leid, dass du das so siehst.»

«Rocco, ich kann Adele nicht vergessen. Weißt du, dass ich mit ihr rede? Bevor du gekommen bist, zum Beispiel, da saß sie da draußen auf einer Bank in der Sonne. Ich hab ihr eine Weile zugesehen, aber dann war sie wieder weg.» Dem großen Kerl wurden die Augen feucht. «Warst du auf dem Friedhof?»

«Ja.»

«Hast du ihr auch Blumen gebracht?»

«Natürlich, Seba ...»

Die zurückgehaltene Träne löste sich. Nur für einen Moment, weil Sebastiano sie gleich mit dem Ärmel wegwischte.

«Ich bin hier, Seba. Ich bin bei dir.»

Sebastiano nahm das Glas in seine Pranke und trank den Kaffee aus.

«Heute Abend schnappen wir ihn uns», sagte Rocco.

«Wir?»

«Wir.»

Roccos Handy meldete sich. «Was ist, Brizio?»

«Die Frau ist gerade hier vorbeigefahren. Sie hatte einen Mann dabei. Einen kleinen Glatzkopf. Das war sicher Coppetti. Neuigkeiten?»

«Riesige Neuigkeiten. So groß wie ein Bär», entgegnete Rocco.

«Jetzt sag nicht, dass ...!»

«Doch, er ist hier.»

Sie kehrten zu der Schotterstraße an der Via del Klančič zurück und ließen das Auto gut versteckt hinter einer Wegbiegung stehen. Wenig später fuhr Sebastiano möglichst leise auf dem Motorrad heran. Er verschwand im Gebüsch, kam zu Fuß wieder heraus und öffnete den Reißverschluss seiner Jacke, während er auf seine Freunde zuging.

«Ciao», sagte er lediglich.

«*Ciao*, du Sturkopf», meinte Brizio und verpasste dem Freund einen Faustschlag. Sebastianos Kopf schnellte zur Seite, und er taumelte zurück. «Bist du bescheuert?», beschwerte er sich mit der Hand am Kinn.

«Ich? Wir suchen dich seit Tagen. Ich dachte, du bist tot, du mieses Arschloch. Wenn du nicht mit mir reden willst, schick mir wenigstens eine Nachricht, verstanden? Diese Geheimniskrämerei geht mir auf den Sack!»

«Er hat recht», meinte Furio, der an einem Baumstamm lehnte.

Sebastiano spuckte auf den Boden. «Ich blute wegen dir, Brizio.»

«Da hast du noch Glück gehabt. Ich bin so angepisst, dass ich dein Motorrad kaputttreten könnte.»

«Wie schön, dass ihr beide euch wieder vertragt», kommentierte Rocco. «Gehen wir?»

Die drei Freunde folgten ihm über die Schotterstraße. Lupa schien sich mitten im Wald wie neugeboren zu fühlen. «Nimm ihr das Halsband ab, Rocco. Dann halten sie Lupa für einen Streuner, wenn sie sie sehen», schlug Brizio vor. Rocco gehorchte.

Nach etwa hundert Metern war die Schotterstraße von Gras überwuchert, durch das deutlich sichtbar ein Auto gefahren war. Vor ihnen lichtete sich der Wald, und ein verwildertes Stück Land kam in Sicht, eine riesige Wiese, die wohl mal als Weide gedient hatte. Übrig waren davon nur noch ein paar alte Holzpfeiler im Boden und einige Meter gespannter Stacheldraht. Jenseits der Wiese befand sich ein kleines einstöckiges Haus, eine Baracke aus Stein mit einem alten Holzdach. Zwei dunkle Fenster gingen auf den Wald hinaus. Die vier Freunde blieben im Schutz der Bäume am Waldrand stehen und sahen sich die Sache an. «Das ist das Haus. Muss mal ein Stall gewesen sein. Dort gibt es nirgends Gebüsch. Wenn wir näher rangehen, sind wir leicht zu sehen.»

«Das können wir nicht riskieren», entgegnete Rocco. «Wir müssen warten, bis die Sonne untergeht. Schauen wir uns solange mal die Rückseite an, aber vom Wald aus. Haltet genügend Abstand.»

Sie inspizierten das ganze Gelände. Andere Häuser gab es nicht. In einer Entfernung von etwa zwanzig Metern floss ein Bach ins Tal hinunter. Das Geräusch eines Autos erregte ihre Aufmerksamkeit. Mit Lupa unter dem Arm gingen sie in Deckung. Mariellas Mitsubishi holperte über die Schotterstraße heran. Nur der Mann stieg aus, er war ziemlich klein und hatte eine Glatze. Mit einer Tüte in der Hand öffnete er die Tür und verschwand im Inneren des Hauses.

«Wie klein dieser Coppetti ist», meinte Furio.

«Allerdings.»

Ein paar Minuten später kam der Mann mit leeren Händen und in Begleitung von Enzo Baiocchi wieder heraus.

«Da ist er!», sagte Furio.

Coppetti wechselte ein paar Worte mit Baiocchi und stieg dann wieder ins Auto seiner Lebensgefährtin, die den Rückwärtsgang einlegte und davonfuhr. Das Auto verschwand über die Straße im Wald, während Baiocchi zurück ins Haus ging. Das Geräusch des Motors wurde immer leiser und verstummte dann ganz. Schließlich war nur noch der Gesang der Vögel und Lupas Schnaufen zu hören.

«Ist Enzo Baiocchi hier allein?»

«Jetzt ja. Aber bis es dunkel wird, können wir ruhig zur Straße zurückkehren», sagte Rocco.

Furio und Brizio hatten sich bereit erklärt, ins Dorf zu fahren und Bier und Panini zu holen, sodass Sebastiano und Rocco, jeder auf einem Felsblock sitzend, allein zurückblieben. Sie rauchten und blickten in den Himmel; es war kurz vor Sonnenuntergang. Sebastiano hatte sein Handy wieder eingeschaltet, das nach ein paar Sekunden fleißig piepste. «Das dauert sicher eine Ewigkeit, bis ich die alle durch hab.»

«Die mit ‹leck mich am Arsch› sind von mir», sagte Rocco.

Sebastiano konzentrierte sich aufs Lesen. «Das meiste davon ist irgendein Schwachsinn», sagte er mit dem Blick aufs Display.

Rocco drückte die Zigarettenkippe aus, stand auf und lehnte sich an einen Baum. «Sebastia' ... Sagt dir der Name Juan González Barrio irgendwas?»

«Wer?»

«Juan González Barrio.»

«Nie gehört. Wer ist das?»

«Das ist einer, der in der Botschaft von Honduras gearbeitet hat. Er ist mir bei dem Drogenschmuggel-Fall von 2007 untergekommen. Erinnerst du dich?»

«Wie könnte ich das vergessen, Rocco. Natürlich erinnere ich mich.»

«Und wie ist es mit dem Namen Rubén Montoro?»

«Oh Mann, du löcherst mich ganz schön. Nein, auch noch nie gehört.»

Rocco warf seinem Freund das Handy zu. «Schau mal unter ‹Fotos› nach. Da ist nur eins drauf, das Fahndungsfoto von Montoro. Sieh dir mal an, ob er dir bekannt vorkommt.»

Sebastiano gehorchte. «Nie gesehen.» Er gab Rocco das Telefon zurück. «Wer ist das?»

«Ein Toter, der in der Nähe von Castel di Decima gefunden wurde. Durchgeschnittene Kehle. Und er hatte meine Telefonnummer in der Tasche.»

«Warum sollte ich den kennen?»

«Reine Neugier.»

Sebastiano sah seinen Freund an. «Du bist seltsam, Rocco. Sehr seltsam.»

«Ich bin nicht seltsam, mir fehlen nur ein paar Details, und das Bild ist noch nicht klar. Das ist alles.»

Das Geräusch von Schritten auf heruntergefallenem Laub unterbrach sie. Sebastiano sprang auf und legte die Hand an den Gürtel. Aber es waren nur Furio und Brizio, die, den Ästen ausweichend, mit zwei Tüten durch den Wald stapften. «Futter!», verkündete Furio. Brizio sah die beiden Freunde an. «Wir haben auch etwas zu trinken organisiert. Aber auf das Anstoßen sollten wir lieber verzichten.» Er warf Sebastiano ein Bier zu.

Endlich ging die Sonne unter. Sie sammelten den Papiermüll und die leeren Dosen ein und verließen die kleine Lichtung. Entweder war es kühler geworden, oder die Luft war einfach nur feuchter. Jedenfalls fröstelte Rocco, als er Lupa zum Schlafen ins Auto brachte. Danach machten sie sich über die Schotterstraße auf den Weg zu der Hütte. Keiner sagte ein Wort. Der Tag erlosch wie eine Kerze, und zeitgleich verstummte auch der Gesang der Vögel. Zum Glück war der Mond am Himmel nur eine schmale Sichel, die die Dunkelheit kaum erhellte. An der letzten Weggabelung vor dem Haus forderte Sebastiano sie mit einer Geste auf, stehen zu bleiben. «Von hier aus gehe ich allein», sagte er.

«Bist du bescheuert?», fragte Brizio.

«Wir kommen mit.»

«Nein, Furio, das ist meine Sache, allein meine. Danke, dass ihr euch Sorgen macht, danke, Rocco, dass du diesen Bastard aufgestöbert hast, aber das ist eine Sache zwischen ihm und mir. Ich muss mit diesem Mistkerl allein fertig werden und will euch nicht dabeihaben.»

«Als Rocco damals …», setzte Furio an, doch Sebastiano unterbrach ihn.

«Damals war ich dabei, weil er es alleine nicht geschafft hätte. Die Dinge liegen jetzt anders. Ich will ihm mit meinen eigenen Händen das Licht auspusten, und ihr haltet euch raus. Schwört es!»

Die drei Freunde sahen sich an, ohne ein Wort zu sagen.

«Schwört es!»

Der Erste, der nickte, war Brizio. «Das stimmt, Rocco, er hat recht. Das ist seine Sache. Bis hierhin sind wir mitgekommen, und jetzt ist er dran.»

«Das sehe ich auch so.»

Rocco presste die Lippen zusammen. Damit war er am finalen Punkt angekommen, am Scheideweg. Er musste tun, was er bis zu diesem Moment aufgeschoben hatte: sich entscheiden, in welche Richtung er weitergehen wollte. Sollte er seinem Freund die Möglichkeit zur Rache geben und damit zum Komplizen in einem Mordfall werden, oder sollte er ihm folgen, um es zu verhindern? Vor ein paar Jahren noch wäre das keine Frage gewesen. Er hätte Baiocchi, ohne mit der Wimper zu zucken, ausgeliefert. Vielleicht hatte Sebastiano recht, und er wurde alt.

«Du hast es mir geschworen», sagte sein Freund, der den Zweifel in Roccos Augen sah, «du hast es mir an Adeles Leiche geschworen. Und so ein Schwur gilt, wie du weißt.»

«Ja, ich weiß. Du hast recht, Seba. Geh und tu das, was du tun musst. Wir warten hier auf dich.»

Sebastiano schlich allein durchs Gebüsch weiter.

«He», rief Rocco ihm nach.

«Was ist?»

«Coppettis Frau hat ihn gewarnt, dass die Polizei nach dem Fälscher sucht. Also sei extrem vorsichtig, kann sein, dass er auf der Lauer liegt. Enzo ist bewaffnet.»

«Ich auch», sagte Sebastiano und zog seine Pistole hervor.

«Funktioniert die Knarre auch?», fragte Rocco.

«Das Mädchen ist richtig gut. Bis gleich.» Er verschwand zwischen den Bäumen.

«Es ist richtig so», meinte Furio. Er setzte sich auf einen Stein und zündete sich eine Zigarette an.

«Wir sind bis hierher gekommen, haben herausgefunden, wo sich der Mistkerl versteckt, und gesehen, dass es Seba gut geht. Also Mission erfüllt, oder?», sagte Brizio.

«Du hast recht, es ist richtig so», entgegnete Rocco.

Sebastiano hatte die Rasenfläche vor dem Haus erreicht. Ein schwaches schmutzig-gelbes Licht erhellte das Fenster neben der Eingangstür. Geduckt und so leise wie möglich huschte er über das offene Gelände. Das war der heikelste Moment. Ein Geräusch, ein einziger verdächtiger Laut, und Enzo Baiocchi würde ihn entdecken. Auf halber Strecke, etwa dreißig Meter von der Baracke entfernt, wurde die Tür aufgerissen. Sebastiano warf sich zu Boden, die Pistole bohrte sich in seine Leiste. Er fluchte innerlich und dankte Gott, dass sie gesichert war. Das wäre ansonsten ein absolut unrühmliches Ende gewesen. Er sah zu, wie Enzo Baiocchi aus dem Haus kam, ein paar Meter ging und sich zum Pinkeln in der sternenklaren Nacht den Hosenstall öffnete. Als er fertig war, ging er wieder rein und schlug die Tür hinter sich zu. Sebastiano biss die Zähne so fest zusammen, dass sie zu zersplittern drohten. Er stand wieder auf und eilte weiter, bis er an der Baracke lehnte.

«Wir müssen die Augen offen halten, Leute. Wenn Coppetti und seine Frau zurückkehren sollten, müssen wir sie abfangen», sagte Brizio und reckte den Hals.

«Das sollte kein Problem sein, oder? Coppetti macht sich doch vor Angst in die Hose, wenn der uns sieht. Und Rocco könnte ihn mit zur Questura nehmen und hätte damit sogar ein Alibi.»

«Auch wahr», meinte Brizio. Die im Wind wehenden Zweige der Bäume sahen aus wie riesige Hände, die in die Luft griffen. «Wie still es hier ist», sagte Brizio. «Das sind wir gar nicht gewohnt. Ist es in Aosta auch so still?»

«Ziemlich», meinte Rocco. «In den ersten Nächten konnte ich deshalb nicht schlafen.»

«Und dann?»

«Man gewöhnt sich dran. Wie es scheint, gewöhnt man sich an alles.»

Sebastiano schlich leise zu dem erleuchteten Fenster hinüber. Und dann sah er ihn. Er saß im Licht einer Campinglaterne über irgendwelchen Papieren. Auf dem Tisch standen zwei Gläser und ein Teller mit Essensresten. Neben einer Flasche Wein lag seine Waffe, die Pistole, mit der er Adele getötet hatte. Ansonsten war der Raum leer und voller Spinnweben. Leise Musik war zu hören, vielleicht aus einem Radio. Sebastiano näherte sich lautlos der Tür, hoch konzentriert. Sobald er drin war, musste er schießen und dabei auf die Brust zielen und nicht auf das Gesicht. Er wollte die Zeit haben, den Mistkerl sterben zu sehen, und er wollte, dass Baiocchi genügend Zeit hatte, zu sehen, wer auf ihn geschossen hatte. Er wollte jede Sekunde seines Todeskampfs genießen, bis das Schwein seine Seele aushauchte. Wobei Baiocchi sehr wahrscheinlich keine Seele hatte. Sebastiano hatte so lange auf diesen Moment gewartet, und nun war Adeles Mörder nur wenige Meter entfernt hinter dieser Tür. Er musste sie nur noch öffnen und schießen. Sebastiano entsicherte die Pistole. Atmete tief durch, um seinen Herzschlag zu beruhigen. «Eins ... zwei ...»

Bei drei wurde es plötzlich taghell, sodass Sebastiano erst einmal gar nichts mehr sehen konnte. Der Wald, das Haus, alles wurde von grellen Scheinwerfern beleuchtet. Unzählige Insekten wurden in ihrem nächtlichen Flug gestört und schwebten auf das Licht zu. Sebastiano hielt sich die Hand vor die geblendeten Augen und versuchte zu verstehen, was da auf einmal über ihn hereingebrochen war. Er konnte drei bewaffnete Schatten ausmachen, die leise auf ihn zukamen. «Werfen Sie die Waffe weg, und verschränken Sie die Hände hinter dem Kopf», hallte es aus dem Wald. Sebastiano gehorchte und legte die Waffe auf den Boden. Die Schatten wurden zu Männern, die mit MP5 bewaffnet waren, so schwarz wie die Nacht mit ihren schusssicheren Westen und den Sturmhauben über den Köpfen. Im nächsten Moment wurde Enzo Baiocchi, in Handschellen, von zwei Riesen mit Stahlhelmen und Pistolen aus dem Haus geführt. Als er an Sebastiano vorbeikam, grinste er. «Du kommst zu spät», zischte er ihm zu.

Sebastiano fuhr hoch und stürzte sich auf ihn, doch die beiden Polizisten verhinderten, dass er ihm an die Kehle ging. Das Eingreifen eines Dritten war nötig, um Sebastiano zu stoppen. «Du Scheißkerl! Lasst mich los!», schrie er. Doch Enzo Baiocchi verschwand, von zwei Polizisten eskortiert, in der Dunkelheit am Rand des Waldes. Wehrlos, da von zehn Händen festgehalten, spuckte Sebastiano mit geröteten Augen und mühsam atmend Speichel in seinen Bart und auf die Uniform eines der Polizisten.

Brizio, Furio und Rocco standen da wie versteinert. Von ihrem Versteck zwischen den Bäumen aus hatten sie gesehen, wie die starken Scheinwerfer die Nacht erhellten. «Was, verdammt noch mal, ist da los?», fragte Furio entgeistert.

Rocco wollte gerade zu den Lichtquellen hinübergehen, als der Befehl «Werfen Sie die Waffen weg und verschränken Sie die Hände hinter dem Kopf» durch den Wald hallte. Furio hielt ihn am Arm zurück. «Bleib hier.»

«Polizei?», fragte Brizio entsetzt.

Rocco verstand nicht.

«Rocco, das ist die Polizei. Hast du die gerufen?»

«Ich? Wie kannst du so was denken, Furio?»

«Haltet die Klappe, Leute. Weg jetzt, weg hier!» Hastig

rannten sie zwischen den Bäumen hindurch zur Straße. Sie sprangen über Wurzeln und wichen Baumstämmen aus. Ein Ast traf Rocco im Gesicht. Furio stolperte, stand aber gleich wieder auf. So schnell sie konnten, machten sie sich davon. «Zum Auto!», schrie Furio, als sie die Straße erreicht hatten.

«Nein!», widersprach Rocco. «Das Auto ist gut versteckt; das haben sie noch nicht gesehen. Warten wir hier.» Sie hockten sich ins Gebüsch. Auf der Schotterstraße tauchte ein erstes Fahrzeug auf, das mit hoher Geschwindigkeit in Richtung San Pietro fuhr. Es war grau, mit getönten Scheiben und vollkommen unauffällig. Ihm folgten zwei Geländewagen, deren Blaulicht im flackernden Rhythmus das Laub der Bäume erhellte.

«Verdammt, wie viele sind das denn?», fragte Brizio.

Das Schlusslicht bildete ein Transporter. Nachdem auch der um die Kurve gebogen war, wurde es wieder still, und nur die Geräusche des Waldes waren zu hören.

«Was ist da gerade passiert, Rocco?»

«Sie haben Baiocchi festgenommen. Und Sebastiano auch.»

«Aber wie konnten sie wissen ...» Furio unterbrach sich, doch Brizio vollendete die Frage: «... dass wir hier sind, Rocco?»

«Ich weiß es nicht, ich weiß es wirklich nicht.»

«Du hast doch mit jemandem vom Kommissariat in Cividale gesprochen, oder? Die müssen uns gefolgt sein.»

«Nie und nimmer», sagte Rocco und dachte an Esposito und den blonden Vicequestore, der auf der Suche nach einem Kondom gewesen war. «Das war eine Spezialeinheit, und die kam bestimmt nicht aus Cividale.»

«Hör mal, ich vertraue dir.» Brizio zündete sich eine Zigarette an. In der Dunkelheit erhellte die rötliche Glut seine müden Augen. «Aber wenn du mit niemandem geredet hast, hat offensichtlich jemand über dich geredet.»

«Ohne Zweifel.»

«Du wirst also beschattet. Von wem? Wenn sie wissen, dass wir hier sind und nach Baiocchi suchen, bedeutet das, dass jemand jeden deiner Schritte verfolgt.»

«Ich muss zu Seba. Ich kann ihn jetzt nicht allein lassen.»

«Aber was sagst du denn da, Rocco? Wenn du damit zur Questura gehst, weckst du schlafende Hunde», wandte Brizio ein. «Niemand weiß, dass wir hier sind, also lasst uns verschwinden. Um Seba kümmern wir uns später.»

«Das sehe ich auch so», stimmte Furio zu.

«Niemand weiß, dass wir hier sind? Das ist doch Blödsinn, Brizio. Sie sind mir gefolgt, dann wissen sie auch, dass ich hier bin. Also spielen wir mit offenen Karten.»

«Meiner Meinung nach ist das total verrückt.»

«Ich kann ihn nicht allein lassen», bekräftigte Rocco. «Ich muss mit ihm reden. Mir wird schon was einfallen.»

Vor dem Kommissariat in Cividale standen zwei Autos mit eingeschaltetem Blaulicht, das auf den Fassaden und den Fenstern der umstehenden Häuser herumgeisterte. Rocco grüßte einige der Polizisten und ging ins Gebäude. Esposito kam gerade die Treppe herunter. Er grinste Rocco an. «Dottore, haben Sie schon von der Festnahme in San Pietro gehört?»

«Nein, ich hab mich nur gefragt, was hier los ist.»

«Wenn Sie wollen, gehen Sie zum Vicequestore rauf. Er ist stinksauer.»

«Das kann ich mir vorstellen. Da kommt richtig Arbeit auf ihn zu.»

Lachend ging Esposito an ihm vorbei und trat auf den Platz hinaus. Rocco stieg in die erste Etage hinauf. In den Büros wimmelte es vor Polizisten. Man hörte das Klackern der Tastaturen und die Stimmen am Telefon. Die Tür zum Büro von Vicequestore Augusto Cascone, dem Armani-Model, das den falschen Beruf ergriffen hatte, stand offen. «Darf ich reinkommen?»

Cascone telefonierte gerade, aber er machte Rocco ein Zeichen, dass er sich setzen solle. «Ja ... ja, ich habe Leute hingeschickt, um das zu überprüfen ... ja, Coppetti. Ja, Dottore, sicher. Machen Sie sich keine Sorgen. Sobald es Neuigkeiten gibt, rufe ich Sie an.» Der Vicequestore legte auf, streckte sich und rieb sich die Augen. «Schiavo', verdammt, was hast du mir da eingebrockt? Es war so schön ruhig hier!»

«Ich?»

«Äh, ja ... Wir haben gerade einen sehr gefährlichen Verbrecher festgenommen, namens Baiocchi ... Und zwar ausgerechnet bei diesem Coppetti, nach dem du gesucht hast. Wir haben ihn auf frischer Tat ertappt. Zwölf Ausweise und zwei Kreditkarten. Dieser Baiocchi war auf der Flucht, aber jetzt sitzt er in Udine hinter Gittern.» Cascone zog an den Ärmeln seiner Strickjacke. «Dabei hatten wir eigentlich die Cousine im Visier ...»

«Amelia Coppetti, genannt der Falcon?»

Der Vicequestore riss erstaunt die geröteten Augen auf. «Du kennst sie?»

«Ich hab dir ja gesagt, dass ich in dieser Sache ermittle.»

Cascone pfiff anerkennend durch die Zähne. «Mann, du bist ja ein ganz toller Hecht! Gimme Five!» Der junge Mann beugte sich über den Schreibtisch und hielt Rocco die offene Handfläche hin. Der hob gerade peinlich berührt die Hand, als ein Agente den Kopf zur Tür hereinsteckte. «Dottore, wenn Sie möchten. Coppetti ist so weit.»

«Danke, Siniscalchi.» Der Agente verschwand wieder.

«Hör mal, Augu', tut mir leid, dass der Abend ruiniert ist.»

«Kein Problem, der Kondomautomat ist eh gerade kaputt.»

«Und da ein Unglück ja selten allein kommt, haben sie abgesehen von Coppetti und diesem Baiocchi, der mich einen Scheiß interessiert, noch jemanden festgenommen, oder?»

Cascone nickte. «Ja, so einen großen Kerl aus Rom. Warum?»

«Sebastiano Cecchetti, richtig?»

«Du bist ja die reinste Wundertüte, Schiavo'! Madonna del Carmine, ein richtiger Spürhund. Der Kerl bleibt erst mal hier. Wir warten auf den Staatsanwalt.»

«So von Kollege zu Kollege: Könnte ich ganz kurz mit ihm reden?»

«Ich weiß nicht ... Bevor der Staatsanwalt da ist ...»

«Bitte. Damit würdest du mir einiges ersparen. Nur eine Minute!»

«Aber was hat der überhaupt damit zu tun?»

Rocco senkte die Stimme. «Er ist einer meiner Informanten ...»

Cascone zog die Augenbrauen hoch. «Ein Informant?»

«Ja, aber du darfst mir die Sache nicht kaputtmachen, sonst bin ich am Arsch.»

Cascone legte sich die Hand aufs Herz. «Bist du verrückt? Da ist nur eine seltsame Sache. Als er da an der Baracke rumgeschlichen ist, war er bewaffnet. Was hat er da gewollt?»

«Der hat sie nicht mehr alle», sagte Rocco. «Er hat sich in den Kopf gesetzt, mir zu helfen, aber damit leicht übertrieben. Lass mich mit ihm reden, dann wirst du sehen, dass er mich kennt.»

«Von Kollege zu Kollege. Ich gebe dir fünf Minuten.» Der Vicequestore rief: «Siniscalchi!»

Nach ein paar Sekunden tauchte der gerufene Agente auf. «Was ist?»

«Bring meinen Kollegen zu dem römischen Riesen.»

«Geht klar. Kommen Sie, Dottore.»

Rocco stand auf. «Danke, Augusto, ich schulde dir einen Gefallen.»

«Kein Problem, unter Kollegen muss man sich doch unterstützen. Soll ich dem Staatsanwalt das mit dem Informanten sagen?»

«Ja, mach das nur», sagte Rocco und folgte Agente Siniscalchi.

Der Agente öffnete das Gitter vor der Tür. «Ich bleibe hier draußen, Dottore. Falls Sie mich brauchen.»

«Keine Sorge, das ist ein Freund», gab Rocco zurück, bevor er den kargen Raum mit dem vergitterten Fenster betrat.

Sebastiano saß an einem Tisch, seine Augen waren gerötet. «Bravo, Rocco, bist du jetzt zufrieden?»

«Verdammt, ich habe davon nichts gewusst!»

«Ach nicht? Du hast nichts davon gewusst? Und wer hat die dahingeschickt? Mein Opa?»

«Wenn ich dir doch sage ...»

Aber Sebastiano hörte nicht zu. «Als das mit Luigi Baiocchi passiert ist, habe ich zu dir gehalten! Zu dir! Du dagegen hast hinter meinem Rücken die Bullen gerufen, Rocco Schiavone. Damit hast du Adele ein zweites Mal umgebracht. Dieser Mistkerl ist lebend davongekommen! Und ich sitze hier in der

Zelle! War es das, was du wolltest? Dabei waren wir Freunde. Beinahe Brüder!»

«Seba, ich weiß nichts von der ganzen Sache, was soll ich tun, damit du mir glaubst? Ich hab noch nicht mal ganz kapiert, was passiert ist!»

«Was gibt's da zu kapieren? Die waren von einer Spezialeinheit, und ich hab die nicht gerufen. Wer ist das dann wohl gewesen? Du bist ein Bulle, Rocco, und ein Bulle bleibt für immer ein Bulle!»

Rocco trat auf ihn zu, aber Sebastiano sprang auf, als hätte er eine Schlange gesehen. «Komm nicht näher, Rocco, sonst hau ich dir eine rein.»

Doch Rocco hörte nicht auf ihn.

«Ich hab gesagt, du sollst nicht näher kommen!»

Als er etwa noch einen halben Meter von seinem Freund entfernt war, verpasste der ihm einen so heftigen Schlag ins Gesicht, dass Rocco rücklings zu Boden ging. Sebastiano sah mit geballten Fäusten und hassverzerrtem Gesicht auf ihn hinunter. «Ich hab dich gewarnt, du Judas. Wie konntest du das tun? Wie, verdammt, konntest du das tun?»

Rocco rappelte sich wieder auf, stellte sich vor Sebastiano und wischte sich das Blut von der Lippe. «Das bin ich nicht gewesen, Seba, du musst mir das glauben.»

Doch Sebastiano rammte ihm wie ein Stier den Kopf in den Magen. Rocco stürzte erneut und versuchte, auf dem kalten Boden liegend, Sebastianos Schlägen auszuweichen, die dieser ohne Sinn und Verstand und in rasender Wut auf ihn niedergehen ließ. Mit einem Grunzen schlug Sebastiano ihm auf die Nase, sodass er Tausende kleine Sterne sah. Die Tür der Zelle wurde aufgerissen, und Siniscalchi und ein Kollege stürzten herein, um die Schlägerei zu beenden.

«Stopp!», schrie Rocco, aber die beiden hatten Sebastiano schon von hinten gepackt, um ihn von Rocco wegzuziehen. «Ich hab gesagt, stopp!», schrie Rocco erneut. Den Polizisten gelang es, die beiden zu trennen und Sebastiano in sichere Entfernung zu verfrachten. Rocco stand auf. «Lasst ihn los! Ich hab gesagt, ihr sollt ihn loslassen!», brüllte er und sah dabei seinen Freund an.

«Dotto', der bringt Sie um!», rief einer der Agenti.

«Aber zum Glück ist er ein Freund», kommentierte der andere.

«Macht, was ich euch gesagt habe!»

Langsam lockerten die schwer atmenden Polizisten den Klammergriff um Sebastianos Arme und seinen Hals. Der bekam kaum noch Luft und leistete keinen Widerstand mehr. Rocco steckte sich mit blutender Nase das zerrissene Hemd in die Hose. «Geht raus, und lasst uns allein.» Die beiden Agenti sahen sich verständnislos an, zogen sich die Uniformen zurecht und verließen schließlich den Raum. Sebastiano richtete den Blick zu Boden. Rocco ging zu ihm und umarmte ihn fest, schließlich fing Sebastiano an zu weinen. «Warum hast du mir das angetan ... Warum?»

«Ich werde dir beweisen, dass ich nichts damit zu tun habe!»

Sebastiano befreite sich aus der Umarmung und setzte sich wieder. Er vergrub den Kopf in den Armen und sagte mit leiser, dumpfer Stimme: «Geh, Rocco, wir beide haben uns nichts mehr zu sagen.»

Rocco wartete vor der Tür darauf, dass die Sitzung endete. Es war nach ein Uhr nachts. Hin und wieder übermannte ihn der Schlaf, und sein Kinn sank auf die Brust. Vor einer halben Stunde war Baldi gekommen und hatte sich mit Staatsanwalt De Biase und Vicequestore Cascone zur Besprechung zurückgezogen. Sie hatten sogar gelacht, und Rocco war es gelungen, einige Gesprächsfetzen zu verstehen. Nicht viel, nur dass Baldi und Biase vor ein paar Jahren mal Kollegen am Gericht von Bari gewesen waren. Draußen war es noch dunkel, aber in ein paar Stunden würde der Morgen dämmern. Roccos Mund war trocken. Immerhin war es ihm gelungen, mit einem Glas Wasser und dem furchtbaren Kaffee aus dem Automaten den Geschmack von Blut loszuwerden. Die Aufregung hatte sich gelegt. Im Kommissariat war wieder Ruhe eingekehrt, die Drucker und Telefone waren verstummt. Nur einmal wurde die Stille unterbrochen, als zwei Agenti einen mageren Jungen brachten, der so high war, dass er sich kaum auf den Beinen halten konnte. Schließlich ging die Tür zum Sitzungszimmer auf, und Baldi trat heraus. Seine Miene war angespannt, sein Haar wirr, und die Augen waren gerötet. Er zog sich die Jacke an und nahm Roccos Arm. «Gehen wir nach draußen. Wir müssen miteinander reden.»

Sie liefen durch die Straßen des Zentrums, während die Stadt schlief. «Ich hab Ihnen den Arsch gerettet, weiß Gott, warum. Also erzählen Sie jetzt mal.»

Die Schatten der beiden fielen auf das Pflaster der Via Pellico.

«Wie ich schon immer vermutet habe, spielen Sie ein doppeltes Spiel. Korrigieren Sie mich, wenn ich mich irre.»

«Sie irren sich, Dottore, die Wahrheit ist eine andere.»

«Also ...?»

«Ich war auf der Suche nach Sebastiano Cecchetti, an den Sie sich sicher erinnern, oder?»

«Ja, der Lebensgefährte von Adele Talamonti, ich weiß, weiter.»

«Ich bin ihm gefolgt, bis mir klar wurde, dass er hinter Enzo Baiocchi her war.»

«Ich weiß schon, worauf das hinausläuft, deshalb unterbreche ich hier mal. Sie wollten verhindern, dass er ihn erschießt.»

«In gewisser Weise, ja.»

Baldi brach in Gelächter aus. «Und das soll ich Ihnen abkaufen?»

«Das liegt ganz bei Ihnen. Aber es ist die Wahrheit.»

«Das heißt, Sie wollen mir weismachen, dass Sie selbst nicht auf der Jagd nach Baiocchi waren, sondern auf der Suche nach Ihrem Freund?»

«Ich hab mir Sorgen um Sebastiano gemacht.»

«Halten Sie mich für bescheuert?»

«Dann sagen Sie mir doch mal eins: Wenn ich wirklich hinter Enzo Baiocchi her war, warum war ich dann in dem Moment, als er und Sebastiano Cecchetti festgenommen wurden, nicht da?»

Die Frage brachte den Staatsanwalt aus dem Konzept.

«Ich war nicht da, und wissen Sie, warum? Weil ich zu langsam war. Wenn ich hinter Baiocchi her gewesen wäre, säße ich jetzt mit Sebastiano Cecchetti zusammen in der Zelle. Doch stattdessen bin ich hier und rede mit Ihnen.»

«Dann danken Sie der Spezialeinheit, die für Sie die Kastanien aus dem Feuer geholt hat.»

«Gott segne die Spezialeinheit.»

Sie hatten den Ponte Diavolo erreicht. Unter ihnen in der Dunkelheit schimmerte der Fluss. «Sie sind wie eine Grille, die von einem Grashalm zum nächsten springt und nie gefangen wird.» Baldi stützte sich auf das Geländer der Brücke und betrachtete die Landschaft. «Genau, eine Grille. Es ist schön hier.»

«Keine Ahnung, ich hatte noch nicht die Zeit, mir die Stadt anzusehen.»

«Sehen Sie, da unten? Das ist die Stretta Cornelio Gallo. In der Straße habe ich gewohnt.»

«Sie sind von hier?»

«Nein, mein Vater war Bankdirektor. Ich hab mal hier, mal dort gewohnt. Hier in Cividale vier Jahre. Aber damals war ich noch klein. Ich erinnere mich nur an mein Zuhause, den Fluss und die Grundschule. So ist das eben mit den Umzügen. Der eine tut es aus Liebe, der andere wegen des Jobs und manch einer auch zur Strafe.» Baldi warf Rocco einen sarkastischen Blick zu. «Übrigens, wissen Sie schon, dass ich das Problem mit den afrikanischen Einwanderern in unserem Land gelöst habe?» Wie üblich war der Staatsanwalt wieder auf eines der großen sozioökonomischen Themen gekommen. Das machte Rocco Hoffnung, denn es war ein Zeichen dafür, dass Baldi sich entspannte. «Möchten Sie wissen, wie?»

«Sicher.»

«Es ist ganz einfach: Man stellt dem Immigranten gleich nach der Ankunft eine Frage. Und je nachdem, welche Sprache er spricht, dahin wird er geschickt.»

«Könnten Sie das etwas genauer erklären?», fragte Rocco.

«Wenn er Französisch spricht, nach Frankreich. Wenn er Englisch spricht, nach England. Portugiesisch? Nach Portugal. Italienisch? Nach Italien. Denn Französisch, Englisch und Spanisch sind im Senegal, in Angola, in Nigeria und am Horn von Afrika keine Muttersprachen. Nein, das sind die

Länder der Niger-Kongo-Sprachen, der Khoisan, Wolof und semitischen Sprachen. Wenn sie dort europäische Sprachen sprechen, dann nur deshalb, weil das Land ihrer Vorfahren von einem der Länder Europas über Jahrhunderte hinweg okkupiert und ausgebeutet wurde. Also ist es doch das Mindeste, dass diese Länder auch die Menschen aus ihren ehemaligen Kolonien aufnehmen. Das nennt man Schadenersatz.»

Rocco dachte darüber nach. «Das ist nicht ganz falsch, Dottore.»

«Finden Sie nicht auch?» Dann sah Baldi Rocco ins Gesicht. «Warum haben Sie sich keine Hilfe gesucht?»

«Bei der Sache mit meinem Freund? Weil ich allein schneller bin.»

«Und Baiocchi sitzt jetzt in Udine. Ich habe keine Ahnung, warum die Spezialeinheit da aufgekreuzt ist, aber es muss jemanden geben, der sehr gut informiert ist.»

«Zu dem Schluss bin ich auch gekommen, Dottor Baldi.»

«Und vor allem ist es an der Zeit, dass Baiocchi uns sagt, warum er Sie umbringen will.»

«Da bin ich auch sehr neugierig.»

«Ich habe da so eine Theorie. Möchten Sie sie hören?»

«Da ich gerade nichts Besseres vorhabe.»

«Sie kennen den Grund, warum es Baiocchi auf Sie abgesehen hat, deshalb sind Sie so scharf darauf, ihn auszuschalten. Sie wollen ihn ein für alle Mal zum Schweigen bringen. Er will Sie umbringen, weil Sie ihm irgendwann in der Vergangenheit etwas angetan haben. Und wenn es so ist, sind Sie eine Art Henker oder Rächer. Im Grunde auch ein Mörder. Andererseits glaube ich nicht, dass ich mich so sehr in Ihnen getäuscht habe. Sie sind ein Gauner, drehen gern Ihr eigenes Ding und haben Ihren eigenen Kopf, aber Sie sind kein Mörder. Nein, ich möchte die Geschichte glauben, die Sie mir eben erzählt haben. Es mag daran liegen, dass diese Stadt mich zurück in meine Kindheit versetzt, oder an der schönen Luft heute Nacht. Vielleicht habe ich auch Bernardo Valenti noch nicht verdaut, aber ich will Ihnen glauben. Apropos Bernardo Valenti ...» Baldi verdrehte die Augen. «Nein, dazu bin ich zu müde. Wir reden in Aosta darüber, ich bin nämlich ein Stück weitergekommen. Aber ich warte noch auf ein paar Antworten. Schiavone ...?»

«Ja?»

«Das war das letzte Mal, dass ich Ihnen den Arsch gerettet habe, vergessen Sie das nicht!»

Brizio fuhr den Wagen. Furio saß neben ihm und hörte leise Radio. Die Lichter einer Autoraststätte erhellten für einen Moment ihre Gesichter, während der Himmel sich draußen rötlich färbte. Sie überholten einen Lastwagen, der Kälber geladen hatte. Die armen Tiere steckten die Schnauzen aus dem Wagen, um ein wenig Luft und Leben zu schnuppern. Rocco, der es sich auf dem Rücksitz neben Lupa bequem gemacht hatte, schaute aus dem Fenster. Er fühlte sich schmutzig, und ihm war kalt. Wie ein alter Lappen, der in einem Zimmer auf dem Boden lag. An welcher Stelle hatte er einen Fehler gemacht? Wer überholte ihn da dauernd, ohne den Blinker zu setzen? Nun war sogar seine Freundschaft mit Sebastiano dabei draufgegangen. Er hatte einen der drei Menschen verloren, auf die er immer hatte zählen können. Er musste eine Antwort finden. Und das schnell. Er musste bei diesem González Barrio ansetzen, an den sich in der Botschaft kaum noch jemand zu erinnern schien. Und er musste die Frage klären, wer die Spezialeinheit zu ihm geschickt hatte.

Rocco betrachtete die Hinterköpfe seiner beiden alten Freunde. Sie konnten es nicht gewesen sein, daran brauchte er keinen Gedanken zu verschwenden. Was war mit Alfredo De Silvestri, dem alten Agente aus Rom? Nein, unmöglich. Er hatte nicht mal gewusst, dass sie Baiocchi auf den Fersen waren. Und der Gefängnisdirektor in Velletri? Rocco rief sich das Gesicht von Francesco Selva in Erinnerung. Er wusste, was er vorhatte, und die Informationen von dort hatten ihm den Weg nach Udine gewiesen. War er der Verräter? Oder dieser Esposito, der ihm die Adresse von Coppettis Lebensgefährtin gegeben hatte?

Wohl kaum. Denn die Kollegen in Cividale waren von dem Einsatz der Spezialeinheit genauso überrascht gewesen wie er selbst.

Schatten.

Wie bei der Geschichte um Bernardo Valenti. Es war immer ein Schatten, der schneller war als er und ihm einen Strich durch die Rechnung machte. Aber es gab einen Aspekt an der ganzen Sache, der ihm immer wieder am meisten zu schaffen machte. Und den fasste Brizio, der seinen eigenen Gedanken nachgehangen hatte, in Worte: «Kommt das mit Sebastiano wieder in Ordnung?»

«Ich weiß es nicht. Hängt von De Biase ab, dem Staatsanwalt. Baldi meinte, es könnte auf versuchten Mord hinauslaufen.»

«Aber Seba hat doch nicht geschossen. Das heißt, sie können doch gar nicht beurteilen, was er vorhatte.»

«Er hatte eine Waffe dabei, Furio. Was hatte er damit wohl vor? Ein Picknick?»

«Ein Anwalt haut ihn da doch sicher raus», meinte Brizio und setzte den Blinker, um zu überholen. «Seba könnte aussagen, dass er dort war, um Baiocchi zu stellen und der Justiz zu übergeben.»

«Und wer soll das glauben?»

«Das ist genauso glaubwürdig wie die Annahme, dass er ihn erschießen wollte, Furio.»

«Ich finde eine andere Frage viel interessanter, Rocco: Wieso schicken die extra eine Spezialeinheit, um ein Stück Scheiße wie Baiocchi festzunehmen?»

«Sie brauchen ihn.»

«Wofür?», fragte Furio.

«Das weiß ich nicht. Aber er muss irgendwas Wichtiges wissen.»

Furio schüttelte den Kopf. «Ich versteh das alles nicht. Baiocchi war doch im Gefängnis. Da hatten sie alle Zeit der Welt, um ihn auszufragen. Warum jetzt nach seiner Flucht?»

«Weil sie inzwischen weiterermittelt und neue Erkenntnisse gewonnen haben, was weiß ich?»

«Das ist es», bestätigte Furio. «Er war in Rom unterwegs und hat gedacht, er wäre unsichtbar, dabei haben sie ihn die ganze Zeit auf dem Radar gehabt.»

«Aber wie wahrscheinlich ist es, Rocco, dass wir ihn per Zufall genau gleichzeitig in seinem Versteck aufgespürt haben?»

«Ganz auszuschließen ist es nicht, Brizio. Oder ich werde tatsächlich überwacht, und sie haben nur auf den richtigen Moment gewartet, um einzugreifen. So haben sie Baiocchi und auch mich an den Eiern.»

«Und du meinst, dieser ganze Dreck kommt aus Rom?»

«Der Dreck kommt immer aus Rom, Furio.»

Sie schwiegen, und für eine Weile war nur das Geräusch des Motors zu hören. Lupa gähnte. Rocco sehnte sich nach einem Bett. Um darüber nachzudenken, wie sein Leben innerhalb weniger Sekunden erneut komplett aus den Fugen geraten konnte. Zumal er das Gefühl hatte, dass das Schicksal noch nicht damit fertig war, auf ihn einzuschlagen. Dann wanderten seine Gedanken zu Gabriele und dessen Problemen, zu dessen ewig abwesender Mutter und der Schule, die ihm das Leben schwer machte. Und zu Caterina und ihrem Körper, wo er gern noch eine Weile Zuflucht gesucht hätte.

XIX

Brizio parkte beim Kultusministerium. Erschöpft von der langen Fahrt, stiegen sie aus. In Trastevere war jede Menge los. Furio ging zu seinem Auto, um nach Hause zu fahren. Lupa bepinkelte ein paar Autoreifen.

«Wir sehen uns», meinte Rocco. Anstatt einer Antwort zündete Brizio sich eine Zigarette an. «Was ist?», fragte Rocco.

«Das ist ein schrecklicher Moment.» Brizio zog an seiner Zigarette. «Allein der Gedanke macht mich völlig fertig.»

«Wovon redest du?»

«Schau mal, Rocco. Wir sind seit vierzig Jahren befreundet, und ich mag dich, aber das jetzt ändert alles.» Brizio lehnte sich an sein Auto; nach der langen Fahrt war der Motor immer noch warm. «Ich meine die Sache mit Sebastiano.»

«Was willst du damit sagen?»

«Ich weiß, dass das nicht dein Werk war, dass du nicht mit gezinkten Karten gespielt hast. Ich vertrau dir, hab ich schon immer. Aber ...» Brizio zog an seiner Zigarette und blies den Rauch aus. «... es ist passiert.» Er sah Rocco an. «Und die Frage ist: Wäre es auch passiert, wenn du nicht bei uns gewesen wärst?»

Rocco verschränkte die Arme vor der Brust. Er schüttelte leicht den Kopf. Seine Frage brauchte er nicht auszusprechen. Brizio fuhr fort: «Ich denke, dass es ohne dich nicht passiert wäre. Weil du ein Polizist bist, Rocco, und wir nicht.»

«Und jetzt?»

«Und jetzt waren wir mit dir dort, und wegen dir wurde

Sebastiano festgenommen, oder nicht? Nur weil du ein Polizist bist. Allein deshalb. Es war klar, dass so was früher oder später passieren musste.» Brizio warf die Zigarettenkippe auf die Straße, und die Glut tanzte auf dem Asphalt. «Wir sind auf unterschiedlichen Seiten. Und auch wenn wir uns mögen und uns respektieren: Du bist du, und ich bin ich. Verstehst du?»

«Das heißt, du vertraust mir auch nicht mehr?»

«Das hab ich nicht gesagt. Ich vertraue dir, Rocco, und das wird immer so sein. Aber du bist Vicequestore, daran ist nicht zu rütteln.»

Rocco zog die Augenbrauen hoch. «Bis heute hat dich das nicht gestört.»

«Bis heute ist auch alles glattgelaufen. Aber jetzt sitzt Seba hinter Gittern. Und soll ich dir was sagen? Vielleicht hatte er recht damit, dass er allein losgefahren ist, um sich Baiocchi zu schnappen. Denn dann wäre die Sache jetzt ein für alle Mal vorbei.»

«Brizio, ich brauche dich», sagte Rocco und blickte zu Boden. «Dich, Furio und Sebastiano. Ihr seid ein Teil meines Lebens, gehört zu mir wie meine Arme und Beine. Tu mir das nicht an.»

Brizio machte einen Schritt auf Rocco zu und umarmte ihn. So verblieben sie schweigend ein paar Sekunden. Dann löste sich Brizio von seinem Freund. Er hatte feuchte Augen. «Und was passiert an dem Tag, an dem ich irgendein Ding drehe und du davon erfährst? Drückst du dann ein Auge zu? Du bist Polizist, Rocco, und das kannst du nicht.»

«Überlass das mir. Aber bitte lass alles beim Alten. Und falls das eine Rolle spielt: Ich werde dir beweisen, dass ich recht hab, dass mich jemand hintergangen hat.»

«Das brauchst du nicht, ich weiß das. Wir können beide nicht aus unserer Haut, mein Freund. So wie Adler eben fliegen und Pferde galoppieren. Weder du noch ich können etwas daran ändern.»

Furio, der in seinem Auto saß, hielt neben ihnen an. Brizio schlug Rocco freundschaftlich auf die Schulter. «Mach's gut!»

«Jetzt schlaf erst mal 'ne Runde, Rocco», sagte Furio zum Abschied. Dann fuhren sie gemeinsam davon und ließen ihn allein auf der Straße zurück.

Der Klingelton seines alten Handys riss Rocco aus dem Schlaf. Er brauchte ein paar Sekunden, um sich daran zu erinnern, wo er sich befand: Rom, Trastevere. Hotel Santa Maria, Zimmer 62, im ersten Stock. Er streckte den Arm aus. «Hallo?»

«Wo bist du?», war Caterinas Stimme zu hören.

«Wie spät ist es?»

«Mittag, Rocco. Seit vorgestern versuche ich vergeblich, dich zu erreichen. Hast du einen Fernseher in der Nähe?»

Rocco sah sich um. Ja, da war einer.

«Warum?»

«Hast du's gesehen?»

«Ich hab geschlafen, wie soll ich da was ...»

«Ich merk schon, du hast richtig gute Laune. Am Mittag liegst du noch im Bett und schläfst? Mach den Fernseher an. Jetzt, schnell!»

Rocco fand die Fernbedienung auf dem Nachttisch. Er schaltete das Gerät ein.

«Im Ersten», meinte Caterina und beendete das Gespräch.

Auf dem Bildschirm war das Gesicht eines Journalisten in Jackett und Krawatte zu sehen. «In einer Blitzaktion wurde letzte Nacht der Straftäter Enzo Baiocchi festgenommen ...»

Hinter dem Journalisten wurde ein Foto eingeblendet, auf dem zwei Agenti mit Sturmhauben zu sehen waren, die den Mistkerl abführten. «... der sich in der Provinz Udine aufhielt. Enzo Baiocchi, der im Mai aus dem Gefängnis in Velletri ausgebrochen ist, wurde wegen diverser Straftaten gesucht, nicht zuletzt wegen des Mordes an Adele Talamonti in Aosta. Die Ermittler gehen davon aus, dass Baiocchi über entscheidende Informationen zum Drogenhandel in Rom verfügt. Derzeit befindet er sich im Gefängnis von Udine, wo heute Nacht die ersten Befragungen stattgefunden haben. Mögliche Enthüllungen unterliegen allerdings bis dato der Geheimhaltung.» Rocco schaltete den Fernseher aus.

Als er aus dem Bett aufstand, stellte er fest, dass er in seinen Sachen geschlafen hatte. Aber er hatte keine Zeit zu verlieren. Nach einer eiligen Dusche und einer kurzen Ermahnung an Lupa, schön brav zu sein, was diese dadurch bewies, dass sie sich am Fußende des Bettes zusammenrollte, verließ er das Zimmer. Er hängte das Bitte-nicht-stören-Schild an die Türklinke und trug dem Mann an der Rezeption auf, den Hund zu füttern.

Sie war nicht allein gekommen, sondern hatte Alejandro Giménez, den Presseattaché der Botschaft, mitgebracht. Die beiden erwarteten ihn in einer Bar an der Piazza San Cosimato. Bei seinem Eintreffen standen sie von ihrem Tisch auf. «Gut, dass Sie kommen, Dottor Schiavone.» Sie schüttelten sich die Hände. Giménez war wie immer tadellos gekleidet, diesmal in einem cremefarbenen Anzug. Carmen hatte sich für einen blauen Hosenanzug entschieden. «Also, Carmen hat mir alles erzählt. Und wir freuen uns, dass wir Ihnen weiterhelfen können.» Giménez machte Carmen ein Zeichen, woraufhin diese zu einer ledernen Mappe griff und ein Blatt Papier daraus hervorzog. «Wir kannten Rubén Montoro, Dottor Schiavone. Er war ein Verbrecher, den die Polizei unseres Landes schon seit Jahren im Auge hatte, der ihr jedoch immer wieder entwischt ist. Wir wussten, dass er mit González Barrio zu tun hatte, vielleicht hat er sogar für ihn gearbeitet.»

«Ganz bestimmt hat er für ihn gearbeitet», meinte Carmen mit ernstem Gesicht. «Das versichere ich Ihnen, Dottor Giménez, er war sein Fahrer. Nur dass wir das nicht beweisen können», fügte sie, an Rocco gewandt, hinzu.

«Warum wurde González Barrio entlassen?»

«Er hatte einen schlechten Ruf», entgegnete Giménez. «Und er hat das Vertrauen der Botschaft auch deshalb verloren, weil er mit Leuten wie Montoro zu tun hatte. Außerdem gab es da einen kleinen Skandal um ein paar fragwürdige Rechnungen. Daher wurde er entlassen.»

«Ich verstehe. Und ich muss unbedingt mit ihm reden.»

Anstatt einer Antwort reichte der Presseattaché Rocco ein Blatt Papier. «Das ist seine Adresse.»

Rocco warf einen Blick darauf. «Das ist ganz bei mir in der Nähe ... Das erklärt das mit der Bar in der Via Vitellia.»

«Ich kann Ihnen nicht folgen.»

«Montoro hatte einen Zahlungsbeleg der *Bar Mastrangeli* in der Via Vitellia bei sich, und die befindet sich in der Nähe von González Barrios Wohnhaus.»

«Gut», meinte Giménez und stand auf, was Carmen ihm sogleich nachtat. «Wir freuen uns, dass wir Ihnen zu dieser Erkenntnis verhelfen konnten. Und wir hoffen, dass Sie dieser Verbrecherbande bald das Handwerk legen können. Die Botschaft steht Ihnen immer zur Verfügung.»

Auch Rocco erhob sich. «Warum jetzt doch?»

Alejandro Giménez sah Carmen an, die schließlich lächelte. «So sind die Spielregeln, Dottor Schiavone. Man lässt jemanden aus der Familie nicht fallen, es sei denn, jemand bringt Beweise dafür vor, dass man ihn besser fallen lassen sollte.»

«Auch wenn man bereits weiß, dass dieser jemand Dreck am Stecken hat?»

«Auch wenn wir davon wissen, ja.»

«Das war deutlich, wenn auch in schöne Worte verpackt, Dottor Giménez.»

«Ich weiß. Und wenn ich Ihnen einen Rat geben darf: Sie sollten niemals die Diplomatenlaufbahn einschlagen.»

«Das Risiko werde ich nicht eingehen, glauben Sie mir.»

Rocco ging mit Lupa Gassi, um sie anschließend wieder zum Dösen ins Hotel zu bringen. Dann machte er sich über die Via Garibaldi am Gianicolo vorbei auf den Weg nach Monteverde Vecchio. Rom lag vor ihm, rot und gelb wie die Farben seines Wappens, unter einem blauen Himmel mit kleinen weißen Wattewölkchen, zwischen denen die Möwen umhersegelten. Die Geräusche der Stadt vermischten sich zu einem anhaltenden lauten Brummen, das wie das Brüllen einer Herde Bisons klang. Er hätte ein Taxi nehmen können, doch er hatte sich gesagt, dass ihm an diesem schönen Tag ein Spaziergang guttun würde. Hinter der Porta San Pancrazio ließ der Verkehr nach, und man hörte den Gesang der Vögel. Schwitzend setzte Rocco seinen Weg fort. Es war eine längere Strecke, als er gedacht hatte, und er konnte sich kaum erinnern, wann er zum letzten Mal Sport gemacht oder sich sonst wie bewegt hatte. Rechts und links nur Mauern, keine Menschen. In einiger Entfernung war ein Tor zu erkennen, das zu einem Park zu gehören schien, weil nur Bäume zu sehen waren und kein Gebäude. Es entpuppte sich als die richtige Hausnummer.

Das Metalltor stand sperrangelweit offen.

Dahinter lag ein riesiger, sehr gepflegter Garten. Rocco folgte einem schmalen Weg, zwischen Bäumen und Büschen hindurch bis zu zwei Pinien direkt vor dem Haus. Es war ein großes Landhaus mit weißen Sprossenfenstern. Davor stand ein Auto mit geöffneten Türen. Nirgendwo ein Lebenszeichen. Rocco ging zu einer Terrasse, die sich unter einem Dach aus Holz und Ziegeln befand. Auf dem Boden lagen Glasscherben. Auch die drei großen Terrassentüren standen offen. Weiße Vorhänge bewegten sich leise im Wind. Rocco trat ins Haus. Das Wohnzimmer war riesig, und darin standen mehrere weiße Sofas. Ein gusseiserner Kamin hing von der Decke herab.

«Wer sind Sie?»

Auf einem der Sofas lag eine Frau, die ihn, ein Glas in der Hand, ansah. Rocco schätzte sie auf Anfang vierzig. Dichtes schwarzes Haar fiel ihr auf den Rücken. Sie hatte üppige Lippen und leicht gebräunte Haut. Ihr perfekt gestählter Körper wurde dank eines engen gelben Kleides hervorragend in Szene gesetzt. Sie hob den Blick. «Ich habe gefragt, wer Sie sind?», sagte sie mit rauchiger Stimme.

«Vicequestore Schiavone.»

«Sie haben ihn doch schon mitgenommen. Was wollen Sie denn noch?»

Rocco ging ein paar Schritte weiter in den Raum. «Rubén Montoro ... Hat er für Sie gearbeitet?»

«Wer?»

«Montoro. War er der Chauffeur Ihres Mannes?»

Die Frau zuckte leicht mit den Schultern. «... Chauffeur ...», murmelte sie skeptisch. Dann griff sie nach einem silbernen Zigarettenetui, das auf einem niedrigen schwarzen Tisch mit Intarsien lag, steckte sich eine Zigarette zwischen die Lippen und zündete sie mit einem diamantenbesetzten Feuerzeug an, das sie anschließend auf den Tisch warf. Sie sog den Rauch ein und sah Rocco an. «Warum wollen Sie das wissen?»

«Was ich gern wissen würde, ist, warum Montoro bei seinem Tod meine Handynummer in der Tasche hatte, obwohl ich ihn nicht gekannt habe.»

«Das sind Fragen, die nur mein Mann beantworten kann.» Die Frau winkte mit einer überheblichen Geste ab und ging mit dem unsicheren Schritt eines Menschen, der zu viel getrunken hat, auf die Tür zu.

«Möchten Sie einen Kaffee?»

«Gern.»

«Anita!», rief die Frau. «Ach ja, hab ich ganz vergessen. Kein Personal mehr. Die sind auch verschwunden. Wenn Sie möchten, nehmen Sie sich was zu trinken.» Sie wies auf eine Bar, auf der Dutzende Flaschen mit alkoholischen Getränken standen.

«Nein, danke. Sie wirken nicht gerade tieftraurig.»

«Sollte ich?» Die Frau zog erneut an der Zigarette. «Aber bitte machen Sie es sich bequem. Den Sport werde ich heute mal ausfallen lassen. Sagen wir, ist nicht der richtige Tag dafür.»

«Wollte Ihr Mann verreisen?», fragte Rocco und zeigte auf den Koffer, der noch immer auf den Terrakottafliesen der Terrasse stand.

«Abtauchen wäre wohl die treffendere Bezeichnung», entgegnete die Frau. «Und ich hab mich ja noch gar nicht vorgestellt. Penelope.»

Rocco lächelte leicht. «Abtauchen?»

«Klar. Er ist kreidebleich geworden, als er in den Fernsehnachrichten von der Festnahme heute Nacht gehört hat, und hat sofort angefangen, seine Koffer zu packen. Aber er war nicht schnell genug fertig.»

Rocco setzte sich auf eines der Sofas. «Wissen Sie, womit Ihr Mann sein Geld verdient?»

«Juan? Mit verschiedenen Dingen. Einige davon sind sauber, andere sehr schmutzig. Und ich glaube, dass er deswegen die Botschaft verlassen musste.»

«Und Sie?»

«Was ist mit mir?»

«Sie leben hier in Frieden?»

Penelope lachte und drückte ihre Zigarette ungerührt auf dem kleinen Tisch vor dem Sofa aus. Dann schüttelte sie den Kopf. «Dass Juan dieses Haus verlässt, war nur eine Frage von Tagen. Er und ich wollten nicht länger gemeinsam unter diesem bescheidenen Dach leben.» Sie richtete den Blick auf die Kassettendecke. «Das wird ein Spaß, wenn mein Vater davon erfährt, denn er hat Juan schon immer gehasst. Sie können sich nicht vorstellen, wie viele ‹Ich hab's dir ja gesagt› ich mir anhören werde! Mein Vater war General, wissen Sie? Ein absolut integrer Mensch. Wie mein Großvater und der Vater meines Großvaters, wir sind eine traditionelle Familie und ziemlich langweilig ... und vielleicht hatte er recht, als er mir gesagt hat, dass ich mich von diesem González Barrio fernhalten soll. Aber ich war jung, und wenn man jung ist, macht man nun mal Dummheiten.» Mit einem Ruck warf sie ihr Haar nach hinten. Dann stand sie auf und wankte zur Bar hinüber. «Juan und ich haben jeder sein eigenes Leben geführt.» Sie schüttete den Rest des Whiskys in ein Glas und ließ die leere Flasche auf den Tisch fallen. «Mein Mann wird jetzt einige Jahre im Gefängnis verbringen, und ich werde die Scheidung verlangen, nach Hause zurückkehren, dort, wo ich herkomme, und ein neues Leben beginnen.» Sie ließ sich erneut aufs Sofa sinken, offensichtlich glücklich, einen Schluck trinken zu können.

«Kokain», meinte Rocco.

«Bitte?»

«Ihr Mann hat mit Kokain gehandelt.»

«Ja. Für einflussreiche Leute.» Sie zwinkerte Rocco zu. «Wenn er mal geredet hat, gab's einiges zu hören. Kokain, ja. Das habe ich gewusst. Denken Sie, ich sollte dafür auch ins Gefängnis kommen? Alles in allem wohl schon.» Sie kippte noch einen Schluck Whisky runter. «Bis heute habe ich im Luxus gelebt, wie Sie sehen. Ob ich wusste, woher das Geld kam? Das war nicht schwer zu erraten, wenn man die Leute gesehen hat, mit denen mein Mann zu tun hatte.»

«Leute wie Montoro?»

«Montoro ... Rubén hat ihm den Rücken frei gehalten, ist ihm wie ein treuer Hund gefolgt. Er war früher mal beim Militär. Aber sie haben ihn rausgeschmissen. Ein gewalttätiger Typ, furchtbar. Ist er tot?»

«Sie sind nicht auf dem Laufenden?»

«Nein. Ich hab ihn ein paar Tage lang nicht gesehen. Dürfte ich erfahren, wie?»

«Sie haben ihm die Kehle aufgeschlitzt.»

Penelope zog eine Grimasse, die möglicherweise ein Lächeln sein sollte. «Ein hässlicher Tod.»

«Vielleicht können Sie mir helfen, da Sie so freundlich sind.»

«Ich bin nicht freundlich, ich hab nur im Moment nichts anderes zu tun und bin ziemlich betrunken.»

«Ich würde gern einen Blick in das Arbeitszimmer Ihres Mannes werfen. Sicher gibt es ein Arbeitszimmer, oder?»

«Machen Sie nur. Aber Ihre Kollegen sind schon da gewesen. Das waren doch Ihre Kollegen, oder?»

Sie sahen sich schweigend an. Rocco stand auf. Dann streckte die Frau die Hand aus und wies auf eine Tür. «Da den Flur entlang finden Sie ganz hinten das Arbeitszimmer. Lassen Sie sich Zeit. Ich bleibe solange hier.»

Angesicht der Größe des Hauses, all des Reichtums, der Bilder und der Möbel, war das Arbeitszimmer beinahe mikroskopisch klein, nüchtern, auf das Nötigste beschränkt. Eine Art Mönchszelle, in der man sich konzentrieren konnte, ohne von irgendeinem Flitterkram oder einer Fantasie abgelenkt zu werden. Auf dem kleinen Schreibtisch lagen die Kabel eines Computers, der nicht mehr da war. Im Regal standen einige geöffnete leere Pappkartons, deren Inhalt die Kollegen wohl auch mitgenommen hatten. So blieb Rocco nur, die kleine Schreibtischschublade zu öffnen. Sie enthielt ein Ladegerät, eine alte Brieftasche voller Visitenkarten, Füller, Stifte, ein paar Centmünzen, einen Block Post-its, der noch verpackt war, einen Spitzer, eine bröselige Zigarre, einen wertlosen Ring, eine leere Druckerpatrone, den Prospekt eines Sportclubs. Rocco griff nach der Brieftasche und begutachtete die Visitenkarten. Eine Autowerkstatt, PIN und PUK eines Handys, Marco Ierosi, Schlosser, Eusebio Valor, Reporter beim *Independiente*, *Motorcar*, ein Karosseriebauer, ein Ein-Stern-Hotel namens *Bellavista*, Michele Servaggelli, ein Transportunternehmen. Rocco sah sich eine Karte nach der anderen an. Irgendetwas passte nicht ins Bild. Es war ihm gleich aufgefallen, aber er wusste nicht, was es war.

Albergo Bellavista, ein Stern. Via Pontina km 35. Das war ein Teil von Rom, den Rocco gut kannte. Nicht weit von Castel di Decima, die Via Pontina begann genau dort. Was wollte der reiche González Barrio in einem simplen Hotel mit einem Stern an der Via Pontina?

Penelope, die immer noch auf dem Sofa lag, telefonierte. «Ja … ja, ich warte auf dich. Komm, wann du möchtest.» Als sie Rocco sah, beendete sie das Gespräch sofort. «Haben Sie etwas Interessantes gefunden?»

«Ja, danke. *Arrivederci*, Signora González.»

«Ich wäre Ihnen sehr dankbar, wenn Sie mich mit meinem richtigen Namen anreden würden, dem meiner Familie. González will ich nicht mehr hören.»

«Wenn Sie ihn mir mitteilen, tue ich das gern.»

«Penelope de la Vega y Fernández de Tejera.»

«Ich glaube nicht, dass ich mir das merken kann. Ist im Ausweis dafür überhaupt genug Platz?»

Die Frau lachte und zeigte dabei ihr perfektes Gebiss. «Dann nennen Sie mich nur beim Vornamen. Das reicht.»

«Auf Wiedersehen, Penelope. Viel Glück!»

«Ja, das hat mir bis heute gefehlt, Dottor Schiavone. Aber nach all den Fragen, die Sie mir gestellt haben, habe ich jetzt eine an Sie.»

«Bitte.»

«Wer sind Sie wirklich? Weil ich nicht glaube, dass Sie ein Polizist sind.»

«Ich bin Vicequestore bei der Polizei. Vor Jahren habe ich mal gegen Ihren Mann ermittelt, leider erfolglos, und vor allem bin ich einer, der in letzter Zeit offenbar immer ein wenig zu spät kommt.»

«Dass bei Ihnen alles schiefgeht, tut mir leid. Sie sehen extrem müde aus. Warum?»

«Mit Leuten wie Ihnen zu tun zu haben, ist sehr ermüdend, das können Sie mir glauben. Und die Abmachung war, dass Sie eine Frage stellen dürfen, nicht zwei. Leben Sie wohl.»

Als Rocco den Weg zurückging, war er etwas klarer im Kopf, obwohl er kaum oder gar nicht geschlafen hatte. Dass González Barrio nach den Enthüllungen von Enzo Baiocchi festgenommen worden war, bestätigte seine Vermutung. Die beiden kannten sich, es hatte also augenscheinlich eine Verbindung zwischen Barrios Kokainhandel und der Bande von Luigi Baiocchi gegeben. Und González Barrio hatte einen Auftragskiller losgeschickt, um Enzo mundtot zu machen. Nur dass am Ende der Killer tot war. Aber was war mit der Telefonnummer, die Rubén Montoro in der Tasche hatte? González Barrio kannte die alte Geschichte zwischen ihm und den Baiocchis. Also wollte er vermutlich Enzo aus dem Weg räumen und ihn anschließend kontaktieren, um eine Gegenleistung zu verlangen. Dabei dachte Rocco wieder an Sebastiano. Staatsanwalt De Biase schien die Geschichte mit dem Informanten geglaubt zu haben, aber Baldi konnte ihm noch dazwischenfunken. Versuchter Mord. Sebastiano lief Gefahr, verurteilt zu werden und für Jahre ins Gefängnis zu wandern. Und das Schlimmste daran war, dass er glaubte, das ginge auf Roccos Kappe. Brizios kleine Rede hatte ihm schließlich den Rest gegeben. «Adler fliegen nun mal und Pferde galoppieren.»

Und eine Klapperschlange kann nichts dafür, dass sie giftig ist, dachte er, und ich trage dieses Gift in mir.

Er holte Lupa und den Wagen und machte sich auf den Weg Richtung Süden.

Auf der Via Pontina herrschte der übliche Verkehr. Rocco fuhr an Spinaceto und Castel di Decima vorbei, und schließlich sah er es: ein zweistöckiges Gebäude, ein roter Quader mit einem Balkon direkt über einer Tankstelle. Das Hotel *Bellavista* war eindeutig keine Herberge für Touristen, nicht mal für Vertreter oder andere Dienstreisende. Es taugte höchstens als billige Absteige. Rocco parkte neben den Zapfsäulen, ließ Lupa im Auto und ging ins Haus.

Das würde keine angenehme Angelegenheit werden.

Es roch muffig. An den Wänden verlief auf halber Höhe eine Holz imitierende Plastikbordüre. Die Theke der Rezeption war aus falschem Marmor, und dahinter hing ein Gitter mit einem Dutzend Schlüssel, das von einer hässlichen Reproduktion zweier sich umarmender Putten Tiepolos überragt wurde. In einer bunten Glasvase standen ein paar staubige getrocknete Ähren, die mit einem Geschenkband zusammengebunden waren. Die Wände waren violett gestrichen, und auf dem Boden lag ein gammeliger Teppich voller Flecken, der die Schritte dämpfte. Der Spiegel auf der rechten Seite war voller Postkarten, die am Rahmen befestigt waren. Aus einer kleinen Tür trat ein Mann. Er hatte an den Seiten langes Haar und oben auf dem Kopf eine Glatze. Ein weißer Schnurrbart betonte die ausgehöhlten Wangen. Er trug ein blaues T-Shirt, seine Arme waren voller Tattoos, und er wischte sich die Hände an einem mit Motoröl beschmutzten Lappen ab. «Bitte», sagte er ernst.

«Juan schickt mich», entgegnete Rocco.

Der Mann musterte ihn von oben bis unten. «Juan wer?»

«Stell dich nicht dumm. Das weißt du genau.»

«Du bist doch kein Bulle?»

«Wenn ich dir meine Faust zwischen die Augen ramme, überlegst du es dir dann, oder gehst du mir weiter auf den Sack.»

«Juan schickt dich?»

«Bist du taub?»

«Was willst du?»

«Ich hab nichts mehr von Rubén gehört», sagte Rocco.

Der Mann nickte. «Komm mit», sagte er und machte Rocco ein Zeichen, ihm zu folgen.

Sie gingen durch die kleine Tür, durch die der Mann hereingekommen war, und gelangten über einen kleinen schäbigen Flur in einen Raum, der wohl eine Küche sein sollte. Allerdings gab es nicht mehr als einen Gasherd und zwei braune Laminat-Regale. Von dort traten sie durch eine Terrassentür in einen Hof hinter dem Gebäude. Hier standen zwei verdreckte Autos neben einem Stapel Paletten und einem Einkaufswagen aus dem Supermarkt. Aus einer dunklen Garage drang krächzende Radiomusik. «Was soll heißen, dass du nichts mehr von Rubén gehört hast?»

«Was das heißen soll? Dass ich nichts mehr von ihm gehört oder gesehen hab.»

«Also hör zu. Du kannst Juan sagen, dass ich ihm den Schlüssel gegeben hab. Und Rubén hat seinen Job gemacht. Was für einen Scheiß er dann getan hat, weiß ich nicht.»

«Und wo hat er diesen Job gemacht?»

«Oben in der Mansarde.»

«Bring mich da hin.»

«Warum?»

«Kümmer dich um deinen Scheiß und bring mich da hin!»

Der Mann verdrehte die Augen. «Gehen wir», sagte er.

Sie kehrten zur Rezeption zurück, wo der Mann einen Schlüssel aus einer Schublade holte. «Komm», meinte er dann und stieg vor Rocco die Marmortreppe hinauf.

Rocco folgte ihm schweigend. Inzwischen roch es nicht mehr muffig, sondern nach Benzin. Der Verkehrslärm, der von der Straße hereindrang, war ohrenbetäubend. Die Treppe endete vor einer schmalen Tür. Der Mann öffnete sie, und sie traten in einen kleinen Vorraum, von dem aus nur ein Zimmer ohne Nummer abging.

«Hier.»

Das Zimmer war ein Loch mit einem Einzelbett und ohne Bad. Es war aufgeräumt, und Rocco stieg der Geruch nach Chlorbleiche in die Nase. «War es hier?», fragte Rocco.

«Ja.»

«Hast du hier sauber gemacht?»

«Hä?»

«Ich hab dich gefragt, ob du hier sauber gemacht hast?»

«Du fängst an, mir tierisch auf den Sack ...»

Ein kurzer Ellbogenstoß Roccos traf den Mann am Nasenrücken, und er sank stöhnend zu Boden. Rocco war sofort über ihm und rammte ihm die Faust ins Gesicht. «Ich hab dich gefragt, ob du hier sauber gemacht hast!»

Der Mann blutete wie verrückt und versuchte, sich zu schützen, doch ein weiterer Fausthieb Roccos auf die Nase knockte ihn beinahe aus. «Zum letzten Mal: Hast du hier sauber gemacht?»

«J ... Ja.»

«Was ist hier passiert?»

«Was weiß ich? Da war überall Blut, verdammt ...»

Rocco griff in den Schnurrbart, zog heftig und riss dem

Mann ein Büschel Haare aus. Der schrie und begann dann zu husten, weil er sich am eigenen Blut verschluckt hatte. «Du musst doch wissen, was hier passiert ist!»

«Der bringt mich um!»

«Wer bringt dich um, du Arschloch?» Rocco zog den Mann am T-Shirt hoch und brüllte dicht vor dem, was von seinem Gesicht noch übrig war: «Wer?»

«Der, der hier … war.»

«Baiocchi?»

Der Mann sagte nichts. Nickte nur leicht. Rocco ließ ihn wieder auf den Boden fallen. Dann ging er zum Bett hinüber, riss den Kissenbezug herunter und warf ihn ihm zu. «Wisch dich damit ab, du Stück Scheiße!»

Wenige Sekunden später war der weiße Stoff blutdurchtränkt.

«Warum hast du Juan das nicht gesagt?»

«Wenn ich rede, kommt er zurück und bringt mich um.»

«Heul nicht rum, verdammt, und rede so, dass ich was verstehe. Baiocchi bringt dich um?»

«Ja … Er hat das Auto genommen, hat die Leiche eingeladen und ist damit weg.»

«Und du hast nichts gesagt.»

«Ich hab gelernt, mich um meinen Scheiß zu kümmern.»

«Das war falsch. Wie heißt du?»

«Demetrio.»

«Was ist das für ein Scheißname?»

«Mein Opa hieß so.»

«Demetrio und weiter?»

«Demetrio Seganti. Aber warum? Kennst du mich?»

«Als ob! Wie kommst du da jetzt wieder raus, Demetrio?» Rocco setzte sich aufs Bett und zündete sich eine Zigarette an.

«Wie ich rauskomme? Warum?»

«Juan sucht nach Rubén. Und du hast seine Leiche gesehen und nichts gesagt. Also sieht es schlecht aus für dich. Weil Baiocchi geschnappt wurde und wir jetzt hier sind. Du bist ein Verräter!»

Demetrio schluckte. «Ich hab niemanden verraten, sag das Juan.»

«Doch, hast du, und nicht nur ein Mal. Du hast schon bei jemand anderem gesungen, richtig, Demetrio?»

«Nein.»

«Ich denke, ja. Ich bin nicht der Erste, der herkommt und nach Rubén und Enzo sucht, richtig?»

«Du bist der Erste.»

«Wer war noch hier, Demetrio?»

Doch der Mann aus dem Hotel Bellavista antwortete nicht. Rocco warf die Zigarettenkippe auf den Boden und stand abrupt auf. Demetrio hielt schützend die Hände vors Gesicht. «Ich schwöre, dass ich die Wahrheit sage. Es war niemand hier!»

«Ein großer Kerl vielleicht, mit langen Haaren und Bart, der aussieht wie ein Bär?»

«Nein.»

«War er hier oder nicht?»

Demetrio zitterte. Dann gab er ein einfaches «Nein» von sich, das Rocco ein Lächeln entlockte. Er betrachtete Demetrios verblüfftes Gesicht und griff nach seinem Handy.

«Pronto? Bonanni, bist du das?»

«Schiavone, mein Lieber, was gibt's?»

«Hotel Bellavista, Kilometer ...» Rocco wandte sich an Demetrio. «Welcher Kilometer ist das noch mal?»

«35», antwortete der kaum hörbar.

«Kilometer 35, hier ist das Zimmer, in dem Rubén Montoro ermordet wurde. Augenzeuge ist ein gewisser Demetrio Seganti ...» Rocco sah den Mann erneut an. «Bist du hier der Eigentümer?»

«Ja.»

«Der Eigentümer dieses luxuriösen Etablissements.»

«Danke, Schiavone. Wer hat ihn umgebracht?»

«Enzo Baiocchi, er wurde letzte Nacht in der Nähe von Cividale del Friuli festgenommen.»

«Ach ... und kannst du das beweisen?»

«Wenn du willst. Aber der Zeuge hier dürfte genügen.»

«Und woher weißt du das alles, Schiavone?»

«Lange Geschichte. Mach's gut, Bona'.» Rocco steckte sich das Handy in die Tasche. «*Ciao*, Demetrio.»

«Dich hat gar nicht Juan hergeschickt», meinte der, während er sich noch immer den inzwischen komplett rot verfärbten Kissenbezug an die Nase hielt.

«Da liegst du richtig.» Bevor Rocco den Raum verließ, verabschiedete er sich noch: «Gleich kommen meine Kollegen. Erzähl ihnen das Gleiche, was du mir erzählt hast. Und vor allem musst du sagen, dass du aus Angst vor diesen Verbrechern nicht geredet hast. Dann kommst du da heil raus, Demetrio, keine Sorge, weil González Barrio und Enzo Baiocchi hinter Gittern sitzen. Spiel einfach die Rolle des braven Bürgers.» Rocco schickte sich an, das Zimmer zu verlassen, hielt aber noch einmal inne. «Und bevor ich es vergesse: Sag den Nutten, die gerade hier sind, Bescheid, dass sie abhauen sollen, sonst sorg ich dafür, dass du ein paar Monate im Knast verbringen musst.»

«Und mein Gesicht? Wie soll ich das erklären? Dass ich hingefallen bin?»

«Nein, sag ruhig, dass ich das war. Das ist mir so was von scheißegal. Mach's gut, und pass auf dich auf.» Endlich machte sich Rocco auf den Weg.

«Danke», stammelte Demetrio.

Mit schmerzendem Rücken, schweren Lidern und einem fiesen süßlichen Geschmack im Mund parkte Rocco den Wagen auf dem Lungotevere, wo er garantiert einen Strafzettel kassieren würde. Allerdings hatte er keine Zeit mehr, darüber nachzudenken. Er wollte nur noch schlafen. Und das tat er. Er fiel in ein Loch ohne Boden und wachte erst am nächsten Tag wieder auf.

XX

Bei Sonnenuntergang parkte Rocco den Wagen wieder vor dem Eingang der Questura von Aosta. Er wankte in sein Büro, schloss die Tür von innen ab, sank in den Sessel, öffnete das Fenster und zündete sich endlich einen Joint an. So hatte er sich in seinem ganzen Berufsleben noch nicht gefühlt. Außer vielleicht kurz vor seiner Versetzung. Und das lag nicht an den Demütigungen, die er in seinem Job zu ertragen hatte, oder an dem Frust, González Barrio damals in der Sache mit Luigi Baiocchi nicht erwischt zu haben. All das belastete ihn wenig oder gar nicht. Dafür aber die drei bitteren und endgültigen Niederlagen, die er nach dieser anstrengenden Reise zu verkraften hatte. Er hatte Sebastianos Vertrauen verloren, das war das Erste. Die hasserfüllten Augen seines Freundes, die Wut, die furchtbaren Worte, die er ihm ins Gesicht geschleudert hatte, all das tat mehr weh als alle Hiebe und Schläge. Das Zweite war Brizios Rede vom Vortag, die sich angehört hatte wie ein endgültiger Abschied, so als hätte er damit einen wichtigen Teil seines Lebens verloren. Und die dritte Niederlage war, dass er sich bei jedem Schritt überwacht fühlte. Er kam sich vor wie eine Bakterie unterm Mikroskop, und das gefiel ihm gar nicht.

An all das dachte er, während er den Joint rauchte, der ihm diesmal keine Erleichterung verschaffte. Jemand drückte von außen die Türklinke herunter und wollte offensichtlich hereinkommen. Rocco versuchte es zu ignorieren. Doch derjenige blieb hartnäckig und klopfte hysterisch an die Tür.

Rocco stand auf, warf die Kippe aus dem Fenster und öffnete. Es war Italo, kreidebleich und mit wirrem Haar. «Was ist los?»

«Wo bist du gewesen?»

«Unterwegs. Was willst du?»

«Baiocchi wurde festgenommen.» Italo drückte Rocco die Zeitung in die Hand. In der Mitte der Seite mit den aktuellen Nachrichten prangte ein langer Artikel der Buccellato, den Rocco nicht lesen wollte. Er gab die Zeitung seinem Kollegen zurück. «Ich weiß. Hab ich im Fernsehen gesehen.»

«Baldi ist da.»

«Wo?»

«Am Kaffeeautomaten. Er wartet auf dich und behauptet, dass du Bescheid weißt.»

Das war das erste Mal, dass der Staatsanwalt sich dazu bequemt hatte, in die Questura zu kommen. «Ich geh zu ihm», sagte Rocco und verließ sein Büro.

Auch Baldi sah bleich und ungekämmt aus, er hatte dunkle Schatten unter den Augen und einen zerzausten Bart. Sobald er Rocco sah, kam er ihm entgegen. «Gehen wir ein Stück gemeinsam», schlug er vor, ohne eine Antwort abzuwarten. Rocco blieb nichts anderes übrig, als ihm zu folgen.

Kaum hatten sie die Questura verlassen, hielt Baldi ihm die Hand hin. «Geben Sie mir eine Zigarette?», fragte er.

«Sie rauchen nicht.»

«Ich weiß.»

Der Staatsanwalt zündete sich die Zigarette an, ohne zu husten. An der Art, wie er den Rauch einsog, war zu erkennen, dass er mal ein regelmäßiger Raucher gewesen war. «Warum fangen Sie wieder an?», fragte Rocco.

«Ich habe nicht vor aufzugeben», begann Baldi. «Was Valenti angeht, nicht die Zigaretten. Ich habe nicht die Absicht aufzugeben. Aber ich muss behutsam vorgehen. Was unsere Begegnung in Cividale anbetrifft … Ich habe noch mal darüber nachgedacht, und das geht so in Ordnung. Aber von heute an bitte ich Sie, mir gegenüber sauber und mit offenen Karten zu spielen. Ist das eine Abmachung, die wir treffen können?»

«Dottore, ich hab immer sauber und mit offenen Karten gespielt.»

«Gut, Sie wollen diese Abmachung also nicht treffen.»

«Was muss ich sagen, um Ihnen das Gegenteil zu beweisen?»

«Zum Beispiel, aus welchem Grund Enzo Baiocchi hinter Ihnen her ist. Was haben Sie ihm angetan?»

Rocco verdrehte die Augen. «Das ist doch nicht möglich! Das ist ungefähr das siebzehnte Mal, dass Sie mich das fragen! Ich habe Ihnen doch erklärt, dass ich vor Jahren seinen Bruder drangekriegt hab, der geflohen ist und sich wahrscheinlich in Südamerika aufhält. Enzo Baiocchi gibt mir daran die Schuld. Das ist alles.»

«In Ordnung», sagte Baldi, während er den Rauch ausstieß. «Gut.» Dann warf er die halb gerauchte Camel weg. «Dank der Aussagen dieses Verbrechers gab es bereits einige Festnahmen.»

«Scheint so.»

«So ein Singvögelchen ist wirklich nützlich, finden Sie nicht auch?»

«Ja, Spione und Kollaborateure sind hilfreich, Dottor Baldi. Das wissen wir beide. Dazu brauchen wir uns ja nur das Beispiel mit Valenti anzusehen.»

«Genau. Reden wir über ihn. Wie ich bereits gesagt habe, fehlen mir noch ein paar Bestätigungen, aber ich bin an gewisse Informationen herangekommen.» Sie überquerten die Straße. «Valenti steht unter zuverlässigem Schutz, wie wir bereits wissen. Was wir bisher nicht wussten, ist sein richtiger Name. Pasquale Iovine, geboren in der Provinz Avellino im Juli 1949. Bis 2011 gehörte er zum Barbieri-Clan, und seitdem kollaboriert er mit der Justiz. Immerhin haben wir damit einen gewissen Einblick.»

«Was uns einen Scheiß weiterbringt», entgegnete Rocco. «Pfui!»

«Bitte?»

«Entschuldigung, das galt meinem Hund. Pfui, spuck das aus!» Lupa legte einen Knochen auf den Boden, den sie irgendwo ausgegraben hatte. Rocco hob ihn auf und warf ihn in den Gully. «Wo haben sie diesen Iovine denn hingebracht?»

«Das weiß ich noch nicht. Sie haben ihn unter einem anderen Namen irgendwo versteckt. Und so wird es weitergehen, bis diesem Clan, der einen Großteil der Provinz Caserta kontrolliert, der Prozess gemacht wird.»

«Also was wollen Sie tun?»

«Ich? Darauf warten, dass er ausgedient hat. Und dann schlage ich zu.»

«Dottor Baldi.» Rocco blieb mitten auf der Straße stehen, während die Autos an ihm vorbeiflitzten. «Bis das so weit ist, sind Sie längst im Ruhestand, ich bin wer weiß wo, und kein Mensch erinnert sich mehr an den Mord an Juana Perez. Es war ein Unfall, und wir waren im Weg. Sie reden doch immer von Pflicht und Moral und dem Respekt gegenüber der Justiz. Also halten Sie sich auch selbst daran.»

«Wir haben es mit einem Verbrecher zu tun, der für seine Tat zur Verantwortung gezogen werden muss!»

«Aber Ihre Vorgesetzten haben schon längst für Sie entschieden und beschlossen, dass ein Transmensch nicht so wichtig ist wie ein Prozess gegen die Camorra. Machen Sie Ihren Frieden damit. So wie ich es vorhabe.»

«Dann schauen Sie also einfach weg?»

«Nein, das tue ich nicht, Baldi. Hab ich noch nie gemacht. Aber im Gegensatz zu Ihnen weiß ich, wann das Spiel verloren ist.»

«Ich bin Staatsanwalt, Schiavone! Und ich kenne den bitteren Geschmack der Niederlage!»

«Aber dieses Spiel war von Anfang an nicht zu gewinnen!», sagte Rocco inzwischen mit erhobener Stimme. «Was erwarten Sie von mir? Dass ich noch mehr Beweise vorbringe gegen Bernardo Valenti oder Pasquale Iovine, oder wie der Kerl auch immer heißt? Diesen alten Alkoholiker mit seinem Scheiß-Spitz? Ich hab meinen Job gemacht, und mit den Beweisen, die wir bereits haben, könnten Sie einen Lastwagen füllen. Aber mehr kann ich nicht tun! Das ist ein Sumpf, in den ich nicht hinabsteigen will. Ich bin nur ein Vicequestore, mehr nicht. Und Sie sind Staatsanwalt am Gericht von Aosta.» Die beiden Männer sahen sich für mehrere Sekunden in die Augen. «Was, zur Hölle, sollen wir denn tun, Dottor Baldi?»

Der Staatsanwalt knirschte mit den Zähnen und senkte den Blick. Er starrte auf seine Schuhe. «Dann sollen wenigstens die bezahlen, die ihn gedeckt haben!»

«Der Staat hat ihn gedeckt, der Geheimdienst, der Innenminister, und die stehen alle über uns. Glauben Sie, mir macht es Spaß, das einfach so zu schlucken? Wir hatten den

Mörder direkt vor der Nase, und er ist uns entwischt. Wer weiß, wo er jetzt ist, wie er jetzt heißt, wo er wohnt und was für ein Leben er führt! Aber eins kann ich Ihnen garantieren, wenn es auch nur ein schwacher Trost ist: Wenn er den gleichen Fehler noch mal macht, dann können der Geheimdienst und der Minister machen, was sie wollen, dann krieg ich ihn an den Eiern, egal, wo er ist.»

«Aber das kostet vielleicht noch ein Menschenleben.»

«Das stimmt, aber ich hab die Regeln für dieses Scheiß-Spiel nicht gemacht!»

Baldi strich sich übers Haar. «Werden Sie wenigstens diesen Berthod, den Wohnungseigentümer, drankriegen?»

«Sicher. Ich verspreche, dass ich morgen früh zu ihm gehe, mir was Schönes überlege und ihm die Hölle heißmache.»

«Einverstanden. Das ist nicht viel, aber besser als nichts.»

Rocco und Baldi gingen auseinander, ohne sich zu verabschieden, und kehrten beide mit Wut im Bauch und voller Frust zu ihrem alltäglichen Leben zurück.

Rocco schaltete sein Handy aus, denn er hatte keine Lust mehr, mit irgendjemandem zu reden. Er beschloss, alles auf den nächsten Tag zu verschieben. Den Questore, sein Team, die Lügen, alles. Er war einfach zu müde. Es war an der Zeit, nach Hause zurückzukehren, sich ins Bett zu legen und vom Schlaf übermannen zu lassen. Er schleppte sich die Treppe hinauf und suchte in seinem Schlüsselbund nach dem richtigen Schlüssel. Doch bevor Rocco aufschließen konnte, ging die Tür der Nachbarwohnung auf. «Dottore?»

Es war Gabriele. Diesmal hatte er sich für ein Shirt mit dem Logo irgendeines amerikanischen Football-Teams entschieden. Dazu trug er Tennissocken und die üblichen schmutzigen, ausgelatschten Turnschuhe.

«Was willst du?»

«Ich weiß, Sie sind müde, aber ...»

«Bitte nichts über deine Lateinkenntnisse, den Schuldirektor, irgendwelche Lehrer oder deine Mutter!»

Gabriele grinste. «Nein, es ist nur so, dass Sie weg waren, ohne mir den Laptop zurückzugeben.»

«Ach, hab ich nicht?»

«Nein.»

«Entschuldige. Komm mit rein und hol ihn dir.» Rocco nahm Lupa auf den Arm und trat in seine Wohnung.

Der Laptop war noch da. Zusammengeklappt. Während Rocco sich die Jacke auszog, griff Gabriele nach dem Computer. «Ah, er ist noch aufgeladen, super!», sagte er.

Rocco ging ins Schlafzimmer, um sich umzusehen. Caterina hatte aufgeräumt. Die Nachricht, die er ihr hinterlassen hatte, hatte sie mitgenommen.

«Haben Sie schon gegessen?», hörte er aus dem anderen Zimmer.

«Nein, Gabriele. Ich esse nichts. Ich will nur noch ins Bett.» Rocco kehrte ins Wohnzimmer zurück. «Ist deine Mutter zu Hause?»

«Ja. Sie ist gerade zurückgekommen. Möchten Sie mit ihr reden?»

«Nein, das geht jetzt nicht.» Rocco ging in die Küche, um Lupa zu füttern.

«Wissen Sie was? Diego ist gleich wieder aus dem Krankenhaus entlassen worden. Der hatte nichts.»

«Wer ist Diego?», fragte Rocco und trank direkt aus der Wasserflasche.

«Der, den ich geschlagen hab. Der hält sich jetzt von mir fern. Gestern hab ich ihn in der Spielhalle gesehen, und er ist nicht mal in meine Nähe gekommen. Dabei hatte ich Thors Hammer schon im Anschlag, und mein Fuß war bereit, ihm in die Eier zu treten!»

«Bravo. Und jetzt würde ich gern schlafen gehen, wenn du erlaubst. Ich bin völlig fertig.»

«Ich bin schon weg», sagte Gabriele, während er das Aufladekabel des Computers aufrollte. «Wenn Sie morgen noch nichts vorhaben ...»

«Ja, vielleicht. Wir sehen uns morgen, Gabriele. Und noch mal Entschuldigung wegen des Computers. Das hab ich völlig vergessen.»

«Keine Sorge. Das hat meinen Augen sicher gutgetan.»

«Hör mal, hast du deiner Mutter was gesagt?»

«Wovon?»

«Von der Schlägerei.»

«Nein. Ich bin stumm wie ein Fisch», Gabriele zwinkerte Rocco zu und ging aus der Wohnung.

Rocco zog sich die Schuhe und die Hose aus, löschte das Licht und ging zum Bett hinüber. Der Schein einer Straßenlaterne malte ein seltsames Muster an die Decke. Er verlor sich in der Betrachtung. Ein sich aufbäumendes Pferd oder vielleicht ein Mensch, der einen Gegner erwartet, mit gehobenen Fäusten, bereit zuzuschlagen.

Wer hat mich verraten?

«Wie es scheint, bin ich aus dem Takt geraten, Marina. Keiner ist der, der er zu sein scheint. Und ich hab genug davon, Schatten zu verfolgen. Seit Tagen hab ich nichts anderes gemacht. Der einzige Schatten, nach dem ich mich sehne, ist deiner, aber du kommst nicht mehr zu mir.

Ich würde gern duschen, aber ich kann mich nicht mehr bewegen. Wenn das Haus abbrennen würde, würde ich im Bett liegen bleiben wie ein alter Wikingerkrieger, der mit seinem Schiff verbrennt. Nur noch der Hund und ich sind übrig. Tolle Aussichten, was? Wenn ich gleich einschlafe, bin ich wenigstens mal für eine Weile weg. Baldi hat übrigens recht. Die haben uns verarscht, und wir unternehmen nichts. Und das wirklich Gefährliche ist, dass es mich nicht mal wütend macht. Dabei sollte es das. Dieses Arschloch mit seinen japanischen Fesselspielen, und die Arme geht dabei drauf. Aber ich bin müde. Ich bin zu müde.»

Das Kissen neben ihm roch noch nach dem blumigen Duft, den Caterina zurückgelassen hatte. Und selbst das war ihm jetzt egal.

«I still don't know what I was waiting for / And my time was running wild / A million dead-end streets …»

«Da ist er ja, Gabriele, und spielt denselben Song. Er weiß, dass ich zuhöre. Vielleicht können wir uns irgendwann so miteinander unterhalten. Wenn wir uns gegenüberstehen, sagen wir wenig oder nichts, und dann geht er zurück zu seinen Horrorfilmen und schickt mir eine Nachricht. In Ordnung, Gabriele, es muss sich was ändern, so weit hab ich verstanden, auch wenn du an einer Kreuzung mit Millionen Sackgassen stehst, musst du es probieren. Du bist sechzehn Jahre alt. Ich etwas älter. Da gibt es doch dieses Gedicht, wie ging das noch? Von dem Dichter und dem Kind, das Angst hat, ihn nach seinem Alter zu fragen. So wie du mir ‹drei› geantwortet hast, würde ich ‹achtzig› sagen. So ungefähr war das.»

Ch-ch-Changes / Turn and face the strange / Ch-ch-Changes / Just gonna have to be a different man.

«Am Schluss wird abgerechnet. Rechts ist die Spalte mit dem Pluszeichen, links die mit dem Minuszeichen, und in der Mitte ist diese riesige Leere von Absichten und Reue.»

Rocco lächelte und schlief ein.

XXI

Als Rocco aufwachte, stand die Sonne bereits hoch am Himmel. Wieder ein düsterer Schlaf ohne Unterbrechung, nach dem er sich kein bisschen erholter fühlte. Soweit das überhaupt möglich war, war er noch müder als am Vortag. Obwohl er am Abend nichts gegessen hatte, spürte er keinen Hunger. Lupa schon. Sie wartete bereits schwanzwedelnd auf ihn. Rocco stand auf und gab ihr Futter. Er musste ins Büro gehen, auch wenn er nicht wusste, aus welchem Grund. Um mit dem Questore zu reden? Oder um Michela Gambino zuzuhören, wenn sie versicherte, dass Jim Morrison gar nicht tot war, sondern sich in Barry Manilow verwandelt hatte? Rocco hoffte, dass ihm eine gute Idee kommen würde, um Berthod richtig bluten zu lassen, wie er es mit Baldi abgesprochen hatte. Er würde mit den illegalen Vermietungen anfangen, um ihn dann mit etwas anderem zu quälen. Rocco griff zum Telefon.

Als er sein altes Büro betrat, wurde er von einem Freudengeheul empfangen, das ihn zusammenzucken ließ. Sie waren alle da. Italo, Antonio, Caterina, Casella und Dick und Doof in Person von Deruta und D'Intino. Alle klatschten grinsend in die Hände, bereit für die Flasche Sekt, die von Antonio so geöffnet wurde, dass der Korken D'Intino in den Rücken knallte. «Ich bin der Nächste, der heiratet!», rief dieser daraufhin erfreut aus und klatschte erneut in die Hände.

«Was ist los?», fragte Rocco.

«Für Baiocchi! Weil er gefasst wurde, Dotto'!», sagte Casella mit dröhnender Stimme.

«Lasst uns anstoßen!», rief Italo, während Antonio den schäumenden Sekt in die Plastikbecher füllte.

«Auf dass er im Gefängnis verrottet, der Hurensohn!», sagte er dazu.

«Für mich nur ein bisschen», meinte Deruta. «Weil ich die Nacht in der Bäckerei verbracht hab und ...» Aber keiner hörte ihm zu.

Als alle Gläser gefüllt waren, brachte Caterina den Trinkspruch aus: «Auf uns und die Zukunft!»

«Danke, danke», meinte Rocco. «Auf uns alle!»

«Die Buccellato sucht Sie übrigens für ein Interview, Dotto'!», sagte Antonio Scipioni, der vor den anderen wieder zum Sie überging.

«Dann soll sie weitersuchen ... Ich habe ihr nichts zu sagen.»

«Corsi will Sie auch sehen», fügte Italo hinzu. «Er will gratulieren.»

«Und wozu?», wandte Rocco ein. «Es war ja nicht mein Verdienst!» Er sah Caterina an, die ihn mit glückstrahlenden Augen anlächelte.

«Aber die Gefahr ist jetzt gebannt, oder?»

«Reines Glück. Die Herren in Schwarz haben ihn erwischt. Die, die immer alles wissen und sich um unsere Sicherheit und Unversehrtheit sorgen.»

«Höre ich da eine gewisse Ironie heraus, Dotto'?»

«Findest du, Antonio? Wenn du meinst. So, und jetzt wieder an die Arbeit, Freunde. D'Intino und Deruta, die sind für euch!» Rocco ging zu seinem Schreibtisch, nahm drei Textmarker und legte sie in die Hände der beiden Agenti. «Bitte sehr, die braucht ihr für eure heutige Aufgabe. Frohes Schaffen und setzt sie fleißig ein!»

Deruta und D'Intino blickten auf die dicken bunten Stifte, legten die Hände an die Stirn, um zu salutieren, und verließen den Raum.

«Was sollen die denn mit den Textmarkern anstellen?», fragte Antonio Scipioni.

«Keine Ahnung», antwortete Rocco. «Wer wäre wohl in der Lage, die Hirntätigkeit unserer beiden Komiker zu verstehen? Ich finde, dass dieser Hang zu Textmarkern auf eine gewisse Urangst hinweist. Aber niemand wird das je ergründen. Casella! Du hast heute frei.»

«Meinen Sie das im Ernst?»

«Sehe ich aus, als mache ich Witze? Geh zum Passamt oder etwas trinken oder geh shoppen. Genieße den Tag.»

«Vielen Dank, wirklich, das kann ich echt brauchen.» Casella nahm seine Mütze und salutierte. «Wenn Sie erlauben ...»

Nun war Rocco mit seiner Lieblingsmannschaft allein. «Und wir amüsieren uns ein wenig. Wir werden Carlo Berthod kräftig Zunder geben. Eine kleine Rache ist erlaubt, oder?»

«Woran denkst du?»

«An eine Durchsuchung der Geschäftsräume in Courmayeur.»

«Eine Durchsuchung?»

«Ja. Ganz einfach. Der hat illegal Wohnungen vermietet und andere schmutzige Dinge getan. Und wer weiß, welche Mauscheleien er in seinem Geschäft angestellt hat. Ich gehe zur Staatsanwaltschaft und erledige die Formalitäten. Ihr wartet vor dem Gericht auf mich. Zwei Wagen. Ich und Italo, und du, Caterina, fährst mit Antonio.»

«Zu Befehl!», entgegnete Roccos Team im Chor.

«Das ist nichts Persönliches, oder?», fragte Caterina.

«Doch, äußerst persönlich!»

Bevor Caterina das Zimmer verließ, raunte sie Rocco zu: «Und werden wir danach ein wenig unter uns sein?»

Beim Verlassen der Questura traf er überraschend auf den Questore. Corsi wirkte frisch und entspannt – ganz anders als bei ihrer letzten Begegnung. Lächelnd trat er auf Rocco zu, um ihm die Hand zu schütteln, was Rocco leicht widerwillig zuließ. «Ich habe Sie die letzten Tage gar nicht gesehen. Kleine Denkpause?»

«Sozusagen.»

Ein Agente kam um die Ecke und grüßte im Vorbeigehen leise seine Vorgesetzten.

«Wie es scheint, ist dieser Baiocchi für die Staatsanwaltschaft Gold wert. Das überzeugt mich endgültig davon, dass wir im Fall Valenti nach bestem Wissen und Gewissen gehandelt haben.»

«Dottor Corsi, ich würde das Gewissen in diesem Fall raushalten. Sagen wir, wir haben so agiert, wie es von uns erwartet wurde», entgegnete Rocco und sah seinem Chef in die Augen. «Trotzdem bleibt mir ein schaler Geschmack im Mund, und der ist ziemlich unangenehm. Aber über dieses Thema haben wir ja ausführlich gesprochen.»

«In der Tat ...» Der Questore richtete den Blick in die Ferne, als suche er dort nach Inspiration. «Wird Baiocchi auch etwas über Sie zu sagen haben?»

«Er kann sagen, was er will. Aber sehen Sie, selbst wenn Abschaum wie er den Heiligen spielt und mit der Justiz zusammenarbeitet, sind genügend Pinzetten da.»

«Pinzetten?»

«Ja, um sich die Worte zu greifen, die aus diesem Abwasser auftauchen. Jedes einzelne muss überprüft und bewiesen werden. Baiocchi wird über mich sicher nichts Gutes zu sagen haben. Aber wenn es eine unbestreitbare Tatsache gibt, Dottor Corsi, dann die, dass er in meine Wohnung eingedrungen ist und auf Adele Talamonti geschossen hat, nicht ich.»

«Ja. Aber wie Sie selbst immer sagen: Halten wir uns an die Fakten. Und ich würde gern das Motiv für diese Schüsse wissen.»

«Was das angeht, drehen wir uns schon eine Weile im Kreis. Und Sie wollen nicht aufgeben.» Rocco öffnete die Tür zur Straße. Der Verkehrslärm wurde lauter. «Dabei stünde dies durchaus in Ihrer Macht», sagte er. «Und jetzt würde ich gern wieder an die Arbeit gehen, wenn Sie nichts dagegen haben.»

«Bitte.» Mit einer einladenden Geste forderte der Questore Rocco auf, das Gebäude zu verlassen. «Aber da wir gerade beim Thema sind», rief Corsi ihn noch einmal zurück. «Wie sehen Sie die Anwesenheit Ihres Freundes Sebastiano Cecchetti am Ort von Baiocchis Festnahme?»

«Er war schneller als ich. Und wissen Sie, warum? Er hat auf sein Herz gehört und ich nur auf meinen Verstand.»

«Sie haben ihn als einen Ihrer Informanten ausgegeben.»

«Und das ist er auch. Er war es, und ich hoffe, er wird es auch wieder sein. Informanten sind genauso nützlich wie Kronzeugen. Oder messen wir da mit zweierlei Maß?»

Corsi hob hilflos die Arme und richtete sich dann den Knoten seiner Krawatte. «Schiavone, wissen Sie, was ich sehe, wenn ich Sie anschaue?»

«Was?»

«Ein Auto, das übers Eis schlittert und wunderbarerweise nicht aus der Spur gerät. Aber so wird es nicht immer sein.»

«Sind Sie für das Eis verantwortlich?»

«Nein, Schiavone, das Eis auf der Straße ist ein Naturphänomen.»

«Wenn Sie dafür nicht verantwortlich sind, kann ich beruhigt schlafen. Bis bald», grüßte Rocco und verließ die Questura.

Baldi hatte den Durchsuchungsbeschluss bereits ausgestellt. Er war froh, die Schnur spannen zu können, über die Berthod stolpern würde. Das würde seinem stark angeknacksten Selbstwertgefühl ausgesprochen guttun. Sie brauchten nicht mal eine halbe Stunde nach Courmayeur. Dort stellten sie die Wagen direkt vor Berthods Geschäft im Parkverbot ab. Diesmal hielt der Ordnungshüter, der die Strafzettel verteilte, sich zurück. Gemeinsam betraten sie das Geschäft. Als die Verkäuferin die vier Polizisten sah, erbleichte sie und eilte sofort davon, um den Chef zu holen. Kurz darauf kam Carlo Berthod mit stolzem Blick und falschem Lächeln auf sie zu. «So sieht man sich wieder, Dottor Schiavone!»

«Genau. Wie geht es Ihnen?»

«Gut, danke. Wie komme ich zu der Ehre?»

«Deswegen!» Rocco zeigte den Durchsuchungsbeschluss. «Wir werden uns hier mal umsehen, wenn Sie nichts dagegen haben.»

«Doch, ich habe was dagegen», meinte der Geschäftsinhaber mit einem Blick auf das Dokument.

«Sticazzi!», meinte Rocco. «Richtig, Italo?»

«Ja, das passt an dieser Stelle.»

«Und dürfte ich fragen, welchen Grund es dafür gibt?»

«Erinnern Sie sich daran, was ich beim letzten Mal gesagt habe? Dass mich Ihre illegalen Wohnungsvermietungen nicht interessieren?»

«Und?»

«Das war gelogen. Es interessiert mich doch. Los, Leute, je schneller wir hier fertig sind, desto früher geht es zurück nach Hause.»

Antonio und Italo wandten sich der Kasse zu. Caterina blieb in der Nähe der Tür. Rocco dagegen ging an Berthod vorbei und fragte: «Es gibt doch sicher auch ein Büro in dieser prachtvollen Boutique? Dürfte ich mir mal die Abrechnungen ansehen?»

«Sie sind doch nicht von der Steuerfahndung!»

«Keine Widerworte, Berthod. Wenn ein Vicequestore Sie nach einer Abrechnung fragt, geben Sie sie ihm. Und keine Sorge: Unter uns gesagt, ist das reine Routine.»

«Was wollen Sie von mir, Schiavone?», zischte Berthod zwischen den Zähnen. «Die Ermittlungen im Fall Juana Perez sind doch abgeschlossen, soweit ich weiß.»

«Genau, soweit Sie wissen. Los jetzt, wir haben nicht ewig Zeit!» Rocco ging auf einen Bereich des Geschäfts zu, der zu einem kleinen Raum voller Akten, Bücher und Prospekte führte. «Da wären wir. Könnten Sie inzwischen meiner Kollegin das Heft mit den Mieten geben, das Sie mir beim letzten Mal gezeigt haben. Das schwarze.»

«Das habe ich nicht hier!»

«Sollen wir es suchen?»

Berthod schüttelte den Kopf. «Das wird ein Nachspiel haben, Sie Arschloch!», brummte er und ging zur Kasse. Er griff nach dem Heft und gab es den Polizisten. «Hier! Zufrieden?»

Antonio Scipioni nahm das Heft entgegen und blätterte darin herum.

«Was hoffen Sie, dort zu finden, Agente? Das Datum vom Ende Ihrer beruflichen Karriere?»

«Ach du Scheiße!», war Roccos Stimme aus dem kleinen Büro zu hören.

«Was ist los?» Italo und Antonio eilten zu ihm, gefolgt von Caterina und Berthod. Als Letzte ging die immer noch sehr verstört wirkende Verkäuferin hinterher.

Rocco stand mit dem Rücken zum Eingang im Raum. «Lieber Signor Berthod, erinnern Sie sich an Ihre vielen angeblichen Freunde von ganz oben?» Rocco wandte sich um. Er hielt eine dicke Tüte Marihuana in der Hand. «Denn ich denke, Sie sollten den einen oder anderen von ihnen dringend anrufen!»

Als Antonio und Italo die Tüte sahen, grinsten sie zufrieden. Caterina riss überrascht die Augen auf. Die Verkäuferin schlug entsetzt die Hände vor den Mund. Berthod war so weiß wie der Schnee auf dem Gipfel des Berges, nach dem das Geschäft benannt war. «Aber ... Aber ... das gehört nicht mir!»

«Und wie kommt es dann, dass ich es hier zwischen zwei ansonsten leeren Akten des laufenden Jahres gefunden habe?»

«Ich nehme so ein Dreckszeug nicht!»

«Alles klar. Das können Sie dem Richter erzählen. Antonio, Italo, kümmert euch um diesen Herrn, wir nehmen ihn mit in die Questura.»

«Das werden Sie bereuen, verdammt noch mal, das werden Sie! Das Zeug haben Sie mitgebracht!»

Rocco wurde ernst. «Sind Sie sich dessen, was Sie gerade gesagt haben, sicher? Denn hier sind vier Zeugen. Sie beschuldigen mich, Ihnen diese Tüte Rauschgift untergeschoben zu haben? Das sollten Sie sich gut überlegen, denn das und dazu der Bestechungsversuch vom letzten Mal …»

«Ich sorge dafür, dass Sie in die Barbagia versetzt werden!»

«Tatsächlich? Oh, ich liebe Sardinien. Los jetzt, bewegen Sie sich, wir haben keine Zeit zu verlieren! Signorina!», verabschiedete sich Rocco von der Verkäuferin, während Italo und Antonio den Inhaber der Boutique Mont Blanc abführten.

«Was war das denn gerade?», fragte Caterina auf dem Weg nach Aosta.

«Nichts. Ein kleiner Scherz, der ihn einiges an Anwaltshonorar kosten wird. So wahren wir unser Gesicht, und er hat ein paar schlaflose Nächte. Nicht schlecht, oder? Mich ärgert nur, dass ich dafür hundert Gramm dieses wunderbaren Zeugs hergeben musste!»

Caterina lachte. «Wie weit willst du den Spaß treiben?»

«Wir machen ihm ein bisschen Angst. Das Wichtigste ist, dass sich in Courmayeur verbreitet, dass unser Freund unter Verdacht steht, illegales Rauschmittel in seinem Besitz gehabt zu haben. Das wird ausreichen, um ihm in dieser kleinen Gemeinde fleißiger Bürger einige Probleme zu bereiten. Weißt du, Caterina, wenn er bei irgendeiner öffentlichen Ausschreibung geschummelt hätte, Lieferanten betrogen oder gestohlen hätte, ich meine im politischen Sinn, hätten seine Kaschmir-Freunde nichts gesagt. Denn das machen alle. Drogen dagegen … Das ist unter Niveau. Was für ein Fauxpas für ein Mitglied des Rotary-Clubs!»

«Klar, das hat er verdient. Trotzdem weiß ich nicht, was ich davon halten soll», meinte Caterina.

«Wie bitte? Hast du etwa Gewissensbisse?» Rocco zündete sich eine Zigarette an. «Denk doch mal dran, wie wir vor ein paar Tagen in dem Geschäft behandelt wurden! Nicht gerade freundlich.»

Den Rest der Fahrt über schwiegen sie.

Auf dem Weg den Corso Battaglione Aosta entlang wirkte Rocco ernst und nachdenklich, und Italo versuchte noch immer zu verstehen, weshalb er seinen Chef zu einem Termin mit der Buccellato begleiten sollte. Ein extrem lauter Lastwagen fuhr mit hoher Geschwindigkeit vorbei. Er hatte Baumstämme geladen. Rocco schien etwas sagen zu wollen, aber Italo hatte kein Wort verstanden.

«Italo», wiederholte Rocco diesmal lauter. «Ist dir in der Zeit, in der ich jetzt in Aosta bin, irgendetwas Seltsames aufgefallen?»

«Wovon sprichst du?»

«Hör mir gut zu, denn dir vertraue ich. Du kennst mich, deshalb antworte jetzt ehrlich auf meine Frage: Wer bespitzelt mich?»

Die Frage schien Italo Pierron zu treffen wie ein Schlag in die Magengrube. «Du wirst bespitzelt?»

«Ich bin mir ganz sicher. Willst du wissen, was in der Nähe von Cividale del Friuli passiert ist?» Rocco berichtete von Enzo Baiocchis Festnahme, und Italo konnte es nicht fassen. Er schüttelte den Kopf. «Wie ist das möglich?»

«Es ist möglich, wenn ich auf Schritt und Tritt von jemandem überwacht werde. Jedes Mal, wenn ich dienstlich nach Rom fahre, wissen sie davon. Im Großen und Ganzen ist das ja kein Geheimnis. In der Questura und in der Staatsanwaltschaft, meine ich, Corsi und Baldi wissen auf jeden Fall Bescheid. Und jetzt frage ich dich: Ist dir irgendwas aufgefallen?»

«*Mamma mia*, Rocco, hat der Umgang mit der Gambino so einen schlechten Einfluss auf dich?»

Rocco blieb mitten auf der Straße stehen. «Italo, ich meine das ernst!»

Roccos düstere Miene und sein ernster Tonfall ließen Italo zusammenzucken. «Ich habe nie irgendwas bemerkt. Ich werde drüber nachdenken, versuchen, es zu verstehen, aber mir ist nichts aufgefallen. Hast du einen Verdacht?»

«Nein, hab ich nicht. Ich habe mich hier in Aosta nie unsicher gefühlt. Was offensichtlich ein Fehler war.»

Sie gingen weiter. «Nach dem, was im Fall Perez hier passiert ist, wundere ich mich über gar nichts mehr», sagte Italo. «Ich meine, die Leute, die die Ermittlungen sabotiert haben, sitzen in Rom, und du bist auch aus Rom. Vielleicht haben die dich im Auge, seit du hergekommen bist.»

«Davon bin ich inzwischen überzeugt.»

«Also wenn du überwacht wirst und diese Anweisung von der obersten Polizeibehörde kommt oder – schlimmer noch – aus dem Innenministerium, solltest du vor allem nach oben sehen», schlug Italo vor.

«Denkst du an den Questore?»

«Auch. Und an Baldi. Der hat schon oft ein Auge zugedrückt, vermittelt aber immer den Eindruck, etwas mehr zu wissen, als er zugibt. Ist dir das noch nie aufgefallen? Erinnerst du dich noch an die Geschichte mit den Senegalesen, die wir nach Turin gebracht haben?»

«Ja.»

«Und auch an die Sache mit Patrizio Baudo?»

«Auch.»

«Genau, und ich hab immer gedacht, dass Baldi dich machen lässt, aber viel mehr weiß.»

«Ich bin mir sicher, dass Baldi seine Finger im Spiel hat. Aber ... da gibt es dennoch ein Aber ... er muss jemanden in der Questura haben, der nah an mir dran ist und genau mitkriegt, was ich tue.»

«Und wen?»

«Dich?»

Diesmal blieb Italo mitten auf der Straße stehen. «Bist du bescheuert?»

«Du weißt alles von mir. Du könntest der Spion sein.»

«Rocco, red doch keinen Scheiß!» Italo setzte sich wieder in Bewegung.

«Bist du jetzt beleidigt?»

«Leck mich!»

«Also bist du beleidigt.»

Sie gingen ein Stück schweigend nebeneinanderher. «Du Blödmann, das habe ich doch nicht ernst gemeint», sagte Rocco schließlich und legte Italo einen Arm um die Schultern. Die erste Geste echter Zuneigung nach all den Monaten. Italo rückte zuerst ein Stück zur Seite, doch dann lächelte er wieder.

Sandra Buccellato erwartete Rocco in der Bar.

«Was kann ich euch bringen?», fragte Ettore leicht erstaunt darüber, Rocco neben der Frau zu sehen, die er doch angeblich nicht ausstehen konnte.

«Einen frisch gepressten Orangensaft», bestellte die Journalistin.

«Für mich den üblichen Espresso, Ettore.»

Als der Barista wieder weg war, sah Rocco der Frau, die

ihm gegenübersaß, in die Augen. «Ich habe Ihnen etwas zu erzählen, was ich gern in der Zeitung hätte.»

«Ich bin ganz Ohr.»

«Carlo Berthod wurde festgenommen. Kennen Sie ihn?»

«Sicher kenne ich ihn. Und darf ich fragen, warum?»

«Wir haben eine beträchtliche Menge Marihuana in seinem Büro hinter dem Geschäft gefunden. Wir waren wegen einer Durchsuchung dort, im Nachgang zum Fall Juana Perez, um gewisse Einzelheiten zu klären, und sind zufällig darauf gestoßen.»

«Oh, oh», sagte die Buccellato lächelnd mit leuchtenden Augen. «Sehr gut. Ich verschweige Ihnen nicht, Schiavone, dass mich das freut. Es wird Zeit, dass jemand bei diesem aufgeblasenen Sack mal die Luft rauslässt. Und, wenn das nicht zu indiskret ist, wissen Sie, welcher Anwalt ihn verteidigt?»

«Petrulli, logischerweise.»

«Wieso ‹logischerweise›?»

«Sein Sohn hat bei Berthod eine Wohnung gemietet, und in dem Fall um Juana Perez haben wir zunächst gegen ihn ermittelt.»

«Sehr gut. Sie bekommen Ihren Artikel, aber …» Der Satz der Journalistin wurde unterbrochen, als Ettore die Bestellung und die Rechnung brachte und ohne einen weiteren Blick wieder ging. Rocco nahm seine Tasse in die Hand, während die Buccellato ihren Saft erst einmal stehen ließ. «Aber ich hätte dafür gern eine Gegenleistung.»

«Welche?»

«Der Fall um Juana Perez ist abgeschlossen, und das mit Berthod dient nur dazu, ihn zu ärgern. Das verstehe und unterstütze ich. Aber ich will Ihre Version von diesem Mordfall hören.»

«Die haben Sie schon gehört.»

«Nein, Sie haben Wort für Wort die Version des Questore wiederholt. Ich will Ihre persönliche Version.»

«Paul De Vries hat in den letzten zwei Monaten in Châtillon gelebt, so viel steht fest. Auch dass er ein gesuchter Verbrecher ist. Er stand auf Transmenschen und hat im falschen Moment die Pistole gezogen. Er ist tot und war der Schuldige.»

«Gibt es irgendwelche Beweise gegen ihn?»

«DNA-Spuren in Perez' Wohnung.»

«Seltsam ...», meinte die Journalistin und griff nach ihrem Glas. «Ihre Kollegin Michela Gambino hat mir etwas ganz anderes erzählt.»

«Das da wäre?»

Sandra Buccellato ließ das Glas wieder sinken, nachdem sie einen Schluck getrunken hatte. Die Saftspuren an beiden Seiten des Mundes wischte sie mit der Serviette fort. «Dass die Wohnung leer geräumt war und es dort keine DNA-Spuren gab.»

«Es wurde ein zweites Team hinzugezogen, die Spurensicherung aus Turin, die offenbar vertrauenswürdiger ist als die Gambino. Fragen Sie Farinelli, er ist der Chef. Er hat die Spuren gefunden.»

Sandra Buccellato trank ihren Saft aus und stellte das Glas ab. «Blödsinn», kommentierte sie.

«Es ist möglich, dass die Wahrheit in diesem Fall nicht sehr glaubwürdig ist und in Teilen fantastisch erscheint, aber genau so war es.»

«Soll ich sagen, wie ich das sehe?»

«Sicher.»

«Ihr habt den Mörder von Juana Perez gefunden, rückt aber

aus Gründen, die mir noch nicht klar sind, nicht damit heraus. Deswegen habt ihr irgendeinen Schuldigen gesucht, dem ihr den Mord anhängen könnt. Habe ich recht?»

Rocco trank seinen Espresso aus. «Sie irren sich. Aber dies ist ein freies Land, wie man sagt, und wenn Sie möchten, können Sie das gern so in Ihrer Zeitung schreiben.»

«Um mir irgendeinen Ärger einzuhandeln?»

«Nicht von mir», versicherte Rocco. «Noch was?»

«Enzo Baiocchi. Er wurde gefasst.»

«Ein Problem weniger.»

«Aber nicht Sie haben ihn verhaftet.»

«Nein.»

«Schade», meinte die Buccellato.

«Ja. Aber die Hauptsache ist, dass er wieder hinter Gittern ist. Und er packt aus, trägt dazu bei, dass Leute verhaftet werden. Also hat die Polizei da einen wahren Schatz ausgegraben, nicht? Für die Justiz sind Kronzeugen und Informanten sehr wichtig.»

«Was versuchen Sie mir zu sagen?»

«Genau das, was ich gesagt habe.» Rocco zog seine Brieftasche hervor, legte einen Geldschein auf den Tisch und stand auf. «Viel Erfolg bei der Arbeit, Signora Buccellato.» Rocco verließ die Bar und ging zu der Seite der Piazza hinüber, wo Italo auf ihn wartete. Zusammen machten die beiden sich auf den Weg zurück in die Questura.

Rocco hatte geduscht, sich ein frisches Hemd angezogen, sich rasiert und parfümiert, aber sein Gesicht blieb dasselbe. Doch immerhin sah er gepflegter aus. «Gut, Lupa, so bin ich nun mal, was willst du machen?»

Er hatte sich mit Caterina im *Grottino* verabredet, um einen ruhigen Abend zu verbringen, ein wenig zu plaudern und etwas zu trinken. Danach mal sehen. Was geschehen sollte, würde geschehen. Nicht dass er es darauf abgesehen hatte, aber ein wenig Ablenkung konnte er gut gebrauchen. Er schloss die Wohnungstür hinter sich. Jemand kam gerade die Treppe herauf. Es war Gabriele, der wie üblich ein wenig trübsinnig wirkte, dasselbe T-Shirt wie am Vorabend trug, dieselben ausgelatschten Schuhe und knielange Hosen. «Hat Ihnen gestern Abend die Musik gefallen? Ich hab David Bowie ausgewählt.»

«Ich weiß es zu würdigen, danke.»

«Sie konnten sich das Passwort nicht merken, richtig?»

Rocco sah ihn verständnislos an. «Das Passwort fürs WLAN. ‹Hey teacher leave the kids alone›.»

«Natürlich konnte ich mir das merken. Wovon redest du?»

«Weil ich gesehen hab, dass Sie versucht haben, sich woanders einzuloggen. Sie sind damit sogar bis zur Post gegangen.»

Rocco verzog das Gesicht. «Ich kann dir nicht folgen, Gabriele.»

«Ich hab Ihnen doch den Computer geliehen, um damit ins Internet zu gehen. Aber dann haben Sie das Passwort wieder vergessen und sind deshalb runter auf die Straße gegangen und haben es mit dem Anschluss der Post probiert.»

«Ich bin damit nicht runtergegangen», meinte Rocco. «Ich habe die Wohnung gar nicht verlassen.»

«Seltsam», meinte Gabriele. «Das geht aus den Netzwerkeinstellungen eigentlich eindeutig hervor.»

«Warte, Gabriele, noch mal langsam: Jemand ist mit deinem Laptop runter zur Post gegangen, um etwas im Internet zu suchen?»

«Nein, es gab keine neue Suche. Es war nur die eine Website offen. Am Anfang hat das mit dem Passwort offenbar geklappt, und Sie haben sich angeguckt, wie man von Rom ins Friaul kommt. Sorry, dass ich da herumgeschnüffelt hab. Danach sind Sie noch mal online gegangen, diesmal vom Netzwerk der Post aus, und haben dieselbe Seite geöffnet, mit derselben Route. Deshalb habe ich mich ja gewundert.»

Rocco fröstelte, obwohl es ein warmer Abend war. «Lass mich überlegen.» Er rief sich den Tag noch einmal ins Gedächtnis. «Am Morgen habe ich Brizio angerufen, wir haben geredet, und er hat mir das mit dem Bankautomaten in Umbrien erzählt. Dann hast du mir den Computer gegeben, ich habe die Straße rausgesucht und mit De Silvestri geredet, um nach den überfallenen Tankstellen zu fragen ... Warte!» Rocco wandte sich um und öffnete die Wohnungstür wieder. Gabriele sah ihm verständnislos dabei zu und pustete die Haare zur Seite, die ihm in den Augen hingen. «Was machen Sie?» Rocco war in die Hocke gegangen, um das Schloss zu kontrollieren. Er fuhr mit dem Finger darüber. Dann begutachtete er das Holz der Tür. «Nein, nichts ...» Er eilte zur Balkontür hinüber. Sie war geschlossen. Er sah auch dort genau nach. «Versuchen Sie rauszufinden, ob jemand in Ihrer Wohnung war?»

«Jemand muss hier drin gewesen sein, Gabrie'!» Rocco trat von der Balkontür weg, um die Fenster zu begutachten. «Jemand hat heimlich den Computer mitgenommen.» Er beendete die Untersuchung des letzten Fensters und schloss es. «Hier ist niemand eingedrungen.» Rocco sah Gabriele an. Dann flüsterte er: «Niemand sonst ...»

«Wie ‹niemand sonst›?»

«Nichts, Gabriele.» Roccos Augen hatten jeglichen Glanz verloren, und sein Gesicht war aschfahl geworden. «Nichts ...»

Caterina wartete vor dem Restaurant auf ihn. Sie lächelte und hatte einen Hauch Lidschatten auf den Augen. Rocco hielt den Blick gesenkt. Lupa trottete neben ihm her. Als er bei Caterina ankam, verschwand das Lächeln aus ihrem Gesicht. «Rocco ... Was hast du?»

«Lass uns reingehen.» Er öffnete die Tür des Restaurants.

Es war nicht besonders voll, ihr Tisch war noch frei, und sie setzten sich. Der Kellner brachte ihnen sofort die Speisekarte. «Wasser?»

«Stilles Wasser», entgegnete Rocco.

«Was ist mit dir?»

Er hob den Blick. «Mir geht es schlecht, Caterina. Ich habe Magenschmerzen und einen ekligen Geschmack im Mund. So fühle ich mich oft, so schmutzig. Schmutzig und verkommen.»

«Warum?»

«Ich schwimme nicht gerne im Sumpf. Um einen Mörder oder einen Verräter zu suchen. Das ist ein Gefühl, an das ich mich nie gewöhnen werde.»

«Ich weiß, das sagst du immer.»

«Aber am schlimmsten ist es, wenn der Sumpf im eigenen Haus ist.»

«Ich kann dir nicht folgen», sagte Caterina besorgt. «Wen meinst du? Baiocchi?»

«Auch. Baiocchi, Valenti ... Die, die dich dort erwischen, wo es am meisten wehtut, wo du wehrlos bist. Dann ist der Schmerz doppelt so schlimm. Ist dir das noch nie passiert?»

«Schon oft, Rocco. Das letzte Mal vor ein paar Tagen.»

«Mir heute Abend.»

Der Kellner brachte das Wasser. «Haben Sie gewählt?»

«Nein.»

Der Kellner wandte sich einem anderen Tisch zu.

«Rocco, du beunruhigst mich. Was ist heute Abend passiert?»

«Das Schlimmste, was passieren konnte. Und es tut sehr weh.» Er sah ihr in die Augen. «Ich bin nicht draufgekommen, weißt du? Du bist gut, Caterina, verdammt gut. Ich habe dir immer gesagt, dass du ein cleveres Mädchen bist.»

Caterina wurde bleich. «Ich verstehe nicht, was meinst du?»

«Bist du zum Vergnügen oder aus Pflicht mit mir ins Bett gegangen?»

Eine plötzliche Röte schoss Caterina ins Gesicht.

«Ich habe das getan, weil ich es wollte, Rocco, weil du mir gefällst, weil nach und nach ...»

«Weil ich nach und nach begonnen habe, dir zu vertrauen. Jeden Tag ein bisschen mehr. Jedes Mal, wenn ich nach Rom musste, habe ich Lupa bei dir gelassen, weil ich dir vertraut habe. Was bei mir nur selten vorkommt. Du weißt alles über mich. Wie meine Frau gestorben ist, wer meine Freunde sind, und vor allem hast du gewusst, wen ich gesucht habe und wo. Oder etwa nicht?»

Caterina schüttelte langsam den Kopf.

«Es muss ziemlich ärgerlich gewesen sein, dass du mich nicht erreichen konntest, weil mein Handy die ganze Zeit ausgeschaltet war. Ich hatte es in Trastevere im Hotel gelassen. Unterwegs habe ich dieses benutzt.» Rocco zog das neue Handy hervor und warf es auf den Tisch. «Eine Nummer, die du nicht kennst. Dabei hätte es so einfach sein können, nicht? Um den dummen alten Schiavone zu finden, musste man nur sein Handy orten. Okay, da hab ich dir diesmal etwas mehr Arbeit gemacht ...»

Caterina stand vor Verblüffung der Mund offen, und sie brachte kein Wort heraus. Zwei dünne Speichelfäden hingen von den Schneidezähnen auf ihre Unterlippe.

«Sag mir wenigstens, ob du alleine bist oder ob dir jemand hilft.»

Caterina stiegen Tränen in die Augen.

«Könntest du mir sagen, wer dich damit beauftragt hat, mich zu überwachen?»

Caterina fing an zu weinen. «Nein ...» Sie wischte sich mit dem Ärmel ihres Pullovers eine Träne ab. «Rocco, so ist das nicht.»

«Also wie ist es dann? Sag es mir, ich bin hier und höre dir zu. Und ich würde nichts lieber tun, als dir zu glauben.» Er verschränkte die Arme vor der Brust.

Caterina stützte die Ellbogen auf den Tisch. Schaute an die Decke, da die Tränen ihr das Reden erschwerten. «Du weißt es.»

«Du kannst nicht darüber reden, und ich kann nicht zuhören, Caterina. Sag mir nur, ob das seit meiner Ankunft in Aosta schon so läuft?»

«Nein ... Es hat später angefangen. Es gibt in Rom einen Mann, dem ich unglaublich viel verdanke. Er hat mich gerettet, als ich ein Mädchen war, noch ein Kind. Er hat mich darum gebeten, und ich konnte nicht ...»

«Hast du den Fall Perez vor die Hunde gehen lassen?»

«Nein! Damit habe ich nichts zu tun. In dieser Sache war ich auf deiner Seite.»

«Brizio hatte recht. Er hat mir vor einiger Zeit gesagt, dass ein Mann meines Alters sich nicht mit jüngeren Frauen einlassen sollte. Wir haben uns nichts zu geben, oder besser, du hast mir nichts zu geben, denn du hast mir einiges abverlangt, zu viel. Siehst du, dass ich recht hatte? Mit dem Leben ist es wie mit dem Thunfischfang.»

«Bitte, gib mir die Chance ...»

«Du kannst mich mal, Caterina Rispoli. Verschwinde aus meinem Leben, sag deinem Kontakt in Rom, dem Mann, der dir als Kind das Leben gerettet hat, dass du von dem Idioten keine Informationen mehr bekommst und dass deine Anwesenheit in Aosta nicht mehr nötig ist. Schade, denn du bist gut im Bett.» Rocco stand abrupt auf und ging zum Kellner hinüber. «Setzen Sie alles, was die Signorina bestellt, auf meine Rechnung.» Dann blickte er ein letztes Mal zum Tisch zurück. «Du bist eingeladen! Das ist das letzte Geschenk, das ich dir mache», sagte er und verließ das Restaurant mit gebrochenem Herzen.

Ziellos irrte Rocco durch die Stadt. Er hatte das Gefühl, beim Gehen im Asphalt zu versinken, und schaffte es kaum noch, einen Fuß vor den anderen zu setzen, aber er konnte einfach nicht stehen bleiben. Es fühlte sich an, als hätte er Watte in den Ohren, und er biss die Zähne so fest zusammen, dass sie knirschten. Der stechende Schmerz unter der Ferse kehrte zurück, doch er achtete nicht darauf. Wenn es nicht anders ging, würde er eben hinken, Hauptsache, in Bewegung bleiben. Er wollte weder im Selbstmitleid baden noch in süßen Erinnerungen schwelgen. Solange er noch Atem hatte, solange seine Schuhe und seine Ferse durchhielten, musste er weiterlaufen. Er hasste diesen Geruch. Was war das? Irgendeine Blume oder frisch gemähtes Gras. Er zündete sich eine Zigarette an, um den Geruch zu vertreiben, warf sie jedoch nach dem ersten Zug fort. Sie schmeckte bitter und ekelhaft. Irgendwann fand er sich inmitten von Ruinen wieder, auf dem schwarzen Stein sitzend, der einmal die Zuschauertribüne des Teatro Romano gestützt hatte. Wo früher oft Marina zu ihm gekommen war. Aber inzwischen hoffte er nicht mehr darauf. Er konnte nur noch in den Himmel schauen. Lupa sprang in seine Arme. Wollte unter diesem Sternenzelt gehalten und gestreichelt werden. Der Mond war nicht zu sehen. Er war verschwunden.

Das rief ihm das Wort «Epakte» in Erinnerung. Und dann sah er sie doch. Marina, die frisch und ausgeruht zwei Steine neben ihm saß und in den Himmel schaute.

«Hast du verstanden, wie man das berechnet?», fragt sie.

«Ja.»

«Die Nächte ohne Mond sind die seltsamsten. Stell dir vor, wie das früher für die Seefahrer gewesen sein muss.»

«Sie hatten immerhin die Sterne.»

«Ja, aber der Mond war ihr Leuchtturm. Die Sterne lügen. Weißt du, dass viele von ihnen bereits tot sind?»

Witzig, auch ich denke oft an die Geschichte mit den toten Sternen.

«Kommst du zu mir?»

«Sei froh, dass ich überhaupt gekommen bin.» Dann dreht sie sich um und sieht mich an. «Armer Rocco, auf der Jagd nach den Schatten wirst du langsam zum Schatten deiner selbst. Du musst auf dich aufpassen.»

«Das stimmt. Auf der Jagd nach den Schatten läuft man Gefahr, an Substanz zu verlieren.»

«Es tut mir leid, dass du immer allein zurückbleibst.»

«Ich bin nicht allein», sage ich. «Ich hab Lupa. Und dich, wenn du kommst.»

Sie lächelt wieder. «Kommst du klar?»

«Ich muss. Ich werde wohl unsere Wohnung in Rom verkaufen.»

«Und der Zitronenbaum?»

«Den hole ich her.»

«Du hast keine Terrasse. Und es ist zu kalt hier. Gib ihn meinen Eltern.»

«Aber die reden ja nicht mit mir.»

«Stell ihn bei ihnen vor die Tür. Sie werden es verstehen.»

«Und wenn ich ihn zu dir bringe?»

«Um ihn neben mir einzupflanzen? Das ist eine schöne Idee. Aber wer packt ihn dann für den Winter ein?»

«Stimmt.» Mir liegt auf der Zunge, dass er dann eingehen würde, aber der Zitronenbaum muss überleben. «Es ist eine schöne Nacht.»

«Du hast mir auf einem Boot in Positano mal gesagt, dass du die Namen der Sterne kennst.»

«Ich kenne sie immer noch.»

«Dann sag mir ein paar.»

Ich hebe den Finger und zeige auf den ersten, der mir auffällt. «Aldebaran, Sirius, Bentegodi.»

Marina lacht.

«Navicella, Stupor Mundi, Haile Selassi, Rodolfo!»

Wir kichern wie zwei Gespenster.

«Ciao, Lupa. Ciao, Rocco. Bis zum nächsten verschwundenen Mond, Amore mio.»

«Bis zum nächsten Mond.»

Hast du gesehen, Lupa? Sie war wieder bei uns. Das Leben muss doch schön sein, meinst du nicht? Wenn sogar ein Kalb, das ein trauriges Leben hinter Gittern hatte, auf dem Weg zum Schlachthof weint, dann muss das Leben irgendwie schön sein. Das sollte ich mir jeden Tag aufs Neue sagen. Aber im Moment fällt es mir sogar schwer zu atmen. Du weißt das nicht, meine Kleine, aber es gibt eine Menge Tiere, die im Winter in eine Starre verfallen. Sie ziehen sich in ein Loch unter der Erde zurück, schließen die Augen und sterben für ein paar Monate. Und wenn die Sonne wiederkommt, werden sie noch einmal geboren und lächeln und springen herum, weil das neue Leben voller Farben und Düfte ist. Bei uns ist das anders. Wir schlafen nicht richtig, und deshalb altern wir, und unsere Haut wird runzelig. Genau wie das Blut altert. Alles ermüdet, Lupa, verbraucht sich und ist nicht mehr so wie vorher. Da sitzt du und schaust mich mit heraushängender Zunge an. Nur wir beide sind hier, du und ich, wir sind allein, schon wieder. Du bist diejenige, die mir Mut machen muss, meine Süße, ich habe ihn verloren. Bleib hier, ganz dicht bei mir. Schließ die Augen. Schlaf, Lupa. Träum schön von Knochen und Wiesen, über die du laufen kannst. Flieg, meine Kleine. Ich schaue dir von hier aus zu und versuche zu begreifen, wie das geht – fliegen.

Ich werde dir folgen, sobald ich kann. Versprochen.